あなたに片思い

スーザン・マレリー
高田恵子 訳

FALLING FOR GRACIE

by Susan Mallery
Translation by Keiko Takada

mira

FALLING FOR GRACIE

by Susan Mallery

Published by K.K. HarperCollins Japan, 2024

あなたに片思い

おもな登場人物

グレイシー・ランドン――ウエディングケーキ職人
リリー・ランドン――グレイシーの母親
アレクシス・ブリッジズ――グレイシーの姉
ジーク・ブリッジズ――アレクシスの夫
ヴィヴィアン・ランドン――グレイシーの妹
ジル・ケンドリック――グレイシーの親友
マック・ケンドリック――ジルの夫
ライリー・ホワイトフィールド――銀行頭取。グレイシーの初恋の相手
パム・ホワイトフィールド――ライリーの元妻
ダイアン・エヴァンズ――ライリーの秘書
フランクリン・ヤードリー――ロスロボスの町長

1

「グレイシー？　あなた、グレイシー・ランドンでしょう？」

実家の前庭に立っていたグレイシー・ランドンは、片手に新聞、片手にコーヒーの入ったマグカップを持ったまま、その場に凍りついた。恨めしい思いで、玄関のドアの方へちらりと視線を走らせる。

家の中に駆けこむこともできるけれど、それでは、八十歳を過ぎた隣家のユーニス・バクスターに失礼だ。グレイシーはそんなぶしつけな人間には育てられていなかった。だから、寝起きのもつれた髪をかきあげると、甲に小鳥のアップリケがついた妹の室内ばきのまま、ランドン家とバクスター家を隔てる木製の低いフェンスに近づいた。

「おはようございます、ミセス・バクスター」しまったという気持ちを抑え、陽気な口調になっているように祈りながら、グレイシーは言った。「ええ、グレイシーです」

「まあ、やっぱりね。ずいぶん長いこと会ってなかったけれど、きっと、どこで会ってもあなただとわかったでしょうよ。何年ぶりかしら？」

「十四年ぶりです」私の人生の半分よ。これだけたてば、きっと町の人たちは私のことを忘れてくれていると思っていたのに。

「まあ、そんなになるのね。すっかりきれいになって。出ていったときには、こう言っちゃなんだけど、本当にみっともない子供だったわ。気の毒に、あなたのお母さんでさえ、あのまま蛹《さなぎ》から脱皮しないんじゃないかと心配していたほどよ。それがまあ、なんと、雑誌の表紙のモデルさんみたいに輝いているじゃないの」

六年近くも続いた不器量な時代のことは、思い出したくもなかった。「ありがとうございます」グレイシーは礼を言いながら、じりじりとポーチの方へあとずさった。

ミセス・バクスターはスプレーで固めた前髪に息を吹きかけてから、人さし指で顎を軽くたたいた。「ねえ、ついこの間もお友達のウィルマとあなたのことを話していたのよ。だって、近ごろの若い人たちときたら、恋の仕方をまるで知らないんだから。昔の映画を見せてやりたいものだわ。そうでなければ、あなたがライリー・ホワイトフィールドに夢中になったときの、あの情熱をね」

いやだ、もう。その話だけは勘弁して。十四年もの歳月が過ぎたというのに、頭のいかれたストーカーだった十代のころの出来事が町の人たちの話題にのぼらなくなることはないの？

「本気で彼を愛していたわけじゃなかったんです」そう言いながら、グレイシーは後悔していた。せっかく今まで意地を張りとおしてきたのに、どうして今回帰ってくることにしたりしたのかしら？　でも、しかたがなかったのよ。妹が結婚するんだから。

「あなたはまさに、真の愛を具現化した存在だったわ」ミセス・バクスターが言った。「誇らしく思っていいのよ。あなたは全身全霊であの少年を愛して、その気持ちを彼にぶつけることを恐れなかった。あなたは勇敢だったの。その勇気は並たいていのものじゃないわ」

あるいは、頭がおかしかったか。グレイシーは弱々しい笑みを浮かべた。かわいそうなライリー。私のせいで彼の毎日は生き地獄だったはずよ。

「あなたのことは町の新聞の記事になったから、町じゅうの人たちがあなたの物語を知っていたわ」ミセス・バクスターがさらに言った。「あなたは有名だったのよ」

「というより、悪名高かったんです」グレイシーはぼそりと言った。朝食のテーブルで、自分がライリーにのぼせてしでかしたことが記事になっているのを見て、どんなに恥ずかしかったか。

「ウィルマのお気に入りは、ライリーのガールフレンドがデートに出かけられないように、あなたが彼女の家のドアと窓を釘《くぎ》づけにしたエピソードよ。あれは傑作だったわ。でも、私のお気に入りは、あなたが彼の車の前に横たわって行く手をさえぎったエピソードなの。すぐそこでね」ミセス・バクスターはそう言って、家の前の道路を指さした。「私は一部始終を見ていたわ。あなたは彼に言ったのよね。心底愛しているから、彼がパムと結婚するのを黙って見ていることなんてできない、もしこのまま婚約を解消しないのなら、自分を轢《ひ》き殺して苦しみを終わりにしてほしいって」

グレイシーはうめき声をあげそうになるのをこらえた。「ええ、あれはよかったですよね」

ほかの人たちはみんな、時がたてば、自分の子供時代の恥ずかしい出来事を忘れてもらえる。なのに、どうして私だけは、いつまでもみんなが話題にしたがるの？

「ライリーに会ったら、あやまらなくちゃ」

「彼、町に帰ってきているのよ」ミセス・バクスターは明るく言った。「知ってた？」

この二日間というもの、グレイシーは会う人ごとにそのことを聞かされていた。「本当に？」

老婦人は片目をつぶってみせた。「彼はまた独り身よ。グレイシー、あなたは？　だれか特別な人がいるの？」

「いいえ。でも、今は目がまわるほど仕事が忙しくて、とても……」

ミセス・バクスターはわけ知り顔でうなずいた。「運命よ。まさにこれこそ運命というものだわ。あなたたち二人は、またぐり合って二度目のチャンスを与えられたのよ」

グレイシーとしては、またライリー・ホワイトフィールドとかかわりを持つくらいなら、凶暴な蟻《あり》のいる蟻塚の上に裸で磔《はりつけ》にされるほうがましだった。彼とのことで、もうこれ以上屈辱を味わうのはごめんよ。向こうだって、私のような女とかかわらずにすむなら、どんな責苦でも甘んじて受けるんじゃないかしら？

「そう言ってもらえるのはうれしいけど、私が思うに――」

「彼はまだあなたのことが好きかもしれないわ」ミセス・バクスターが言った。

グレイシーは声をあげて笑った。「ミセス・バクスター、彼は私を怖がっていたんですよ。もし今私を見たら、まわれ右をして、悲鳴をあげて逃げていくでしょうね」彼がそうしたとしても、だれが責められる？

「男の人というのは、背中を押してあげなくちゃならないときもあるのよ」

「男の人というのは、ほうっておいてあげなくちゃならないときもあるんです」

そして、グレイシーはそうするつもりだった。もうライリーを追いまわす気はなかった。それどころか、彼のいそうな場所には絶対に近づかないつもりだった。万が一、彼と鉢合わせしたら、クールで、礼儀正しくて、よそよそしい態度をとろう。もしかすると、顔を見ても彼だとわからないかもしれない。かつてライリーに抱いていた気持ちがどれほど強かったにせよ、今はすっかり消え失《う》せている。あれは過去のものとして葬り去った。私にとって、彼はもうはるか遠い存在だ。

それに、今の私はあのころとは別人なのだから。上品で成熟した大人の女だ。かつてのストーカー少女なんかじゃない。

「だれだったの?」グレイシーがランドン家のキッチンへ入っていくと、妹のヴィヴィアンが尋ねた。「ミセス・バクスターにつかまって、おしゃべりしてたの?」

「そう」グレイシーは新聞をカウンターに置いて、コーヒーをぐいと飲んだ。「まったく、私が家を出たのは、十四年前じゃなくてつい先週のことみたいな気がしてきたわ」

「年をとった人にとっては、時間の流れ方が違うのよ」ヴィヴィアンは頭を振り、ウエーブのある赤みがかったブロンドの髪を背中に払ってから言った。「なによりも、ものすごく早起きでしょ。ママだって、今朝は七時前に出かけたのよ」

「お店で土曜日の特別セールをするんだって言ってたわ」グレイシーはカウンターのスツールに腰を下ろしてマグカップを置いた。「あなたも手伝うことになっているんでしょ」

「ええ」ヴィヴィアンは伸びをした。「私が悪いのよ。三千ドルもするウエディングドレスを選んだんだから。それで予算を使い果たしちゃって、披露宴に呼んだお客さんにお料理を出さずにおくか、会費制にするか、究極の選択をしなくちゃならなくなったの」そこでにっこりする。「せめてもの救いは、豪華なウエディングケーキをただで作ってもらえることね」

「よかったわね」

グレイシーは花嫁の姉として、披露宴のために、心をこめて作ったケーキをプレゼントすると約束したのだった。壁のカレンダーに目をやると、結婚式まであと五週間もある。賢明な女性なら、結婚式の直前にケーキを持って現れ、式と披露宴を楽しんで、終わったらすぐに立ち去るのだろう。だが、母とヴィヴィアン、それに姉のアレクシスからも矢のような催促の電話を受けて、ふだんから胃酸過多ぎみの胃が良心の呵責《かしゃく》で痛みだし、やむなく、結婚式の準備を手伝うために帰郷すると言ってしまったのだ。

そのせいで、注文を受けていた山ほどのケーキを、実家の使い慣れないオーブンで焼かなければならないはめになった。そのうえさらに、私の常軌を逸した過去の恋愛沙汰《ざた》についてしゃべりたがる年配の女性たちに悩まされなければならないとは。

「楽しんでいるとはとても言えないわね」グレイシーはコーヒーを飲みながらぼやいた。

ヴィヴィアンはにやりとした。「ミセス・バクスターにも、ライリー・ホワイトフィールドが町に帰ってきてるって言われたの？」

グレイシーは妹をにらんだ。「ママを手伝いに行かなきゃいけないんじゃないの？」

ヴィヴィアンは笑い声をあげて階段の方へ走っていった。

グレイシーはそれを見送ると、新聞を開いた。午前中は静かに過ごせるだろう。午後は、この町に滞在する六週間だけ借りることにした家に移る予定になっているが、それまでは、今のところ、これといった用事はない――。

裏口のドアがいきなり開いた。

「よかった。起きてたのね」グレイシーの三歳年上の姉アレクシスが入ってきて、すばやくあたりを見まわした。「ヴィヴィアンは？」

「ママの金物屋を手伝いに行く支度をしてるわ」

アレクシスは顔をしかめた。「もう出かけたと思ってたのに。セールは八時から始まるんじゃなかったの？」

「さあ」グレイシーは答えた。

二日前に町に帰ってきたばかりのグレイシーには、まだ周囲の状況がよくつかめていなかった。アレクシスとヴィヴィアンはこの家で育ったが、グレイシーは十四歳になった夏に町を出て以来、帰ってきたのは今回が初めてだった。

アレクシスは自分でコーヒーをつぎ、グレイシーの横に座った。

「話があるの」姉は低い声で言った。その声はかすかに震えている。「でも、ヴィヴィアンには内緒よ。ママにも。二人に心配をかけたくないの。それでなくても、結婚式のことで手いっぱいなんだから」

「わかったわ」グレイシーはゆっくりと言った。変わりはないかと尋ねるのは無意味だとわかっていた。変わりがなければ、パニックを起こしたような表情でここに来て、話をする前からだれにも言わないようにと約束させたりはしないはずだ。

「ジークのことなの」アレクシスはそう言ったとたん、唇をゆがめた。「まったくもう、泣かないって決めたのに」

グレイシーは体をこわばらせた。ジークとアレクシスは結婚して五年になるが、どこから見ても幸せに暮らしている。

アレクシスは大きく息を吸いこんで、吐いた。「彼、浮気をしているらしいのよ」

「え？　そんなはずないでしょう。姉さんに夢中なのに」

「私もそう思ってた」アレクシスはあいているほうの手で涙をぬぐった。「でも……」頭上でどすんという音がしたのに驚いて、一瞬言葉を切る。「毎晩出かけて、明け方の三時とか四時まで帰ってこないの。なにをしているのかきいても、選挙運動で時間をとられているんだって言うだけ。でも、そんなの信じられない」

グレイシーは丁寧に新聞をたたんだ。「選挙運動ってなに？　ジークは保険の外交をしているんじゃなかったの？」

「ええ、しているわよ。でも、ライリー・ホワイトフィールドが町長選挙に立候補することになって、その選挙運動の責任者として雇われたの。てっきり知っていると思ってたわ」

自分で考えていた以上に故郷の出来事にうとくなっていたようだ。「それって、いつのこと？」グレイシーは尋ねた。

「二、三カ月前よ。ジークが雇われたのは――」

階段に大きな足音が響いた。少ししてヴィヴィアンがキッチンに飛びこんできた。

「あら、アレクシス」ヴィヴィアンは長い髪を三つ編みにしながら言った。「今日、私のかわりにお店に行ってくれない？」

「いやよ」

ヴィヴィアンはにやりとした。「ちょっと言ってみただけよ。ウエディングドレス代を払うために、強制労働をしに行ってくるわ。私がいない間に、あんまり楽しまないでね」

そう言うと、ヴィヴィアンは裏口のドアを音高く閉めて出ていった。まもなく車のエンジンをかける音が聞こえた。

アレクシスが流しのところへ行き、窓から通りの方をのぞいた。「オーケー、出かけたわ。どこまで話したっけ？」

「ジークがライリー・ホワイトフィールドに雇われたってところまでよ。どうしてそんなことになったの？」

「ジークは大学を卒業したあと、二年ほどアリゾナ州の上院議員の事務所で働いていたのよ」アレクシスは少し明るい顔になり、グレイシーの方を見てにっこりした。「そのころ、私はアリゾナ州立大に通っていて、それで彼と……」そう言ってかぶりを振る。「ああ、もう大昔のことだわ。彼が私にこんな仕打ちをするなんて信じられない。心から彼を愛し

ている のに……」涙声になった。「どうすればいいのかしら?」

グレイシーは、遊園地のびっくりハウスに迷いこんだような落ち着かない気分になった。見た目と実際とがまるで違っていて、どこが出口なのか見当もつかない感じだ。

確かに、アレクシスとヴィヴィアンはグレイシーの姉妹であり、家族だった。三人は、だれの目にも姉妹とわかるほど似ている。長いブロンドの髪——アレクシスはプラチナブロンド、ヴィヴィアンはストロベリーブロンド、グレイシーは純粋なブロンドだ。それに、ブルーの瞳、中肉中背の体格。だが、グレイシーは人生の半分を姉妹と離れて過ごした。ウォーミングアップもなしにいきなり親密な姉妹に戻ってアドバイスをしようとしても、どうすればいいのかわからなかった。

「ジークがなにをしているのか、はっきりしたことはわからないんでしょ」グレイシーは言った。「本当に選挙運動かもしれないじゃないの」

「今はわからないけど、いずれ突きとめるつもりよ」アレクシスは一歩前に踏み出した。

ただでさえむかむかしていたグレイシーの胃が、きりきりと痛みだした。「ききたくない気がするけど、どうやって?」

「彼の行動を監視するの。今夜ライリーと打ち合わせをすることになっているそうだから、そこへ行ってみるつもりよ」

「あまりいい考えだとは思わないわ」グレイシーはマグカップに手を伸ばして言った。

「ほんとだってば。経験から言っているのよ。ライリーとの経験から」

「私はやるつもりよ」アレクシスは目に涙をいっぱいにためて言った。「それにはあなたの助けが必要なの」

グレイシーはマグカップを置いた。「だめ。だめよ。アレクシス、それはできない。だめだって。ばかげてるわ」

アレクシスの頬を涙がころがり落ちた。心痛でブルーの瞳が曇り、表情には苦悩がそのまま表れている。こんな姉をどうすれば説得できるのかわからなかったが、グレイシーはとにかくやってみることにした。

「そんなことをしても悲惨な結果になるだけよ」彼女はきっぱりと言った。「私は片棒をかつぐ気はないわ」

「わ、わかったわ」アレクシスは唇を震わせた。

「よかった。私、姉さんと一緒に行くつもりはないから」

その日の夜更け、グレイシーは姉のうしろについて、古い大きな屋敷の東側の外壁沿いにある生け垣の内側を、足音を忍ばせて歩いていた。そこは、こともあろうにホワイトフィールド家の屋敷だった。資産家で知られるホワイトフィールド一族に代々受け継がれてきたもので、今はライリーの住まいになっている。

「こんなことをするなんて、どうかしてるわ」屋敷の裏手の窓から一メートルほどのところにしゃがんで、グレイシーは姉にささやいた。「ライリーの行動を監視するのは、十四のときにやめたのよ。それなのにまたこんなことをしているなんて、信じられない」

「ライリーを監視しているんじゃなくて、ジークを監視しているのよ。大きな違いだわ」

「つかまったとき、ライリーがそう思ってくれるかどうかは疑問ね」

「それじゃ、つかまらないようにすればいいでしょ。カメラは持ってきた？」

グレイシーは小わきにはさんでいたポラロイドカメラをつかむと、姉に向かって差し出した。街灯の明かりを受けて小さなレンズが光った。

「準備して」アレクシスが言った。「そこを曲がったところが図書室の窓よ。あそこから なら、きっといい写真が撮れるわ」

「どうして姉さんが撮らないの？」グレイシーは尋ねた。不安のあまり、脚が鉛のように重く感じられる。

「私はここにいて、裏口から泥棒猫が逃げ出すかどうか監視するんだから」

「ジークが浮気しているとしたら、モーテルへ行くんじゃない？」

「それは無理よ。請求書の支払いは私がしているんだもの。それに、私とつき合っていたとき、お昼休みに密会する友達に、彼は自分のアパートメントの部屋を使わせてあげていたのよ。ライリーはそれと同じことをジークにしているんだと思うわ。いったいだれが夜中の二時まで選挙運動の打ち合わせをするっていうの?」

まともとは言いがたい論理ではあっても、それなりに筋が通っているように聞こえた。もっとも、開いている窓ごしに写真を撮るために、他人の屋敷の敷地を足音を忍ばせて歩いているという現実に目をつぶれば、だけれど。グレイシーはそろそろと屋敷の横手へ向かった。

「ジークたちが図書室にいるかどうかもわからないのに」グレイシーは低い声で言った。

「打ち合わせはいつも図書室でするんだって、ジークが言ってたの。本当に選挙運動の打ち合わせがあるのなら、図書室にいるはずよ」

「私が窓から中を見て、それを姉さんに伝えるだけじゃだめなの?」グレイシーは言ってみた。

「私が望んでいるのは証拠よ」

グレイシーが望んでいるのは、ここからはるか遠くにいることだった。けれど、アレクシスの強情そうな表情を見てあきらめた。たとえ姉に背を向けたくても、それはやはりできない。だったら、ここにしゃがんで押し問答をしているよりは、さっさと写真を撮って逃げ出したほうがいい。

「準備して」グレイシーは再び窓の方へ移動しはじめた。窓の下の灌木《かんぼく》は見た目より枝が込んでいて、むき出しの腕を引っかき、カーキ色のパンツを引っかけた。さらに悪いことに、図書室の窓はグレイシーの背が届かない高さだったので、頭上にカメラを掲げて、なにが、あるいはだれが写るのかわからないまま、シャッターを押すほかはなかった。

部屋にいる人間がちょうど窓の方を見たときに写真を写せるかどうかは、運まかせだった。

「とにかくやるしかないわね」グレイシーは背伸びして爪先立ちになり、赤いボタンを押した。

暗がりに、目もくらむほどまばゆい光がはじけた。グレイシーは反射的にしゃがみながら、小声で悪態をついた。フラッシュだわ！　どうしてフラッシュのことを忘れていたの？

「いつもは、だれかの行動を監視するためじゃなくて、ウエディングケーキの写真を撮るために使ってるからよ」グレイシーはぶつぶつつぶやきながら、あわてて立ちあがると車の方へ駆けだした。

アレクシスの姿はどこにも見当たらなかった。写真がちゃんと写っているかどうかもわからなかったが、もうそんなことはどうでもよかった。とにかくここから逃げ出さなければ――。

「とまれ！」

断固とした命令とともに、肩甲骨の間になにか固いもの――銃口のようなものが突きつけられた。グレイシーは言われたとおりにとまった。

「いったいなにをしているんだ？　盗みに入ったのなら、どうしようもないどじだな。それとも、いつもフラッシュで自分がいることを知らせるのか？」

「そうしたくてしたわけじゃないわ」グレイシーは鋭く息を吸った。「驚かせたのならごめんなさい。これにはわけがあるんです」

グレイシーがそう言いながら振り向くと、ショットガンを構えている男性の顔が見えた。男性も彼女の顔を見た。

そのとたん、二人ともうしろに飛びのいた。グレイシーは地面が割れて自分をのみこんでくれたらと願った。一方、男性の顔には、幽霊を見たような表情が浮かんでいた。

「なんてこった」ライリー・ホワイトフィールドがつぶやいた。「グレイシー・ランドン、だな？」

2

地面が割れるまでには時間がかかりそうなので、グレイシーは方針を変え、肉食の恐竜がよみがえって自分を食べてくれるように祈りはじめた。さもなければ、エイリアンが現れて、UFOにさらってくれてもいい。とにかく、ここに立ってライリーのハンサムな顔を見つめなくてすむのなら、なんでもよかった。医学の実験台にされても、文句を言わずに我慢しよう。

十四歳のあの夏以来、グレイシーはライリーと一度も顔を合わせていなかった。そのころ彼は十八歳で、少年と大人の間の、ひょろりとした、それでいて妙に魅力的な若者だった。今、正真正銘の大人になった彼は、がっしりして、ますますセクシーで危険な雰囲気を漂わせていた。だが、その目に浮かんでいる驚愕《きょうがく》の色を見て、グレイシーは今この場で死にたいと思った。

「これには理由があるのよ」そうは言ったものの、はたしてきちんと説明できるだろうかと不安になった。自分が、最近更生施設から出てきたけれど、まだ完全には更生していないストーカーではないことを、うまくライリーに納得してもらえるだろうか?

「グレイシー・ランドンか?」ライリーがもう一度繰り返した。

いつのまにかショットガンの銃口が下がり、もうこちらに向けられていないことに気づいて、グレイシーはほっと胸を撫《な》でおろした。

「あなたが考えているようなことじゃないのよ」グレイシーはそう言って一歩あとずさった。たぶん、このまま黙って夜の闇《やみ》に消えるほうがお互いのためだろう。

それはそうと、アレクシスはどこにいるの? まずいことになったらさっさと姿を消すとは、いかにもアレクシスらしい。こういうとき、いつも私に罪をかぶせるのが姉のやり方だ。

「僕の家の外をうろついて写真を撮っていたわけじゃないと言うのか?」ライリーが尋ねた。

「いいえ、そうよ。確かにそうなんだけど、目当てはあなたじゃなかったの。厳密にはね」

ライリーの瞳は、嵐《あらし》が吹き荒れる真夜中の色だった。少なくとも、ティーンエイジャーのころのグレイシーはそう表現していた。あのころ、彼の瞳と唇をテーマに、実にひどい歌を作ったこともあった。ライリーがようやく正気を取り戻して、二人は結ばれる運命なのだと気づいたとき、彼がどんなふうにキスをしてくれるかを思い描いたこともある。

彼が取っ替え引っ替えするガールフレンドたちへ、捨てられたあとの彼女たちのつらさに同情して詩を書いたりもした。〝親愛なるジェニー、彼があなたの手を取ってくれたとき、その瞬間がどれほどすばらしいものだったか、それがわかるのはあたしだけ〟

胃液が逆流して吐き気がしてきたので、グレイシーはてのひらでみぞおちを押さえた。いつもは自分が車のキーを置いた場所すら思い出せないというのに、はるか昔に書いた下手な詩を今もはっきり覚えているというのは、いったいどういうことなのだろう？

「私って、どうかしてるんだわ」グレイシーはつぶやいた。

「同感だ」ライリーが言った。

グレイシーは目を細くした。「あなたって、ほんとにやさしくないのね。これがうさんくさい行動に見えるのはわかるけど、言わせてもらうと、ここに来たのはあなたが目当てじゃないのよ。義理の兄のジークが、今夜ここであなたと選挙運動の打ち合わせをするって聞いたから。そういうことなのよ」そう言いながら、ライリーの顔の前でカメラを振った。

ライリーが顔をしかめた。「君は義理の兄さんに恋しているのか？」

「え？」グレイシーは甲高い声をあげた。「いいえ。まさか。とんでもない。姉のアレクシスに頼まれて――」言いかけてあわてて口をつぐむと、踵《きびす》を返し、車をとめたところへ向かって歩きだした。いくらアレクシスでも、私を置いてさっさと走り去ったりはしていないだろう。「もういいの。忘れてちょうだい」

「そうはいかない」ライリーがグレイシーの腕をつかんだ。「こんなふうに突然現れて、写真を撮って、そのまま逃げるのを、黙って見逃すわけにいくものか。僕の車に爆弾を仕掛けなかったとも限らないだろう?」

グレイシーはライリーの手を振りほどき、肩をそびやかして彼と向かい合った。「あなたに危害を加えようとしたことなんて、一度もなかったわ」あまりにもひどい言いぐさだ。金切り声をあげて闇の中へ駆けだしたい思いをこらえて、できるだけ穏やかな声で言った。「あなたにのぼせていたときに、ガールフレンドとデートをするのをじゃましようとはしたけど、だれにも危害を加えたりはしなかったはずよ」

「僕の車の前に身を投げて轢《ひ》き殺してくれと言ったじゃないか」

グレイシーの顔はかっと熱くなった。どうしてだれもかれもが、いつまでも昔のことを引き合いに出すのだろう? 私の屈辱的な思い出が、どうしていつまでも人々の口にのぼらなければならないのだろう?

「それは私が痛いだけで、あなたに怪我《けが》をさせるわけじゃないでしょ」グレイシーは深呼吸をして自分に言い聞かせた。平和的な思考、よ。そして、制酸剤。今、私に必要なのはそれよ。「お騒がせしてごめんなさい。姉の言葉にのせられてここに来たことが、つくづく悔やまれるわ。こんなことをすべきじゃないのはわかっていたのに。もう二度としないわ。姉がジークとの間にどんな問題をかかえていようと、私はかかわり合うつもりはないわ。もう二度とね」

ライリーは目を細くした。「お姉さんとジークの問題っていうのは、どんな問題だ?」

「個人的なものよ」

「いいか、君がうちの窓から写真を撮った瞬間に、それは僕の問題にもなったんだ」

ライリーの言うことにも一理ある。無視してもいいけれど、でも……。「このごろジークの行動がおかしいらしいの。帰りが遅いし、あまり話もしないんですって。いつも選挙運動で忙しいんだって言うそうなんだけど、アレクシスは浮気をしているんじゃないかと考えているのよ」

ライリーは舌打ちをして、またグレイシーの腕をつかんだ。「わかった。行こう」

「放して」

だが、ライリーは腕を放さず、グレイシーを引っぱって歩きだした。

「どこへ行くの?」グレイシーは尋ねた。

「家の中だ。話を聞きたい。自分の選挙運動の責任者が浮気をしているんだとしたら、僕もそのことを知っておきたい」

「浮気をしているとは思わないわ。ジークはそんなことをするタイプじゃなさそうだもの。今夜の打ち合わせはいつごろ終わったの?」

ライリーは玄関のポーチで立ちどまった。ドアの横についている大きな明かりが、彼の完璧《かんぺき》な顔立ちを浮かびあがらせた。黒い瞳、高い頬骨、そして、いつもは理性的な女性でさえ、飛びついて罪深いふるまいをしたくなるような唇。耳にはまだピアスをつけているが、グレイシーの記憶にある金の輪はダイヤモンドに代わっていた。

「今夜は打ち合わせなどなかった」ライリーはそっけなく言った。「この三日ほど、ジークとは顔を合わせていない」

胃のむかつきがますますひどくなった。グレイシーはライリーの手から腕を引き抜いて、みぞおちを撫でた。「いい兆候とは言えないわね」

「同感だ。さあ、中へ入ろう。最初から話してもらいたい。ジークと彼の浮気について、君の知っていることを残らず話してくれ」

「まず言っておくけど、彼が浮気をしているのかどうかは知らないわ。アレクシスがおおげさに騒いでいるだけかもしれない」

「彼女はおおげさに騒ぎたてるタイプなのか?」ライリーは玄関のドアを押さえて、身ぶりでグレイシーに中へ入るよう促した。

「そうは思わないけど、そうかもしれない。私はロサンゼルスに住んでいて、姉としょっちゅう一緒にいるわけじゃないから」

家の中に入ったグレイシーは、玄関ホールのあまりの広さに驚いて思わず足をとめた。

古いけれど、天井が高く、美しい。繰形《くりかた》には彫刻がほどこされていて、テレビの『アンティーク・ロードショウ』を一カ月は独占できるほどの数の家具や装飾小物、絵、彫刻などがさりげなく置かれている。

「うわあ。すごいのね」グレイシーはゆっくりとターンしながらホールを見まわした。「このホールの中に私の家がそっくりおさまりそう」

「ああ、確かに広い。図書室はこっちだ」

またもやライリーはグレイシーの腕をつかみ、引っぱるようにして歩きだした。途中、廊下から、客用のダイニングルームと居間がちらりと見えた。彼はグレイシーを連れて図書室に入ると、彼女の腕を放し、窓際のキャビネットに置いてあるトレイの方へ向かった。トレイにはグラスと酒のボトルが並んでいる。ショットガンをデスクに置いてから、ライリーはスコッチらしき液体を二つのグラスについだ。グレイシーもポラロイドカメラをデスクに置いた。

「念のために言わせてもらうと……痛っ」彼女は腕をさすりながら言った。「これまで、あなたが女性に手荒なことをしたという記憶はないんだけど」

ライリーはグレイシーをじろりとにらみ、グラスを手渡した。「君を信用していないからだ」

「あれはもう十四年も前のことよ、ライリー。いいかげんに昔の出来事は忘れてちょうだい」

「今夜、君が現れるまでは忘れていたさ。君は二年間も僕を悩ませたんだぞ。新聞にも書かれた。〝グレイシー物語〟と銘打ってね」

グレイシーは恥ずかしさのあまり身悶《みもだ》えしたくなった。「ええ、だけど、新聞に書かれたのは私のせいじゃないわよ。ねえ、もっと意味のあることを話さない？　たとえばジークのこととか」

「アレクシスはなぜ彼が浮気をしているんじゃないかと疑っているんだ？」

グレイシーは肩をすくめた。「彼の帰りが遅くて、どこにいたのか言わないからよ」

「それはいつごろからなんだ？」

「一カ月半ほど前からですって。姉も最初は本当に選挙運動だと思っていたらしいんだけど、帰りはどんどん遅くなるし、彼はなにをしているのか話そうとしないし……」グレイシーはそこでふと口をつぐみ、ちらりとライリーを見た。「どうして町長に立候補することにしたの？　政治に関心があるようなタイプには見えないけど」

ライリーはその質問には答えず、グレイシーのグラスを指さした。「なにかほかのものがいいのか？」

ライリーが見ていると、グレイシーはグラスの中身の香りをかいでから、デスクに置いた。「いいえ、これでけっこうよ。ただ、ストレスで胃が痛くて」そう言ってポケットから制酸剤らしきものを出し、二錠ほど口にほうりこんだ。「すてきな部屋ね」

ライリーはグレイシーの視線を追って、本があふれそうなほどつまっている高さ三メートル半の書棚に目をやった。けれど、この広すぎる屋敷の中で、図書室は自分がくつろげる数少ない部屋の一つだということは言わなかった。

「ジークのことを話してくれ」

「話を聞きたいのはこっちよ」グレイシーは、暖炉の向かいにすえられた革張りのソファにどさりと腰を下ろした。「彼はあなたの選挙運動の責任者なんでしょ。浮気をしているの？」

「知るもんか」ライリーはデスクに近づいて、端に浅く腰かけた。「彼はしょっちゅうアレクシスのことを話題にしている。首ったけと言ってもいいくらい愛しているように思うがな」

「でも、選挙運動の打ち合わせが朝の三時になることはない」

ライリーはにやりとした。「僕が立候補しているのは町長選で、大統領選じゃない」

「ええ、私もそう思ったわ。とにかく、今夜ジークはここに来てないって、アレクシスに話すほかないわね。姉の疑いはふくらむだけでしょうけど」

それはライリーも同様だった。選挙まであと五週間しかないのに、スキャンダルなどもってのほかだ。ようやくロスロボスの善良な町民たちの支持が得られはじめた、この大切な時期に。

ライリーはグラスを置くと、まだカメラからぶらさがっている写真を引っぱった。保護膜をはがしてポラロイド写真を眺める。

写っているのは、図書室の天井と書棚の上の方だけだった。

「こういうことはあまり得意じゃないようだな」

グレイシーは目をくるりとまわした。「得意になるつもりもないわ。あなたはそうは思ってないようだけど、私は別にスパイやプロのストーカーになったわけじゃないんですからね。今はウエディングケーキ作りで生計を立てているの」

グレイシーはいらだち、憤慨していたが、その一方で狼狽《ろうばい》してもいるようだった。頬が赤く染まり、唇がかすかに震えている。大人になって、体形は女らしく柔らかな曲線を描いているが、基本的な部分は今も同じだ。大きなブルーの瞳、長いブロンドの髪、そして、その昔ライリーを震えあがらせた断固とした態度。

「ごめんなさい」彼女が言った。「今夜のことと、あれやこれや。わかるでしょ。昔のことよ」

「僕のボクサーショーツにかゆみ粉を入れたことかい？」

「ええ、それもよ。私はただ……」グレイシーはうつむき、ソファの前のコーヒーテーブルの木目を指でなぞった。「今振り返ってみると、自分のしたことが信じられない。ほんとにひどいことをしたものだわ」

「この町の人たちは、いまだにあのことを話題にしているよ」

グレイシーは背筋を伸ばして座り直すと、ライリーを見た。「知ってるわ。ほかの人はみんな過去を忘れて生きているっていうのに、私は違う。信じられないことに、私は伝説の人物になっているのよ」

ライリーは思い出した。学園祭のダンスの前日の午後、自分のスープにグレイシーがこっそり下剤を入れたことを。「君は実に独創的だった」

「手に負えない困り者だったのよ。私の望みはただ……」またグレイシーの顔が真っ赤になった。「望みがなんだったかは、お互いに言わなくてもわかっているはずよね」

「今はよくデートをしているのかい？」

グレイシーはつんと頭をそらした。「ええ。ボーイフレンドはこの町に連れてこないように気をつけているの」

「確かに、僕の車の中にスカンクをおびき寄せて二時間ほど閉じこめた話は、ボーイフレンドには聞かせたくないだろうな」

グレイシーは顔をしかめた。「クリーニング代は払ったじゃないの」

「車にしみついたにおいは消えなかった。結局売るしかなかったよ。オークションでね」

ライリーはそう言って、乾杯するようにグラスを上げた。「君は、なにがなんでも僕とパムの仲を裂こうと必死だった」もっとも、そのあとのなりゆきを考えれば、あのとき彼女の言うことに耳を傾けるべきだったのだろう。

グレイシーは満足そうな表情をしている。ライリーは今自分が考えたようなことを指摘されるかと思った。ところが、彼女はその件には触れなかった。「それで、これからどうするの？」

「ジークがなにをしているのか突きとめるよ。今はどんなトラブルもごめんだ。僕が具体的な情報をつかむまで、アレクシスがなにもしないように引きとめておいてくれるかい？」グレイシーが口ごもっているので、ライリーは彼女をにらみつけると、思い出させるように言った。「僕には借りがあるはずだ」

グレイシーはぶるっと身震いした。「わかってるわ。アレクシスのことはできるだけやってみる。でも、せいぜい二日までよ。それ以上は約束できないわ。彼女、思いこんだら絶対にあきらめないたちだから」

「そして、君たちランドン家の女がこうと思いこんだらどうなるかは、みんなが知っている」

「そのとおりよ」グレイシーは立ちあがってライリーを正面から見つめた。「本当にごめんなさい、ライリー。十四年もたってからじゃ遅すぎるのはわかっているけど、心底、申し訳ないと思っているわ。あなたの人生を生き地獄にするつもりなんてなかったのよ」

「わかった。もういいよ」

「ジークのことでなにかわかったら連絡できるように、私の携帯電話の番号を教えておいたほうがいい？　それとも、アレクシスに直接かける？」

どうせなら正体のわかっている悪魔を相手にするほうがいい。「君の番号を教えてくれ」

彼はグレイシーにメモ用紙を渡した。彼女はそれに手早く番号を書いて返した。

「カメラをお願い」

ライリーはカメラを渡した。

「町にはどれくらいいるんだ？」

「数週間よ。妹のヴィヴィアンが結婚するの。その準備の手伝いと、ウエディングケーキを作るために帰ってきたのよ。町はずれに家を借りたわ。注文を受けているケーキを焼くために、キッチンが必要だから」

「また連絡するよ」

グレイシーはうなずき、なにかほかに言いたいことでもあるように、手の中でカメラを引っくり返した。ライリーは待ったが、彼女は軽く肩をすくめただけで、廊下の方へ歩きだした。

ライリーは玄関まで送っていった。グレイシーはポーチに出てから、ちらりと振り返った。

「パムについて私が言ったことは間違ってなかったわね」

「君の言うことに耳を傾けるべきだったよ」

グレイシーの唇の端が上がり、笑みが浮かんだ。「ほんとにそう思う?」

「ああ。ときには、目の見えない栗鼠《りす》でもどんぐりを見つけることがあるんだな、グレイシー。おやすみ」

ライリーはドアを閉めたが、そのままそこに立っていた。案の定、グレイシーがドアを蹴飛《けと》ばしたらしい。どんという音が聞こえた。

「そんなことを言うなんて卑怯《ひきょう》よ、ライリー」彼女がどなった。「ほんとに卑怯だわ」

今夜は騒ぎを起こされ、そのせいで、やらなければならないことがさらにふえたにもかかわらず、ライリーは図書室へ引き返しながら、思わずにやりとした。


グレイシーは頭から湯気を立てそうなほどいきりたって、大股にライリーの家をあとにした。「目の見えない栗鼠ですって?」憤懣《ふんまん》やるかたない思いでつぶやく。「パムについて言ったことは当てずっぽうなんかじゃなかったのに。恩知らずとはこのことよ。あのとき私の言葉に耳を傾けていれば、そもそも彼女と結婚したりしなかったはずだわ。それなのに、あの男は耳を貸そうともしなかったのよ」

グレイシーは腹立ちまぎれに地面を踏み締めて歩き、やがて門の前の歩道で立ちどまった。アレクシスと車はどこにも見当たらなかった。ロスロボスは大きな町ではないけれど、ホワイトフィールド家がある地区から実家がある中流階級の住宅地まで歩くとしたら、かなりの運動になるだろう。

グレイシーは左の方向へ歩きだした。夜気はひんやりとしてさわやかで、かすかに潮の香りがした。長い間離れていたとはいえ、町を歩くと懐かしさがこみあげた。海が近いことと、住宅街が静けさに包まれているのがいい。ロサンゼルスの彼女の家は郊外にあるものの、それでもここよりはるかに騒々しかった。

曲がり角まで行ったところで、ライリーの家を振り返った。彼は貧しい暮らしの中で育ったにもかかわらず、今ではあの家にしっくりなじんでいた。グレイシーは通りを渡りながら、思わずにっこりした。なんと、十四年ぶりに会った彼はとてもすてきだった。十三歳の少女のころすでに自分の男性の好みはなかなかのものだったとわかって、ちょっと誇らしい気がした。大人になったライリーは、ますます魅力的になっていた。どこかもの憂げで危険な感じの、堕天使の雰囲気だ。そう、耳にダイヤのピアスをした堕天使。

ライリーと再会したとき、仰天してどぎまぎする一方で、なにかぴんとくるものがあった。火花。強烈な引力。かつてと同じで、それが完全に一方的なものだということはわかっている。つまり、間違ってもその直感に従ってはいけないということだ。もう二度とストーカー行為をするつもりはない。

横に車がとまった。グレイシーはそちらをちらりと見やった。アレクシスのカムリだ。姉が窓を開けた。

「解放されたのね」アレクシスは静かに言った。「よかった。乗って」

「解放されたってどういう意味？」グレイシーはドアを開けて助手席に乗りこみながら尋ねた。「ライリーが私をつかまえて、拷問にかけて情報を聞き出すとでも思ってたの？」

「なにが起こるか見当もつかなかったわ。あんなに派手にフラッシュを光らせるなんて、とてもじゃないけど信じられない」

グレイシーは手に持っている年代物のカメラに目を落とした。「私もよ。人目を忍ぶ仕事に使うためのものじゃないんだもの」そして姉に視線を戻した。「私を置き去りにして逃げたわね。あれはどういうこと？」

アレクシスは面目なさそうにハンドルにおおいかぶさった。「ごめん。つかまるわけにはいかなかったのよ」

「あら、それじゃ、私はつかまってもよかったの？　窓の外をうろついている私を見つけてライリーがどう思ったか、わかる？」

「昔、何百万回も思ったとおりのことでしょうね」

ひどい言い方だとグレイシーは思った。「私はもう大人で、あのころとは違うのよ。この町の人たちはみんな、それを忘れているみたいね」ため息が出た。「もういいわ。そんなことより、姉さんが欲しがっていた情報を手に入れたわよ」

アレクシスはグレイシーを見た。「どういう意味？」

「ライリーにジークのことをきいたのよ」

「え？　まさか！」

アレクシスが急ブレーキを踏んだ。シートベルトをしっかり締めていてよかった。

グレイシーはダッシュボードに両手をついて体を支えた。「姉さんたちの問題について彼に話したのよ。彼は知っていることを教えてくれたわ。どうしてそんなにびっくりするの？」

「だって、これはプライベートな問題よ」アレクシスは金切り声をあげた。「だれにも知られたくなかったのに。家庭内の問題っていうのは、秘密にしておくものでしょ。それくらいわかってくれていると思ったのに」

グレイシーはたじろいだ。姉がこれを家庭内の問題ととらえて秘密にしたいと考えていることは知らなかったし、秘密にするほどたいしたことではないと思っていたのだ。

「言いだしたのは姉さんじゃないの」グレイシーは言った。「私は手伝おうと思って一緒に行っただけよ」

「わかってる。ごめんん。ただ……」アレクシスはため息をついた。「彼はなんて言ったの？」

「彼の知る限りじゃ、ジークは首ったけと言ってもいいくらい姉さんを愛しているって。ただ、今夜は打ち合わせはなかったみたい」ライリーが直接ジークに事情を尋ねるつもりでいることも話そうかとも思ったが、また姉の金切り声を聞かされるのはごめんだったので、やめておいた。

「ほかには？」

グレイシーは口ごもった。

アレクシスはランドン家の前に車をとめてエンジンを切った。「なんなの？」

「ジークがどこへ行っているのか、ライリーが彼に直接きいてみるそうよ」

アレクシスはハンドルに頭をつけてうめいた。「冗談だって言って」

「冗談なんかじゃないし、そんなに悪い考えじゃないと思うわ。姉さんがジークにきくつもりがないとしたら、だれかが事実を聞き出さなきゃならないでしょ。浮気をしていないとわかれば、姉さんだって安心できるじゃないの」グレイシーは姉の腕に手を置いた。

「姉さんが自分でジークにききさえしたら――」

アレクシスは頭を起こして運転席のドアを開けた。「あなたはわかってないのよ。そんなに単純には割り切れないんだから。彼がなにをしているのか、知りたくない気もするの。もしほんとに浮気をしているんだとしたら……」姉はぐっと唾《つば》をのみこんだ。「彼と別れたくはないけど、別れるしかないでしょ」

グレイシーは、今はもうこの話はしたくなかった。いや、どんな話もしたくなかった。故郷に帰ってきてまだ二日だというのに、すでに、歯医者で一週間の根管治療をするほうがはるかにましだという気がしていた。

「ねえ、ここはライリーにまかせて、ほんとのことを聞き出してもらったほうがいいんじゃない？」グレイシーは静かに言った。

「そうね。そうするわ。中に入る？」アレクシスは家の方に顎をしゃくった。

このまま借りた家に逃げ出したいのはやまやまだったが、グレイシーはうなずいて車から降りた。ちょっと顔を見せて挨拶《あいさつ》したら、退散しよう。荷ほどきがあるからと言えば、家族ももっともだと思ってくれるだろう。ただ本音を言うと、このまま帰りたいのは、少しばかり距離をおきたいからだった。急に家族のごたごたの中にほうりこまれて、ちょっと辟易《へきえき》していた。

二人は玄関の前まで行った。アレクシスがドアを開けたとたん、中からわめき声が聞こえた。

「まずいところに来たみたいね」グレイシーは言った。

「ヴィヴィアンの声じゃないかしら」アレクシスがかぶりを振った。「また式を中止にするっていうんでなきゃいいけど」

「え？　中止？」仰天しているグレイシーを尻目に、姉は家の中へ入っていった。グレイシーもあとに続いた。

ヴィヴィアンがリビングルームの真ん中に突っ立っていた。口をゆがめ、両手を腰にあてがって。顔は涙でぐしょぐしょに濡《ぬ》れ、マスカラが黒い筋になって流れている。母はソファに座っていて、コーヒーテーブルにはブライダル雑誌が何冊も広げたままになっていた。

グレイシーとアレクシスを見て、ヴィヴィアンがはなをすすりあげた。「トムなんか大嫌い」腹立たしそうに彼女は言った。「自分勝手で意地悪で。あんな人と結婚するのはやめるわ」

「まあ、そう言わないで」アレクシスがなだめた。「ちょっと喧嘩《けんか》しただけでしょう。さあ、どうして喧嘩したのか、私に話してちょうだい」

「か、彼の独身最後のパーティよ」ヴィヴィアンはしゃくりあげながら言った。「彼、私に来ちゃだめだって言うの。でも、行かなきゃ、彼がなにをするかわからないでしょ？映画を見たりお酒を飲んだりするのはかまわないけど、ス、ストリッパーを呼ぶのはいや」

「彼がそうしたいって言ってるの？」アレクシスが尋ねる。

ヴィヴィアンはまたしゃくりあげた。「わ、私が口を出すことじゃないって言うの。け、結婚するまでは、わ、私の言いなりになる必要はないって」

グレイシーはどこでもいいから逃げ出したかった。このまま、おやすみなさいと言ってさっさと出ていくべきか、それとも、自然の欲求に迫られたふりをしてバスルームに駆けこむべきか。そのとき、自分が口を開いてしゃべっているのに気づいて、愕然とした。

「独身最後のパーティに出たいのは、彼にあれこれ指図したいからじゃなくて、愛情と信頼をもって結婚生活を始められるようにしたいからでしょ。それなら、そのことをちゃんと彼に説明したの？　私に言わせれば、男性にしろ女性にしろ、そういうパーティを、よりによって結婚式の前の日に開こうと考える神経がどうしても理解できないけど。まずいことが起こる可能性がおおいにあって、結婚式を挙げてお祝いしようとしている二人の関係をぶち壊しにするかもしれないパーティなのよ」

　三人が目をまるくしてグレイシーの方を見た。アレクシスが、のみこみの悪い子供を黙らせようとするようにかぶりを振り、母が立ちあがって、またもや激しくしゃくりあげはじめたヴィヴィアンのそばへ行った。

「それはノーって意味ね」自分がこの家で浮いているのをますます強く感じながら、グレイシーはつぶやいた。

「大丈夫よ」母がヴィヴィアンを引き寄せて言った。「明日の朝、トムと二人で話し合いなさい。きっと仲直りできるわよ」

「そ、そうね」ヴィヴィアンは母の肩に顔を押しつけた。「わ、私はただ、彼に愛してもらいたいだけなの」

グレイシーは玄関の方を示して言った。「ここはママと姉さんにまかせたほうがよさそうね。私はもう行くわ」

それがいいわと、母が声を出さずに口だけ動かして伝えた。

厄介な状況をさらに悪くしてしまったとは考えないようにしながら、グレイシーは再び闇に包まれた表に出た。自分の車に乗りこむと、町の反対側の借家まで運転していき、ほっとした気分で、暗く静かな家の中に入った。

照明のスイッチを入れたとたん、ぱっと明るくなった。キッチンを見まわしたグレイシーは、また元気を取り戻した。

昼間のうちに、道具類は戸棚にしまっておいた。大きすぎてどの戸棚にも入らない特注の焼き型は、料理の本を入れるための棚に並べてある。ケーキの製作スケジュール表は冷蔵庫の扉にマグネットでとめてあり、『ピープル』の二ページ見開きの記事は両面テープで壁に貼《は》ってあった。〝グレイシーのケーキの秘密は？〟という見出しがついた記事だ。

グレイシーはその記事の前に立った。コメディ番組『オリーヴの屋根裏部屋』に出演している人気女優が、グレイシーの作った豪華なウエディングケーキを披露宴で夫に食べさせている写真を、指先でなぞる。二ページ目には、グレイシーのケーキの写真と、彼女が精魂こめてケーキの飾りつけをしている写真があった。

これが私の世界よ。グレイシーは心の中でつぶやいた。トーランスの家、ケーキの注文、大型オーブン三台と作りつけの棚がある南向きのキッチン。そこは彼女が理解できる世界だった。そこではただのグレイシーでいられる。だれかの妹でも姉でも娘でもない。そこではとんでもないどじを踏むこともない。場違いな人間という疎外感を味わわないでもすむ。

帰郷したことは間違いだったのだろうか？　でも、もう帰ってきてしまった。今さらあと戻りはできない。

「ほんの数週間じゃないの」グレイシーは自分に言い聞かせた。それが過ぎたら、このすべてから逃げ出して、二度と振り返るまい。

3

グレイシーが正午ちょうどに〈ビルズ・メキシカン・グリル〉に着いたときには、親友のジルはすでにボックス席に座っていた。手を振って合図をしている。

「いつものことながら、早いわね」グレイシーはテーブルに近づいて言った。

ジルが立ちあがってグレイシーを軽く抱き締めた。「ええ。ほとんど病気ね。十二段階の治療プログラムが必要かもしれないわ」

グレイシーは一歩下がり、ジルの全身を眺めまわした。「すてきじゃないの。私の知ってるデザイナー？」

注文仕立てのシャツと細身のピンストライプのスラックスがよく見えるように、ジルは腰を振りながらその場でまわってから腰を下ろした。

「アルマーニよ。まだ都会で弁護士をやっていたときの服を仕事着にしているの。アシスタントのティナにいつも、ロスロボスじゃ高級すぎてそぐわないって言われるんだけど、仕事をするときに着なかったら、いったいいつ着ればいいの？」

グレイシーはジルの向かいに座り、シルクのシャツの袖《そで》に触れた。「バスルームを掃除するときには着られそうにないわね」

「そうでしょ」ジルはにっこりして言った。「会えてほんとにうれしいわ。ものすごく久しぶりのような気がする。ええっと、五カ月ぶりかしら？」

「それくらいね。この前会ったのは、あなたが結婚式を挙げたときだけど、あのとき、あなたは花婿しか眼中になくて、私なんかそっちのけだったもの。すばらしいウエディングケーキを焼いてあげたのは私だったっていうのにね。あれってどういうこと？　子供のころからの親友でしょう。まったく、マックはたいした男だわ」

ジルは笑い声をあげた。「あなたの言うとおりよ。彼はほんとにたいした男性なの。すてきで、すばらしくて、たくましくて――」

ウエイトレスが飲み物の注文をとりに来たので、ジルは言葉を切った。グレイシーはダイエットソーダを、ジルはアイスティーを注文した。

ジルは変わった、とグレイシーは思った。弁護士になってからというもの、サンフランシスコの大きな法律事務所に勤務して、法曹界の出世街道を突っ走っていた。スーツに身を包み、天然のすばらしいウエーブがある髪を毎朝苦労してまっすぐに伸ばしてから、うなじできっちりシニヨンにまとめて、寝る間も惜しんで仕事をしていた。それが今は……。

グレイシーは思わずにっこりした。印象がすっかり柔らかく、女らしくなった。肌にも潤いが感じられる。流れるように波打つ長い髪が背中に垂れ、目の下の隈《くま》も消えて、内側から輝きがにじみ出ているようだ。

「結婚生活に満足しているみたいね」グレイシーは言った。

「そのとおりよ。マックはすばらしいわ。彼の娘の継母《ままはは》になることにちょっと不安もあったんだけど、エミリーはとってもいい子で、私の失敗も大目に見てくれるの。ただ一つ残念なのは、本当の母親のところにも行かせてあげなくちゃならないから、あの子を独占できないことね。ずっとこっちにいてくれるといいんだけど」

「あらまあ。ご立派なお言葉ね」

「本心からそう思っているのよ。マックとエミリーに夢中なの」

グレイシーはジルの左手をつかみ、ダイヤモンドの指輪をじっくりと見た。大きなダイヤモンドを小さなダイヤモンドが守るように取り巻いているデザインだ。

「これだけ大きな宝石におじけづかない男の人って、いいわね」グレイシーはにやりとして言った。

「マックは物事のやり方を心得ている人よ」ジルはうなずいた。「そう、なんであれね」

グレイシーは押しとどめるように両手を上げた。「セックスの話を持ち出すつもりなら、聞く耳はないわよ。結婚して生まれ変わったあなたとすばらしい夫、申し分のない継娘には、心からの祝福を送るわ。なんなら犬をプレゼントしてあげたっていい。でも、セックスの話だけはごめんこうむるわ」

ジルはグレイシーの手を軽くたたいた。「自分が不自由しているから？」

「当たり。デイヴィッドとは三カ月前に別れて、それ以来、悪夢みたいなデートを繰り返すような暮らしをまた始める気になれなくて」

ウエイトレスが飲み物とつまみのトルティーヤ・チップスとサルサソースを持ってきて、注文は決まったかと尋ねた。

「お勧めはなあに？」グレイシーはジルにきいた。

「ここのタコ・サラダはおいしいわよ」ジルが言った。

「それにするわ」あとで胃がむかついたときのために、バッグには制酸剤が入っている。

「それを二つね」ジルがウエイトレスに言った。「よろしく」そしてまたグレイシーの方に向き直った。「デイヴィッドとはうまくいっているみたいだったのに。なにがあったの？」

「さあ。なにも。なにもなさすぎたのかしら。いい人だったけど……」グレイシーはため息をついた。「火花が散るって感じがないのよね。そういうものを求めるのって、そんなに高望みかしら？　火花でなくても、火傷《やけど》しそうな熱さを感じるだけでもいいんだけど。その人に会うことを考えると、胸がどきどきして興奮するような。そう、すてきとか、とっても楽しいとかじゃなくて、心臓がとまりそうって言えるような。デイヴィッドはとっても楽しい人だった。うまくいってたわ。一度も喧嘩《けんか》したことなんてなかった。でも、一度も……胸がときめかなかった。いてもいなくてもどっちでもいいような人と、どうしたら恋ができるっていうの?」

「名前は出さないけど、あなたは昔、一人の男の人にあれだけ夢中になった。でも、あなたって人は、ヒロイン気取りで自己陶酔にひたるタイプじゃないはずよ」

「それが問題なのかもしれない。もしかしたら、またストーカーになるんじゃないかと心配で、だから本気でだれかを好きになるのをためらっているのかも」グレイシーはダイエットソーダのグラスをつかんだ。「その気になれば、私だってヒロイン気取りで大騒ぎできるわよ」

ジルはにっこりした。「もちろんよ」

そうしてみたい気もしたが、実のところ、グレイシーは秩序のある暮らしが好きだった。それは自分でもわかっている。たまにプレゼントで驚かされるのはかまわないどころか大歓迎だけれど、日常の暮らしでは意外性は願い下げだ。ボーイフレンドが退屈きわまりない男性ばかりなのは、だからかもしれない。

それに……。「うちの家族のヒロイン気取りの遺伝子は、全部ヴィヴィアンにいっちゃったみたい。あの子ったら、昨日、独身最後のパーティのことでトムと大喧嘩して、結婚式を取りやめるって泣きわめいていたわ」

ジルは目をまるくした。「取りやめるの？」

「さあ。でも、もし取りやめになったりしたら、わざわざ帰ってきて家まで借りた私は、怒り狂うわよ。ケーキの注文を山ほどかかえているっていうのに」

「実家に滞在するんだと思ってたわ」ジルが言った。「あそこのオーブンじゃだめなの？」

「オーブンだけの問題じゃないの。専用の冷蔵庫と冷凍庫も必要だし、飾りつけをするのにダイニングテーブルを占領しなくちゃならないし、道具や材料を入れる戸棚も必要だし。それに、作業は夜遅くまでかかるから。台のスポンジを焼くのは簡単なんだけど、飾りつけに気が遠くなるほど時間がかかるのよ」

実家の居心地がよくないことは言わなかった。あまりに長い間よそで暮らしていたので、グレイシーにとって、実家はもう我が家ではなくなっていた。それでもなんとかなじもうと努力しているけれど、今までのところ、あまりうまくいっているとは言えない。

「久しぶりに帰ってくるって、妙な感じ？」ジルが尋ねた。

「イエスとも言えるし、ノーとも言えるわね。自分では前とは別人だと思っているのに、だれもそうは見てくれない。町の人たちにとっては、いまだにライリー・ホワイトフィールドに夢中のグレイシー・ランドンなんだもの」

ジルはアイスティーのグラスに手を伸ばした。「ねえ、彼が町に帰ってきているのよ」

グレイシーは目を細くした。「やめてよ、あなたまで。そのことはもう、実家の隣に住んでいるおばあさんからも、借りている家の家主さんからも、食料品店の店員からも、道で会った、だれだか思い出せない女性からも聞かされたわ。まったく、ぞっとするなんてものじゃないわよ。まさに『トワイライトゾーン』の世界だわ」

「新聞記事のせいよ」ジルが言った。「あれで、あなたに一度も会ったことのない人たちも、自分の身内に起こった出来事みたいに感じてしまったのよ」

「わかってるわ」

「彼とは会った？」

グレイシーは口ごもった。会ったと言えば、アレクシスのプライベートな問題を話さないわけにはいかなくなる。

「会ったのね！」ジルはテーブルに身を乗り出した。「詳しく話してちょうだい。最初から順を追ってね」

グレイシーはため息をついてトルティーヤ・チップスを手に取った。それを引っくり返して眺めてから、口に入れる。「だれにも言っちゃだめよ」チップスを噛《か》んでのみこむと、彼女は言った。「ちょっと調査をしててね。アレクシスに頼まれたんだけど、なんの調査かってことは言えないのよ」

「それじゃ、お店かどこかで彼とばったり会ったというわけ？」

「いいえ、そうじゃなくて、彼の家のまわりをうろついていたの」

ジルの目がまんまるくなった。「まさか。彼をさぐっていたわけ？」

「違うってば。さぐっていたのは別の人なんだけど、彼につかまって、ひどく間の悪いことになっちゃったの。彼、私を近づかせないようにする禁止命令を裁判所に申請するんじゃないかしら」

ジルはトルティーヤ・チップスをつまんだ。「どう思った？　彼、今でもまだとってもすてきだと思わない？」

「思うわ。どこかもの憂げで危険な感じ」

「そして、セクシーで」ジルがつけ加える。「ピアスがいいわよね。マックにもピアスをしたらって勧めたんだけど、それだけは絶対にいやだと言って聞かないの」

「確かにピアスはぐっとくるわね」

「それと、あのヒップ。すばらしいヒップだわ」

「ヒップを見るチャンスはなかったけど、今度会ったら忘れずにチェックするわ」

ジルがテーブルごしにトルティーヤ・チップスを投げつけた。「もう！　私に気取ってみせたってだめ。今話しているのは、あのライリーのことなのよ。彼と同じ部屋にいて、あなたがなにも感じずにいられるなんて、とても信じられない」

「感じたわよ。屈辱感と、一刻も早く逃げ出したいっていう衝動をね」

「私が言っているのはそういうことじゃないの。グレイシーったら。あなたたちの間には、なにか引き合うものがあったはずよ」

グレイシーは決してそれを認めるつもりはなかった。救いようのない愚か者に見られるのはごめんだ。それに、私が一方的に惹《ひ》かれただけだろう。「彼は完全に過去の人で、この先もそれは変わらないわ。昔、彼にしたことを、私が誇らしく思っていると思う？　いまだにみんながあのことを覚えていて話題にしているなんて、考えただけでたまらないわ。だから、火に油をそそぐようなことは絶対にしないつもりよ。ところで、彼はこの町でなにをしているの？　町長選に立候補しているんですって？　どういうこと？」

ジルは背筋を伸ばした。「私が話せるのは、みんなが知っていることだけよ」

グレイシーは目をまるくして親友を見た。口をぽかんと開けないように、唇をぎゅっと引き結んだものの、目の玉が飛び出しそうになっているのがわかった。

「あなた、彼の弁護士なの？」

「あることに関する部分を扱っているわ」

グレイシーはなんと言えばいいのかわからなかった。「彼はいつごろまで町にいるの？」

「それは事情によるわね」

「ちっとも助けになってくれないのね」グレイシーはダイエットソーダを一口飲んだ。

「どうして町長に立候補するのか、理由を知ってる？」

「ええ」

「話してくれる?」

「だめ」

「あなたってほんとにおもしろくない人ね。わかってる?」

ジルはまたトルティーヤ・チップスをつまんだ。「わかってるけど、話せないのよ」そして、意地の悪い表情で言った。「でも、今度ライリーの家をさぐっていてまた彼にでくわしたら、自分できけばいいじゃないの」

「どんなにお金を積まれてもいやよ。もう二度とライリーとはかかわりを持ちたくないわ。あんな屈辱を味わうのはごめんだもの」

「確かにそうね。彼は運命の相手じゃないんだわ。あなたがそう言いきれるのなら」

グレイシーはジルを見て声をあげて笑った。「もし彼が運命の相手なら、私はカトリックに改宗して、修道女になるわ」

フランクリン・ヤードリーの趣味は腕時計を集めることだった。ドレッサーの特注の引き出しには、見事なコレクションがおさまっている。彼は毎朝スーツとネクタイを決めたあと、その日にはめる時計を慎重に選ぶ。お気に入りはオメガの製品だが、ロレックスも三つ持っている。町長のような地位にある人物にふさわしいと世間の人々が考えているからだ。

「考え方は人それぞれだからな」コットンのシャツのモノグラムが刺繍《ししゅう》されたカフス、そこから少しのぞいているオメガに視線を落として、フランクリンは独り言をつぶやいた。もっとも、今日彼が関心を向けているのは、自分のための腕時計ではなかった。宝石店のカタログのページをめくり、婦人用の腕時計のページを開いて眺めていた。そう、特別な女性のための品を選んでいるのだ。

シンプルでありながらエレガントなモバードが目にとまった。

「完璧《かんぺき》だ」

相手の女性を喜ばせるには十分な高級品だが、人目を引くほど派手な品ではない。

フランクリンは宝石店のカタログに印をつけ、カレンダーをチェックした。その時計を買うのに必要な千二百ドルの現金を用意するには一日か二日かかるだろう。クレジットカードで買うわけにはいかない。妻のサンドラは、生まれてこのかた一日たりとも働いたことはないくせに、支出は一セントまで細かくチェックする。

結婚前、フランクリンはなんとなく、一代で財をなした富豪の娘なら金銭の出入りには鷹揚《おうよう》だろうと思っていた。だが、あいにくサンドラはそうではなかった。サンドラの考えでは、夫婦の財産は彼女が親から相続したものが元になっているのだから、その使い道については彼女だけに発言権があるのだった。

それでも、結婚して二十八年も過ぎれば、金を出ししぶる妻と折り合っていくすべを身につけ、それをかいくぐる道を一つならず考え出すことができるようになる。サンドラはよく、夫がちょっといいもの――自分が買い与えたのではないものを持っているとあれこれ詮索《せんさく》した。けれど、フランクリンは決してその出どころを明かさなかった。サンドラがどう考えようとかまわなかった。彼女は離婚などする気はないはずだし、パーティでは見栄えがした。それで十分だった。

フランクリンはカタログをトゥミの革製のブリーフケースに入れると、デスクの一番下の引き出しの鍵《かぎ》を開けた。町の印章といくつかの重要書類の下に、とくに町長の自由裁量の財源としてとってある口座の小切手帳があった。彼はそれを秘密の軍資金と呼んで悦に入っていた。その小切手帳をブリーフケースのカタログの横に入れると、アシスタントを呼ぶブザーを押した。

町長執務室のドアが開いて、ホリーが入ってきた。サンディエゴ育ちの背の高いブロンドで、まだ二十四歳の若さで、サーフィン好きな一家の三代目らしい完璧な美人だ。しかし、大きなブルーの瞳と高い頬骨の奥には、並はずれて鋭い頭脳がおさまっている。

「ご請求の数字《フィギュア》です」彼女はフランクリンのデスクにフォルダーを置いて言った。

今、フランクリンにとってなにより関心があるのは、ホリーの容姿《フィギュア》だった。今週の後半にあの腕時計をプレゼントしたら、彼女はどれほど喜ぶことか。

「よくありません」ホリーが続けた。「ライリー・ホワイトフィールドが支持率を上げてきています。町の人々は彼の主張に耳を傾けはじめているようです」少し顔をしかめて完璧な眉を寄せる。「我が陣営は論点をもっと明確にすべきだという声があがっています。あと二、三回、演説会を開かれたほうがいいと思いますが」

フランクリンはホリーのすべてが気に入っていた。話し方、眉の寄せ方、自分と一体だと思っているような〝我が陣営〟という言い方。

「君はどの論点が最も重要だと思うかね?」彼は尋ねた。

ホリーがうれしそうに目をみはった。「本気で私の意見を求めておいでなんですか?」

「もちろんだ。君は私とロスロボスのよき町民たちとのパイプ役だからね。彼らは、私には言わないことでも君になら話すだろう」

「それは考えたことがありませんでした。町長という地位にあると、周囲と切り離されたような感じをお持ちになるのでしょうね」

「ドアを閉めたまえ。ブレーンストーミングをしようじゃないか」フランクリンは言った。

ホリーは指示どおりドアを閉めてから、彼の向かいに腰を下ろした。「欠かせない論点は税金です」彼女は言った。「でも、投票の判断の決め手になるようなものはありません」

「ホワイトフィールドはなにを論点にしているんだ?」

「建築規制、学校への予算の増額、それと、冬場に観光客を誘致する方策です」

「これ以上観光客がふえるのは、いかがなものかな」フランクリンは言った。

ホリーはうなずいた。「確かに観光客はうっとうしい存在です。ただ、町に多額のお金を落としてくれます」

「なかなか厄介な問題だな」フランクリンの考えはもうとっくに決まっていたが、少し考えるように言葉を切った。「実は……」おもむろに口を開く。

ホリーは身を乗り出した。くい入るような表情の下で、ブラウスに包まれたはち切れんばかりのバストがゆっくりと左右に揺れた。

「君に演説の草案を書いてもらうのはどうかと考えていたんだがね」

ホリーははじかれたように立ちあがってフランクリンを見つめた。「本当ですか？　私に書かせてくださるんですか？」

「君ならすばらしい草案を書いてくれることだろう。頭が切れるし、有能だし、やる気もある。書いてみるかね？」

ホリーは声をあげて笑った。「もちろんです。今週末までに二本書けると思います。それで間に合いますか？」

「もちろんだ」それ以上にいいのは、おそらく彼女の〝草案〟は、そのまま演説に使える完璧なものに違いないということだ。「ありがとう、ホリー。おおいに助かるよ」

「こんなチャンスをいただけるなんて、ほんとにわくわくします」

「わくわくするのはこっちだよ。私は君を存分に利用させてもらっている。君は男を出世させるタイプの女性だな」ホリーは心得顔でほほえんで、フランクリンに近づいた。体が触れそうなくらいまで近づいたところで、彼女はスカートのホックに手をかけた。

「町長は女をなんでもしてあげたい気持ちにさせるタイプの男性ですわ」

ホリーのスカートが床に落ちた。フランクリンは彼女に視線を釘《くぎ》づけにしたまま、声にならない感謝の言葉をつぶやいた。

彼女は下着をつけていなかった。


グレイシーは焼きあがったケーキ型をケーキクーラーに逆さまに置いて、慣れた手つきで型の底を軽くぽんとたたいた。気むずかしいオーブンで焼くのは気疲れのする作業だった。自分のオーブンが使えないと、往々にしてこういうことになる。彼女は五つ数えてもう一度底をたたいてから、思いきりよくぱっと型を持ちあげた。

型はきれいにはずれ、きつね色のスポンジケーキがケーキクーラーの上に残った。

「思いどおりに焼けたときは最高ね」ケーキクーラーに並べて冷ましてある別のスポンジケーキを眺めながら、グレイシーはにっこりしてつぶやいた。こちらは、花嫁に結婚祝いの品を贈るシャワーパーティ用の、シンプルだがエレガントなケーキの土台になる。『インスタイル』のブライダル特集記事で二度ほど絶賛されたのに加えて、『ピープル』

にも記事が載ったおかげで、グレイシーのささやかなケーキビジネスは、一躍世間の注目を浴びる存在になった。グレイシー当人にも理由はよくわからないものの、今では有名人たちが彼女のケーキを結婚式とブライダルシャワーの〝マスト・アイテム〟と考えていた。ヴェラ・ウォンがデザインするウエディングドレスがもてはやされているのと同じだろう。

「私としては、文句を言うつもりはないけど」グレイシーはうきうきした口調で独り言を言って、冷蔵庫の扉を開けた。冷蔵庫には、ケーキのデコレーション用に前もって作っておいた百合《ゆり》の紋章が入っている。紋章は合わせて三百五十個。必要なのは三百三十個ほどだったが、残りは壊れたときのための予備だ。

白とゴールドのエレガントなデザインは、ルネッサンス絵画に描かれているケーキを模したものだった。花嫁が『名作劇場』に出演した人気女優で、古いものに凝っているのだ。花と鳩《はと》とハート以外のデコレーションを作るのは大変だったが、それだけにやりがいのある仕事だった。

飾りつけに取りかかる前にもう少しデコレーションを作っておこうと考えて、グレイシーはカウンターのところへ行った。そのとき、携帯電話が鳴った。なにかすばらしい出来事を期待しているかのように、一瞬胸が高鳴った。もっとも、すてきな男性からかかってくる当てはなかった。

いいえ、そんなことはないわ。ライリーかもしれないじゃないの。

ちらりと携帯電話の画面に目をやると、発信者は母だった。あるいは、母の金物店にいるだれかだ。

胸の動悸《どうき》はまたたく間におさまり、グレイシーは通話ボタンを押した。

「グレイシーです」

「もしもし、ママよ。結婚式の打ち合わせの確認をしようと思って。あなたも来るでしょう？　ヴィヴィアンの晴れの日までに、やらなくちゃならないことが山ほどあるのよ。あなたは結婚式をたくさん見てきているから、いいアイデアを出してくれるんじゃないかと期待しているんだけど」

あいにく、グレイシーは昨夜の気分をまだ引きずっていた。アレクシスに非難されて、自分は部外者だという思いをますます強くしたのだ。

「結婚式はまだ取りやめになってないの？」彼女は尋ねた。「ヴィヴィアンはずいぶん怒ってたみたいだけど」

母がため息をついた。「ええ、週に一回はああやって騒ぐのよ。あの子は気まぐれで、おまけに、すぐかっとなる性分だから。困ったものだわ。でも、結婚したら落ち着くんじゃないかと思うの」

結婚する前に落ち着くべきではないかとグレイシーは思った。でも、そんなことを考えるのは私だけだろう。

「わかった、行くわ。なにか持っていくものはある？」

「忍耐心だけでいいわ。きっと必要になるから」母は時間と場所を告げた。そして、店に客が来たからと言って受話器を置いた。

グレイシーは電話を切ってカウンターに置いた。十四年ぶりの帰郷を前にして、彼女ははっきり言葉にできない山ほどの不安を感じていた。帰ってきた今では、それをリストアップして、言葉で説明し、きちんと分類することができる。

まずライリーのこと。町の人々は彼との一件を忘れていなかった。そのうえ、自分自身も彼に対して昔と同じような反応をしてしまう。人生の半分の年月を離れて過ごしたのだから、彼への思いは薄れていると考えるのがふつうだろう。ところが、どうやらそうではないらしい。

次は家族との関係だ。昔は姉と妹を相手にしょっちゅうどなり合いの喧嘩をしていたけれど、その一方で楽しい思い出もたくさんあった。今、自分にとってアレクシスとヴィヴィアンは見知らぬ他人も同然だ。でも、二人はよくわかり合っているらしい。そのせいで、自分だけが孤立しているような寂しさを覚えてしまう。

最後に母のこと。母に対してはどこか気づまりで、心の隅に引っかかるようなものを感じる。それがどこからくるものなのか、自分でもよくわからない。十四年もの間離れて暮らしたせいだろうか？　それとも、私にはわからない別の理由があるのだろうか？

グレイシーは冷ましてあるスポンジケーキの方に向き直り、鼻にしわを寄せた。めったにないことだが、なにか別の仕事についていればよかったと思うのは、こういうときだった。そう、あまり考える余裕のない仕事に。今私に必要なのは、考えずにすむように気をまぎらわせてくれるなにかだ。それも、とびきりのなにかでなくては。

ライリーは、伯父が注文して作らせた革張りの椅子に腰を下ろした。ドノヴァン・ホワイトフィールドは三十五歳の誕生日に一族の銀行を継ぎ、その四十二年後に亡くなるまで、一日たりとも休まなかった。厳格で気むずかしく、休暇もとらず、ミスを許さず、他人の欠点を認めない人間だった。

少なくとも、ライリーはそう聞かされていた。伯父と会ったことはなかった。ライリーがこの小さな町で暮らしたのは三年足らずだが、顔を合わせたことは一度もない。

ライリーは椅子に座ったまま体をひねって、ドアの向かいの壁にかけられた大きな肖像画に目をやった。銀行の頭取の執務室らしく、豪華で堂々とした部屋にふさわしい肖像画だった。ドノヴァン・ホワイトフィールドは永遠の命を与えられてデスクのうしろに立ち、はるかな未来を見通すかのごとく、遠くを見つめていた。

こんな絵なんかくそくらえだ、とライリーは思った。自分の好きにできるものなら、壁からはずして焼き捨ててしまいたい。だが、それはできない。いまいましい選挙に勝って、このすべてが自分のものになるまでは。それまでは品行方正にしていなければ。つまり、この執務室で、ひねくれた老いぼれの亡霊とともに過ごさなければならないということだ。

ノックの音がして、一面に彫刻のほどこされた木のドアが開いた。

「おはようございます、ミスター・ホワイトフィールド」秘書が言った。

ライリーはかぶりを振った。「ノックする必要はないと言ったはずだ。僕がこっそりしろめたいことをしているなんてありえないから」

今までずっとこの銀行で働いてきた六十代のダイアン・エヴァンズは、まばたきすらしなかった。「かしこまりました」

その声で、ライリーにはわかった。退職する最後の日の最後の瞬間まで、彼女はノックをやめないだろうと。

自分が文句を言える立場でないのはわかっていた。ダイアンは有能でもの静かで、銀行のあらゆる業務に精通している。彼女の助けがなければ、一度ならずまごついていたことだろう。南シナ海なら、たとえ台風のさなかでも石油のにおいをかぎ分けることができる。しかし、銀行業界はライリーにとってまるきり未知の世界だった。

この七カ月間、ダイアンは短くカットした銀髪を一筋たりとも乱すことなく、彼を教え導いてくれた。

「病院の小児病棟の件でまた電話がございました」これまでに少なくとも三回同じやりとり

りをして、そのたびにライリーは寄付を断っただけでなく、二度とその件を自分の前で口にしないようにと指示していた。しかし、そんなことなどまったくなかったかのように、ダイアンはまつげ一本動かさずに穏やかに言った。

ライリーは身ぶりでダイアンに、中に入ってデスクの向かいに座るよう促した。実用本位のパンプスをはいたダイアンが足音もたてずに入ってきて、革張りの椅子に浅く腰かけた。背筋をぴんと伸ばし、胸を張っているせいで、ツイードのスーツが不格好な鎧《よろい》のように見える。

「この件は考えてみると約束してくださいました」彼女は言った。

「妙だな。僕の記憶では、たとえ地獄が凍りついても、ドノヴァン・ホワイトフィールド記念小児病棟を建設するための寄付はしないと言ったはずだが」

ダイアンはメモ用紙とペンを取り出した。「もう一度、これが町にとってどれほど必要かということをご説明いたします」

「いや、それより、この件についてしつこく言うのはもうやめてもらいたい」

秘書はライリーの顔を見た。表情は穏やかで、それまでと少しも変わっていない。眉を上げているわけでも、唇をゆがめているわけでもない。にもかかわらず、ライリーは彼女に非難されているのを痛いほど感じた。

「子供たちのためです、ミスター・ホワイトフィールド。町の子供たちが必要な治療を受けるために、わざわざロサンゼルスまで行かなくてもすむようになるのです」

ライリーはダイアンに借りがあることを考えた。僕が頼んだとき、ダイアンはいつも遅くまで残って、何度も難局を救ってくれた。しかも、僕に面と向かって伯父の思い出話をしたことは一度もない。

「考えておこう」ライリーはゆっくりと言った。「ただし、ドアをノックするのと、僕をミスター・ホワイトフィールドと呼ぶのをやめてくれるなら、だ」

ダイアンは立ちあがった。「わかりました……」そこでちょっと口ごもり、唇をきつく引き結んでから言った。「ライリー、寄付についてご検討中だということを、委員会に知らせておきます。これはご所望の報告書です。それと、ミスター・ブリッジズがいらしています」

寄付をするとなれば千五百万ドルもの出費になるにもかかわらず、ライリーはいくらか勝利の気分を味わった。この秘書との攻防で僕が勝てるなんて、いったいだれが思っただろう?

三分ほどして、ジーク・ブリッジズが大股に入ってきた。背が高く、人好きのする容貌《ようぼう》で、この人物の勧める保険になら入ってもいいと思わせるような雰囲気がある。町長選の選挙運動の責任者はジークをおいてほかにないとライリーが考えたのも、無理はなかった。ジークは町民のほとんどに好かれているだけでなく、選挙運動の経験もあった。

「数字が上がっています」ジークはそう言って、ダイアンがさっきまで座っていた椅子にどさりと腰を下ろした。「それも、大幅にです。日ごとにヤードリーに迫っています。あの新聞広告がおおいに効果があったようです。町長はあせっているに違いありません。逆襲してくる可能性があるので、当分は油断できませんが、世論調査は続けますから、向こうの支持率がまた上がりはじめたら、すぐにわかりますよ」

ライリーはにやりとした。「世論調査をしているだって？　ジーク、ここはロスロボスだぞ。そして、僕が出馬しているのは町長選で、大統領選じゃないんだ」

「わかっています。笑いたければどうぞ。でも、選挙運動の成否は、正確な情報が得られるかどうかにかかっています。正確な情報を手に入れて、それをこちらに有利になるように利用することが不可欠なんです」

「まかせるよ。君は専門家だからな。だからこそ、大金を払って雇っているんだ」

「それを忘れないでください。選挙まであと一カ月あまりしかありません。どんなこともおろそかにはできないんです。確かに、我々は優位に立っていますが、ほんのちょっとしたことで形勢が大きく変わらないとも限りません。ヤードリーは現職で根強い人気がありますし、大衆は変化を好まないものですからね」

「これからも協力すると約束するよ」ライリーは言った。なにがなんでもこの選挙には勝たなければならない。だが、それに九千七百万ドルの金がかかっていることを、ジークは知らない。

ジークがこの先二週間のスケジュールを説明した。数回の演説と、地元のケーブルテレビへの出演があった。ライリーはそのすべてを承諾すると、椅子の背に寄りかかった。

「もう一つあるんだが」

「いいですとも。なんですか？」

「君が仕事以外の時間になにをしようと、それは君の勝手だ。僕の選挙運動に影響を及ぼさない限りはな」

ジークは顔をしかめた。「なんの話ですか？」

「君の秘密さ。君は夜遅くまで家をあけて、行き先を奥さんに言わない。僕が口を出すことじゃないが、奥さんが僕の家を調べに来たんだ。僕の家へ行くと、君が彼女に言ったからだよ。そうなると、僕としてもほうっておくわけにはいかない」

ジークはごくりと唾《つば》をのみこんだ。「あの、ライリー、すみませんでした。でも、僕は――」

ライリーはすばやくかぶりを振ってさえぎった。「あやまる必要はない。重要なのは選挙運動だ。いいか、一度しかきかない。君はなにか、僕の選挙運動に悪影響を及ぼすようなことをしているのか？　返事を聞く前に言っておくが、ロスロボスは小さな町だ。僕の選挙運動の責任者が妻に隠れて浮気をしていることが表沙汰《ざた》になれば、悪影響を及ぼすのは間違いない」

ジークは立ちあがった。「アレクシスを裏切ったりはしていません。そんなこと、絶対にするもんですか。妻を愛しているんです」そこまで言って、顔をそむけた。「そういうことじゃないんです。あなたや選挙運動に影響を及ぼすようなことじゃありません」

「それじゃ、なんなんだ?」

ジークはライリーの方に向き直った。「それを話す必要はありません」

「それを話すことが、このまま君を雇いつづける条件だと言ったら?」

ジークはライリーの目をまっすぐに見た。「だとしたら、くびにしていただくほかありません。僕は自分がなにをしているか話すつもりはありませんから。あなたにもアレクシスにもまったく関係ないことです。僕に言えるのはそれだけです。それでは足りませんか?」

ライリーとしては、選挙を一カ月後に控えた今の時期に事を荒立てたくなかった。ジークをくびにしてほかの人間を雇うこともできるが、そうはしたくない。

「僕には話さなくても、せめて奥さんにだけは話せ」ライリーは言った。「浮気をしていると思われるのは、愛しているということをきちんと奥さんに示していないからだろう」

「わかりました。妻にはちゃんと説明します」

「なにをしているかを話すのか?」

ジークは首を横に振った。「それはできません。まだ今は。でも、悪いことをしているわけじゃないんです。信じていただくしかありません」

ライリーはもうずいぶん昔から、世の中の人間はだれも信じないことにしていた。いくらジークという人間を気に入っていても、自分の主義を変えるつもりはなかった。

「君がなにをしているにせよ、万一そのせいで選挙運動がだいなしになったりしたら、くびにするだけじゃすまないぞ。あらゆる手を使って君を破滅させてやる」ライリーは言った。「わかったな?」

「わかっています」ジークは部屋の奥の肖像画の方に顎をしゃくった。「伯父さんとは一度もお会いになったことがないとおっしゃっていましたが、僕は会ったことがあります。たぶんこんなことはお聞きになりたくないでしょうが、あなたは伯父さんによく似ていらっしゃいますね」

確かに、ライリーはそんなことは聞きたくなかった。「教えてくれてありがとう」彼はそっけなく言った。「近々また話そう」

ジークが書類をかき集めて出ていったあと、ライリーは長いことドアを見つめていた。問題は解決したと思いたかったが、そうでないのはわかっていた。胃が妙にこわばっているような気がする。ジークはなにかを企《たくら》んでいる。ライリーはそれがなんなのか知りたかった。

電話をつかみ、シャツのポケットから紙切れを取り出す。

「もしもし、グレイシーです」呼び出し音が二度鳴ったあと、女性の声が言った。

ライリーはにやりとした。僕がグレイシー・ランドンに電話をかける日がこようとは、いったいだれが考えただろう?

「ライリーだ。ジークと話した」

「それで?」

ライリーはやりとりの概略を話した。

「そんなんじゃ、アレクシスはとうてい納得しないわね」グレイシーが言った。

「僕もさ。今夜、彼を尾行するつもりだ。どこへ行くのか調べる」

「私も一緒に行きたいわ」

ライリーはとっさにだめだと言いかけたものの、話している相手がだれかということを思い出した。僕の知っているグレイシーなら、だめだと言ってもあとをつけてくるはずだ。そうなったら、目立つことこのうえない。

「わかった。六時半に迎えに行く。実家にいるのか?」

「いいえ。家を借りているの」グレイシーは住所を教えた。「すてきだわ」ライリーが住所を書きとめたとき、彼女が言った。「張り込みをするのって初めてよ」

「それはいい。昔のストーカー行為の仕上げをするにはもってこいのチャンスだな」

4

　張り込みにふさわしい服装がどんなものなのか、グレイシーにはよくわからなかった。映画ではたいてい、黒ずくめの服を着て冷めたコーヒーを飲んでいる。でも、こんな時間にコーヒーを飲むわけにはいかない。眠れなくなるし、胃が焼けるほどむかつくだろう。ただでさえ緊張しているのに、そこへカフェインを流しこんだら胃液があふれ出て、痛みでダウンするはめになるはずだ。

「服が先よ、飲み物はあと」グレイシーはクローゼットの前に立って独り言を言った。

　着るものはあまりたくさん持ってきていなかった。スポンジ台を冷ますためのケーキクーラーをはじめとして、ケーキを焼く道具や材料、デコレーション用の道具類をつめこんだら、愛車のスバルはほとんどいっぱいになってしまった。そんなわけで、衣類は小さなスーツケース二つに入るだけの量にしぼった。もちろんそのときには、ライリーの007の相棒としてボンドガールを演じることになるとは、思いもしなかったのだ。

「黒ね」持ってきたジーンズとスラックスを調べながらつぶやく。黒いクロップドパンツが目にとまった。たしか、黒いTシャツも入れてあったはずだ。それでいいだろう。

Tシャツは引き出しに入っていた。まずいことにTシャツの胸には、花嫁と花婿の白いシルエットと〝ビーチの花嫁ショー〟というロゴが入っていた。去年の夏、グレイシーはそのショーに参加したのだ。

胸の模様には目をつぶることにして、そのTシャツを着た。鏡に全身を映して眺めると、ブロンドの髪がやけに目立つことに気づいた。急いでもう一度クローゼットを引っかきまわし、よれよれになったドジャースのブルーの野球帽を引っぱり出した。ブルーと黒では色の取り合わせがよくないけれど、ファッションショーではなく張り込みに行くのだ。それに、ライリーが私の着ているものに目をとめるとは思えない。

ライリー。その名前をつぶやいただけで、体が緊張でこわばり、心拍数が四倍にはねあがった。なんとかして彼に反応しないですむ方法を見つけなければ。今夜は、ジークがなにをしているのかを突きとめるために会うだけだ。ライリーは、もし選べるものなら、私と出かけるより大量殺人鬼と一緒にいるほうがましだと思っているに違いない。それなのに、私は彼に惹《ひ》かれている。まったく、まずいなんてものじゃないわ。

グレイシーはサンダルをはき、玄関へ向かった。屋根をたたく小さな音が聞こえる。地元の天気予報どおり、雨が降りだしたのだ。そこでウインドブレーカーをつかみ、バッグと鍵《かぎ》をさがした。

まもなく、車のライトが家の正面の窓をよぎった。ライリーが来たようだ。近所の人に姿を見られないよう車まで走っていくべきか、それともゆっくり出ていくべきか迷った。それで、ライリーが玄関のドアをノックするのを待つことにした。

「こんばんは」ノックのあと、グレイシーはドアを開けながら言った。そして、ライリーを見る前に挨拶《あいさつ》しておいてよかったと思った。

ライリーはうっとりするほどすてきだった。グレイシーと同様、着ているものは上下とも黒だったが、彼のTシャツは無地で、胸のたくましい筋肉と引き締まった腰を際立たせていた。うしろに撫《な》でつけた髪に点々と雨粒が宿り、彼にくっついているのを自慢するように光っている。

「準備はいいかい?」ライリーは袖《そで》から出ている腕をこすりながら尋ねた。「はおるものは持っているな。よかった。本降りになってきた」

グレイシーは舌がこわばって動かないことに気づいた。足が玄関ホールのタイルに張りついてしまったように、その場に凍りついて動けない。このまま死ぬまで動けないのではないだろうか。何世紀ものちに私を掘り出した考古学者が、この直立した姿のまま、どこかの自然史博物館に展示するかもしれない。かたわらの壁には、〝なにをしているところか不明〟と書かれた解説が貼《は》られることだろう。

グレイシーは懸命の努力で息を吸いこむと言った。「あの、あなたの車で行くの?」

「そうしたい」

グレイシーもそのほうがよかった。とても車を運転できる状態ではなかった。今は、不随意筋以外はまともに動かないような気がした。ライリーの魅力に圧倒されているだけでなく、自分の置かれた理不尽な状況に対する恨みがましい思いでいっぱいだった。私は長年町を離れて生活し、自分の人生を築いてきた。ほんの一カ月ほど帰省している間に、ばかなまねをしてもの笑いの種になりませんようにと願うのは、欲ばりなことかしら？

天から答えは返ってこなかった。グレイシーはバッグと鍵をつかむと、リビングルームの明かりを消し、湿った冷たい夜気の中へ出た。

ライリーが先に立って車の方へ歩いていった。まだ新車と高級な革のにおいがする、シルバーのメルセデスだった。グレイシーは助手席に座り、これから何時間になるか予測もつかないほど長い時間を、この車の中で彼と二人きりで過ごすことは考えないようにした。

これをデートと考える人々もいるだろう。もちろん、私が厄介者で、断じてカウンセリングが必要な人間だと考える人々もいるに違いない。

「どうして実家に滞在しないんだい？」ライリーが尋ねた。

「それも考えたんだけど、仕事をするスペースが必要なのよ。夜更かしをすることも多いし。夜中の三時にキッチンで物音がするのを歓迎する人なんて、めったにいないわ」

ライリーは車をバックで私道から出して、ちらりとグレイシーを見た。「ケーキを作っているんだって？」

「ウエディングケーキよ。とっても高級なのをね。たまにシャワーパーティ用のケーキも作るけど、本番の結婚式のほかに、それだけのお金を気前よく払う人はあんまりいないわ」

「いったいいくらぐらいなんだ？」

グレイシーは無造作に肩をすくめた。「今作っているのはシャワーパーティ用のケーキ。きれいにデコレーションした五十人前のケーキだけど、値段は千よ」

車がわずかに蛇行した。「ドルでかい？」

「もちろんアメリカドルで。そのほうが面倒がなくてすむから」

「ケーキ一つが？」

「とってもすてきなケーキよ」

「そうだとしてもだ」

グレイシーはにっこりした。ライリーのような反応をする人はおおぜいいる。けれど、同じものが二つとない、すべて手作りのものを望む人々は、喜んでそれだけのお金を支払うのだ。

「年間に何個くらい作るんだ？」ライリーが尋ねた。

「百個には届かないわ。もちろん、ウエディングケーキはもっと値段が高いけど、作るのに時間がかかるもの。そこそこの暮らしはできても、お金持ちにはなれないわね。規模を拡大すればもっとお金になるんでしょうけど、あまり気が進まなくて。なにもかも自分でやるのが好きなのよ」

グレイシーがしゃべっている間にも、ライリーはロスロボスの町なかを抜けて車を走らせていた。

「ジークがどこに住んでいるか知ってるの？」グレイシーはきいた。

「二回ほど行ったことがある」

「彼の車のナンバーを書きとめてきたわ」グレイシーはバッグに手を突っこみ、アレクシスから聞いた番号をメモした紙をさがした。

ライリーが前に目を向けたままうなずいた。「雨がこれ以上ひどくなったら、よほど近くでないとナンバーは読み取れないだろうな」

車は横道に入ってスピードを落とした。町に帰ってきてから姉の家に一度しか行ったことのないグレイシーは、番地を確かめなければ、どれがめざす家かわからなかった。

ライリーがヘッドライトを消し、スピードを落として通りの向かいでとまった。そして、指さした。「あれがジークの四輪駆動車だ」

グレイシーはフロントガラスごしに目を凝らした。「黒なの？」

「ダークブルーだが、この天候だと濃い色はどれも黒に見える」

「わかったわ」グレイシーはシートの背もたれに体をあずけた。「それで、どうするの？」

ライリーはちらりと彼女を見た。「待つんだ」

もちろんグレイシーもそれは知っていた。待つこと――それが張り込みだ。けれど、そう考えるのと実際にそうするのとは、まったく別物だった。ライリーと一緒にいるせいでそわそわするだけでなく、実はじっと座っているのがなにより苦手なのだ。彼はジークの家に視線を向けたまま、身じろぎもせずに座っていたが、グレイシーは体の位置をずらしたり、脚を伸ばしたり、ウインドブレーカーをいじったり、野球帽のつばをぐいと引っぱったりと、落ち着きなく体を動かした。

「いつになったら落ち着くんだ？」ライリーが家に視線を向けたまま言った。

「落ち着いているわよ。なんだか身の置きどころがないだけ」グレイシーは少し背筋を伸ばした。「ごそごそ動いて落ち着きがないって、いつもみんなに言われるんだけど、私に言わせれば、どうやったら石みたいにじっと座っていられるのか、そっちのほうがわからないわ。不自然じゃないの。それって――」

「ほら」ライリーが彼女の言葉をさえぎって指さした。

はたして、ジークが家から出てきたかと思うと、急ぎ足で四輪駆動車へ向かった。グレイシーは思わずシートに沈みこんで顔を隠した。

「この雨じゃ君の顔は見えないだろう」ライリーがそっけなく言った。

「確実に見えないようにしたいのよ。もっと声を落として」

ライリーはにやりとした。「えらくおおげさなんだな」そしてエンジンをかけ、ジークの車が通りに出るまで待ってから、ギアを入れて尾行を始めた。

気づかれるはずはないとライリーは思っているようだった。だが、ジークが尾行をまこうとしたりせず、まっすぐフリーウエーへ向かっていることがはっきりするまで、グレイシーはシートに体を沈めたままでいた。

「どこへ向かっているんだと思う？」彼女はようやく体をずりあげて楽な姿勢をとりながら尋ねた。「それに、なにを企《たくら》んでいるのかしら？　女の人と会っているんじゃないとしたら、可能性は無限だわ」

「頼むから、それを並べあげないでくれよ」ライリーが言った。

グレイシーは横目でちらりと彼を見た。「いくらなんでもそんなことはしないわよ」

「君のことだからわかるものか」

グレイシーはむっとした。「悪いけど」シートベルトの許す範囲で、体ごと運転席の方を向く。「私のことなんてまるで知らないくせに。あなたの持っている印象と思い込みは、私がまだ十四歳だったころのふるまいと、ばかげた新聞記事を読んで得た知識からくるものでしょ。つい昨日まで、私とじかに話したこともなければ、一緒に過ごしたこともなかったじゃないの」

「君が僕の車の前に身を投げ出して、パムと結婚するつもりなら轢《ひ》き殺してくれとわめいたとき、話したじゃないか」

グレイシーは頬が焼けるように熱くなったのを感じ、あたりが暗くてよかったと思った。

「あれは話したとは言えないわ。私が一方的にしゃべっただけよ。あなたは車に乗ったまま、Ｕターンして走り去ったんだもの」

「それもそうだな。だから、君にチャンスを与えるべきだと言っているのか」

「私が言っているのは、私という人間をもっとよく知るまで、評価を下したり、先入観で決めつけたりしないでもらいたいってことよ」そう言ってから、ふいに、ライリーは私のことをもっとよく知りたいなんて思っていないかもしれないと気づいた。グレイシーは前方を指さした。「ジークがフリーウエーに乗るわ」

「わかってる」

ライリーはなめらかに加速して、ジークの車にぴったりとついていった。フリーウエーに乗ると、少し距離をあけた。ところがまずいことに、別の車がメルセデスの前に入り、ジークの車が見えなくなった。

「ほんとに交通量が多いわね」グレイシーは窓から横を見て言った。

確かに、まわりは車だらけだった。まさに多勢に無勢という感じだ。

「すぐ見られるように、ジークの車のナンバーを出しておいてくれ」ライリーが言った。

「見失っている時間が長くなったら、改めてナンバーを確かめなければならなくなる」

グレイシーは手に持っている紙切れを振った。「ここに持ってるわ」また別の車が前に割りこんできた。「自動誘導装置を買っておくべきだったかもしれないわね。小型のディスプレイをつければ、彼がどこへ行こうと、赤い点を追っていけばいいんだもの」

そこでグレイシーはふと、ライリーの視線を感じた。

「なあに？　映画で見たことがあるだけよ。私が実際に、なんの疑いも持っていないかもを追いかけるのに使っているわけじゃないわ」

「どうかな、君のことだから」

グレイシーは乗り出していた体を引っこめて、これみよがしにそっぽを向いた。「ほらまた。先入観で決めつけないでって言ったでしょ。私はもっともな提案をしただけなのに、あなたったらすぐ結論に飛びつくんだから」

「他人の車に違法な発信機をつけようと提案するのが、もっともなことかな？」

「ほんとに違法だと思う？」

「これほどひどい雨でなくて、前方に目を凝らしている必要がなければ、ハンドルに頭をがんがん打ちつけているところだよ」

グレイシーは心底当惑し、目をぱちくりさせてライリーを見た。「どうして？　私がなにをしたっていうの？」

ライリーは哀れっぽく鼻を鳴らすような声をもらした。彼がそんな声を出すのを聞いたのは初めてのような気がする。

「君は結婚しているのか?」ライリーは尋ねた。「たくましい男が現れて、僕をぶちのめそうとするかもしれないという心配をしなければならないのかい?」

「結婚はしてないわ。もっとも、結婚しているとしても、姉に頼まれて手伝っている私の立場を、夫は完璧《かんぺき》に理解してくれるはずだと思うけど」グレイシーは自分の声にかすかに憤慨した響きがあるのにほっとした。だが、そこである疑問が頭をよぎり、危うく気を失いそうになった。「あなたは?」

「いや。パムのせいで、もう二度と女性に深入りしたいとは思わなくなった。あれ以来、女性とは表面的な関係だけにとどめることにしているんだ」

グレイシーはもっといろいろと質問したかったが、前方の四輪駆動車が目に入った。

「あれ、彼の車じゃない? ほら。フリーウエーを下りようとしてる、あの黒っぽい四輪駆動車」

左右に視線を走らせて道路標識をさがし、サンタバーバラの出口だとわかった。

「彼、ここでいったいなにをしているのかしら?」グレイシーは声に出して言った。

「ジークかどうかわからないな。ナンバープレートの数字が読み取れないんだ。君は?」

グレイシーは闇《やみ》を透かし見るように目を細めた。「いいえ。もっと近づいてくれなくちゃ」

ライリーが距離を縮めようとしたが、出口ランプを下りたところで赤信号につかまり、逆に引き離されてしまった。交差点を猛スピードで渡ったとき、前方の車が左折するのが見えた。

「早く、早く、早く！」グレイシーはわめいた。

「ああ、急いでいるよ」

やがて車は住宅街に入り、とある二階建ての家の前でとまった。

グレイシーは自分の目が信じられなかった。ジークはここでなにをしているのだろう？

玄関のドアが開き、幼い子供が雨の中に飛び出してきた。「まあ、なんてことなの……浮気をしているだけじゃなくて、家族までいるなんて。まるでライフタイム・チャンネルの映画みたい」

「いや、違うぞ」ライリーがそう言って前方を指さした。

運転していた人物が車から降りて、車の前をまわり、しゃがんで子供を抱き締めた。小柄でグラマーな女性だ。それを見て、グレイシーはほっと肩の力を抜いた。

「ふう。ジークを見失ったみたいね」ばかばかしく思うと同時にほっとした気分で、彼女は言った。

「そうらしいな」ライリーは狭い通りでUターンすると、来た方向へ引き返した。「運転は君にまかせたほうがよかったな。なんせ君はプロだから」

グレイシーはもの言いたげに眉を上げて彼を見た。

　ライリーがとぼけた顔でにやりとした。「そうじゃないか。いや、いやみを言うのはやめにしよう。もうじき七時半で、僕はまだ夕食を食べていない。町に帰る前になにか食べるかい？」

彼が狼《おおかみ》男に変身したとしても、グレイシーはこれほどには驚かなかっただろう。いや、やはりそのほうが驚きは大きかったかもしれないが、それほど差はなかったはずだ。

「夕食をってこと？」驚愕《きょうがく》を声に出さないように気をつけながら、グレイシーは問い返した。

「世間一般では、一日のこの時間に食べるものをそう呼ぶんだと思うが、なにかほかのものがよければ、希望にそえるようにやってみよう」

グレイシーは胃が締めつけられるような気がしたが、今回に限っては胃液のせいではなかった。今夜は、一週間のうち五回は食べるいつものツナサラダを夕食にしようと思っていたのだ。

「私、あの、ええ。すてきだわ」彼女は静かに言った。

窓を開けて、夜の暗がりに向かって思いきり歓声をあげたかった。そうするかわりに、内心小躍りし、満面の笑みを浮かべることで我慢した。ライリーとの夕食。楽しい一日のすばらしい締めくくりとは、まさにこのことだ。

ライリーが選んだのは海辺のレストランで、雨が降っていたにもかかわらず、とてもロマンチックだった。ただ一つ残念だったのは、張り込み用の服を着ていることだ。もっとセクシーで悩ましくて……おっと、いけない。窓際のボックス席に案内される間、グレイシーは何度も自分に言い聞かせなければならなかった。これはデートじゃないのよ、ライリーは私に関心を抱いているわけじゃないわ、と。

二人は、そう、友達よ。ジークが毎晩のようにこっそり出かけてなにをしているのか、それを突きとめるという共通の目的のために、昔の知り合いが一緒に協力しているのだ。

「自分でジークにきけばいいのにって思うわよね」グレイシーは席につきながら言った。

ライリーが腰を落ち着けてから眉を上げた。「なんだって？」

「え？　ああ、ごめんなさい。考えていることを口に出しちゃったみたいね。姉がジークとの間にかかえている問題のことよ。どうして彼に直接きかないのかしら？　姉に言わせると、知るのが怖いからだそうだけど、知らないでいるより知ったほうがいいんじゃない？　私なら知りたいわ。そうすれば、とりあえず取り組むものができるわけだから。ところが、手がかりもなんにもないっていうのは、闇の中に取り残されているみたいなものでしょ。そうは思わない？」

ライリーはかぶりを振った。「言っていることがよくわからないな」

「気にしないで」グレイシーはメニューを手に取った。だが、開いて見るかわりに、窓の外の嵐《あらし》に目を向けた。

横なぐりの雨が窓ガラスをたたいていた。下に視線を向けると、荒れ狂う波がしぶきをあげて岸壁にぶつかっている。窓からもれる明かりがぼんやりとあたりを照らしているが、そのすぐ先は闇に包まれていた。

「すてきな夜ね」グレイシーは言った。

ライリーが驚いたように眉を上げた。「冗談だろう?」

「いいえ。嵐が好きなの。ねえ、私が住んでいるロサンゼルスは、年間百八十ミリしか雨が降らないのよ。だから、刺激的な天候に出合ったときは楽しむことにしているの」

ライリーはちらりと窓の外に目をやった。「こんなのどうってことないさ。僕は台風のさなかに、海上に浮かぶ油田の掘削装置の上にいたことがある。あれこそまさに嵐だよ」

それを聞いたとたん、グレイシーはライリーに山ほど質問を浴びせたいと思った。これまでずっとそこで働いていたの? ロスロボスから出ていったあと、どういういきさつで油田で働くようになったの? けれど、質問はすべてのみこんだ。「ひどい嵐のときは、掘削装置はどこかに待避させるんだと思ってたわ」

「ああ、規則ではそうなっているが、だれがそれを守らせるんだ? 僕が雇われていたのは民間のちっぽけな会社だったし、海上の掘削装置で働いていたのは、少しばかりいかれた連中ばかりだった」

「あなたも含めて?」

ライリーはにやりとした。「とりわけ僕は、だよ」

そこへウエイターがやってきて、お勧めの料理について説明した。

「ワインを飲むかい?」ライリーが尋ねた。

「もちろん。あなたが選んで」

「料理はなににする?」

グレイシーはメニューに目を通し、店のオリジナルサラダがついたグリルドサーモンに決めた。ライリーは、ロブスターとフィレミニョンが一皿に盛り合わされたサーフ・アンド・ターフを選んだ。そして、オーストラリア産の甘口のシラーズ・ワインを注文した。

グレイシーは意外な気がした。

「てっきり、ワインは高級なのが好みで、フランス産を選ぶと思ってたわ」

「オーストラリア・ワインが好きなんだ。スペイン産もいい」

「この近くにもすばらしいワイナリーがあるのよ。サンタイネズ渓谷には一面葡萄《ぶどう》畑が広がっているわ」いつか醸造所めぐりをして味見をしようと言いかけて、グレイシーはすんでのところで思いとどまった。

今、目の前にいるのはライリーよ。心の中でつぶやく。これは好きな男性との気のおけない夕食なんかじゃない。気を許すのは……危険だわ。

「それで」ライリーが座席の背に体をあずけて言った。「どういういきさつでウエディングケーキの世界に入ったんだい？」

グレイシーはにっこりした。「移動の手段が欲しかったからよ。十六になったとき、車に乗りたいと思ったの。叔父と叔母に、だったらそれなりのガソリン代と保険料を負担するようにって言われて、お金を稼がなくちゃならなくなって。通りを二本行ったところにベーカリーがあってね。そこに問い合わせてみたら採用されたの。ちょうど五月の末で、ウエディングケーキの注文が殺到していたわ。それで、いきなり実戦でもまれたってわけ。でも、手伝っているうちに、ケーキを作ったりデザインしたりする才能があることがわかったの。それで、大学に行くかわりにケーキ作りの名人に弟子入りして、何年か修行したあと、独立したのよ」彼女はそこで肩をすくめた。「経営についても少し勉強しなくちゃと思って、中小企業経営の夜間コースをとっているの。事業拡張の試算もしてみたわ。今は、なにもかも一人でやらなくちゃならないから、てんてこ舞いで、注文に応じきれない状態なの。だけど、だれかを雇ってその人のお給料を払えるだけの注文をこなせるかと考えると、まだ自信が持てなくて」

「フルタイムでなくても、半日のパートタイムならどうにかやっていけるんじゃないのか」

「それも一つの考えね」

グレイシーとライリーは店の中に二人きりでいるのも同然だった。もう一組カップルがいたが、二人とは反対側の端のテーブルについていた。外はまだ嵐が吹き荒れていて、まるで世界から隔絶されたような感じだった。たたきつける雨と揺らめくキャンドルの明かりで、店内にはこのうえなくロマンチックな雰囲気が漂っている。

テーブルに肘をついて両手に顎をのせ、話しているライリーをうっとり見つめていたい。グレイシーはそう思った。子供のころ大好きだった、ティーンエイジャー向けのたわいもない映画の一シーンのように。彼にはほの暗い明かりがよく似合う。顔に陰影ができて、顎と頬骨の力強い線がくっきり浮かびあがる。いや、それだけではない。

十四年前、グレイシーは遠くからライリーに思いを寄せていただけで、実際には彼がどんな人物なのか、まったく知らなかった。言葉を交わしたことは一度もない。ライリーに対する思いは、外見と、自分の中で勝手にふくらませた想像に基づいたものだった。十四年後の今、これまでのところ彼の人柄も好ましそうだとわかったのは、グレイシーにとってはうれしいことだった。

ウエイターがワインとバスケットに盛ったロールパンを持ってきた。

「どうしてこんなことをするのかしら?」ライリーがワインの栓を開けて二人のグラスに

ついだとき、グレイシーは言った。

「ワインの栓を開けることかい？」ライリーは尋ねた。「飲むためには栓を抜く必要がある。試しに一度ボトルの首を割ってみたことがあるが、ガラスの破片が散って大変だった。あんまりやりたいことじゃないね」

グレイシーは目をくるりとまわした。ほの暗い明かりの中で、その瞳がブルーから夏の浅い入江の色に変わった。

その表現はぴったりだったが、ライリーは自分を思いきり張り飛ばしてからスポーツ観戦に行きたくなった。夏の浅い入江の色だって？　いったいどこからそんな言葉が出てきたんだ？　今、目の前にいるのは、恐怖のストーカー、グレイシーだぞ。僕が惹かれている女性なんかじゃない。たとえぴったりしたTシャツ姿の彼女をとてもセクシーだと思ったとしても、僕にふさわしい相手じゃないのはわかりきっている。その理由は数えきれないほどあるが、なにより重要なのは三つのFだ。グレイシーはその条件を満たしていない。

「ワインのことじゃないわ」グレイシーは自分のグラスには目もくれず、バスケットに盛られたロールパンを恨めしそうに見ている。「あれよ。破滅だわ」

ライリーは顔をしかめて言った。「パンが破滅だって？」

「厳密にはそうじゃないけど、あの二切れが女性のヒップと太腿にどんな悪さをするか知ってる？　パンが行き着く場所はそこなのよ。胃袋から脂肪のポケットに直行するルートがあって、そこで待ち構えている飢えた細胞が、パンをのみこんでまるまるとふくらむの」

「そうか、今度は僕を脅しているんだな」

グレイシーは唇をなめた。「あなたは男性よ。自分の体にとって信じられないほど悪いものに対する身を焦がすような強い欲望は、とても理解できないでしょうね。男性は代謝の仕組みが違うから、食料品店に並んでいるものをそっくり平らげても、一グラムも体重がふえなくてすむんだもの」

ライリーは男かもしれないが、身を焦がすような欲望はよく理解できた。グレイシーがもう一度唇をなめたら、自分で定めたルールを忘れて、このチャンスにつけこまずにはいられなくなるだろう。三つのFなどくそくらえだ。

「あら、今のは忘れてちょうだい」グレイシーがそう言ってロールパンに手を伸ばした。

グレイシーがバターをほんのひとかけら塗ってパンにかぶりつくのを、ライリーはじっと見つめた。彼女はうっとりした表情で目をつぶり、体の力を抜いた。そしてうめき声をもらした。店内が急に暑くなったのだろうか？　それとも、暑いのは僕だけなのだろうか？

グレイシーは口の中のパンをのみこむと、目を開けてにっこりした。「おいしい」

「ほかに食べないことにしているものは？」ライリーは尋ねた。

「パンは私の好物なのよ。そう、それとチョコレート。スナック類はなくても別にかまわないわ。今日、〈ビルズ・メキシカン・グリル〉でジルとお昼を食べたの。そのときトルティーヤ・チップスをちょっとつまんだけど、あれは何カ月も食べなくても平気。だけど、パンは……」

グレイシーはまたロールパンにかぶりついた。ライリーは目をそらした。彼女が食べるのを見ていると、ひどくエロチックな気分になる。たかがパンなのに。女性と食べ物にはなにか特別な関係があるのだろうか？

「自分の作るケーキはどうなんだ？」ライリーは窓に視線を向けたまま尋ねた。

「絶対に口にしないわ」グレイシーは答えた。「前はしょっちゅう試食していたから、そのせいで、醜く五キロも太っちゃって。でも、私だけの秘密のレシピが完成してからは、もう試食の必要はなくなったわ。ときたまクリームをなめたい誘惑に駆られることもあるけど、ぐっと我慢することにしているの。あなたはどう？」

ライリーはテーブルに視線を戻し、彼女がパンを食べおえたのを知ってほっとした。

「僕はケーキは焼かない」

「もう、コメディアンじゃないんだから。あなたはどんな暮らしをしているのかって意味よ。どういうわけで、油田を捨てて町に戻ってきたの？　それと、どうして町長に立候補したの？」

「ジルから聞かなかったのかい？」

「それって、何十年来の私の親友のこと？　彼女がクライアントの秘密をもらす？　まさか」

ライリーはワイングラスをつかんだ。「きいてみたのか？」

グレイシーはにっこりした。「あなた、高校時代にずいぶんおおぜいの女の子とつき合ったんでしょ。私も町にいたから知っているわ。ねえ、ライリー、そのときに、女ってものについて学ばなかったの？　もちろんジルにきいてみたわよ」

ライリーはグレイシーの率直さとユーモアのセンスを好ましく思った。十四年前には、自分からはるか遠くへ行ってくれたらと願う以外、グレイシーについて考えたことはほとんどなかった。自分が彼女に好意を抱く日がくるなどとは、夢にも思わなかった。

「町長に立候補したのは、伯父の遺言の条件を満たすためだ」

グレイシーはブロンドの長い髪をつかんで背中にまわし、ワイングラスに手を伸ばした。

「よく意味がわからないわ。伯父さんが遺言であなたに、町長になるようにって言い残したの？」

「そんなところだ。伯父は全財産を僕に残した。銀行も屋敷も土地もだ。ただし、町長選に立候補して当選して、立派な人間になったことを証明したら、という条件つきだった」

「でも、きっとものすごい額なんでしょうね。だから立候補したんでしょう？」

「銀行を含めて、総額九千七百万ドルだ」

ライリーがそう言ったとたん、グレイシーはもうほとんど飲みこみかけていたワインにむせて、ひどく咳《せ》きこんだ。

「大丈夫かい？」ライリーは椅子から腰を浮かしかけた。

グレイシーは手を振って彼を押しとどめた。「大丈夫よ」低いかすれ声で言うと、また咳《せき》をし、水のグラスをつかんで一口飲んだ。「九千七百万ドルって言った？」

ライリーは含み笑いをした。「ああ。アメリカドルでだ。僕もドルで言うことにしている」

「それって信じられないほどの大金じゃないの。私も口では言い表せないくらい叔父を愛していたけど、叔父が私に残してくれたのは、トーランスにある寝室が三つの小さな家だけだったわ」

「条件なしでだろう」

「そうだけど、それだけの大金がもらえるとしたら、私なら、山ほど条件がついていたって気にしないわ。それにしても〝すごい〟としか言いようがないわね。ロスロボス始まって以来の大金持ちの町長ね。きっと、当選しても一期だけしか務めないつもりなんでしょ。そのあとはどうするの？」

「まだ決めてない」

実際は、選挙が終わったらもう町にとどまるつもりはなかった。遺言にあった条件は当選することだけで、任期を最後まで務めることについてはなにも書かれていなかった。

ウエイターがサラダを持ってきて、再びテーブルから離れると、グレイシーは言った。

「銀行の頭取の仕事もしているんでしょう？　たいしたものじゃない？」

「僕にとっては初めてのデスクワークだ。町を出ていた間、暇を見つけては猛勉強して財政学の学士号をとったんだが、今それがおおいに役に立っている。それでも、しょっちゅう大へまをやらかしそうになるが。秘書のダイアンがいてくれるおかげで、ずいぶん助かっているよ」

グレイシーは納得したような表情を浮かべた。「そう。でも、ダイアンですって？」

「得がたい人物だよ。六十代なんだが、いまだにツイードのスーツを着て、僕にうるさくああだこうだと指図する」

「あなたが女性に顎で指図されるのを喜ぶような男性だったなんて、考えもしなかったわ」

「ダイアンは特別だ」

光を受けて、グレイシーの髪が金色に輝いた。彼女はよく笑い、何事も笑い飛ばす。そんな明るい性格が、ライリーは気に入った。その身のこなしを見ていると、裸になって汗ばんでいる姿がたやすく想像できる。そして、彼女とベッドをともにすることを考えるだけで……。

いや、今の僕には、それを考えることも実行することも許されない。ライリーは自分に言い聞かせた。こういう状況ではなく、はっきりと三つのFを説明したうえでなら、可能かもしれない。だが、ここでは無理だ。町じゅうの人間が顔見知りで、絶対に当選しなければならない選挙を間近に控えたこのロスロボスでは。

グレイシーがいくらセクシーで美人で、このうえなくチャーミングでも、九千七百万ドルがかかっているのだ。それほどの大金のためなら、欲望を抑えこむくらいなんでもない。

「なにを考えているの?」グレイシーが尋ねた。「そんなまじめくさった顔をして」

「こんなことはロスロボスではとてもできないと考えていたんだよ」

グレイシーは店内を見まわした。「同感。この先一週間、町は私たちの話題で持ちきりになるでしょうね。きっと、私の暮らしは、いえ、私たちの暮らしは生き地獄になるわ」

「だが、僕に対する評価は上がるだろう」

「どういう意味?」

ライリーはにやりとした。「伝説の人物と食事をした人間としてだよ。全身全霊で愛することを知っている、あの悪名高きグレイシー・ランドンとね」

グレイシーは目を細くしたかと思うと、右手をさっと前に出した。そして、ロールパンをつかんでライリーに投げつけた。パンは、笑い声をあげている彼の胸に当たって床に落ちた。

「町の連中に今の君を見せたいね」ライリーはからかうように言った。

グレイシーはフォークをつかんでレタスを突き刺した。「用心したほうがいいわよ。あなたはものすごく高級な車を持っていて、私はまだあのスカンクの巣のある場所を知っているんだから」


メルセデスが家の私道に入ると、グレイシーは窓に顔を寄せて暗がりをのぞいた。

「うれしい、まだ雨が降ってる。ケーキを焼くのにぴったりの夜だわ」

ライリーは車をとめてエンジンを切った。「これから焼くのかい？」

「ええ。静かなのが好きなの。集中できるから。それに、テレビでとってもおもしろいテレフォンショッピングの番組があるのよ。ほんとにびっくりするような品物が買えるんだから。まだ一度も電話したことはないけど、見るのは大好きなの」

「ふうん。なるほど。あの家の中には、妙ちきりんな機械が山ほど隠してあるんだろうな」

グレイシーがくすくす笑った。その柔らかな笑い声が心地よく肌を撫《な》でた瞬間、ライリーはもう長いこと女性に触れていないのを思い出した。

「妙ちきりんな機械はないけど、あなたが力になってくれるなら、ケーキを焼いてあげるわ。この件で私の手伝いをしてくれるお礼としてね」

「ジークは僕の選挙運動の責任者だ。町長選にどれだけの金がかかっているかを知った今、君にもわかっただろう。僕がなぜジークのしていることを知りたいのか。彼がなにを企んでいるにせよ、僕の計画をぶち壊しにするものでないことを確かめておきたいんだよ」

「そうね。明日の朝アレクシスに電話をかけて、まだ調査に進展がないことを話すわ。そして、直接彼にきいてみるように説得するつもり。それが一番合理的な方法だもの」

グレイシーが香水をつけていないことは間違いないが、彼女の甘い香りが車に満ちているような気がした。二人の間の空気が張りつめて、火花が散りそうなほどだ。僕が今ごろになって彼女の魅力に気づくなんて、いったいだれが予想しただろう?

ライリーは思い起こした。自分のすべき仕事と三つのFのルール、そして、たった一夜の楽しみで莫大《ばくだい》な金が失われる可能性があることを。彼は助手席に身を乗り出して手を伸ばした。グレイシーが目をみはった。

「ぐっすりおやすみ」ライリーはゆっくりとロックを解除してドアを押し開けた。車内にさっと冷たい空気が入ってきた。

グレイシーは目をぱちくりさせた。「え?　ああ、そうね。ありがとう」すばやくライリーににっこりしてみせると、彼女は足早に家の方へ向かった。

グレイシーが家の中に入るまで待ってから、ライリーは車をスタートさせた。しかしその夜は、家に帰ってからもずっと、彼女のことを考えると下腹部が熱くなり、真夜中をまわっても目がさえて寝つけなかった。

けたたましい音に、グレイシーは金切り声をあげたくなった。ベッドに入ったのは四時近くで、まだ起き出すにはあまりに早すぎる。目覚まし時計はセットしなかったのに、なにが……。

少しずつ目が覚めてきた。まだ頭がぼんやりしたまま見まわすと、けたたましい音をたてているのは、目覚まし時計付きラジオではなく携帯電話だった。グレイシーは電話をつかんだ。

「はい。もしもし？」

すすり泣きが聞こえてきた。

「もしもし？　だれなの？」

「私よ。アレクシス」またすすり泣き。「ああ、グレイシー、今ジークのオフィスへ行ってきたところなの。見ちゃったのよ、あの人が彼女と一緒にいるところを！」

「え？　だれ？　彼女ってだれなの？」

「パ、パムよ。ジークはパム・ホワイトフィールドと浮気をしているのよ」

5

ローンの最終書類に署名するとき、ベッカ・ジョンスンの手が震えた。「なんだか怖くて」彼女はかすかに笑みを浮かべて言い訳した。

「これに署名するともう引き返せませんよ」ライリーは言った。「考え直すチャンスが欲しいんですか？」

ベッカは驚いた表情で彼を見た。「ご冗談でしょう？　この銀行のおかげで、自宅で仕事を始めるチャンスがつかめたんですよ。ずっとやりたいと願っていたことだったんです。離婚して以来、経済的にはいつも綱渡りの状態でした」ほほえみが消えた。「そのことはお話ししておかなくちゃいけなかったんでしょうか？」

ライリーは安心させるようににっこりした。「あなたの預金残高と収入は、当行の貸付委員会が徹底的にチェックしました。お宅の経済状態に、我々の知らない秘密はないと思いますよ」

「わかりました。私には支払い能力があるってことですね」ベッカは最後の書類に署名してライリーに渡した。「今回のことでは心から感謝しています」

ベッカ・ジョンスンは離婚して二人の子供をかかえる三十代の女性で、自宅でデイケア施設を開きたいと考えていた。そして、改築と開業の費用をまかなうために、銀行にローンを申し込みに来たのだ。貸付委員会は可否を決めかねて、最終決定をライリーの判断にゆだねた。彼は貸付を認めた。

「家の純資産額がほんのわずかなこともあって、とても無理じゃないかと……」ベッカは言葉を切って、かぶりを振った。「よけいなことは言わないほうがいいですね。土壇場であなたの気が変わると困りますもの」

「もう手遅れですよ」ライリーはデスクの上の署名ずみの書類を軽くたたいた。「もう契約は成立しているんです。新しい事業の幸運を祈ります」

「ありがとうございます」ベッカは立ちあがってドアのところまで行った。「本当にありがとうございました、ミスター・ホワイトフィールド。町のほかの銀行にはすべて断られたんです。あなたがいらっしゃらなかったら、夢をかなえることはできなかったでしょう」

おおげさに礼を言われて、ライリーは落ち着かない気分になった。それで、軽く肩をすくめて受け流した。「あなたは毎月返済日にきちんと支払いをしてくださるタイプの方ですよ。我々が求めるのはそういう方々なんです」

ベッカはうなずいて出ていった。ライリーはコンピューターの画面に目を向けた。ドアの閉まる音がしたが、部屋にだれかがいることは気配でわかった。ベッカと入れ替わりにダイアンが入ってきたのだろう。彼女が部屋に入ってくると、あたりの空気までが気をつけをするのだ。彼はちらりと秘書に目をやった。

ダイアンはお決まりのツイードのスーツに身を包んでいた。今日のスーツはグリーンで、下に凝ったデザインの黄色のブラウスを着ている。靴は黒のパンプスで、小さな子供が見たら怖がりそうな代物だ。

「ベッカ・ジョンスンの貸付書類だ」ライリーはそう言ってファイルをダイアンに渡した。「今日じゅうに手続きを完了して、明日の朝一番に、彼女の口座に金が振りこまれるようにしておいてくれ」

秘書は書類を受け取ったが、部屋から出ていこうとはしなかった。

「ほかになにか言いたいことがあるのかな?」ライリーは尋ねた。

ダイアンは彼をにらみつけた。「あります。次の四半期の計画に関してですが、かなりおおざっぱなものですね」

「非難しているのか?」

「事実を申しあげているのです、ミスター・ホワイトフィールド」ダイアンは手に持ったファイルにちらりと目を落とした。「気の毒に、ミズ・ジョンスンは念願をかなえられるチャンスを与えられたと思いこんでいます。自分が悪魔と契約を結んだとは、夢にも考えていないはずです」

ライリーは椅子の背に体をあずけた。「ファーストネームで呼んでくれることになったはずじゃなかったのかな」

ダイアンの非難するような表情は変わらなかった。「彼女の世界ががらがらと崩れるまでに、どれくらい猶予があるのですか？ 一カ月ですか？ 銀行を廃業なさるのは投票日の翌日ですか、それとも、結果が確定するまで待ってからになさるおつもりですか？」

それでは、ダイアンは見抜いていたのだ。ライリーは一瞬考えた。自分の予想が当たっていることがわかったら、彼女は満足するだろうかと。

「すべての貸付は即刻返済を求められることになるでしょう」ダイアンは言った。「一件残らずです。住宅ローンが何件あるかご存じですか？ そして、事業資金の貸付が何件あるか？ 町がめちゃくちゃになるかもしれないんですよ」

ライリーは返事をしなかった。ダイアンのまなざしが鋭くなった。

「それでかまわないとおっしゃるんですか？」

「ああ、これっぽっちもな」

「そうだろうと思っていました」

ダイアンは踵《きびす》を返して出ていった。

ライリーは閉まったドアをにらみつけた。自分がしようとしていることに良心の呵責《かしやく》を感じる必要などない。僕が当選すれば、銀行は過去のものになる。落選すれば、世の中はこれまでどおりに動いていくだろう。銀行はほかのだれかが引き継いで経営するはずだ。

ダイアンは僕の当選を阻止することもできるが、そうはしないだろう。古風な人間で、職場の情報を外に持ち出すようなことはしない。

ライリーは今まで見ていたコンピューターのファイルを閉じると、データバンクにアクセスした。ダイアンの名前を打ちこみ、完済していないローンがあるかどうかチェックした。家のローンがあったが、残高はもう数千ドルだった。この程度なら銀行が廃業になっても大丈夫なはずだ。それなのに、なぜ彼女は腹を立てているのだろう？

十五分後、ライリーが一週間の貸付報告書に目を通していたとき、だれかがドアを音高くノックした。彼はけげんな思いで顔を上げた。ダイアンなら、たとえどれほど僕に腹を立てていても、こんなふうにノックしたりはしない。実際、腹を立てていることは間違いないが。

「どうぞ」ライリーは言った。

ドアが開いて、グレイシーが顔をのぞかせた。「こんにちは。私よ」

「見ればわかる」

「いい知らせと悪い知らせがあるの。どっちを先に聞きたい？」

「入って、両方とも話してくれないか」

「そうしてもいいけど」

グレイシーは部屋に入ってドアを閉めた。そしてまっすぐデスクに近づくと、ピンクの小さな箱をデスクの真ん中に置いて、にっこりした。

「あなたのために作ったケーキよ」

得意さ半分、きまり悪さ半分といったようすで、頬が赤く染まっている。いや、もしかしたら頬が赤くなっている理由はほかにあるのかもしれないが、ライリーには判断がつかなかった。背中に流した長いブロンドの髪がセクシーだ。今日は、体の線を際立たせる丈の短い涼しそうなワンピースを着ている。どこにでもいるごくふつうの男として、魅力的な女性が訪ねてくるのは大歓迎だった。たとえその女性が、かつてはしつこいストーカーであったとしても。けれど、今ライリーが椅子に座ったまま動けなくなったのは、彼女の魅力のせいではなかった。

そうではなく、ケーキのせいだった。

「ゆうべは眠れなくて、延々とデコレーションに使う飾りを作ったわ。それがすんだあと、ケーキを焼いたの。チョコレートクリームをはさんだホワイトケーキよ。アイシングは――」

グレイシーはアイシングと、どんなデザインにするかで迷ったことを話していたが、ライリーはうわの空でほとんど聞いていなかった。

もちろん、母は誕生日にケーキを焼いてくれたものだが、それがせいぜいだった。母はケーキ作りが好きではなく、ライリーもケーキがあろうがなかろうが気にならなかった。その後も、彼のためにケーキを作ってくれるような女性はいないままだった。

「開けてみないの？」グレイシーがもどかしそうに言った。

「開けてみるとも」

ライリーは箱の蓋《ふた》を開けてのぞきこんだ。にやりとしているスカンクが上に描かれた、まるいホワイトケーキだった。

彼は笑い声をあげた。「これはいい」

「よかった。男の人には花のデコレーションなんて似合わないし、あなたの趣味がなにかもわからないから、迷ったのよ。それで、スカンクならおもしろいだろうと思ったの。食べてみたい？」そう尋ねながら、グレイシーはライリーのデスクの前に置いてある革張りの椅子に腰を下ろし、大型のストローバッグに手を突っこんだ。そして、見るからに物騒なナイフと紙皿を取り出した。

「まさか」ライリーは思わず言った。「いつもナイフを持ち歩いているのか？」

「ええ」グレイシーが厚紙の鞘《さや》からナイフを抜いた。「いつなんどき、ケーキを切って味見をしなくちゃならないかわからないでしょ。少なくとも、私はそうなのよ」彼女はライリーにナイフを渡してから、またバッグを引っかきまわした。「フォークは切らしちゃっているみたい」

「かまわない。君も食べるかい？」

グレイシーは首を横に振った。「私が毒かなにかを仕込んだんじゃないかって心配なら、先に毒味をするけど、そうでなきゃ遠慮するわ。ゆうべパンを食べちゃったから」

「ロールパンを一つ食べただけじゃないか」

「私の太腿を見たことがないから、そんなふうに言えるのよ」

ライリーは一瞬、見てみたいと思った。切実に。できればほかの部分も。

いや、危険だ。危険きわまりない。ケーキを切ったほうがいい。

ライリーは一切れ切って紙皿にのせた。そしてグレイシーが不安そうに見守る前で、大きく口を開けてかぶりついた。

ケーキは柔らかくてしっとりしていた。とても口当たりがよく、彼には正体がよくわからない繊細な風味がした。間にはさんであるチョコレートクリームはムースのような味わいだが、ムースではないらしい。

「すばらしい」ライリーは心から言った。「これまで食べた中で最高のケーキだ」

グレイシーの肩の力が抜けるのがわかった。「よかった。苦労して秘密のレシピを完成させたんだけど、ときどき先入観のない人に試食してもらうことにしているの」

「もし君のケーキが気に入らなくても、僕が本当のことを言うと思うかい？」

「あなたが私の気持ちを傷つけないかと気にするはずがないでしょう？　昔のことを考えれば」

「それもそうだな」ライリーはもう一口食べてから、紙皿をデスクに置いた。「ケーキがいい知らせなら、悪い知らせはなんなんだ？」

グレイシーは椅子の背に寄りかかり、頭をのけぞらした。「アレクシスよ。私には夜明け前かと思えるような時間に電話をしてきたの。実際には十時ごろだったんだけど。ジークが家にブリーフケースを忘れたから、オフィスまで届けに行ったんですって。忘れ物を渡そうと部屋へ入っていったら、ジークがちょうど女性と親密そうにしているところで、相手はなんと……」彼女はそこで言葉を切り、背筋を伸ばしてライリーをまっすぐに見た。「身構えて」

「身構えたよ」

「パムだったの」

一拍おいて、ライリーは言った。「パムって、僕の別れた妻の？」

「まさにそのパムよ」グレイシーは身を乗り出して、彼のデスクに両手を置いた。「ねえ、町に帰ってきてから彼女に会った？」

「町で彼女を見かけたかという意味なら、イエスだ。言葉を交わしたかという意味なら、ノーだ」ライリーはにやりとした。「気になる?」

「とんでもない。あなたにのぼせていたのは十四年も前のことよ。だれでも好きな人とつき合ってかまわないわ。ちっとも気になんかならないから」グレイシーはそう言って胸の前で十字を切った。「ほんとよ」

ライリーも、グレイシーが自分の私生活に関心を持っているとは思わなかった。ただ、昨夜の車の中では、二人とも一瞬、キスをすることになるのではないかと思ったはずだ。

「ジークがパムとベッドをともにするのは、だれにとってもいいこととは思えないな」ライリーは言った。「とりわけジークにとっては」

「それじゃ、また張り込みをする?」グレイシーはうれしそうに尋ねた。

「ああ。だが、今度はパムを尾行しよう」

「少なくとも、今夜は雨は降らないと思うわ」

「雨が降らないとすると、尾行するのは楽だが、一方で気づかれやすい」

「世の中、都合のいいことばかりじゃないもの。また六時半でいい?」

「彼女の予定がわからないんだから、何時でも同じだな」

「用意して待っているわ」グレイシーは立ちあがった。「カメラも持っていくわね」

ライリーは思わず顔をしかめた。「それはやめたほうがいい」

「証拠が必要よ」

「小型のデジタルカメラを買ったらどうだ？」

「最新のテクノロジーは苦手なの」

グレイシーはナイフをつかみ、バッグから紙ナプキンを出してぬぐった。そして、ナイフをしまってから紙ナプキンを屑籠《くずかご》に捨てると、ドアの方へ向かった。

「それじゃ、またあとで」

彼女は手を振って出ていった。ライリーは、人間離れした強烈なエネルギーが頭上を通り過ぎていったような気がした。

またノックの音がしたが、今度は静かで礼儀をわきまえたノックだった。ダイアンが自分の感情を伝える方法を知っていたら、そのノックは憤りのこもったものになったに違いない。

「どうぞ、ダイアン」

秘書が部屋に入ってきた。「二時のミーティングの準備が整いました」

ライリーはケーキの箱を彼女の方へ押しやった。「このケーキはうまいぞ。ぜひ食べてみるといい」

ダイアンがわずかに顎を上げた。「せっかくですが、けっこうです」

「グレイシーが僕のために作ってくれたんだ。彼女、僕に好意を持っているらしい」

ダイアンの顔に、ノックにはなかった怒りの表情が浮かんだ。「それは、あなたという人を知らないからです」

「細かい作業が数えきれないほどあってね」母がフォルダーの束をコーヒーテーブルに広げながら言った。「ヴィヴィアン、ねえ、いくつか決めなくちゃならないことがあるのよ。今週の終わりまでには、お料理も決めなくちゃいけないし」

グレイシーはソファの端に腰を下ろした。〝招待客リスト〟と書かれたフォルダーを取ってページをめくり、並んでいる名前を眺める。「披露宴はどこでする予定なの？」

「カントリークラブよ」ヴィヴィアンがにっこりした。「お花とおおぜいのお客さんに囲まれてダンスを楽しむ、屋外の大披露宴にするの」

グレイシーは頭の中ですばやく、食事の一人当たりの費用に招待客の人数をかけて計算して、息をのんだ。「まあ、金物屋はずいぶんと繁盛しているみたいね」ほかのだれかにというより自分に向かってつぶやく。

母がその言葉を聞きつけて、ぱっとグレイシーを見た。それが、そういうことは話題にしてはいけないという意味なのか、それとも、心配してくれたことに感謝しているという意味なのか、グレイシーには判断がつかなかった。

「披露宴は何時から？」彼女は尋ねた。

「四時からよ」ちょうど、飲み物とクッキーをのせたトレイを持って居間に入ってきたアレクシスが答えた。そして、トレイを足台《オットマン》の上に置くと、ダイエットソーダの缶を配った。

グレイシーはそれを受け取ってプルタブを引いた。「着席式の食事のかわりに、カナッペやオードブルをどっさり用意した披露宴の仕事をしたことがあるの。ウエイターがオードブルのトレイを持ってまわるのはもちろん、あちこちにチョコレートディップとかサンドイッチを用意したコーナーを作ってね。そうしたら、花嫁の家族の出費を大幅に抑えることができたわ」

母が〝料理〟と書かれたフォルダーを取って開いた。「オードブルはすごく高いんじゃないの？」

「そうだけど、それでもコースの食事よりははるかに安あがりよ。それに、ビュッフェ形式だと自由に歩きまわれるから、おおぜいの人たちとおしゃべりができて、お客さんも喜ぶわ。一晩じゅう一つのテーブルで同じ六人と顔を突き合わせてなくてすむんだもの。安くあげようと思うなら、テーブルのセッティングや飾りつけもそれほど豪華にしなくていいんじゃないかしら。ビュッフェ形式なら、お客さんの人数分の椅子を用意する必要もないし。ビールとワインのほかに、披露宴のテーマカラーに合わせた飲み物を出すのもいいわね」

ヴィヴィアンが目を細くした。「グレイシー、私の披露宴を、アウトレットモールのシヨッピング並みに安っぽくしてくれて、ありがとう。ねえ、もっと安あがりにすませる方法があるわよ。お客さんたちにお弁当を配るっていうのはどうかしら。もう言葉も出ないくらいすばらしいんじゃない？」

グレイシーははっとした。「ごめん。参考になるかと思って言っただけよ」

「そう。でも、けっこうよ。結婚式まであと五週間しかないし、今さら予定を変更するつもりはないから。私は着席式の食事の大披露宴にしたいの。バンドを入れて、ダンスを楽しみたいのよ。でも、テーマカラーに合わせた飲み物っていうのはいいアイデアね。トムに相談してみるわ」

アレクシスがグレイシーに同情をこめてほほえみかけてから、ヴィヴィアンに向かって言った。「少しくらい節約してもいいんじゃないの？」

「どうして？　姉さんはジークと駆け落ちしたし、グレイシーは一生結婚しそうにないわ。だから、三人分のお金を全部私のために使うのが、どうしていけないの？」

アレクシスは肩をすくめた。「いつまでも末っ子の気分が抜けないのね。甘やかされた駄々っ子なんだから」

「どうとでも言って」ヴィヴィアンはクッキーをつまんだ。「ねえ、ウエディングドレスのお金は私が自分で払うのよ。それで十分じゃない？」

「いいのよ」母が言った。「そのお金を捻出《ねんしゅつ》するためにお店を手伝ってくれて、ありがたいと思っているわ。さあ、ドレスの相談をしましょう。ドレスはそろそろできるんでしょうね？」

「ええ。来週一回目の仮縫いの予定よ」ヴィヴィアンはグレイシーの方を向いた。「とってもすてきなドレスなの。ストラップレスで、レースがついてて、ローウエストで。花嫁の付添人のドレスも基本的なデザインは同じだけど、シンプルですごくエレガントなのよ。色は黒で、白い縁取りがしてあってね。早く見せてあげたいわ」

ヴィヴィアンはついさっき怒りを爆発させたことなどすっかり忘れているようだったが、グレイシーはそうはいかなかった。妹の辛辣《しんらつ》な言葉に傷ついた心がまだうずいていた。たぶん、この家での自分の役割がわからないことが問題なのだろう。仕事で多くの結婚式を見てきた経験があるとはいえ、ここでは私は数に入れてもらえない半端な存在なのだ。礼儀上、声をかけられただけなのだから、口をつぐんでいたほうがいい。

とはいうものの、一生結婚しそうにないとヴィヴィアンに思われていることには反論したかった。私はまだ二十八歳よ。この年齢ならまだ、一生恋に縁がないとは言えないわ。確かに今は特別な男性はいないけれど、これから現れる可能性は十分あるはずよ。

「アレクシスのドレスには、とってもキュートなボレロがついてるのよ」

ヴィヴィアンのさっきの爆発がグレイシーの胸にずきんとくる痛みだったとしたら、今度の言葉は胸にぐさりと深く突き刺さる痛みだった。

グレイシーはごくりとソーダを飲んだ。「花嫁の付添人頭のドレスは、少し目立つ必要があるものね」

「そうなのよ」ヴィヴィアンがにっこりした。

アレクシスがなにか花のことを言い、母がまた別のフォルダーを出した。グレイシーは懸命にさりげなくふるまおうとした。

ヴィヴィアンがアレクシスに、結婚式で自分の横に立ってくれるように頼んだことがこたえたわけではない。二人は一緒に育って、近しい間柄なのだから。ただ、ヴィヴィアンは最初に結婚式のことを知らせてきたとき、花嫁の付添人は姉たちではなく友達に頼むとはっきり言ったのだ。それはどうやら、私には頼まないという意味だったらしい。

自分は建前上はこの家族の一員であっても、実際にはそうでないことを、グレイシーは頭では理解していた。十四年間も家を離れていたのだ。その間にはさまざまなことがあり、みんな変わった。私も変わった。ここはもう私のいる世界ではない。それでもやはり、のけ者だと感じるのはつらかった。

「だいたいのことは決まったみたいね」ブーケとテーブルの花が決まったとき、グレイシーは言った。「そろそろ帰るわ。焼かなくちゃならないケーキがあるから」

「私のウエディングケーキの相談はいつごろするの？」ヴィヴィアンが尋ねた。「大きいのがいいわ。とっても大きくて立派なのが。隙間《すきま》なくデコレーションがしてあって」

そういうケーキとなると、五、六千ドルの値段になるだけでなく、作るのに何週間もかかるだろう。もっとも、ヴィヴィアンはそんなことは気にもしないはずだ。

「二、三日のうちに考えておくわ」グレイシーはそう約束して立ちあがった。

「表まで送っていくわ」アレクシスが玄関までついてきた。「それで？」二人きりになると、姉は尋ねた。「ジークとパム・ホワイトフィールドの間になにが起こっているのか、調べてくれるの？」

「ええ。今夜ライリーと二人で彼女を尾行して、ようすをさぐるつもりよ」

「ジークのときみたいにまかれないでよ」アレクシスが言った。

「ご忠告ありがとう。私だって、好きでまかれたわけじゃないわ」

グレイシーは表に出て車へ向かった。いやな味が口の中に残っているような、あと味の悪さがあった。十四歳まで住んでいた家は、見た目は記憶にあるのと少しも変わっていないものの、それ以外はすべてが変わっていた。そして、彼女にはその変化が悲しかった。

ライリーはグレイシーの家の私道に車を乗り入れた。グレイシーが玄関のドアの前で待っていた。昨夜と違って空は晴れあがっていて、二人の今夜の計画にとっては、助けになる一方で妨げになる可能性もある。すでにあたりは暮れかけていたが、降るような星と大きな月のおかげで、十分な明るさがあった。

グレイシーがライリーを見て手を振った。ライリーは車に向かってくる彼女を見つめて、はっきりと言葉にはできないものの、なにかこれまでとは違うと感じた。

着ているものではない。長袖《ながそで》のTシャツと黒っぽいパンツというカジュアルな格好で、ブロンドの髪は、髪の長い女性がよくしているように、うしろで三つ編みに編んであった。あのかさばるカメラも持っている。

「どうかしたのか？」ドアを開けて助手席にすべりこんだグレイシーに、ライリーは尋ねた。

「こんばんは」グレイシーはにっこりしたが、無理に作ったような笑顔だった。

ライリーは車をとめたまま言った。「僕は礼儀正しい挨拶《あいさつ》をしたわけじゃなく、どうかしたのかときいたんだがな」

「え？　ああ、私のこと？」グレイシーは無造作に肩をすくめた。「別に。元気よ」

元気というのは、昼間ライリーのオフィスへケーキを届けに来た、明るく朗らかで輝くような女性のことだ。今のグレイシーは元気とはとても言えない。

「ほんとに？」ライリーはもう一度尋ねてから、自分に腹を立てた。グレイシーの人生に起こっていることを、本気で知りたいと思っているのか？

「そのことは話したくないわ」グレイシーの顔から笑みが消えた。「それでもかまわない？」

「いいとも」

ライリーはバックで私道から車を出した。

「パムの家まで行って、彼女がいるかどうか確かめよう。もしいれば、そのまま待って、出かけるかどうか見張る」彼は横目でグレイシーを見た。「いい計画だろう？」

「すばらしいわ。今日アレクシスに会ったら、今度はパムを見失わないようにって言われちゃった。いいアドバイスでしょ？」

グレイシーの声にはなにか引っかかるものがあった。辛辣で、それでいて打ちひしがれたような響きが。ライリーはハンドルを握り締め、スポーツのことを考えようと自分に言い聞かせた。

十五分後、彼はパムの家がある通りに車を乗り入れてスピードを落とした。彼女の家は通りの向こう端の角だった。出窓のあるこぢんまりした平屋建てで、広い庭がある。

「いるようだ」ライリーは家についている明かりと、私道にとめてある車――白いレクサスを指さして言った。

「彼女がどうしてここにいるのか知ってる？」グレイシーが尋ねた。口を開いたのは、家を出てから初めてだった。

「ここに住んでいるからさ」

「そうじゃなくて、どうしてロスロボスにいるのかという意味よ。彼女はてっきり都会へ出ていくとばかり思ってたわ」

「僕にわかるはずがないだろう」そんなことはどうでもよかった。ライリーにとってパムは完全に過去の人間で、今さらかかわりを持ちたくもなかった。彼女は嘘《うそ》をついて結婚を迫ったのだ。自分がだまされたとわかるとすぐ、彼は町を出た。

「そもそも、どうして私に打ち合わせに来るように声をかけたのか、わからないわ」グレイシーが窓からパムの家の方を眺めて言った。「どう考えたって、私の意見なんて歓迎されていなかったのに。さっぱりわからない。ママの金物屋があんなにもうかっているはずはないもの。わからない。確かに家はママのものだけど、それにしてもね。ヴィヴィアンはまるで費用なんて問題じゃないみたいな態度だし。カントリークラブで着席式の食事ですって？ まったくどうかしているとしか思えない」

ライリーは質問をさしはさみたくなかった。それで、山ほどの疑問をなんとか胸におさめていたが、ついに我慢できなくなった。「いったいなんの話をしているんだ？」

グレイシーがため息をついた。「なんでもない。妹のことよ。あと一カ月ほどで結婚するの。私がこの町に帰ってきたのはそのためなのよ。家族が私に手伝ってほしいって言ったから。ところが、そうじゃなかったの。もっともヴィヴィアンは、ウエディングケーキは作ってもらいたいと言ってるわ。もちろん喜んで作るけど、あの子は自分がどれほど大変な要求をしているのか、まるでわかってないみたい。あの子の言うようなケーキを作るには、気が遠くなるほどの時間がかかるのよ。それに、あの披露宴。それはかまわないわ。でも、どうして私に嘘なんかついたのかしら。ほんとのことを言ってくれればいいじゃないの。アレクシスには付添人を務めてほしいけど、私には頼みたくないってね。私が気にするはずないでしょう？」

グレイシーの悲しみが、手に取るように伝わってきた。ライリーはネクタイを締めていればよかったと思った。そうすれば、それをゆるめてごまかすことができるからだ。しかし今、彼はそうするかわりにグレイシーの腕にそっと手を置いた。

「大丈夫だよ」ライリーは自分が歯がゆかった。まったく、なんて間の抜けたことしか言えないのだろう。大丈夫かどうかなんて、僕にわかるはずがないじゃないか。

グレイシーが彼の方を向いた。目に涙が浮かんでいる。街灯のほの暗い明かりの中で、その姿はひどく弱々しく見えた。

「大丈夫だって自分に言い聞かせているんだけど、そんなの嘘だってわかるの。私はもう家族の一員じゃないのよ。三人姉妹でも、ヴィヴィアンとアレクシスはとっても仲がいいわ。それはかまわない。私としては受け入れるしかないんだから。ただ……」グレイシーはごくりと唾《つば》をのみこむと、大きく息を吸いこんでから、ふうっと吐いた。「私のせいじゃないのに。私が家族の一員でないのは、母が私をよそへやったからよ。行きたくなんかなかったのに」

ライリーは居心地の悪さととまどいを感じた。動揺しているグレイシーを見てなんとかしてやりたいと思った。それは、今まであまり経験したことのない感情だった。そして、その感情は彼にとっては好ましいものではなかった。

「行きたくなんかなかったって、どこへ？」ライリーは尋ねた。

「あの夏が終わったあとのことよ」グレイシーは彼の顔を見た。「パムが妊娠していないことがわかるとすぐ、あなたは町を出ていったでしょ。でも、町を出たのはあなただけじゃなかった。私もよそへやられたのよ」

「そうだ。思い出した。親戚《しんせき》のところへ行ったんだね。アイオワだったっけ？」

グレイシーの唇の端が上がり、にっこりしたように見えた。一瞬、ライリーは身を乗り出してその唇の端にキスをしたくなった。まったく、正気の沙汰《さた》ではない。彼は体を引いてドアにもたれた。

「祖母のところよ。あなたの結婚式をめちゃくちゃにしないようにって、祖母の家へ行かされたの。でも、そのあとも家に帰らせてもらえなかった」グレイシーはフロントガラスから外に目をやった。「私は問題をかかえているって母は言ったわ。たぶん、十二歳になったばかりのときに父が亡くなったせいだろうって。多感な年ごろでしょ。ちょうどそのころ、あなたが隣に越してきて、私はあなたに夢中になったのよ。ところが、あなたがいなくなったあとも、母は私にロスロボスに帰ってきちゃいけないって言ったの。町の人たちは私がしたことを忘れないだろうから、カウンセリングを受けて、どこかで新しくやり直したほうがいいってね。それで、トーランスにいる叔父と叔母のところにあずけられたの」

グレイシーは唇をきつく引き結んで何度も目をしばたたいた。

「行きたくなかった。永遠に続く罰を与えられるような気がしたの。あなたにしたことは悪いことで、常軌を逸していたのもわかってる。しばらくの間、カウンセラーの面接を受けたわ。それはとても役に立って、おかげで物事を客観的に見られるようになったの。でも、そうなったあとも、家に帰ってきちゃいけないって言われたわ。だから、帰りたいと思うのはやめたの。そして、今回、母たちが私に帰ってきてほしいって言ってきた。てっきり私に会いたいんだと思ったわ。ところが、単に結婚式の準備を手伝わせるためだったのよ。それって、私にとっては、もう一度家族を失うようなものだわ」

グレイシーが泣いていることに、ライリーはすぐには気がつかなかった。涙が音もなく彼女の頰を流れ落ちるのを見て、同情と怒りが胸にわきあがった。自分の意に染まないことを無理じいされるのがどんなにつらいか、彼にはよくわかっていた。

十四年前にパムと結婚した理由はただ一つ、自分のしたことの責任をとらなければいけないと母に言われたからだ。ただ、たとえ僕がいやだと言っても、母は僕に背を向けたりはしなかっただろう。少なくとも、いつまでも背を向けつづけたりはしなかったはずだ。

「気の毒にな」役にも立たない言葉しか言えない自分が情けなかった。

今は口がきけないというように、グレイシーがこっくりとうなずいた。

ライリーはグレイシーの方に手を伸ばしかけて、いったんシートの間にあるコンソールボックスの上に置いた。口の中で悪態をつき、そもそもこんなはめに陥った自分を呪《のろ》ってから、身を乗り出して彼女を引き寄せた。

グレイシーは最初ちょっと抵抗したが、すぐにその体から力が抜けた。ライリーはずっと彼女を大柄な女性だと思っていたが、実際はそれほどでなく、腕に抱いてみると、むしろ小柄なほうだった。

胸に抱き寄せたグレイシーの体は温かかった。彼女は両手でライリーのシャツの前をつかみ、肩に額を押しつけてきた。ケーキに使ったものらしいバニラの香りとともに、彼女自身の甘い香りが漂った。

「ごめんなさい」グレイシーが震えながらささやいた。「いつもはこんなに取り乱したりしないんだけど」

「そうだろうとも」

それは本音だった。グレイシーはゼロから自分の事業を立ちあげた。そのためには必死の努力と才能が必要だったはずだ。

ライリーはグレイシーの背中を撫《な》でた。ブロンドの長い髪が彼の手をくすぐる。グレイシーが身じろぎして、両腕をライリーの腰にまわした。そして、涙に濡《ぬ》れた目で彼を見つめた。泣いたせいで唇がかすかに腫《は》れている。彼女にキスをしたいという思いが抑えがたく頭をもたげて、ライリーは——。

「パムだ」目の隅でなにかが動いたのに気づいて彼は言った。

「え？」

「パムだ。今、車に乗りこんだ」

「まあ、大変！」グレイシーが体を離し、手で頬をぬぐって窓の方を振り向いた。「尾行しなくちゃ」

「もうそうしているじゃないか」

ライリーはパムの車が私道から出て通りの角まで行くのを待ってから、車を出した。赤信号で追いつきそうになったので、それからは少しスピードを落として運転した。彼女は町の中心部へ向かっているようだ。

「どこへ行くのか見当もつかないわね」グレイシーが言った。「フリーウエーに乗らなければいいけど。もう暗いし、また彼女を見失うのはいやだもの」

「見失いはしないさ。運転するとき、パムはまわりにあまり注意を払わなかった。それは今も同じだろう。だから、視界にとらえておけるくらいの距離で尾行するつもりだ」

二台の車はロスロボスの町を抜けて、海側へ出た。パムの車が小さなモーテルの駐車場に入ったので、ライリーは低い平屋建てのモーテルの前の通りに車をとめた。

「どうしてこんなところへ来たのかしら？」グレイシーが尋ねた。

ライリーは黙ってグレイシーの顔を見た。彼女の目が大きく見開かれ、口がぽかんと開いた。

「嘘」グレイシーはうめいた。「ジークがここで彼女と会うなんて、間違っても考えないで。モーテルで？　悪趣味だわ。それに、彼がパムの家へ行けばすむ話じゃないの」

「彼の車をだれかに見られるかもしれないだろう」

「あら、そうね。ここならだれにも気づかれないからってわけね？」

グレイシーの言うことにも一理ある。だが、パムがモーテルに入ったのには、なにかもっと大きな理由があるはずだ。

「確かめる必要があるな」ライリーは言った。

グレイシーがうなずいた。二人は車から降りて、モーテルの細長い建物に近づいた。ライリーは彼女が例のいまいましいカメラを持っていることに気づいたが、車に置いてくるようにと言ってもむだなことはわかっていた。

二人は暗がりを伝いながら、足音を忍ばせてゆっくりと進んでいった。駐車場を通って事務所の方へ行くときには、足をとめて物音に耳をすました。パムの車は駐車場の向こう端にとめてあったが、彼女の姿は見えなかった。

「どこかの部屋に入ったんだわ」グレイシーがささやいた。「どの部屋か突きとめなくちゃ」

ライリーは、事務所へ行って受付係に金を握らせて聞き出すことも考えてみた。ただ、町長に立候補している身でそんなことをするのは、いかにもまずい気がした。

「部屋の窓からのぞいてみるっていうのはどうかしら」グレイシーが言った。「カーテンが開いたままの部屋が多いから」

「おそらくパムがいるのは、カーテンが閉まっている部屋のどれかだろう」

「それもそうね」

どうするか結論が出る前に、ぼんという大きな音がしてすべての明かりが消えた。いきなり、右も左もわからない真っ暗闇《くらやみ》になった。

「動くな」ライリーは反射的にグレイシーの手をつかんだ。「車に引き返したほうがいい。ぴったりくっついて離れるな」

ライリーはグレイシーの手を握った。彼女がもう一方の手を背中に当てたのがわかった。

「先に行って」グレイシーが低い声で言った。「私……」ライリーの手がぐいとうしろに引っぱられ、ごつんという音がした。「あなたのうしろにくっついていたんじゃ、つまずいてしまうわ」

急いでここから離れなくてはならないというのに、ライリーは違うことを考えていた。

振り向いてグレイシーを抱き寄せ、彼女の体から力が抜けてしまうまでキスをしたい。突然の停電に悪い予感がしていなかったら、その衝動に負けてしまったことだろう。けれど、彼はどうにか自分を抑えて、車があると思われる方向へ歩きつづけた。

「ここを曲がったところだと思う」ライリーはそう言って建物の角を曲がった。

次の瞬間、いきなりまばゆい光がはじけた。ライリーは身を守ろうとして反射的に腕を上げたが、気がつくと、そこにいた人間の姿は消えていた。走り去る足音に続き、車のドアがばたんと閉まる音が聞こえた。車が猛スピードで駐車場から走り去ると同時に、モーテルの明かりがついた。

「なんだったの？」グレイシーが尋ねた。

「だれかが僕たちの写真を撮ったんだ。問題は、だれがなんの目的で撮ったかだな」

6

「私じゃないわよ」グレイシーはポラロイドカメラを振りながら急いで言った。

「わかってる」ライリーがいらだたしげに応じた。そのいらだちが自分のせいかどうか、グレイシーにはよくわからなかった。「フラッシュは僕たちの前で光ったんだから」

さまざまな可能性を考えているように、ライリーはかすかに顔をしかめてから、先に立って車の方へ歩きだした。

二人がまだ手をつないでいることに、ライリーは気づいているのだろうか？　ライリーの指はグレイシーの指にしっかりとからまっていた。彼の手は温かくてたくましかった。グレイシーがライリーにまだ関心を抱いていたなら、これは大きな進展で、わくわくするどころの話ではないだろう。だが、あいにく彼女はうっとりしたり胸を躍らせたりはしていなかった。ライリーが自分にとてもやさしいこととハンサムなことをときおり再認識して楽しんではいたけれど、それだけだった。

二人はグレイシーの家まで引き返した。ライリーは入っていいかどうか尋ねもせずに、彼女と一緒に家の中に入ってきた。これもまたわくわくする進展と言えるのかもしれないが、もちろん、今のグレイシーにとってそんなことはなかった。

「あれはどういうことだったのか突きとめなければ」一緒にキッチンに入って、グレイシーがコーヒーメーカーをセットしたとき、ライリーが言った。「僕たちははめられたんだろうか？　どこかのばかがわざと電源を落として、写真を撮ったのか？」

グレイシーは、昼間ライリーに持っていったのとそっくりの小さなケーキを出した。ただし、こちらはデコレーションがしていない。「そんなの、どう考えてもばかげているわ。どうやって私たちをはめたっていうの？」

「たぶんパムは、わざわざ僕たちをモーテルまでおびき寄せたんだろう。写真を撮るために。そうだ、そうに違いない。だが、なんのために？」

ライリーはいらいらとキッチンの中を行ったり来たりしていたが、ふと、冷蔵庫の扉にマグネットでとめてあるスケジュール表の前で足をとめた。「これはなんなんだ？」そう言って、声に出して読みあげる。「角《つの》二つのドット三百六十。ガムペーストの薔薇《ばら》七十——小十七、中二十三、大三十」

「今週作るケーキのために用意しなくちゃならないデコレーションよ」グレイシーはダイニングルームへ行って大型の紙ばさみを取ってくると、ケーキのスケッチを取り出した。

「これはとってもシンプルなケーキでね。三段で、小さなドットを全体に散らして、それぞれの台に薔薇の花輪を一つずつ飾るの。使うデコレーションは、すべて前もって作っておくのよ。ドットもね」そう言ってにっこりした。「正直なところ、ケーキの土台になるスポンジを焼くのは一番楽な作業なの。ケーキ作りでは、大半の時間がデコレーションにかかると言っても言いすぎじゃないわ」

「君のケーキといえば」ライリーは笑顔で言って、彼女がさっきカウンターに出したケーキのところへ行った。「これは特別なときのためにとってあるのかい？」

グレイシーはにやりとした。「ナイフはその引き出しの中よ」そう言って指さす。「自分で切ってちょうだい」

それから皿を二枚とマグカップを二つ出し、フォークも二本取り出した。

「落ち着いているんだな」隅の小さなテーブルにケーキとコーヒーの入ったマグカップを置いて、二人で向かい合って座ったとき、ライリーは言った。

「ああいう出来事があったあとなのにってこと？」グレイシーは肩をすくめた。「別にあわてるようなことでもないんじゃないかしら。でも、パムのことは変よね。どうして町のモーテルへ行ったのかしら？　私はやっぱり、男の人と会うのなら彼女の家でかまわなかったんじゃないかと思うけど。外は暗かったんだし、ガレージに車を入れて扉を閉めれば、男の人が来ているなんてだれにもわからないでしょう？」

「もしかしたら、ジークとは無関係なのかもしれない。朝パムが彼と話していたのは、彼女が保険に入ろうとしていたからだということもありうる」

「アレクシスにそう言ってちょうだい」グレイシーはため息をついた。

ライリーはケーキを口に入れて味わい、のみこんだ。「君のケーキの秘密のレシピを教えてくれないか？　こんなにおいしいケーキを食べたのは初めてだよ」

「悪いけど、教えられないわ。それに、あなたはケーキを焼くタイプには見えないし」

「当たりだ」ライリーは壁に貼《は》ってある『ピープル』の記事を指さした。「君が有名人だということは話してくれなかったな」

「まだ有名じゃないわ。少しずつ名前が知られてきているけど。それって、いいことよ。どんどん仕事がふえているけど、なんとかこなしているわ」グレイシーはスケジュール表をちらりと見た。「少なくとも今のところはね」

「事業をもっと拡大することについて考えてみた？」

「時間がないのよ。世界中でウエディングケーキを販売するような大きな会社になれば、すごいだろうとは思うわ。だけどその反面で、お客さんと直接話して、その人たちにぴったりのケーキをデザインして、それを自分で作るのがどんなに楽しいかってことを考えてしまうのよ。その楽しみをあきらめていいのかって気がするの。もう一つ、自分たちらしい結婚式にしたいと願うカップルが、大きな会社のケーキを買いたいと考えるかしら？」

「なにもかも君一人でやっている今の状態から、いっきに国際企業に飛躍するわけじゃないんだ。その間のどこかに、君の納得のいく形があるかもしれないだろう」

「どうしたいのか、自分でもまだ決めかねているところなのよ」

ライリーはケーキを食べおえて、コーヒーの入ったマグカップに手を伸ばした。グレイシーは心の中で自分の頬をつねった。ライリー・ホワイトフィールドが私の家を訪ねてきて、キッチンにいる。笑みを浮かべておしゃべりをしている。ライリーに夢中だった数年間のあと、彼を思い出すこともなかった十数年が過ぎて、今、ここに彼と二人で座っているのは、妙な気分だった。これを見たら、母の隣人のミセス・バクスターはなんて言うかしら？

グレイシーは思わず顔をしかめた。「あなたの車をガレージに入れたほうがよかったんじゃないかしら」

ライリーが眉を上げた。「とやかく言われるのが心配なのか？」

「もちろんよ。ここはロスロボスで、私はあのグレイシー・ランドンで、あなたは、そう、あのライリー・ホワイトフィールドだもの」

「僕はもう昔の僕じゃないぞ」

グレイシーは声をあげて笑った。「それもそうね。私が言っているのは、あなたがここにいたことが町の人たちに知れたら……ってことよ」

「うるさく取り沙汰《ざた》するだろうな」

「そのとおりよ。あなただってそんなことは望んでいないでしょう。私の場合は精神状態を疑われるだけですむけど、あなたは町長選に立候補している身なんだから」

「僕を追い出そうとしているのか？」

この家のキッチンに腰を落ち着けているライリーはすてきだった。彼を見るたびに、グレイシーのみぞおちには小さな震えが走った。もし私が今も本当にライリーに惹《ひ》かれているとしたら、困ったことになる。でも、私は惹かれてなんかいないわ。

それでも、ライリーが立ちあがって、玄関まで送ってくれないかと言ったとき、グレイシーはかすかな期待の小波《さざなみ》が全身に広がるのを抑えることができなかった。そして、彼のうしろからついていきながら、ランチを一緒に食べたときにジルが言っていたすばらしいヒップを、じっくりと鑑賞した。

ライリーが玄関のドアの前で立ちどまり、グレイシーの方に向き直った。「どの疑問にも答えが出ていないな。ジークのこと、パムのこと、だれが写真を撮ったのかということ」

「昔から、崖《がけ》の上の家はＵＦＯの着陸地だって噂《うわさ》があったでしょ。もしかしたら、エイリアンのしわざかも」

「きっとそうだろう」

ライリーはじっとグレイシーの目を見つめた。その視線の激しさに、グレイシーは思わずごくりと唾《つば》をのんだ。肉食獣ににらまれた小動物のように、目をそらすことができなかった。ただ、自分の運命は野鼠《のねずみ》よりはるかにわくわくするものになりそうだという予感がした。

「君は前からこんなにきれいだったっけ？」ライリーは両手でグレイシーの頬を包みこむようにした。「あのころは痩《や》せっぽちで、歯列矯正器具をつけていたんじゃなかったかな？」

「あら、ええ。醜いあひるの子の時期だったの。長くてつらい六年間だったわ」

グレイシーの肌に触れているライリーの手は、温かくて柔らかかった。それを意識して、胸の鼓動が蜂鳥《はちどり》のはばたきのように速くなっている。分別のある二十八歳の大人の女性のものとはとても思えない。

「君はいつも僕を見つめていた」ライリーはわずかに体を近づけた。「僕の一挙手一投足を追っていたあの大きなブルーの瞳を、今でもはっきり覚えているよ。あのころ、君は僕にとって最大の脅威だったんだ」

「そのことは、ほんとに申し訳なく思っているわ」

「もういいさ」ライリーはつぶやくように言うと、かがみこんでグレイシーにキスをした。

グレイシーは頭の片隅で思った。こんなことが本当に起こっているなんて信じられない。ライリーが私の家の中にいて、私にキスをしているなんて。そんなふうにうまくいくはずがない。しかし実際、彼の唇がそっと触れるのが感じられ、自分の体がそれに反応してぞくぞくするのがわかった。ライリーが頬を包んでいた手を下ろし、グレイシーの腰にまわして引き寄せた。

グレイシーは自分の気持ちに素直に従い、ライリーの胸に体をあずけた。

二人はさっきも軽く抱き合った。車の中で私が涙をこぼしたときだ。あのとき、ライリーはとてもやさしくしてくれた。でも、これは違う。二人の体が触れ合い、私の腕が彼の首に巻きついて、胸と胸、腿と腿がぴったり重なっている。そして私は、このキスが永遠に続くようにと顔を仰向けている。

ライリーは私の心を読んだのかもしれない。あるいは、彼もそれを望んだのかもしれない。

ライリーは、もう動くつもりなどないと言わんばかりに唇を押しつけている。グレイシーは体の奥が熱くなり、それが全身に広がるのを感じた。ライリーの香りを吸いこんで、シルクのようなシャツの下の盛りあがったたくましい筋肉の感触をてのひらで確かめる。

ライリーの舌の先に唇を軽くつつかれたとき、グレイシーは突然、これは運命なのだと思った。唇を開きながら、こんなことをするのは正気の沙汰ではないと心の中でつぶやく。

だが、彼の舌が口の中に入りこんできたとたん、もうなにも考えられなくなった。

ライリーの舌はグレイシーの口の中をさぐった。女性を喜ばせるのに慣れている、自信に満ちた動きだ。コーヒーとケーキの甘いアイシングと、それ以上に甘美ななにかが混ざり合った味がした。その一方で、彼の手はグレイシーの背中をせわしなくさまよい、さらに引き寄せた。彼女は体を弓なりにして、猫のようにごろごろと喉を鳴らしたくなった。

ライリーの片手が下にすべってきてグレイシーのヒップを包んだ。その手に力がこもったとき、グレイシーはふいに、キスだけではもの足りなくなった。欲望が体を貫く。彼女は鼻を鳴らして彼を求めた。それに気づいて、ライリーはキスを切りあげる潮時だと考えたらしい。

彼は顔を離してグレイシーの目をのぞきこんだ。「まいったな」

ライリーが少し息を切らしていたので、グレイシーはうれしかった。彼も私と同じように、熱い衝動に突き動かされていたのだ。

ライリーはグレイシーの額にかかる髪を手で払ってから、そこに軽くキスをした。「君は僕の計画には入っていないんだ」

「計画を立てているの？」

「ああ、いつもね」

「どんな計画か教えてくれる？」

「君のケーキの秘密の材料を教えてくれるかい？」

「それはだめ。とすると、どうすれば教えてくれるの？」

ライリーは両手でグレイシーの顔をはさみ、もう一度唇を重ねた。あっという間に熱い欲望に火がつき、彼女はそのまま溶けてしまいたいと思った。

「こうやってさ」彼は体を引きながら言った。「グレイシー、僕たちはこんなことをしてはいけないんだ。僕には三つのルールがある。その一つは、関係を持った女のことはすぐに忘れるというものだ。君がそういう女じゃないのは、二人ともよくわかってる」

グレイシーはライリーの胸を両手で押した。「私が昔ストーカーだったことを言っているの？　あのことはもう忘れたって言ってなかった？」

「昔のこととは関係ない。おやすみ」そう言うなり、ライリーは玄関のドアを開けて出ていった。

グレイシーはたっぷり三分間そこに突っ立ったまま、彼とのやりとりとキスを思い返した。それからドアを閉めると、小さなリビングルームをくるくると踊りまわった。

アカデミー主演女優賞を受賞したサリー・フィールドのせりふを借りれば……彼は私が好きなのよ。ほんとに好きなのよ。

グレイシーは夜明けまで起きていた。ライリーのキスのことを思い出す自分を厳しく叱《しか》り、なんとかそれについて考えないようにしながら。いい知らせは、今取りかかっているウエディングケーキに必要なドットと薔薇の花が、ほぼ完成したことだった。もっといい知らせは、ライリーとのキスが、十四年前に思い描いていたより百万倍もすばらしかったことだ。そして悪い知らせは、夜が明けたときには、もう立っていられないほど疲れ果てていたことだった。そのとき、新聞配達人が町の新聞をポーチにほうり投げるどさっという音が聞こえた。

グレイシーはバスローブのベルトを結んで玄関のドアを開けた。顔にかかる髪をかきあげてポーチの端まで行き、新聞を拾いあげる。そして中に入りながら、ビニール袋から新聞を出して開いた。

怒りと信じがたい思いとで、つい悲鳴をあげた。こんなことが起こるはずがないわ！ありえない。こんな不当なことがあっていいわけがない。それが目の前の紙面にあった。『ロスロボス・デイリーニューズ』の一面に、いくらか不鮮明ながらも十分に判別できる、ライリーと彼女自身の写真が載っていた。二人がモーテルの駐車場で手をつないでいる写真だ。二人ともひどく驚いた顔をしている。それはフラッシュのせいであって、二人でそこにいるところを見つかったからではないが、写真を見た人間にそれがわかるはずはないだろう。

写真に劣らずひどいのは見出しだった。〝町長候補の愛の巣を激写〟さらに悪いことに、十九ページに十四年前の〝グレイシー物語〟再掲載と書かれていた。

グレイシーは新聞をくるくるまるめて壁に投げつけた。「どうして？　どうして？　どうして？　いったいどういうことなの？」

答えが出るわけもなく、ますます怒りはつのった。グレイシーは家の中をいらいらと歩きまわった。もう眠るどころではないので、シャワーを浴びて服に着替えた。

壁の時計に目をやると、まだ七時をまわったばかりだった。ライリーは何時ごろ起きるのだろう？　彼の生活時間がわからないので、家まで行ったほうがよさそうだ。彼が銀行に出勤する前につかまえたい。ただ、彼の家の私道に車をとめることを考えると、ためらわれる。今はまずい。ますます人々の憶測をあおるだけだ――。

そのとき、携帯電話が鳴った。こんな朝早くにだれだろうといぶかしく思い、グレイシーはさらに二回呼び出し音が鳴るまで待ってから、用心深く出た。「もしもし？」

「ライリーだ。起こしたかな？」

「いいえ。まだ寝てなかったわ」

「朝刊を見た？」

二人は同時に言った。グレイシーはキッチンの椅子に腰を下ろした。

「信じられないわ」彼女はうめくように言った。「ひどすぎる。いったいどういうことなの？　だれがうしろで糸を引いているのかしら？」

「わからないことだらけだ」ライリーは憮然《ぶぜん》とした声で言った。「町長からパムまでの全員に可能性があるな」

そう言われて、グレイシーはちょっと考えた。「パムがかかわっている可能性があるっていうのは同感よ。そもそも、私たちをあのモーテルへおびき出したのは彼女だもの。でも、どうしてそんなことをするの？」

「見当もつかない。もしかしたら、彼女はずっと僕を恨んでいたのかもしれないな。そしてヤードリーは、僕の支持率が上がったことにいらだっているはずだ。もちろん、今朝の新聞の記事で状況は変わるだろう」

町長が？　グレイシーは町長という人物についてはまったく知らなかった。「町長がパムに頼んであのモーテルまで行かせて、カメラマンを待機させたうえで電源を落としたって言っているわけ？　私たちが彼女を尾行して、車から降りて駐車場に入ったところで、うまくああいう写真が撮れることを期待して？」

少し間があってから、ライリーが噴き出した。「まったく君の言うとおりだな。ありそうもない話だ」

「もちろん、考えられる可能性はそんなにたくさんはないわ」グレイシーは床に落ちた新聞を拾い、しわを伸ばしてテーブルの上に広げた。「こんなことが起こったなんて信じられない。私がセックススキャンダルに巻きこまれるなんて。これを見たら母がなんて言うか、わかる？」

「君にとって最悪の問題はそのことじゃないかという気がするな。僕について説明してある部分を読んだかい？」

「いいえ」グレイシーは急いで短い記事に目を通した。「〝ダイヤのピアスをしている男性、ライリー・ホワイトフィールド〟冗談でしょう？　あなたが銀行を経営していることとかについては、なにも書いてないじゃないの。きっと、この新聞の編集長はあなたのファンじゃないのね」

「どうやらそうらしい。そのうえ〝グレイシー物語〟を再掲載して、昔のことをほじくり返している。十四年前の出来事を知らなかった人間も、これで知ることになるな」

「まずいことになりそうだわ」グレイシーはテーブルに肘をつくと、あいているほうの手を額に当てた。「これを見て、みんながどういう反応をすると思う？」

「というと？」

「この町の人たちよ」胃がむかつきはじめたのを感じ、グレイシーはあたりを見まわして制酸剤の瓶をさがした。「私たちは十四年たってやっとデートをするようになったんだって、だれもがそう考えるでしょうね。忘れないで、私は伝説の人物なんだから」

「それで、僕はなんなんだ？」

「私が愛している男性よ。もう、まったく、みっともないったらないわ」

「それは言えるな」

フランクリン・ヤードリーにとって、朝は楽しいひとときだった。静けさとおいしいコーヒー、おまけに、妻のサンドラが十時前に階下に下りてくることはめったにないときている。

しかしながら、今朝はいつも以上にうきうきしていた。朝刊の一面に載った写真のおかげで、足取りもはずむ。

「おはようございます」秘書室へ入っていったフランクリンに、ホリーが言った。

彼女は立ちあがると、フランクリンの上着とブリーフケースを受け取った。そして彼のうしろについていて、いれたてのコーヒーポットが湯気を立てている奥の執務室へ入った。

「新聞を見たかね？」フランクリンは尋ねた。

「はい。ホワイトフィールドはいったいなにをしていたんですか？　記事は隅から隅まで読みました」ホリーは言った。「グレイシー・ランドンというのは、恐るべきティーンエイジャーだったんですね」

「ああ」フランクリンは満足げに両手をもみ合わせた。「変わった女の子だった。だが、思わぬところで役に立ってくれそうだ。〝グレイシー物語〟が再掲載されたおかげで、ライリーとの件では、だれもが彼女の味方になるだろう」

ホリーは顔をしかめた。「どうやら彼女は精神的に不安定なようですね」

「そんなことは問題じゃない。彼女は最近町に帰ってきて、ライリーとつき合うようになったんだ。どうしたらこれを私に有利に利用できるか、考えなくてはな」

フランクリンは特注の革張りの椅子に腰を下ろした。ホリーがデスクの端に浅く腰かける。ネイビーブルーのスーツのスカートが腿の上までずりあがった。彼はその温かくてなめらかな若々しい肌を撫《な》でながら、ちょっと楽しむことにした。

「ランチはどうだね？」

「喜んで」

フランクリンも同じ気持ちだった。もちろん、二人とも食事をするわけではない。

ホリーが新聞を取りあげた。「もしこのグレイシーが今でもライリーに特別な気持ちを抱いていて、彼女が伝説的な人物だとすると、ライリーが彼女に関心を示さなかったら、町の人たちは彼をよく思わないだろうということですか？」

フランクリンは椅子の背に体をあずけて、こみあげてくる満足感をゆっくりと味わった。もちろんそうだ。簡単にいくに違いない。

「君は美しいが、それ以上に頭が切れるな」彼は心から言った。「私は運のいい男だ」

「これをうまく利用できるでしょうか？」

「できるとも。ライリー・ホワイトフィールドに公開討論を申しこんで、家族の価値について論じようと言えばいい。それこそ、この町のよき住民たちにとってはなによりも大切なものだ」

グレイシーは生地を流しこんだ焼き型をオーブンに入れて、タイマーをセットした。汚れた道具を集めようとしたとき、だれかが玄関のドアをノックする音が聞こえた。反射的に、ライリーに違いないという期待で胸が高鳴り、体が熱くなった。しかし、理性では、昨夜あんなことがあったあとなのに、すぐにまた彼と顔を合わせるのはまずいとわかっていた。昨夜の出来事と折り合いをつけるには時間が必要だ。あのことは忘れて、ハンサムで魅力的なかつての不良少年ではなく、自分の将来に目を向けなくては。

幸いにも、ドアを開けたとたん、ライリーではないかと心配する必要はないとわかった。けれど、ほっとするどころか、ドアの前に立っていたのは、なんと母だった。

リリー・ランドンは五十歳を過ぎていたが、遺伝的に恵まれているのと、腕のいい美容師がついているおかげで、髪にまったく白いものがなかった。仕事に精を出す一方で心労も重なっているせいか、目の下に隈《くま》ができているものの、それを別にすれば、年齢よりはるかに若く見える。グレイシーは鮮やかな色のTシャツとジーンズ姿の母を見て、とてもすてきだと言いかけたが、その険悪な表情に気づいて、ほめ言葉をのみこんだ。

「グレース・アメリア・ルイーズ・ランドン、よくもまあ、懲りないわね」母は足音も高く入ってきながら言った。「あきれてものも言えないわ。午前中ずっと、あなたになんて言おうかと考えていたんだけど、まだ言葉が見つからないほどよ」

母の言葉そのものより、声にこめられた落胆の響きのほうが、グレイシーにはこたえた。自分は妹の結婚式に必要とされていないという疎外感からまだ立ち直っていないところに、母の非難が追い討ちをかけた。

「そんなんじゃないのよ」グレイシーは言った。だが、信じてもらえないのはよくわかっていた。

「そう。ゆうベライリー・ホワイトフィールドと、どこかのモーテルの駐車場をこそこそ歩いてはいなかったと言うのね」

グレイシーは玄関のドアを閉めると、先に立ってキッチンへ向かった。「確かにモーテルの駐車場を歩いてはいたけど、それはアレクシスに頼まれたからよ。アレクシスと話した？　姉さんはジークがパムと浮気をしているんじゃないかと疑っていて、本当かどうか突きとめるのを手伝ってほしいと言ってきたのよ」

「それがこれとどんな関係があるの？　ジークが浮気をしているんじゃないかとアレクシスがやきもきするのは、結婚したときからのことじゃないの。今さら、そんなことを言い訳に使うのはやめなさい」

「だけど、私は……姉さんはそんなことは一言も……」グレイシーは岸に打ちあげられて口をぱくぱくしている魚になったような気がした。「アレクシスの作り話だって言うの？」

母はいらだたしげに肩をすくめた。「さあね。あの子がおおげさに心配するのはいつものことよ。ジークはあの子に夢中なのに。しじゅうあんなふうに騒ぎたてられて、よく我慢できるものだと思うこともあるくらいだわ」

グレイシーは手近にあった椅子に腰を下ろし、今母が言ったことを整理しようとした。まさか、そんなはずはないでしょう？「私は姉さんの助けになろうとして、ありもしない話を信じて、ばかみたいに走りまわっていたってわけ？　今のママの話だと、なにもかも姉さんのでっちあげみたいじゃないの」

「私が問題にしているのはそんなことじゃないわ」

「そうかもしれないけど、私が問題にしているのはそのことよ。ジークを尾行しようとして、新聞に写真が載って……」もしこれが自分の新しい人生なら、だれかほかの人と交換したい。グレイシーは突然むかつきだした胃を押さえた。「ライリーがそれを知ったら、私は殺されるわ」

「彼にはほかのだれかから伝えてもらうのね」

「え？」

母はグレイシーをにらみつけた。「もう十四年もたったのよ。これだけ年月がたったんだし、カウンセリングも受けたんだから、もう彼のことは忘れたものとばかり思っていたわ。ところが、そうじゃなかったみたいね」

一方的に非難されて、グレイシーはナイフで切りつけられたような気がした。「そうじゃないったら。私はライリーを追いかけまわしてなんかいないわ」

母はカウンターの上の新聞を指さした。「あれが証拠よ。彼のこととなると、あなたは昔から見境がなくなった。彼とパムが結婚することになったときは、あなたが結婚式をめちゃくちゃにするんじゃないかと不安でたまらなかったわ。二人がよけいな心配をしないで式を挙げられるように、あなたをよそへやらなくちゃならなかった。それだけでも十分みっともなかったけど、なによりつらかったのはそのことじゃないの。くる日もくる日も、町の人たちが話題にするのはあなたのことばかりだった。あなたはもの笑いの種だったのよ。あなたを叔父さんと叔母さんのところにあずけたのは、だからなの。ご丁寧に、今朝の新聞にはあの昔の話がまた載っているわ。もう一度あれを繰り返したいわけ？　あなたという子は、まだ懲りていないの？」

グレイシーは打ちのめされた思いだった。身を縮めて消えてしまいたかった。そうできないかわりに、彼女は立ちあがって制酸剤の瓶をつかんだ。

「私は変わったわ」グレイシーは静かに言った。「この十四年間、ママが少しでも私と暮らしていたら、変わったのがわかったはずよ。もちろん、私があのままここで暮らしていれば、アレクシスがヒステリックなヒロイン気取りだってこともわかっていたはずだから、姉さんの口車にのせられたりもしなかったでしょうね」

母は険しいまなざしでグレイシーを見た。「なるほど。今度は私のせいにするのね。よくあることだわ。原因がよくわからないときは、なんでも母親のせいにしておけば間違いはないってわけね。私はあなたのためを思ってしたのよ。だからって、感謝してもらおうなんて思ってないわ。そんなのおこがましいことだってわかってる。でも、少しくらい、ほんのちょっとくらい、この町での私の立場に同情してくれても、ばちは当たらないんじゃないかしら。毎日お店に行って、お客さんたちが自分の娘を笑い物にするのを聞くのがどんなにつらいことか、あなたにわかる？　もう恥ずかしくて消えてしまいたいくらいだったわよ」そう言うと、母は踵《きびす》を返して玄関へ向かった。「私は本気よ、グレイシー。ライリーには近づかないで。気の毒な彼に、あなたにじゃまされない人生を送らせてあげなさい。こんなことするなんて、あなたが十四のときだって十分情けなかったけど、今は哀れとしか言いようがないわ」

7

グレイシーはベッドに入った。そこが一番安全な場所のように思えたからだ。そのまま二日間、着替えもせず、シャワーも浴びず、電話にも出なかった。ときどきツナサラダを食べてトイレに行くほかは、ずっとベッドにいた。一度、木曜日の午後に完成したウエディングケーキを箱につめて配達人に渡すときだけは、しかたなく起き出した。

けれど、金曜日の朝になると、ベッドにこもっているのにもう耐えられなくなった。自己憐憫《れんびん》にひたるのはちっとも楽しいものではなく、この二日間で十年分を使い果たした気がした。それで、シャワーを浴びてさっぱりすると、たっぷり朝食を食べて、歯科医のドクター・ロンダ・フレミングの、鮮やかなペンキ塗りの診療所へ出かけた。

ドクター・フレミングは小児歯科が専門で、待合室は、不安そうな子供とそれをなだめる母親たちでいっぱいだった。グレイシーは、待っている患者や水中を描いた壁紙や子供向けの『スポーツ・イラストレイテッド』には見向きもせず、まっすぐ受付へ行って姉を呼び出してもらった。

二分後には、奥にあるアレクシスの小さなオフィスに案内された。姉はそこで毎日、保険会社を相手に奮戦したり、幼いジョニーにはぜひとも歯列矯正が必要だと親を説得したりしていた。

「どうしたの？」アレクシスが尋ねた。

グレイシーは姉の顔をしげしげと見て、以前と同じところと違うところをさがした。かつては、三人姉妹のうちで仲がいいのはグレイシーとアレクシスだった。ヴィヴィアンは幼くてあまり利発ではなかったので、いつも年長の二人が一緒に遊んでいた。だが、グレイシーがいなくなったあとは、それが変わった。そしていつのまにか、グレイシーが半端者になっていたのだ。

「おととい、ママと話したわ」あのあとどれほど打ちのめされて落ちこんだかを必死に忘れようとしながら、グレイシーは言った。

「ママったら、あの新聞の写真のことでかんかんになってたわ」アレクシスが言った。「グレイシー、はっきり言って、あんな現場を写真に撮られるなんて、ほんとにばかね」

グレイシーは必死で怒りをこらえ、ここへ来た目的を忘れてはいけないと自分に言い聞かせた。「今はそのことを話すのはやめましょう。私が話したいのは別のことなの。ママから聞いたんだけど、ジークのことになると、姉さんはいつも大騒ぎするんですってね。ジークは姉さんに夢中なのに、しじゅう浮気をしているんじゃないかってやきもきしているそうね」

どう言おうかと迷っているように、アレクシスの顔にいくつもの表情がよぎった。

「もううんざりよ」グレイシーは言った。「町に帰ってきてからずっと、天涯孤独だったらよかったのにと思うようなことばっかり。お願いだから、ほんとのことを言って」

アレクシスは唇を引き結んだ。「インターネットで買い物をした請求書が届いたの。そして、彼がパムと一緒にいるところを見たのよ」

「でも……」

「きっとほかに女がいるのよ。ジークったら、しょっちゅう出かけていて――」

グレイシーは姉の腕をつかんだ。「もう、アレクシス、正直に言ってちょうだい。癇癪《かんしやく》を起こして騒いだだけだったの？」

「そんなことないわ」

グレイシーは待った。

姉は腕を振りほどき、胸の前で腕組みをした。「わかったわ。もしかしたら、おおげさに騒ぎすぎたこともあったかもしれない。でも、今回は違うわ」

グレイシーはうめき声をあげた。「まあ、すてきね」

「ほんとだってば。間違いなくほかに女がいると思うの」

グレイシーは立ちあがった。「なんとでも言えば？　私はもう手伝うつもりはないわよ。

だから、私に頼まないでね。そそのかすようなこともしないで。夫との間に問題があるのなら、直接本人と話してちょうだい。私を巻きこまないで」

アレクシスが鼻を鳴らした。「姉妹《きょうだい》じゃないの。もっとわかってくれると思ったのに」

「あら、それはお気の毒さま」

頭取という地位のいい点は、だれにもばかにされずにすむことだ。銀行の中を歩いても、自分のことを噂《うわさ》するささやき声を聞かずにすむ。行員たちは陰では新聞の写真に大喜びしていることだろうが、それはかまわない。ライリーとしては、面と向かってとやかく言われさえしなければよかった。

ライリーに面と向かって言う度胸があると思われるただ一人の人物は、ここ二日間、そのことについては一言も口にしなかった。しかし、その朝ダイアンが執務室に現れたとき、ライリーは自分の幸運もこれまでだという気がした。

「いい知らせかい、それとも悪い知らせか？」彼は秘書が手にしているフォルダーを指さして尋ねた。

「私は自分の意見を申しあげる立場にはありません」ダイアンが言った。「これがジーク・ブリッジズから届きました。ヤードリー町長が公開討論を申しこんできています」

「ほう？　おもしろそうだな」ライリーはフォルダーを受け取って中身を繰り、町長の新聞発表に目を通した。「ヤードリー町長は、あの新聞記事と、町民にとって身近で深い関心事である道徳観について討論したいと考えているようだな」

社会的に立派であること。なぜ常にそれがすべての中心なのだろう？

ライリーは、厳しい表情を浮かべて直立不動の姿勢をとっている秘書を見つめた。

「僕に勝ち目はあると思うかい？」彼は尋ねた。

「病院の新しい小児病棟に寄付をなされば、町の人たちは頭取にもっと好感を持つでしょう」

ライリーはにやりとした。「まだあきらめていないんだな？」

「これは重要なことですから」

ダイアンがまたもや小児病棟の重要性を並べたてる前に、ライリーは片手を上げて押しとどめた。「貧しい子供たちの命が助かることについての講義なら、もうけっこうだ」

秘書が非難がましく鼻を鳴らした。どうやらダイアンの好意と票を勝ち取れる見込みはなさそうだ。

「持ってきてくれてありがとう」ライリーはそう言ってフォルダーをデスクに置いた。

ダイアンは背を向けて部屋から出ていこうとしたが、ライリーはその前に呼び戻した。

「一つききたいことがある。正直に答えてもらいたい」

秘書は堂々としたようすでうなずいた。「いつもそうしております」

「よろしい。伯父の下で仕事をするのは楽しかったかい？」

「伯父様は公明正大な方でした」

「伯父が好きだったのか？」

ダイアンは目を細くした。「好きとか好きでないと申しあげるのは、私の仕事ではありません」

「確かにそうだが、それでも君なりの感情と意見はあるはずだ。伯父のことをどう思っていたんだ？」

「頭取は、ご自分でお考えになっている以上に、伯父様によく似ていらっしゃいます」

そう言われたのはこの一週間で二度目だったが、今回も前回と同様、ライリーはそれを聞いて不愉快になった。


自分の借家に帰ったとき、グレイシーは携帯電話をテーブルの上に置いたままにしていたのに気づいた。出かけるときに忘れていったらしい。メッセージが一件入っている。彼女はそれを再生した。

〝こんにちは、グレイシー。ロスロボス歴史的建造物保存協会のメリッサ・モーガンだけど、あなたに相談したいことがあるので、折り返し電話をください〟

グレイシーは女性が残した名前をしぶしぶ書きとめ、それから電話番号を押した。メリッサ・モーガンの口調は不自然なほど快活で、なんとなくいやな予感がした。

メリッサは最初の呼び出し音で電話をとった。グレイシーは名前を名のった。

「まあ、電話をくれてありがとう」ガラスも簡単に割れそうなほど甲高い声でメリッサが言った。「お願いがあるのよ。私たち協会のメンバーはみんなあなたのお母さんと知り合いで、あなたがケーキ作りを仕事にしていることを聞いているわ。それで、私たちのためにケーキを作ってもらえたら、こんなうれしいことはないって考えているんだけど。実はお母さんから、電話をかけてみたらって勧められたの。来月、歴史的建造物保存協会の基金集めの催しを開くことになっているのよ。古いストラサーン邸の修復工事が完成して、建築当時の優雅な姿に復元されてね。ストラサーン一家のことは知っているでしょう？判事とお嬢さんのジルよ。もちろん、お嬢さんは保安官と結婚して、今はジル・ケンドリックになっているけど。ほんとにすてきな結婚式だったわね。それはともかく、ケーキのことだけど、三百人が食べられるようなシンプルなものを考えているの。それだと、四角いシートケーキで何個くらいになるかしら？」

グレイシーは胸が苦しくなった。メリッサがほとんど息もつかずにまくしたてるものだから、つい一緒になって息をとめていたのだ。それから、彼女の話が徐々にのみこめてきた。だめ、だめ、だめ。そんなケーキなんて作りたくない。

「シートケーキをご希望なんですか？」内心の嫌悪が声に出ていないようにと祈りながら、

グレイシーは尋ねた。「私が作っているのはウエディングケーキだということは、ご存じでしょう？」

「ええ、知ってますとも。あなたのお母さんがそう言ってらしたから。でも、ちっちゃな丸いケーキじゃ、そんなにおおぜいの人には行き渡らないいんじゃないかしら？」

ちっちゃな丸いケーキ？　グレイシーは、ショックで記憶喪失になるまで壁に頭をぶつけたくなった。いっそのこと、この町が存在していることも忘れてしまえたら、すてきだろう。というのも、この依頼は断るわけにはいかないからだ。

「シートケーキよりもうちょっとしゃれていて、三百人が食べられるようなものが作れますよ」グレイシーは言った。「いくつかスケッチを描《か》かせてもらえませんか？」

「まあ、そんな必要はないわ」メリッサが言った。「シンプルなケーキでいいんだから」

そのあと、ちょっと間があった。「ケーキの代金はお支払いすべきかしら？　あなたのお母さんは、受け取らないだろうっておっしゃっていたわ。私たちとしては厚かましいことはしたくないんだけど、なにしろ予算が限られているものだから」

もちろんそうでしょうとも。グレイシーは壁をにらみながら思った。母は私のふるまいには落胆しても、私の時間とエネルギーをただで協会に提供することはなんとも思わないらしい。「ご心配なく。私からの寄付ということにしてください」

ケーキ作りにかかる時間と経費は詳細に記録しているから、税金を申告するとき、これは寄付控除として計上することにしよう。

「ありがとう、ほんとに助かるわ。基金集めの催しは六月四日の土曜日よ。そう、町長選の投票日の三日前」メリッサは笑い声をあげた。「もう昔のことで、この話をするとあなたのお母さんがとてもいやがるのはわかっているけど、でも、どうしてもあなたに言っておきたくて。私は高校でライリーと同じ学年だったのよ。みんな、あなたの武勇伝にはほんとにわくわくしたものだわ。あなたって、これと思った男性をどうすればものにできるかを心得ていたのね」

これが電話でよかった。グレイシーは無理に笑顔を作る必要がなくてほっとした。実際には、これと思った男性をものにしたわけではなく、彼の心に生涯残る傷を与えてしまったのだ。それを指摘しようかとも考えたが、結局、曖昧《あいまい》な声をもらしただけで、急いで電話を切った。

「いっそ自殺したほうがいいみたいね」グレイシーはそうつぶやいて、携帯電話をバッグにしまった。

けれど、よく切れるナイフをつかむかわりに、ケーキの製作スケジュール表の前へ行って、結婚式シーズンたけなわの六月に、三百人分のケーキをどうやって押しこもうかと考えた。メリッサはシートケーキでいいと言ったけれど、グレイシーとしてはそういうわけにはいかなかった。なんとかして、シンプルながら洗練されたデザインを考えなければならない……。

だれかが玄関のドアをノックした。グレイシーは肩ごしに玄関の方をちらりと見て、出るのはよそうかと考えた。だが、ノックはいつまでもしつこく続いた。

また家族のだれかが非難しに来たのか、あるいは、かわいらしい子供が町の孤児院の催しのためにケーキを作ってもらいたいと頼みに来たのか。グレイシーは身構えてドアを開けた。

外に立っていたのは、彼女の想像以上に悪い相手だった。

十四年前、ティーンエイジャーだったグレイシーにとって、人生のたった一つの目標はライリーを振り向かせることだった。彼が女の子を取っ替え引っ替えしてデートをしているのは不愉快だったけれど、彼が本気になった相手は一人もいないと考え、自らを慰めていた。そう、パムが現れるまでは。あろうことか、あのブロンド美人のチアリーダーとつき合いはじめたとたん、ライリーはほかの女の子とデートをするのをやめた。グレイシーは打ちひしがれ、カップルになった二人を会わせないようにする作戦を開始したのだった。

二人が結婚したのだから、その作戦は完全な失敗に終わったということだ。もっとも、数カ月後に二人は離婚したが、そのときはもう遅すぎた。

それ以来、グレイシーは自分の過去を忘れるためにあらゆることをした。そんなわけで、今その過去と向き合っても、うれしくてフラダンスを踊る気分にはなれなかった。

「まあ！　グレイシー、こんにちは！」パム・ホワイトフィールドがにっこりしながら言った。「すてきになったわね。ロスロボスへおかえりなさい。元気？」

パムのいかにもうれしそうな陽気な声を聞き、グレイシーは思わず振り返って、うしろにだれが立っているのかを確かめたい衝動に駆られた。どう考えても、パムが自分にこれほど親近感を抱いているはずはないからだ。

「あら、パム。こんにちは」

「入ってもいい？」パムはそう言いながら、さっさとグレイシーの横をすり抜けて小さなリビングルームに入ってきた。「どうしてたの？　そうだ、『ピープル』の記事を見て、とってもうれしかったわ。有名になったものね。すばらしいことだわ」

「私もうれしかったわ」

グレイシーはほとんどの時間をキッチンで過ごし、身につけているのはカジュアルなものばかりだった。ポロシャツにカーキ色のコットンパンツ、はき慣れた楽な靴。パムはグレイシーより四歳年上だったが、どう見てもそうは思えなかった。注文仕立てのしゃれたスラックスは体にぴったりで、腰まわりは鉛筆くらいにしか見えない。シルクのセーターが細いウエストと豊かな胸を際立たせている。

大人になってからのグレイシーは、〝ブルーの瞳のブロンド美人〟というカリフォルニアの決まり文句にぴったりだと言われてきた。ただ、パムの輝く金髪と完璧《かんぺき》な化粧がほどこされた顔に比べると、自分がひどくさえなく思えた。パムのショートヘアは、映画スターの髪のようにさりげなく優雅に揺れる。顔にも着ているものにもしわ一つなく、はいている靴は一目でデザイナーブランドとわかる。パムが理想の姿だとすると、私は欠点だらけの落伍者《らくご》だわ。

この二日間、自己嫌悪にさいなまれて過ごしてきたグレイシーは、その落ちこんだ気分を変えるには、なにはさておき、パムをここから追い払うことだと考えた。

「それで、なんの用で寄ってくれたの？」グレイシーはにっこりして尋ねながら、可能性はごくわずかにせよ、この女性が義理の兄のジークと浮気をしているかもしれないことは考えないようにした。アレクシスの話をいまだに本気で信じているわけではなかったけれど、ジークが自分の行き先について嘘《うそ》をついたことと、なんの説明もなく長時間留守にしているという事実に目をつぶることはできなかった。

「ちょっと提案があるのよ。あなたには焼かなくちゃならないケーキがどっさりあるはずよね。そして、町にいるのはほんの一カ月ばかりだってことも知っているわ。それで考えたの……」パムはコーチのバッグをつかんで肩をすくめた。「話すと長くなるんだけど」

そう言われては、椅子を勧めて飲み物でも出さないわけにはいかない。グレイシーはできるだけぐずぐずしてから、手ぶりでパムにソファを勧めた。そして、ちょっと失礼と言って大急ぎでキッチンに引き返し、手早くケーキを一切れとダイエットソーダを用意した。

「来月、朝食付き宿《B&B》を開業するつもりなのよ」パムは言った。「改装にずいぶん手間がかかったんだけど、それもほぼ終わりに近づいているわ。まずキッチンから始めたものだから、そこはもう完成しているの。もっとも、開業までは遊んでいる状態でしょ。だから考えたの。あなたがちょっと見に来てくれるといいなって」

グレイシーは目をまるくしてパムを見た。「どうして私がお宅のキッチンを見に行かなくちゃならないの？」

皿のケーキをつつくだけで、まだ一口も食べていないパムが、声をあげて笑った。「まあ、私ってばかね。まだ肝心なことを話してなかったわ。実は、あなたにうちのキッチンを借りてもらいたいのよ。業務用のオーブンが二台と大きなカウンターがあるの。大量のケーキを焼かなくちゃならないあなたなら、興味があるんじゃないかと思って。B&Bの開業はあなたの妹さんの結婚式が終わってからだから、それまでは二十四時間いつでも自由に使ってかまわないわ」

グレイシーの頭に最初に浮かんだのは、パムはどうやってヴィヴィアンの結婚式のことを知ったのかという疑問だった。そして思い出した。ここロスロボスでは、だれもがみんなの予定を事細かに知っているのだ。

次に頭に浮かんだのは、十分おきに型をまわさなくても焼きむらができずに焼ける大型の新しいオーブンが使えたら、どんなにすばらしいことかという思いだった。

「いくらで貸してくれるの？」グレイシーは尋ねた。

「一度見に来ない？　もし使えると思えば、条件を相談しましょう」

信用させようとするように、パムがさりげない笑みを浮かべた。しかしグレイシーは、自分のケーキを一口も食べようとしない人間を信用する気にはなれなかった。確かにケーキにはカロリーがあるけれど、味見をするくらい、どうということはないはずだ。とはいうものの、新しいオーブンと、パムを監視できるチャンスだと考えると、気持ちが大きく傾いた。

「ちょっと見せてもらいたいわ」グレイシーは言った。「いつが都合がいい？」

「きっとなにか理由があるはずよ」ジルが〈ビルズ・メキシカン・グリル〉のボックス席に座りながら言った。

「ストリング理論でいつも引き合いに出される不思議な二十個の素粒子と、乾燥機に入れたはずのソックスがどうして消えるのかって謎《なぞ》を別にすると、世の中のほとんどすべてのことには理由があるものよ」グレイシーは言った。

「私が言っているのはこのことよ」ジルは例の新聞をテーブルに置いた。

「ああ、それね」グレイシーは言った。「その写真が新聞に出たとき、どうしてあなたから電話がかからないんだろうって思ったわ」

「きっとお祝いの電話が殺到しているだろうと思ったの」ジルはそう言って眉を上げた。

「お願い、ライリー・ホワイトフィールドとモーテルには入っていないって言って」

「駐車場に入っただけで、モーテルには入らなかったわ。写真を見れば、外だってことがはっきりわかるはずよ」

「私の言ってる意味はわかっているでしょ」

「ちょっと話が込み入っていてね」私の人生と同じだわ。

「三時まではあいてるわ」ジルは椅子の背にもたれかかって言った。「アシスタントに予定をあけてもらったの」

「よかった」

グレイシーは手短に、パムを尾行したせいで見舞われた災難についてジルに話した。

「つまり、あなたたちはパムを尾行していて、そのあなたたちを、カメラを持った男が尾行していたってことね」料理を注文したあと、ジルが言った。「だれがその男を送りこんだのかしら？」

「見当もつかないわ。昔から虫が好かなかったパムのしわざだと言いたいけど、どうして彼女がそんなことをするの？　町長もそうよ。確かに昔のことをほじくり返して、選挙前にライリーの評判を落とそうとしているのかもしれない。でも、町長に、私たちの行き先や、ニュース種になるような写真が撮れることが予測できるはずないでしょ？　ほんとにわけがわからないわ。そのうえもっとわからないことに、パムが私に会いに来たのよ」

　ジルがトルティーヤ・チップスをつまもうとしていた手を途中でとめた。「嘘でしょ」

「ううん。彼女、新しいB&Bを建てているんだか、改装しているんだかしていて、そこのキッチンを私に貸したいんですって。今日の午後、見に行くことになっているの。業務用の設備がそろっていて、それを、私が町にいる間、貸してくれるって言うのよ」

「借りたいの？」

「彼女とかかわりを持ちたいかって？　まさか。彼女のキッチンを使いたいかって？　もちろん。今の家のオーブンは、一番大きい焼き型がぎりぎり入るんだけど、熱のまわりが均一でなくて、焼きむらができるのよ。だから、借りたいのはやまやまだけど、パムからっていうのがね。もともと彼女のことは好きじゃないし、うさんくさい気がするの。彼女、私をはめようとしているのかしら? ライリーをはめたのは彼女だったと思う?」

「昔からよく言うじゃないの。友達は近くに置いておけ、敵はもっと近くに置いておけってね」

「それもそうね。でも、パムと顔を突き合わせて仕事をするのに耐えられるかどうか、自信ないわ。彼女を見ると虫酸が走るんだもの」

「山ほどケーキを食べさせて、太らせてやればいいじゃないの。そうなったらおもしろいわね」

「ふん。うちに来たときにケーキを一切れ出したんだけど、彼女、それを目の前に置いたまま、一口も食べなかったわ。どう考えても不自然よ」

「同感。それで、どうするつもり？」

「キッチンを見て、私の眼鏡にかなうかどうか確かめるわ。たぶんだめだと思うけど」ジルがしげしげとグレイシーを見つめた。「ほかにもなにかあるわね。私に言ってないことはなに？」

「なにもないって。私……」グレイシーはかぶりを振った。「あなたに会えたのを別にすると、帰ってきたことをつくづく後悔しているわ。家族とのごたごたで、もううんざり」

「たとえば？」

「なんだか自分が場違いな人間みたいな気がして、居心地がよくないの」グレイシーはそう言ってダイエットソーダをつかんだ。「それも当然だってことはわかってる。私は長いこと町を離れていて、ヴィヴィアンとアレクシスとは別々に育ったんだもの。送ってきた生活も違えば、思い出も違うのよね。戸籍上、私はまだ二人の姉妹だけど、気持ちのうえでは、もうほんとの家族じゃないみたいな気がするの」

ジルは悲しそうな顔をした。「それは違うと思うわ。二人ともあなたのことを気にかけているし、あなたも二人のことを気にかけているじゃないの」

「確かにね。でも、私はこのところ急に二人に我慢がならなくなってきているの。私の知らない間に、アレクシスは悲劇のヒロイン気取りになってしまって、ヴィヴィアンもそれにならっているみたいなのよ」グレイシーはジルに、なにかというとヴィヴィアンが結婚式を中止にすると言っていることを話した。「ヴィヴィアンは十五分おきにトムと喧嘩《けんか》しているし、アレクシスのほうは、結婚したときからずっと、ジークが隠れて浮気をしているんじゃないかと病的な疑いを抱きつづけているらしいの。母はほぼ正常みたいだけど、その新聞の写真を見たあと、うちに来て私を厳しく叱《しか》りつけていったわ」母に言われたことについては詳しく話さなかった。まだ自分自身でも折り合いをつけかねていたからだ。

「私の人生はひどくこんがらかっているのよ」

「そうみたいね」ジルが身を乗り出した。「なにか私にできることがある？」

「もうしてくれているわ。あなたと話してずいぶん気持ちが楽になったもの。私は今、話題の的になっている自分にうんざりしているのよ。それで、あなたのほうはどんなようすなの？」

「エミリーは夏休みが始まるのを指折り数えて待っているわ。あと三十四日だろうと思うけど、キッチンのカレンダーをチェックしておかなくちゃね。今、三人で、夏休みの計画を山ほど立てているところよ。フロリダの父の家にも行ってみようと思っているの。父とエミリーはとってもうまが合うのよ。エミリーにとっては、どっちのほうが大きな楽しみなのかしら。たった一人の大好きなお祖父《じい》ちゃんに会いに行くことか、それとも、ディズニーワールドへ行くことか」

「あら、それはむずかしい選択ね」

ジルはアイスティーのグラスを持ちあげて、またすぐに置いた。そして、色鮮やかな紙のプレースマットの柄を指先でなぞった。

「なんなの?」グレイシーはにっこりした。「言いたくてたまらない秘密があるのね。わかるわ。言っちゃいなさいよ。だれにも言わないから大丈夫」

ジルはうなずいた。「大丈夫なのはわかっているわ。そうじゃなくて……」そう言って唇を噛《か》み、顔を赤くした。「実は、私たち、赤ちゃんを作ることを考えているのよ」

グレイシーは笑い声をあげた。「まあ! すてきじゃないの。もう計画は立てたの?」

「今月から始めようと思っているの。わくわくするけど、ちょっぴり不安もあるわ」

「あなたならすばらしい母親になれるって。エミリーとうまくやっているじゃないの」

「あの子はとってもいい子だもの」ジルはうなずいた。「それに、私と会ったときにはもう基本的なしつけはできていたのよ。赤ちゃんを一からうまく育てられるかどうか自信がないわ」

「新しく母親になる女性はだれでもそうよ。たっぷりの愛情と忍耐と恐怖心を抱くものなの」

「そうよね。マックは男の子を欲しがっているの」

「男の人って、みんなそうみたい」

「私はどっちでもいいわ。それにしても、期待と不安っていうのは、おもしろい組み合わせよね」

グレイシーはダイエットソーダのグラスを目の高さに持ちあげた。「おめでとう」

ジルはにっこりした。「まだ妊娠したわけじゃないのよ」

「わかっているけど、すぐにそうなるわよ。そう。私もとうとうおばさんと呼ばれるようになるのね」

ジルとランチを食べたおかげで、グレイシーの気持ちは嘘のように明るくなった。パムのB＆Bへ行って、強気の交渉をしたあとでも、その気分は少しも損なわれなかった。それから、自分の家にまっすぐ帰ることも考えたが、気が変わった。歯医者へ行くほうがまだましだと思えるほど気が進まないことではあっても、片づけておかなければならないことが一つある。

あまり先延ばしにするわけにもいかないので、グレイシーは町の中心部まで行って、横道に車をとめた。ドアをロックしてから、ファースト・アヴェニューを歩いていき、銀行の建物を通り過ぎた。よく手入れされているその建物と入口に目を向けたものの、見て見ないふりをした。

それから五分あまりの間に、グレイシーはさらに三回、銀行の前を行ったり来たりしながら、中へ入る勇気をふるい起こそうとした。やっぱり電話で話すことにしようと心を決めたとき、ツイードのスーツを着た女性が銀行から出てきて、まっすぐ彼女に近づいてきた。

「ミス・グレイシー・ランドンでいらっしゃいますね？」

グレイシーはその場に凍りついた。ああ、まったく、お願いだから、私や私の過去やあの新聞の写真について話したいと言うのはやめてちょうだい。

「ミスター・ホワイトフィールドの秘書です。頭取に、あなたを執務室までご案内するようにと言われまして」

グレイシーはかすかに顔をしかめて、四角い三階建ての建物をちらりと見あげた。「ということは、彼の執務室はこの通りに面していて、彼は私がうろついているのを見たということですね」

「そのとおりです」

グレイシーはため息をついた。いかにも私の人生にありそうなことじゃないの。

彼女はライリーの秘書のあとについて銀行に入り、エレベーターで最上階まで上がった。案内された大きな頭取執務室に入ると、鎧《よろい》のようなスーツを着た年配の紳士の肖像画が、壁から威圧するように見おろしていた。

　グレイシーは、正面のデスクの向こうに座っている男性よりは、その大きな肖像画に目を向けているほうが安全だと考えた。それで、その絵を指さして尋ねた。

「あなたの伯父さん？」

「ああ。僕とよく似ているそうだ」

「あまりうれしくないでしょうね」グレイシーは絵画鑑賞を気取るのはあきらめて、ライリーの方を見た。「あなたがなにを考えているかわかるわ」

「それはどうかな」

「別にストーカーまがいのことをしていたわけじゃないのよ。あなたに会いに来るべきかどうか迷っていて、どっちにするか決めようとしていたの」

「それで、考えは決まった？」

「ええ。電話で話すことにしようって」

「もうここにいるじゃないか」

「わかってるわ」グレイシーはライリーのデスクの前に置いてある革張りの椅子に腰を下ろし、膝にハンドバッグを置いた。それからバッグの中をかきまわして携帯用の制酸剤を出すと、二錠ほど口にほうりこんで噛んだ。

　仕事中のライリーもすてきだ。そう思って、グレイシーはため息をつきたくなった。上等なスーツのせいか、黒い髪と真っ白なシャツの鮮やかな対比のせいか、あるいは赤いパワーネクタイのせいかはわからないけれど、いかにも責任のある仕事についている人物という雰囲気をかもし出している。

「いつものんでいるようだな」ライリーがグレイシーの手の小さな瓶を指さして言った。

「胃が敏感なのよ。ストレスに弱くて」

「医者に診てもらったのか？」

グレイシーは瓶をバッグに戻した。「冗談でしょう？　お医者さんって山ほど検査をしたがるんだもの。それに、もしなにか異常があったらどうするの？　知りたくないわ」

「もしなにか異常があったら、治療してもらえばいいじゃないか」

「でも、人聞きが悪い恐ろしい病気だとわかるかもしれないでしょ」

「人聞きが悪いって、どんなふうにだい？」

「わからないけど、もしそんなものがあるとしたら、きっと私の身に降りかかるはずだわ」グレイシーはバッグを床に置いた。「ねえ、こんな話をするために寄ったんじゃないのよ。用件を話してもいいかしら？」

ライリーは椅子の背に体をあずけて言った。「どうぞ」

「よかった」改めて彼にそう言われると、グレイシーはどう切り出していいのかわからなくなった。「私はただ……」深呼吸をする。「思ったんだけど……」

ライリーはメモ用紙を押してよこした。「紙に書いたほうがいいんじゃないか？」

「いいえ、大丈夫。用件は二つよ。一つ目は姉のこと。姉は物事をおおげさに考える癖があるのがわかったの。とくにジークのことになるとね。彼がこそこそなにかやっているっていうのは姉の考えすぎかもしれないわ」

「いや、やっているさ」

すべてが姉のでっちあげだったとわかったら、ライリーは腹を立てるか、あるいは私を非難するかのどちらかだろうと思っていた。彼が否定するなんて、グレイシーは予想もしていなかった。「どうしてそう思うの？」

「本人がそう言ったんだ。なにをしているのかと直接きいたとき、なにかもくろんでいることを認めた。ただ、奥さんを裏切るようなことでもなければ、違法なことでもないと断言した。浮気はしていないとね」

「ああ。そうだったわね」グレイシーはそのことを忘れていた。「でも、浮気をしてないからといって、もう彼を尾行しなくていいってことにはならないわ。そうでしょう？　あなたが尾行したければ、してもかまわないわ。でも、私はしたくない。彼がパムとベッドをともにしていないことを祈るだけよ。もしベッドをともにしていたらと考えると……胸が悪くなりそう。それと、パムで思い出したけど、今日、彼女がうちに来て、彼女のB＆Bの業務用のキッチンを貸してくれるって言うのよ。私としては、もうほんとにこの件にはかかわりたくないんだけど、そのキッチンを借りたら、彼女を監視できるかもしれないと思ったの。つまり、遠くからね」

ライリーは立ちあがってデスクをまわった。グレイシーが言っていることは半分くらいしか理解できなかったが、彼女が傷ついていることははっきりとわかった。だれかに、どこかで、手ひどく傷つけられたようだ。

グレイシーが座っている椅子の前まで行き、デスクの端に浅く腰かける。「パムのことを話してくれ」

「彼女、私がケーキを焼いていることを知っていて、オーブンを使っていいって言ったの。もちろん使用料は払うのよ。キッチンを見に行ってみたら、すばらしかったわ。だから借りることにして、あそこで焼くことにしたの。そうすれば、彼女を見張ることもできるし」

「そうか。なかなかいい計画のようだ。それで、だれが君を落ちこませたんだ？」

グレイシーはライリーの顔を見つめた。唇がきつく結ばれ、まなざしが暗くなった。

「だれも。私は元気よ」

「グレイシー、ごまかしてもだめだ。なにかあっただろう」

グレイシーはごくりと唾《つば》をのみこんだ。「私はただ……」そしてため息をついた。「三日前に母がうちに来たの。新聞に載った写真と私たちの過去を蒸し返す記事を見て、もうかんかんだったわ。またみんながあれこれ噂するだろうって。ティーンエイジャーだったとき、私があなたのあとを追っかけまわしたのも情けなかったけど、今は哀れとしか言いようがないって言われたわ」彼女はうなだれて床を見つめた。「もう二人で一緒に調査するのはやめたほうがいいと思うの。わかるでしょ。そうすれば、町の人たちに話題にされずにすむから。私もたいていのことは平気だけど、哀れなんて言われるのには耐えられない。この町に帰ってきたことや、山ほどのケーキの注文や、姉と妹のことやなにかで、もう……」

ぜんまいがゆるみきった古いオルゴールのように、グレイシーの声はだんだん弱々しくなってとぎれた。ライリーは必死で感情をコントロールしようとした。なんとか彼女に対する気持ちを抑えなくては。だが、十四年前、自分の車の前に身を投げ出したグレイシーを轢《ひ》くことができなかったように、今彼女が味わっている悲しみを見て見ぬふりをすることはできなかった。

ライリーはグレイシーの両手を握り、引っぱって立ちあがらせた。そして、彼女が口を開く前に引き寄せて、胸に抱き締めた。

「家族というのは、いつだってひどいことをするものさ」彼はグレイシーの髪に唇を近づけてささやいた。「僕が伯父から受けた仕打ちを見るがいい」

グレイシーはぶるっと身震いをして、ライリーの肩に額をつけた。「これまでそんなふうに考えたことはなかったし、今もそうは思いたくないけれど、もしかしたら、あなたの言うとおりなのかもしれないわ」

「ああ、僕の言うとおりだとも」

それを聞いて、グレイシーはくすりと笑った。

ライリーは両手で彼女の顔をはさみ、目をのぞきこんだ。

「君は哀れなんかじゃない」彼は言った。「だれも君のことを哀れだなんて思ってはいない。君のお母さんがそう言っているとしたら、それはお母さんが間違っているんだ。お母さんがなにを考え違いしているのか知らないが、そんなの君の知ったことじゃない。わかったかい？」

グレイシーが黙ってうなずいた。ライリーは、今にも彼女が泣きだすのではないかという不吉な予感を覚えた。ここで弱気になってはいけないと自分に言い聞かせる。しかし、世の中の男性がみんなそうであるように、彼もまた、女性の涙を見ずにすむのならどんなことでもする人間だった。それで、悲しみからグレイシーの気をそらすために、真っ先に頭に浮かんだことをした。

そう、彼女の唇に自分の唇を重ねたのだ。

8

こんなことをするのはまずい。グレイシーはライリーに腕をまわしたまま思った。彼から体を離さなければ。彼とは距離をおいて、心を強く持って……。

いいえ、かまうものですか。グレイシーはキスに没頭できるよう目を閉じながら思い直した。ライリーの唇はいい香りがして、柔らかくて、すてきな味がした。このすばらしいキスに背を向けるなんて、大ばか者よ。

ライリーがグレイシーの顔を撫《な》でながらキスを深めた。彼の舌を誘いこむように、グレイシーは唇を開いた。このまま、世の中のことといっさいを忘れさせてほしいと思った。ライリーの舌が舌に触れた瞬間、彼女の背筋を震えが走った。

ライリーの体温を肌に感じていると、彼の中にもぐりこんで、もう二度と寒い思いをしたくないという気持ちになってくる。なんてたくましいの。グレイシーはライリーの背中を手でなぞりながら、うっとりした。たくましくて、がっしりしている。

たちまちグレイシーの体に火がついた。欲望の炎が分別を焼き尽くし、彼女は現実的な可能性について考えた。デスクは大きいし、ドアは鍵《かぎ》がかかるようになっているはずだ。ライリーの腕に抱かれて一、二時間ほど過ごせば、間違いなく私の不幸な気分は癒《いや》されるだろう。

隅々にまで触れてもらいたくて、グレイシーはさらに体をすり寄せた。胸のふくらみがうずく。そこに、そして欲望がどこよりも燃えさかっている脚の間に、彼を迎え入れたい。ライリーが低く悪態をついてから、手を下ろしてグレイシーのヒップをつかみ、引き寄せた。彼の体はこわばっていた。それを感じて、グレイシーの体はますます熱くなった。彼女は唇でライリーの舌をはさみ、やさしく吸った。

ライリーは一瞬動きをとめたかと思うと、さらに深く舌を差し入れてきた。やがてグレイシーが舌を引っこめると、ライリーは顔をわずかに離し、彼女の顎から喉へと唇を這《は》わせていった。グレイシーの体に鳥肌が立ち、脚が震えた。彼にしがみついていなかったら、めくるめくような欲望でその場にくずおれてしまったことだろう。

グレイシーがそれを感じたのはその瞬間だった。思い出せる限りでは、これまでほかの男性とつき合っていて一度も感じたことのなかったもの――そう、火花を。

グレイシーの頭の中で、火花は花火のようにはじけ、弧を描いた。彼女は目がくらみ、安全な場所へ逃げ出したい思いに駆られた。火花ですって？　ライリーと？

グレイシーが体を引いたのか、あるいはライリーが突き放したのかはよくわからなかったが、ふいに二人の体が五十センチほど離れた。

グレイシーの頭の中はぐるぐるまわっていた。まるでドラッグが効いているか、長く昼寝をしすぎてなかなか目が覚めないときのように、一瞬、彼女は方向感覚を失った。

「グレイシー？」

「大丈夫よ」グレイシーは言った。そしてくるりと振り向き、大あわてでハンドバッグをさがした。バッグは椅子の下にあった。「こんなことをしちゃ、まずいわ」彼女はしゃがんでバッグをつかみながら、なおも言った。「ほんとに、ほんとにまずいわ。だめ、だめ、だめ」

「そういうことか」グレイシーが体を起こしたとき、ライリーが言った。「君はちょっとばかりうろたえているようだな」

輝くような明るい笑顔になっていることを祈りながら、グレイシーはライリーに向かって、大丈夫というようににっこりした。「あら、私なら元気いっぱいよ。とってもね。もう行かなくちゃ。それじゃ、いい一日を」

事実を認めたくなくて、グレイシーは逃げるように彼のオフィスを出た。

火花。闇《やみ》を照らす明るく輝かしい火花。

まさか、ライリーとなんて。グレイシーは心の中でつぶやきながら、足早に車まで戻り、倒れこむように乗りこんだ。よりによってライリーと。こんなことがあっていいものかしら。むちゃくちゃよ。どう考えたってまずいわ。

グレイシーはイグニションにキーを差しこもうとしたが、手が震えてうまくいかなかった。あきらめてハンドルに額を押しつけ、皮肉な運命の波が押し寄せてくるにまかせた。ちっとも胸がときめかない恋愛関係をあれこれ経験したあげくに、ようやく、ずっと望んでいた火花を感じることができた。ところが、不幸にしてその相手は、この地球上でただ一人、どんな状況であろうとも、どんなことがあろうとも、絶対に一緒になれない男性だった。

でも、今さら驚くことはないんじゃない？

ライリーは週間報告に目を通していたが、うわの空だった。頭はグレイシーのことでいっぱいで、血は体の別の部分に集まって熱くたぎっていた。

グレイシーは僕の心をとりこにしてしまった。油断している隙《すき》に、いつのまにか僕の砦《とりで》をすり抜けて、心の中に入りこんでいた。彼女が考えていることや好きなものが知りたい。一糸まとわぬ彼女と愛し合いたい。ただ、妙なことに、これまでと違ってセックスはそれほど重要ではない気がする。そのことに気づいて、ライリーは我ながら仰天した。

しかしながら、選挙に勝つという目標はもちろんのこと、三つのFのルールを忘れるわけにはいかない。ライリーにとって、この町は通過点の一つで、九千七百万ドルを手に入れるまでの時間をつぶす場所にすぎなかった。いかにグレイシーが魅力的だとはいえ、それを忘れていいほど価値のある女性ではないはずだ。深い関係になる気はない。絶対に。しかも彼女は、おとぎ話の〝二人は末長く幸せに暮らしましたとさ〟という結末を望むタイプの女性だ。

確かにキスは上手だ。腕に抱き締めると、しっくりとおさまる感じがする。自分に押しつけられたグレイシーの柔らかい体の感触を思い出して、ライリーは思わずにやりとした。もし執務室でなかったら……。

「いいかげんにしろ」彼は声に出して自分を叱《しか》りつけた。僕とグレイシーが結ばれる可能性はない。僕にとってグレイシーは、無用のトラブル以外のなにものでもないのだ。

ライリーは報告書に注意を戻し、仕事に集中した。三十分後、ちょうど報告書を読みおえたとき、インターコムが鳴った。

「ケンドリック保安官がいらしています」ダイアンが言った。「お通ししてよろしいでしょうか？」

「もちろんだ」

ライリーは立ちあがってデスクをまわった。ロスロボスに帰ってきてから、マックとはほとんど会っていなかった。一度、このかつての親友が、面倒を起こさないようにと警告しに立ち寄ったことがあったが、そのあとは、二、三度、町で偶然顔を合わせたくらいだった。

マック・ケンドリックが執務室に入ってきた。以前より身長が五センチほど高くなり、保安官の制服の腰には銃をつけている。幸せな結婚をしていると風の便りで聞いていた。しかし、ライリーの心の中のマックはいつまでも、一緒に悪さをし、女の子を追いかけ、楽しい青春の一時期をともに過ごした親友だった。もっとも、そうだったのは、マックが判事のキャディラックを盗んで乱暴に乗りまわしたあげく、つかまって刑務所に連行された夜までのことだった。

なにがあったのか、マックは一言も話さなかったが、そのときを境に彼は変わった。ぴたりと悪さをやめ、高校を卒業すると軍隊に入った。ライリーは親友を失っただけでなく、家族の半分を失ったような気がした。

「職務上の訪問かい?」うしろ手にドアを閉めたマックに、ライリーは尋ねた。

「いや」マックはさっと執務室を見まわした。「いい部屋だな。おまえがデスクで仕事をする姿を見ようとは、思ってもいなかったよ」

「僕もさ。だが、思ったほど悪くない」ライリーは身ぶりでソファを示した。「かけてくれ」マックがソファに座るまで待ってから、向かいのウィングチェアに腰を下ろす。「どうしてまたここへ? 保安官の年金基金に寄付が必要なのか?」

マックはにやりとした。「寄付をしてくれると言うのなら断るつもりはないが、今日会いに来たのはそれとは別だ」彼はライリーをじっと見すえた。「選挙運動はうまくいっているようだな」

「責任者の話によると、世論調査の支持率は上がっている」

「うちの署を切りまわしてくれているウィルマは、君が勝つだろうと言っている。こういうことについて、彼女の読みは当たるんだ」

「ありがたく拝聴しておくよ。僕が世論調査を続けると、ウィルマが気を悪くすることにならないといいんだが」

マックはにやりとした。「そのことは彼女には言わないでおこう」

「そうしてくれ」

「それにしても、おまえが町長に立候補するとは驚きだな」

今度、弁護士のジル・ストラサーン・ケンドリックに会ったら、忘れずに礼を言わなければと、ライリーは考えた。ジルは遺言状に書かれていた条件を、親友であるグレイシーだけでなく、夫のマック・ケンドリックにも秘密にしてくれているようだ。

「昔からヤードリーという男が嫌いだったんだ」ライリーは言った。

「それはおまえだけじゃないさ。たぶん、変化があるのはいいことだろう」マックはもう一度執務室を見まわした。「町に長居はしないだろうと思っていたが、どうやら、ここに腰を落ち着けて暮らすつもりでいるようだな」

「まあな」ライリーは、選挙がすんだらすぐ出ていく気でいることは言わなかった。マックはライリーに視線を戻した。「久しぶりだな。ああいう別れ方になって、ずっと気になっていたんだ」

ライリーは上唇にかすかに残っている傷跡に手をやった。マックが突然不良から足を洗いたいと言ったことで殴り合いの喧嘩《けんか》になり、そのときマックに殴られてできた傷だ。

「僕もだ」ライリーは肩をすくめた。「もうはるか昔のことだな」

「ああ。そのうち一緒にビールでも飲まないか?」

その誘いにライリーは虚を突かれ、一瞬口ごもった。僕の計画を知ったら、マックはきっと腹を立てるだろう。しかし、それまでは……。「いいとも。僕の家は知っているだろう」

マックはにやりとした。「おまえが面倒を起こしていないかどうかチェックするために、あそこは定期的に巡回している」

「ロスロボスの保安官に守られているとわかって心強いね」ライリーは友人の顔をじっと見つめた。「寄ってくれてありがとう」

「こっちこそ。近いうちに連絡する」

「一緒に行ってちょうだい」アレクシスが抑えた声で言った。

「いやよ」ガムペーストで葉を作る作業を続けられるように、グレイシーはヘッドセットを取って携帯電話に接続した。先のとがった道具で小さな葉に手早く葉脈の筋をつけてから、コーンスターチを振りかけた型にのせて乾燥させる。そうすると葉っぱらしいカーブがつくのだ。

「お願い。一緒に行ってったら。一緒に行ってくれるだけでいいんだから。お願いよ」

その声から姉が涙ぐんでいるのがわかった。グレイシーは心を鬼にしようとしたが、むずかしかった。だれかに頼み事をされると、ことにそれが家族だと、ノーと言うことのできないたちなのだ。たとえその関係が、自分からの一方通行に思えるような場合でも。

「この件に私を巻きこまないでもらいたいの」グレイシーは気持ちが大きく揺れているのを感じながらも言った。

「絶対になにかあるのよ。確かに、これまでずっとジークを疑っていたのは、自分がどうかしていたんだってことはわかっているし、あなたがもう私の言うことを信じる気になれないのもわかるわ。狼《おおかみ》が来たと言って騒ぐ少年と一緒よね。でも、誓ってもいい。今度はほんとに家の中に狼がいるんだってば」

グレイシーは思わずにっこりした。「私が幼稚園で読んだ絵本では、たしか、狼は羊の群れの中にいたんだと思うけど」

「なんでもいいわよ。私の言ってる意味はわかるでしょう」

わかりますとも。グレイシーは真顔になった。「姉さんのせいで、私は困った立場に追いこまれたのよ。ママは私がストーカー少女に戻ったと思いこんでいるわ。新聞の一面に私の写真が載って、〝グレイシー物語〟がまた息を吹き返したせいでね」

「わかってるわ。ほんとに、ほんとに申し訳ないと思ってる。お願い、一緒に来てくれるだけでいいのよ。あなたはなにも言わなくていい。その場にいて、私の気持ちの支えになってくれるだけでいいんだから。もし彼がそこにいなかったら、きっと気持ちの支えが必要になると思うの」

グレイシーはかぶりを振って、製作中の葉に道具を突き刺した。後悔するはめになるとわかっていたが、これ以上いやだと言うことはできそうになかった。「いいわ。何時に迎えに行けばいいの？」

「数字はいいなんてものじゃありません」ジークが満面の笑みで言った。「まったく驚くばかりです。明日が投票日だったら、ヤードリーの母親だって、息子に投票しないんじゃないかと思えるくらいです」

ライリーは自分のビールに手を伸ばした。「なにが起こったんだ？」

「僕に言えるのは……グレイシーです。二人のあの写真が新聞に出たとたん、数字がはねあがったんですよ。それと、心に決めた相手を手に入れるために彼女がどれほど奮闘したか、その顛末《てんまつ》を書いた古い記事が再掲載されたおかげです」

ライリーはかぶりを振った。まったく、世の中は狂っている。「それじゃ、グレイシーのおかげで、町の連中は僕を支持してくれているわけか」

「彼らがあなたを支持しているのは、グレイシーがあなたを愛しているからです。というか、愛していたからです。みんな、すてきなロマンスが大好きなんですよ。ロスロボスの町は、あなたとグレイシーのロマンスが実るのを願っているんです」

「ロマンスなんかない」

ジークはひょいと眉を上げた。「これを利用すればいいじゃないですか」

ライリーは自分の選挙運動の責任者をまっすぐに見つめた。「はっきりさせておこう。僕は票を獲得するために、グレイシーとつき合っているふりをするつもりはない」

「ですが……」

ライリーはジークをにらみつけた。とうとうジークが目をそらした。

「ですが、二人が一緒にいるところを町の人たちに見せるくらいはかまわないでしょう」

ライリーは残りのビールを飲みほした。わけのわからない状況とはまさにこのことだ。僕はロスロボスの善良な町民の支持を得るために、懸命に地道な努力を続けてきた。何カ月もかけて、人々の中に自然に溶けこもうとした。リトルリーグの資金集めのためにキャンディを買い、子供たちが新しいユニホームを作るときにはスポンサーになり、町の高校のフットボールチームと女子のバスケットボールチームの後援をしてきた。さらに、教会の楽団がイタリアで行われるパレードに参加する遠征費も出した。僕はそれをみんな笑顔でこなした。そして今、町の人々は僕に、誠実さを示すためにグレイシーとつき合うことを望んでいるのだ。

そうすることに気が進まないのは、なぜだろう？　グレイシーと一緒にいるのはいやなことではない。彼女のことが好きだし、彼女とベッドをともにしたいとさえ思っている。それで計画がうまく運んで、伯父の銀行と九千七百万ドルの金が手に入るとすれば、ありがたいことではないか。

「近いうちに公開討論会の準備を始めなければなりません」ジークが言った。「来週はどうでしょうか？」

「よし。もう全体の構成は決まっているのか？」

ジークはふんと鼻を鳴らした。「そんな改まった討論会にはならないと思いますが、いちおう問い合わせてみます」

「僕の選挙運動を手伝っていることが、君の秘密の生活の妨げになっているんじゃないのかい？」

「言ったはずです。浮気はしていません」

「アレクシスがそう信じているのなら、僕はかまわない」ライリーがそう言ったとき、玄関のチャイムが鳴った。

ライリーはビールの瓶をコーヒーテーブルに置き、立ちあがって玄関へ向かった。ジークもついてきた。ライリーがドアを開けると、目の前に二人の女性が立っていた。一人は、彼が思わずにっこりしたくなる女性で、もう一人は、グレイシーの制酸剤が欲しくなる女性だった。

「君にお客さんだぞ」ライリーはジークに言った。

「ごめんなさい」この二分足らずの間に、グレイシーはもう四十七回もその言葉を口にしていた。

「いいんだよ」ライリーは言ったが、それは社交辞令ではなかった。

彼とグレイシーは玄関ホールの隅に立っていて、ジークとアレクシスは反対側の隅で、声を低く抑えてはいるものの、激しい口調で言い合っていた。

「ほんとは来たくなかったのよ」グレイシーはライリーに言った。「アレクシスに泣きつかれちゃって。我ながらいやになるけど、私って、頼まれるといやって言えないたちなのよね」

「そう聞いても別に意外には思わないな」たとえ自分のためにならないときでも、友達や家族に頼まれるとやむなく引き受けてしまうグレイシーの姿が、ライリーには目に浮かぶようだった。

「ジークが今夜ここへ来るって言ったから、姉はどうしてもそれを確かめたいって」

「そうだろうと思った」

グレイシーは床の黒と白のタイルを見つめた。「ごめんなさいってもう言ったかしら？」

「言ったよ。だから、もういいって。君のせいじゃないんだから」

「わかっているけど、それでも申し訳なくて。ほんとに、あなたのじゃまにならないようにしていたのよ。気がついているかどうかわからないけど、この二日間、私とは会ってないでしょ。お互いにそれが一番いいと思ったの」

もちろん、ライリーは気づいていた。だれにも言うつもりはないし、自分でも信じたくなかったけれど、彼はグレイシーに会えなくて寂しかった。

「新聞の写真のことで、まだ家族の集中砲火を浴びているのか？」ライリーはグレイシーの顔にかかった髪を耳にかけてやりながら尋ねた。

「え？」グレイシーはちらりとライリーの顔を見て、また目をそらした。「いいえ。家族とはいっさい顔を合わせてないわ。家族だけじゃなく、だれともね。今はじっと鳴りをひそめていたほうがいいと思ったから。そうしたら、アレクシスから電話がかかってきて」

「今夜はもう帰ります」

ライリーが振り返ると、ジークがアレクシスの肩に腕をまわして立っていた。

「続きは明日話し合うことにしましょう」ジークはつけ加えた。

「いいとも」

アレクシスがグレイシーを見た。「グレイシー、明日電話するわ。いい？」

「もちろんよ。おやすみなさい」

二人が出ていき、玄関のドアが閉まった。グレイシーはため息をついた。

「あの二人が家に帰るのは、ベッドをともにするためかしら、それとも、もっと喧嘩をするためかしらね？」

「どっちも想像したくないね」

ライリーは他人のセックスに興味はなかった。もっとも、グレイシーと自分自身のものとなれば、話は別だ。この前のキスがまだ記憶に鮮明に残っていて、彼女に深入りするのは愚かなことだと頭ではわかっていても、体は必ずしもそれに従ってはくれなかった。

「今度のことでは、本当に親身になってくれて感謝しているわ」グレイシーがライリーをじっと見つめて言った。

ライリーはグレイシーを見ているのが好きだった。彼女のブルーの瞳と唇の動きに、気持ちがそのまま表れるのが好きだった。うっとりしながらも恐れが混じった表情で、自分のピアスを見つめるようすが好きだった。ケーキを作り、嵐《あらし》が大好きで、業務用オーブンの魅力に負けてパムからキッチンを借りてしまう彼女が好きだった。

「君が寄ってくれてうれしいよ」ライリーは言った。

「え？」グレイシーが目をしばたたいた。「ああ、ええ。そうね。私が寄ったことね。アレクシスと二人で」

頬をピンクに染め、グレイシーはまた床に視線を落とした。

「アレクシスは帰ったんだから、私もそろそろ帰らなくちゃ」

ライリーはグレイシーを帰らせたくなかった。たとえセックスをするつもりはなくても、まだ一人きりになる心の準備ができていなかった。

彼は顔をしかめた。いや、そうではない。一人きりになるのは平気だ。そうではなくて、グレイシーがいなくなってしまう心の準備が、まだできていないのだ。

「この古い屋敷を見学したいかい？」ライリーは尋ねた。

グレイシーは〝この家からさっさと出ていけ〟から〝一緒に二階へ行って裸になろう〟まで、ライリーの口から出るさまざまなせりふを想像していた。けれど、彼が屋敷の見学ツアーを提案するとは考えてもいなかった。

自分がとるべき最も分別のある行動は帰ることだとわかっていたが、グレイシーはにっこりしてうなずいた。

「したいわ」

ライリーは彼女の肩に手を置くと、その手を髪の下に差し入れてうなじに当てた。

「ここは玄関ホールだ」彼は言った。

「だろうと思ったわ。床のタイルを見ればわかるもの。広いわね」グレイシーは、吹き抜けの天井から下がっているクリスタルの優雅なシャンデリアを見あげた。「どうやって埃《ほこり》を払うの？」

「見当もつかない」

ライリーの手がうなじを撫でるのを感じて、グレイシーはますます彼を意識した。肌が触れ合っていると、考えたりしゃべったりするのがむずかしくなり、ただひたすら喉を鳴らしてライリーに体をすり寄せたくなる。

「そっちがリビングルームだ」ライリーがあいているほうの手で左を指さして言った。

グレイシーはそちらへ歩いていった。ライリーは手をうなじから腰へと下ろしながら、彼女と歩調を合わせて歩いた。

彫刻がほどこされた両開きのドアを開けると、そこは大きな部屋だった。硬材の床のあちこちに、年代物の美しい東洋のラグが敷かれている。家具はどれも古風なものばかりで、窓には分厚いベルベットのカーテンがかかっていた。

「この部屋、昼間はずいぶん暗いでしょう？」グレイシーは尋ねた。「あの分厚いカーテンからは、光が一筋も入ってきそうにないもの」

「さあな」ライリーが言った。「この部屋にはほとんど入らないんだ」

リビングルームの先には応接室のような部屋があり、その向こうに、居間とバスルームがついた寝室があった。

「メイドの部屋ね」グレイシーは言った。

「今は掃除人を雇っている。週に二日来てもらっているんだ」

キッチンは一九五〇年代のままだったが、晩餐《ばんさん》会の料理を準備するのに十分なだけの広さがあった。天井まで届く戸棚がずらりと並んでいて、そのうちのいくつかには、作られた当時のままの、鉛で枠づけされたガラスがはまっていた。カウンターの面積は五十エーカーはありそうだ。床は欠けた古いタイル張りだが、みかげ石に張り替えれば、見違えるように美しくなるだろう。両端にそれぞれダブルシンクがあり、四人家族の食料が余裕で入る大きさの食料貯蔵庫もついている。まさに天国のようなキッチンだ。

「かなり手を入れる必要があるわね」グレイシーは言った。「アドバイスが必要なときは知らせてね。私、厨房《ちゆうぼう》設備のカタログを眺めて、あれこれ想像をふくらませるのが趣味なの」

「あいにく僕は、テイクアウトの料理を買ってくるか、電子レンジで温めるくらいがせいぜいでね」

男性だからそれも無理はないだろう。だがグレイシーは、このキッチンを使うことを考えると、よだれが出そうだった。

「この家にいくつベッドルームがあろうと、図書室やアンティークの家具があろうと、ちっともうらやましくはないけど、このキッチンを素通りすることはできないわ」

「買い値を言ってくれ」ライリーが言った。

グレイシーはカウンターに寄りかかった。「今のところ、買えるだけの貯金はないみたい」彼女は小首をかしげた。「冗談で言っているんじゃないでしょう？　この家を売る気なのね」

「ああ。ここは僕のうちじゃない」

「それじゃ、うちはどこなの？」

「そのときどきで仕事をしている油田の掘削現場さ」ライリーは大きなアイランド式の調理台にスツールを引き寄せて、グレイシーに勧めた。そして、自分ももう一脚のスツールに座った。「僕はいつも交代勤務で働く六人の男たちと一緒に、狭苦しい宿舎で寝ている。掘削装置は二十四時間休みなく稼働しているんだ」

グレイシーにはそんな場所は想像もつかなかった。「南シナ海とか言っていたわね。どういういきさつでそんな遠いところまで行ったの？」

「この町を出たあと、北へ向かってアラスカまで行って、漁船に乗り組んだ。そんなある日、バーで二人の男に出会ってね。二人はちょうど石油会社から掘削装置を買い取ったところで、作業員をさがしていた。会社の連中はもう石油はないと言ったが、二人はまだあると踏んだんだ」

「あるかないかわからないのに、その人たちと一緒に行ったわけ？」

ライリーはにやりとした。「利益の分け前をやると言われてね。幸いなことに、彼らの読みは当たっていた。仕事はめちゃくちゃきついが、苦労するだけの価値はあったよ。僕は必死で仕事を覚えて、彼らが二基目の掘削装置を買ったとき、一基目の装置を引き受けてもっと大きな分け前をもらった。十年たったときには、僕は共同経営者になっていて、会社は業界でも一目おかれる存在に成長していた」

「不良少年の成功物語というわけね。きっと誇らしく思っていることでしょうね」

ライリーは無造作に肩をすくめた。「それが僕の生業《なりわい》だ」

「でも、今は銀行を経営している」

「ああ。よりによって銀行《ザ・バンク》をな」

グレイシーは広いキッチンを見まわした。「ここは、あなたが住み慣れている場所とは似ても似つかないんじゃない？」

「ああ、はるかに広い。どれだけの広さがあるのか、見当もつかない。この古い屋敷は、どこもかしこもがらんとしている。まだ足を踏み入れたことのない部屋がいくつもあるよ」ライリーはそう言って、カウンターの表面を手で撫でた。「だが、母が生きていたら、ここが気に入っただろうな。母はここで育ったんだ」

「ほんと？　それは知らなかったわ。どうしてまた……」

そう言いかけて、グレイシーはぎゅっと唇を結んだ。私には関係のないことよ、と自分に言い聞かせる。

ライリーがグレイシーの顔を見た。「きいてもかまわないさ。ロスロボスへ引っ越してきたとき、母と僕がこの家に住まなかったのは、母の兄、つまり僕の伯父が、親父《おやじ》と結婚した母を許さなかったからだ。両親が亡くなったとき、母はまだ子供で、兄のドノヴァンが親がわりになって育ててくれた。ところが、十七のとき、母は僕の親父と駆け落ちした。ドノヴァンは母に、帰ってこなければ、兄妹《きょうだい》の縁を切って、財産は一セントもやらないと言った。母は金より愛を選んだんだ」

グレイシーはとてもロマンチックな話だと言いたかったが、ライリーの声になにか気になる響きを感じ、口にするのを控えた。「それで、どうなったの？」

「母は僕を身ごもって、アリゾナの埃っぽい町のあばら屋で十年間暮らした。人生をかけて愛した男は、母と結婚したことなど意に介さず、僕が十歳のとき、ある日突然姿を消した。それで、僕たちはこの町に帰ってきた。たぶん、母は伯父と仲直りしたかったんだと思うが、性悪のドノヴァンにはその気はまるでなかった」

ライリーの表情がこわばり、唇が真一文字に引き結ばれた。

「あなたはそれが許せないのね」グレイシーは静かに言った。

「それだけじゃない。山ほどある理由のほんの一つさ」

「かわいそうに」

「もう昔のことだ」

「そうであってもよ」グレイシーはスツールからすべりおりてライリーに近づき、彼の腕に手を置いた。「私になんとかしてあげられるといいんだけど」

次の瞬間、すべてが変わった。傷ついた男は消え、代わって獲物を狙《ねら》う肉食獣が現れた。目に危険な光が宿り、全身が緊張した。グレイシーは部屋の温度が五度以上は上がったような気がした。

ライリーはスツールから下りてグレイシーの方に手を伸ばしたが、彼女を引き寄せるかわりに、長いブロンドの髪を指にからませた。

「いい考えとは言えないな」

グレイシーはごくりと唾《つば》をのみこんでから、かすれた声で言った。「あの、なにがいい考えじゃないの？」

「君がなんとかしてくれるってことがさ。君は僕の好みのタイプじゃない」

ライリーはグレイシーの髪を引っぱってはいなかったが、放そうともしなかった。グレイシーは完全に彼に支配されているような気がした。それはちょっとぞくぞくする感じだった。

「だったら、あなたの好みのタイプって、どんな女性？」

ライリーは眉を上げた。「それを買って出ようというのか？」

「興味があるだけよ」

「ああ、そうだろうな。わかった……僕が好きなのは手軽な女性だ。そう、三つのFと名づけた条件をそなえている女性さ」

「三つのF？」なにかしら？「たぶん、そのうちの一つはわかるわ」グレイシーは言った。おそらくファックのFだろう。「ほかの二つはなに？」

グレイシーは、危険な光を宿したライリーの瞳に引き寄せられるような気がした。無意識に一歩彼に近づく。二人の体はほとんど触れんばかりだったが、まだ触れてはいない。困ったことに、ライリーがあまりにも魅力的で、危険な存在でもあることを忘れてしまった。

ライリーが顔を近づけて耳元でささやいた。「ほんとに知りたい？」熱い息がグレイシーの耳をくすぐる。

グレイシーはうなずいた。

「出会う《ファインド》、やる《ファック》、忘れる《フォゲット》、だ」

「ああ」グレイシーはどう言えばいいのか、いや、どう考えればいいのかすらわからなかった。

「君はあっさり忘れられるような女性じゃない」ライリーがささやいた。「男が花と指輪を買いたくなるような女性だ。単なるファックじゃなく、愛し合いたいと思うような女性だ。あいにく、僕が求めるのはそういう女性じゃない。これまでもずっとそうだった」彼は体を起こしてグレイシーの髪から手を離した。「もう行ったほうがいい」

「え?」行ったほうがいい? 帰れってこと? グレイシーはうなずいて一歩あとずさった。「そうね。それがいいわ。いい考えね」

自分が、とぐろを巻いている蛇ににらまれた小鳥になったような気がした。脳の自衛本能をつかさどる部分が、逃げろとささやいている。けれど残りの部分は、ライリー・ホワイトフィールドのような男性に誘惑されるのはどんな感じか知りたがっていた。

グレイシーはライリーの目をじっと見つめた。彼はとてもゴージャスで、キスがすばらしく上手だ。もう一度キスしてもらいたい。そうすれば……。

「僕はいったん始めたら、途中でやめるつもりはないぞ」ライリーがそっけなく言った。

彼には私の心が読めるのだと気づいて、グレイシーは仰天した。そしてくるりと踵《きびす》を返すと、大急ぎでキッチンから逃げ出した。

そのまま家まで、記録的な速さで逃げ帰った。静かに紅茶を飲みながら、ついさっき起こったことをじっくり考えたかった。ところが、家の私道に車を乗り入れたとき、それはかなわないとわかった。玄関のポーチにヴィヴィアンが立っていた。

9

「またトムと喧嘩《けんか》したの？」グレイシーは車から降りて玄関へ向かいながら尋ねた。

ヴィヴィアンが驚いた表情になった。「どうしてわかったの？」

「さあ、どうしてかしら。当てずっぽうで言ってみただけよ」

本当はこう言いたかった。〝あなたが私のところに来るのは、なにかしてもらいたいことがあるときだけでしょ。だから、なにかあったんだってわかったのよ〟と。けれど、あまりにも皮肉っぽく聞こえそうなのでやめた。

グレイシーは玄関のドアを開けると、先に立って中に入った。この借家は自分には十分すぎるほどの家ではあるものの、一瞬、ライリーが住むすばらしい屋敷を思い出さずにはいられなかった。そう、いつの日かお金持ちになって、またロスロボスで暮らしたいと思えるようになったら……。もちろん、そう思えるようになる確率は、宝くじに当たる確率より低いという気がしたが。

「それで」グレイシーはやかんに水を入れて火にかけながら言った。「なにがあったの？」

ヴィヴィアンはキッチンテーブルにつくなり、その上で乾燥させているデコレーションの花をつついた。そして薔薇《ばら》を一つつまみ、すぐに指の間で粉々にしてしまった。

「ごめん」彼女はそう言って薔薇の残骸《ざんがい》をテーブルに置くと、手をジーンズでこすった。「姉さんが言ったとおり、トムのことなの。彼、経営学修士号《MBA》のコースを終了してから、私と結婚することになっているのよ」

「それはもう知っているわ」グレイシーはティーバッグが入ったプラスチック容器を出して、二つ並べたマグカップのそばに置いた。

「それでロサンゼルスの会社の面接をいくつか受けたから、そのどれかに就職するんだと思ってたの。ところが、銀行《ザ・バンク》に就職することを考えているってわかったのよ」

町には銀行がいくつもあり、その多くは大きな銀行の支店だった。ただ、町の人々が〝ザ・バンク〟と言うとき、その銀行はただ一つ、ライリーの銀行を指している。

「それはおもしろいわね」ライリーはこのことを知っているのだろうかと思いながら、グレイシーは言った。いや、頭取ともなれば、新入社員の就職内定にまではかかわっていないはずだから、たぶんトムのことは知らないだろう。

「おもしろくなんかないわ。ひどい話よ」ヴィヴィアンが泣き声で言った。「これから先、一生この町で暮らすなんていや。町を出て、ほかの場所を見てみたいの。姉さんは出ていったじゃないの。どうして私はだめなの？　二人であれだけ話し合ったたっていうのに、彼がこの町で就職することを考えていたなんて、信じられない」

　ヴィヴィアンは泣きだした。その甲高いすすり泣きの声が、湯がわいたことを知らせるやかんの笛の音にも負けず、キッチンに響き渡った。

　自分は望んでロスロボスを出ていったわけではなく、うとまれて追い出されたのだといことは、グレイシーは口にしなかった。今のヴィヴィアンに理屈を説いてもむだだろう。

　グレイシーはティーバッグをマグカップに一つずつ入れて湯をそそいだ。それをテーブルへ持っていき、妹の向かいに腰を下ろす。

「それじゃ、結婚するのはやめなさい」彼女は投げやりな気分で言った。

　ヴィヴィアンは両手をだらんとわきに垂らし、目をまるくしてグレイシーを見つめた。

「え？」

「結婚するのはやめなさいって言ったのよ。そんなにいやなら、トムと結婚しなきゃいいでしょ」

「でも、そんなわけにはいかないわ。私たちは婚約しているのよ。招待状も注文したし。この結婚式にいくらかかるか知ってる？」

　グレイシーはよく知っていた。「まだ内金を払っただけでしょう。お金の大半は払い戻してもらえるはずよ」

　ヴィヴィアンはばかにしきったような顔でグレイシーを見た。「結婚式を中止するつもりはないわ」

「だったら、トムとよく話し合うしかないわね。彼の就職があなたの住む場所を決めることになるとしたら、それは彼一人の問題じゃないんだから」

妹は肩をすくめて、またデコレーションの薔薇に触れた。「私のケーキにもこんな花を飾ってくれる?」

「そうしてほしければね。まだ決めてないわ。二、三日中にスケッチを描《か》くつもりよ」

「ほんとにすてきなケーキになるでしょうね。姉さんにはすばらしい才能があるみたいだから」

「一生懸命働いているもの」

ヴィヴィアンは紅茶に口をつけた。「トムは、私が一生懸命働いてないって言うの。家を買うために二人でお金をためなくちゃいけないんだけど、今私が貯金しているのは、ウエディングドレスの代金を払うためなのよ。教師って仕事はあんまりお給料がよくなくて。だから、ママの金物屋でアルバイトしているの」そして、いかにも人生の重みに耐えかねていると言いたげにため息をついた。

「ロサンゼルスに引っ越しても、教師の仕事をするの?」グレイシーは尋ねた。

「しないわけにはいかないと思うわ。だけど、トムがたっぷりお給料がもらえる仕事についたら、私は働かなくてもいいかもしれない」

「すぐに子供を作るつもり？」

「いいえ。それがなんの関係があるの？」

そう問い返されて、グレイシーは返答につまった。彼女の考えでは、夫と妻はパートナーであり、共通の目標に向かってともに邁進《まいしん》すべきものだった。どうやら、ヴィヴィアンが考えている結婚はそうではないようだ。

たぶん、私の考えが古風で時代遅れなのだろう。ヴィヴィアンとアレクシスには結婚する男性がいて、私にいないのは、そのせいに違いない。

「私には、あなたが必要としているアドバイスはしてあげられそうにないわ」グレイシーは言った。

「それじゃ、友達に相談するわ」ヴィヴィアンが言った。「ママは結婚式の準備ですっかり舞いあがっているし、アレクシスは自分のことばっかり考えていて、ほかの人なんて目に入らないみたいだし」そこで妹はテーブルに身を乗り出した。「でも、姉さんはそうじゃない。姉さんはほかの人のことを考えてくれるもの」

グレイシーはなんと応じていいのかわからなかった。「まあ、ありがとう。そう思ってもらえてうれしいわ」

「うん」ヴィヴィアンはグレイシーの腕を軽くたたいて立ちあがった。「もう行かなくちゃ。まだドレスに合う靴をさがさないといけないの。サンタバーバラに新しいブライダルショップができたから、見に行くつもり。明日打ち合わせがあるのを忘れないでね。相談しなくちゃならないことがたくさんあるから。じゃあね」

ヴィヴィアンははずむような足取りでキッチンから出ていった。

グレイシーはマグカップ二つをシンクまで運んだ。

今のはいったいなんだったの？　ヴィヴィアンはトムと喧嘩をしたと言って泣いていた。それなのに、五分もしないうちに、うれしそうな顔で結婚式にはく靴を買いに行く話をするなんて、どうなっているの？

グレイシーはその道の専門家ではないけれど、非難されるのを覚悟で言うなら、妹はまだだれかと結婚するほど大人になっていないような気がした。

でも、それは私が決めることじゃないわ。

グレイシーはテーブルに戻り、壊さないように気をつけて薔薇をどけると、スケッチブックを広げた。ヴィヴィアンのウエディングケーキのデザインを完成させておいたほうがいいだろう。中止だ、いや、中止は中止だと絶えず揺れている結婚式が、たとえ本当に中止になったとしても、そのデザインは紙ばさみに入れてとっておけばいいのだから。

翌日の午後、グレイシーは実家へ出かけた。安上がりながら見栄えのするテーブルのセンターピースの案とともに、ウエディングケーキのスケッチをいくつか携えていた。実家の前に車をとめながら、ふと、こんなに親身になる必要はないような気がした。家族の一員と思われていないことがはっきりしているのに、まだ打ち合わせに参加する必要があるのだろうか？　いっそ、このまま帰ったほうがいいかもしれない。

家族というのはいつだってひどいことをするものだとライリーは言っていたが、そうは思いたくなかった。叔父と叔母が亡くなった今、グレイシーにとって家族は、母と姉と妹だけだった。この三人と仲よくやっていかなければ、まったくの独りぼっちになってしまう。

グレイシーは紙ばさみを持って車から降りた。私道を歩きだそうとしたとたん、だれかが自分の名前を呼ぶのが聞こえた。

「グレイシー！　まあ、グレイシー！」八十歳を超えているとはとても思えない速さで、ユーニス・バクスターがポーチから下りてきた。「この間、新聞で写真を見たわよ」

グレイシーはがっくりと肩を落とした。もちろん見たでしょうとも。「こんにちは、ミセス・バクスター」

ミセス・バクスターは輝くような笑顔で言った。「あなた、とってもきれいに写っていたわ。ライリーは、なんとまあ、ほんとにすてきな男の人ね。あのピアス」老婦人はくすりと笑った。「とってもセクシーだわ」

グレイシーは目をぱちくりさせた。ミセス・バクスターがライリーをセクシーだと思っている？　感心すべきなのか、あきれるべきなのか、グレイシーにはわからなかった。それはあとでゆっくり考えることにしよう。

「ライリーの演説を聞きに行くの？　私は行くつもりよ。早めに行って最前列に座ったほうがいいわね」ミセス・バクスターは片目をつぶってみせた。「そうすれば、見たいものがよく見えるから」

「彼がどこかで演説するんですか？」

「今日の夕方、高校の講堂でね。町民の責任について話すらしいけど、私は内容なんかどうでもいいの。いつも一番すてきな候補者に投票することにしているのよ。はっきり言って、ライリーとフランクリン・ヤードリーじゃ、文句なしにライリーの勝ちだわね」

外見に基づいて一票を投じることで、ユーニス・バクスターがこの国の民主主義制度に参加するのだとは考えたくなかったけれど、どうやらそうらしい。建国の父たちはさぞ誇らしく思うことだろう。

「あなたも行ったほうがいいわよ」ミセス・バクスターはまたウインクした。

グレイシーは行ってみたい気がした。もっとも、現実には、ライリーのいる場所に自分が顔を出すなんて考えたくもなかった。困ったことになるのは目に見えている。

「教えてくださってありがとうございました」グレイシーはそう言うと、家の方に向き直った。「妹にウエディングケーキのスケッチを見せなくちゃならないんです」

「ああ、あの子ね」ミセス・バクスターはそっけなく片手を振った。「あの子とボーイフレンドは、しょっちゅうすさまじい喧嘩をしているわ。あれじゃ一年ももたないんじゃないかしら。アレクシスだって似たようなものだし。よくお聞きなさい、グレイシー、三人のうちではあなたが一番いい子よ」

そのほめ言葉でグレイシーの気持ちはぐんと明るくなった。今はとてもはしゃぐような気分ではないにしても。「ありがとうございます、ミセス・バクスター」彼女はミセス・バクスターに手を振ると、急ぎ足で玄関へ向かった。

十五分後、グレイシーは出かけてきたことを後悔した。ヴィヴィアンは、センターピースの案を平凡だと言ってことごとく却下し、ケーキのデザインは三つともぴんとこないと不満そうだった。

「僕は好きだな」トムが言った。「どれもきれいじゃないか」

どうやら花嫁と花婿は仲直りしたらしい。トムがケーキのデザインを気に入ってくれたことで、グレイシーはいっそう彼が好きになった。

ヴィヴィアンがじろりとトムを見て、目をくるりとまわした。「ハニー、これは女性が決めることよ。あなたが結婚式の相談に参加したいのはわかるけど、この日のために、私は六つのときから計画を立ててきたんですからね」

グレイシーはトムを見た。彼はグレイシーと目を合わせ、〝いちおう言ってはみましたよ〟というように肩をすくめた。

グレイシーはトムに少なからず同情した。彼が本気でヴィヴィアンと結婚したいと思っているとすれば、いずれ妻のお守りで手いっぱいになることだろう。

「このケーキはどれも、ちょっと……どう言えばいいのかしら……小さい気がするの」ダイニンググルームのテーブルに広げられているスケッチを指先でもてあそびながら、ヴィヴィアンがため息をついた。

「これは実寸じゃないのよ」グレイシーはくいしばった歯の間から言った。「三百人に行き渡る量があるんだから」

連なった蘭《らん》の花が片側から下がっている、シンプルだけれどエレガントなデザインを指さして、ヴィヴィアンは言った。「この蘭の花をもっとふやして、全体が花でおおわれるようにしたらどうかしら。大きな花束みたいに」

「それじゃウエディングケーキの意味がないじゃないの。花の下にケーキが埋まっていることが、お客さんたちにわかるようにしなくちゃ」

「お客さんにわからなくちゃいけないの？」

「私は、プレゼントみたいに見えるこれが好きだわ」アレクシスがスケッチの上に身を乗り出して言った。「リボンのかわりに花を飾ったら？」

「それでもいいけど」グレイシーは制酸剤の瓶をつかむと、キッチンへ水をくみに行った。

母がうしろからついてきた。

「きっとヴィヴィアンは三つのうちのどれかに決めるわよ」母が言った。「トムが手伝う気になってくれてよかった」

グレイシーはうなずいて水道の蛇口をひねった。

「ただで作ると言ってくれてありがとう。『ピープル』の記事を読んだわ。あなたのケーキはものすごく高価なのね」

その言葉に不愉快な気分がいくらかやわらぎ、グレイシーは母にほほえみかけた。「私の妹だもの。手伝いができてうれしいわ」

「それにしても、私もあなたも、自分で仕事を切り盛りしているのにね。だれもそれを考えてくれないんだから」

母が話をどこへ持っていこうとしているのか、グレイシーには判断がつきかねた。少々ぎこちない和解の申し出だと思いたいけれど、確信が持てない。

「ママの仕事のほうが私のより大変だと思うわ」グレイシーは言った。「従業員もいるし、棚卸しもあるし。それに比べると、私は自分のことだけ気にしていればいいんだもの」

「それでも、あなたは成功して立派になったじゃないの。ただ、ほかのことはなんでもうまくやってのけるのに、ライリーのことになると、どうしてこうもばかなまねばかりするのか、私にはどうしてもわからないわ」

母の言葉は矢となってまっすぐに飛び、グレイシーの心にぐさりと突き刺さった。だが、グレイシーは今さらもう驚かなかった。「彼のことは話さないのが一番だと思うわ。お互いに考えが違うんだってことを認めなくちゃ」

母はグレイシーに一歩近づいた。「努力してみようともしないのね。わからないのはそこよ。アレクシスから聞いたけど、ゆうべ彼の家に行ったそうね」

グレイシーは思わずあんぐりと口を開けた。「アレクシスが一緒に行ってくれって泣いて頼んだからよ。姉さんはそのことも言った？　ジークがなにをしているのか確かめたいからって私をせっついたことも？」

母はそれを聞き流した。「グレイシー、私はあなたのためを思って言っているのよ。これまでもずっとそうだったわ。自分がなにをしているのか、あなたにわからせてやれたらいいんだけど。あなたは町じゅうの笑いものになっているのよ」

「教えてあげましょうか、ママ？　私はそれは違うと思うの。町の人たちは自分のことで手いっぱいで、とても私のことなんか気にしている暇はないと思うわ。あれからもう十四年もたったのよ。もういいかげん忘れてくれてもいいんじゃない？」

「忘れることができないのはあなたでしょう。あの男の子のことになると、見境がなくなるんだから」

グレイシーは水の入ったグラスを置くと、胸の前で腕組みをした。「あのね、彼はもう男の子じゃないわ。自力で成功をつかんだ大人の男性よ。以前の私は彼のことを知らなかったけど、今は知ってる。彼はたいした人よ。いいえ、それ以上だわ。すばらしい人よ。頭がよくてセクシーで、一緒にいて楽しい人だわ」

母はたじろいだ。「まあ、なんてことなの。思っていた以上にひどいわ」

「どうってことないじゃない」グレイシーはそっけなく言った。「私が言いたいのはそこよ。ママはなんでもないことで騒いでいるのよ。私はライリーに夢中になってなんかいない。昔とは別人なんだから。もう大人で、ちゃんと自分の暮らしを持っているの。男の人とデートをして、ボーイフレンドや恋人もいたし、二年前にはほとんど婚約寸前までいったわ。この部屋に過去にとらわれている人間がいるとしたら、それはママで、私じゃないのよ」

「あなたには状況がわかっていないのね」母は見るからに悲しげに言った。「どうしたら助けてあげられるのかしら」

「それじゃ、教えてあげる。私はママの助けなんか必要としてないの。そう、十四年前には必要だったかもしれないけど、あのときママには助ける気はなかった。そして、私を遠くへやったわ。帰らせてほしいってあんなに頼んだのに、耳を貸そうともしてくれなかったじゃないの。私がなにを望んでいるのか、なにを必要としているのかなんて、気にもかけてくれなかった。私は家族のところに帰りたくてたまらなかったのに、ママは私に背を向けた。だから、私は自分の力でそれを乗り越えたわ。ママの助けを借りずに大人になったのよ。だから、わかる？　私やライリーやほかのだれかのことをママがどう思おうと、私はちっとも気にならない。ママとアレクシスとヴィヴィアンは、今度の結婚式を手伝いに帰ってきてほしいって言ったわね。私は手伝うって言ったし、ちゃんと手伝うつもりだけど、これが終わりしだい町から出ていって、もう二度と帰ってこないわ」

グレイシーはキッチンを出てダイニングルームに戻った。

「どんなのがいいか考えたんだけど」ヴィヴィアンが言った。

「絵に描いてちょうだい」グレイシーはそう言ってハンドバッグをつかんだ。

「どこへ行くの？　待ってよ。相談したいんだから。私の希望を言うから、それを描いてちょうだい。グレイシー！　待ってったら！」

グレイシーは振り向かなかった。まっすぐ車のところへ行ってエンジンをかけ、そのまま走り去った。心臓が破裂しそうなほど激しく打っていた。気分は最悪で、まるで車に轢《ひ》かれでもしたように体のあちこちが痛んだ。

叔父と叔母のところに引き取られてからずっと、家に帰るときのことをあれこれ思い描いていた。母から電話がかかり、なにもかも間違いだった、すぐ帰ってきてほしいと言ってくれるのを、くる日もくる日も待ちつづけた。けれど、電話はかからず、そのうちグレイシーははかない期待を抱くのをやめた。

やがて、自分はもう家に帰りたいなんて望んでいないのだと思うことにした。休暇にも決して家に帰らず、家族とはロサンゼルスやほかの場所で会った。いつしかそれが習慣になった。

今、過去を振り返って、グレイシーは思った。私がロスロボスを避けてきた本当の理由は、失望するかもしれないという予感があったからではないかと。町に帰ったら、昔の出来事といやでも向き合わなければならない。もう逃げも隠れもできないのだ。

実際、その中に身を置いてみて、これまで避けてきたのは正解だったとわかった。

グレイシーは赤信号で車をとめ、これからどうすべきか考えた。荷物をまとめてロサンゼルスに帰ることも含めて、可能性はいくつもある。

「逃げ出すつもりはないわ」泣き声にならないように強い口調でつぶやいた。

借りた家に帰ることも考えたが、それも気が進まなかった。結局、高校の駐車場に車をとめて講堂に入った。ライリー・ホワイトフィールドが町民の責任について演説するのを聞きながら、ユーニス・バクスターと一緒に彼のピアスをじっくり眺めるために。

しかし、グレイシーがめざしたのは最前列ではなかった。彼女は横の出入口からそっと入ってうしろの席へ向かった。町には自分やライリーの行動を気にかけている者など一人もいないことを母に納得させたい気がしたけれど、あえて本当にそうかどうかを試してみたいとは思わなかった。

目立たないように深く腰を下ろし、できるだけ人と目を合わせないようにした。それが功を奏したらしく、グレイシーに注意を払う人はいなかった。

三十分後、グレイシーはライリーの話にくい入るように聞き入っていた。彼は町のことについて話し、町を今後どうすべきかを決めるのは町民一人一人の責任だと言った。チェーン店ではなく地元の商店を応援したり、ごみをベンチに置きっぱなしにせずごみ箱に入れたりすることで、町民一人一人が範を示すことができると語った。観光客は必要な金を落としてくれるが、彼らに町の今後を決めさせるべきではないと説いた。

グレイシーはライリーの言葉に引きこまれ、自分も協力したいとさえ思った。背筋を伸ばして座り直し、ほかの聴衆と一緒に拍手をした。やがて、だれかがささやくのが聞こえた。「あれ、グレイシー・ランドンじゃない？　新聞に出ていた女性でしょう？」

グレイシーが周囲を見まわすと、おおぜいの人がこちらを見ていた。妻たちが肘で夫をつついている。年配の人たちは頭を突き合わせて、なにかひそひそささやき合ってから振り向いた。

グレイシーはスポットライトの中で立ちすくんでいるような気がした。講堂から逃げ出すべきだろうか？　気がつかないふりをしようか？　にっこりして手を振ったほうがいいだろうか？

どうすべきか決めかねているうちに、ライリーが演説を締めくくり、聴衆が全員立ちあがって拍手喝采《かっさい》をした。演説会は終わり、グレイシーはそっと横の出入口から出ようとしたが、ステージに殺到する聴衆の波に押されて、気がつくと、ライリーと握手をする人の列に並んでいた。そのまま、抜け出す間もなく彼の前まで行ってしまった。

「来るべきじゃなかったわ」ライリーがこちらを向いて眉を上げたとき、グレイシーは言った。「だれにも気づかれないだろうと思ったの」

「歓迎だよ。僕に投票すると約束してくれるならね」

「私はこの郡の選挙人名簿に登録されていないのよ」

「変更すればいいさ」

二人のやりとりを聞き逃すまいとして、野次馬が何人も集まってきた。グレイシーにはわかっていた。町の人たちはこのことを母に知らせるだろう。もしかしたら、ひそかに笑っている人もいるかもしれない。けれど、今この瞬間、そんなことはどうでもいい気がした。

「あなたの演説はとてもよかったわ」グレイシーは正直に言った。「あなたの言うとおり、ロスロボスの将来は、観光客じゃなく町の人たちが決めるべきだと思う」

「ありがとう」

ライリーが本当はどう考えているのかききたかったが、おおぜいの人たちが彼の注意を引こうとしているこの場では無理だった。グレイシーは、それじゃと言って離れたが、そこでジークと鉢合わせした。

「ここでなにをしているんだい？」彼が尋ねた。

「あなたが選挙運動の責任者を務める候補者の演説を聞いていたのよ」

義理の兄は笑顔のすてきなハンサムな男性だ。おもしろくて楽しくて、アレクシスが彼と結婚した理由がグレイシーにはよくわかるような気がした。

ジークがちらりとあたりを見まわした。「みんなの目が君に集まっているようだな。伝説の人物じゃなくてライリーに注目してもらえるように、君にはここから消えてもらったほうがよさそうだ」

グレイシーはジークのあとについて、横のドアから駐車場に出た。自分が口を出すことではないと思ったものの、ジークが中に引き返す前に、グレイシーは彼の腕をつかんだ。

「あなたがなにをしているのか、どうしてアレクシスに話さないの？　アレクシスは不安でいっぱいで、そのせいでみんな気が変になりそうよ。それに、このままだと、いずれあなたがひどい目にあうような気がするんだけど」

「僕はなにも悪いことはしていないよ」

「でも、なにかしていることは間違いないでしょ」

「君には関係ないだろう？」ジークが言い返した。

グレイシーは目をまるくした。「冗談でしょう？　私はあなたの奥さんにせっつかれて、あなたを尾行したり、こそこそさぐりまわったり、写真を撮ったり、行くべきでないところへ行ったりさせられているのよ。それもみんな、あなたがなにをしているのかをさぐるためよ」

ジークはそろそろとあとずさった。「わかった。そう言われればそうだね。実を言うと――」彼は肩をすくめて目をそらした。「僕はなにも悪いことはしていない。アレクシスを裏切ってもいないし、逃げようとしているわけでもないし、内緒でお金を使っているわけでもない。もう少し自分の時間が必要なだけなんだ。近いうちに必ず彼女に話すよ」

グレイシーはそれで納得したわけではなかったけれど、ここは引きさがるしかなかった。「無理に聞き出すわけにもいかないわね。ほんとはそうしたいところだけど」

「アレクシスはちょっと神経質なんだ。確かにこの何週間か、僕の行動が妙でなかったと言うつもりはない。だけど、前から彼女は、僕が食料品店で五分でもぐずぐずしようものなら、レジ係と駆け落ちしたに違いないと思うくらいなんだ」

どう見ても幸せな生活とは思えなかった。「アレクシスがそんな心配をする原因は、本人にあるの、それともあなたにあるの？」

「知るもんか。正直言って、僕はアレクシスをだれよりも愛している。彼女のふるまいはどう考えても常軌を逸しているけど、やさしいし、思いやりがあるし、なにより、一緒にいて退屈しない。妹の君ならわかると思うけど」

ジークの温かい笑顔を見て、グレイシーはこれなら大丈夫だろうと安心した。ただ、彼の最後の言葉にばつの悪さを覚えた。確かに妹ではあるけれど、アレクシスがどんな人間かは知らない。本当のところは。

「行ってライリーについていなくては」ジークが言った。そして、グレイシーの頬に軽くキスをした。「ありがとう」

グレイシーにはジークがなんの礼を言っているのかわからなかった。ジークのうしろ姿を見送りながら、今彼が姉のアレクシスについて言ったことを思い返した。

家族を失ったという思いはまだぬぐえなかったものの、グレイシーはこのとき初めて悟った。自分がよそへやられたのは意に反することだったが、町に帰ってこなかったのは自分の意思だったと。そうしたいと思えば、帰ってこられたはずだ。そう、私は家族に拒絶されたと感じていたけれど、私のほうから積極的に家族に働きかけなかったことも確かだ。

よく考えてみなければ。

翌朝、グレイシーはケーキの材料と焼き型と道具類を車に積みこみ、崖《がけ》の上に立つ朝食付き宿《B&B》へ向かった。

その古い家は、彼女が子供のころからあった。一九五〇年代にエイリアンの乗ったＵＦ

Oが着陸したという噂《うわさ》のせいで、子供たちにとっては、たまらなく魅力的で恐ろしい場所だった。高校生の中にはデート場所に使うカップルもいたが、もっと小さい子供たちは、玄関のドアまで走っていってノックできるかどうかで肝試しをした。

グレイシーは玄関のポーチまで行ったことがあった。そのときのことはいまだにはっきりと覚えている。そして今、中に入って仕事をするために、家の裏手に車をとめた。エイリアンなんて関係ないわ。私には焼かなければならないケーキがあるんだから。

グレイシーはいちおうドアをノックしてから、パムに渡された鍵《かぎ》を使って錠を開けた。最初にこのキッチンを見たときと同様、グレイシーの胸は初恋をしているときのようにときめいた。もっとも、彼女の心拍数を上げたのは男性ではなく、ぴかぴかのステンレスの設備と広々としたカウンター、それに朝の光が差しこむ大きな窓だった。

グレイシーは最初のケーキの生地を混ぜ合わせて、慎重に型に流しこんだ。そして、予熱したオーブンに大中小の三つの型を入れた。

タイマーをセットしたとき、裏庭に車がとまる音が聞こえた。窓からのぞくと、パムがレクサスから降りてくるのが見えた。

ケーキを焼いているので逃げ出すわけにもいかず、グレイシーはほほえみを顔に貼《は》りつけて、なんとかうまくしのげるようにと祈った。

「おはよう」パムが入ってくると、グレイシーは快活に言った。「元気？」

「ええ、とっても」パムが壁紙の見本帳をどさりとカウンターに置いた。「客室の内装に取りかかっているんだけど、これがおもしろくて」

グレイシーはいちおう外出着を着ていた。コットンのブラウスと黒いスラックスという格好だったが、キャミソールに人工スエードのパンツスーツといういでたちのパムと並ぶと、ひどく野暮ったい気がした。

「昨日、高校の前を通ったんだけど」パムが言った。「ライリーの演説を聞きにおおぜいの人たちが集まってたわ」

「そうなの？」グレイシーは演説会には行かなかったふりをした。「彼の選挙運動はうまくいっているのかしら？」

「そうだといいわね」パムが言った。

グレイシーはさりげない表情をしようとしたものの、驚きが顔に出たらしく、パムがにやりとした。

「本気で言ってるのよ。だって、もうはるか昔のことだもの。あのころは若くて愚かだったわ。ライリーを恨んでなんかいないわよ。それに、フランクリン・ヤードリーは虫酸が走るほど嫌いなの。私が高校三年のときはもう町長になっていて、卒業式で表彰状を授与したの。表彰状を渡すとき、間違いなく私のお尻に触ったんだから」

グレイシーは両手をカウンターに押しつけた。たしかジルも同じようなことを言っていた。「嘘《うそ》！　私の友達にも同じことをしたのよ。彼女、あきれ返ってたわ」

「当然でしょ？　いい年をして。ほんとにむかつくったらなかったわ。だれかに言いたかったけど、だれも信じてくれないだろうと思ってやめたの。だから、ライリーに一票入れるわ」

心からそう思っているような口調だったので、グレイシーはパムを信じたい気もした。だが、やはり信じきれなかった。そう、心からは。

「再婚しなかったのね」

パムはカウンターに寄りかかった。「ええ。再婚を考えたこともあったけど、一人でいるほうが気楽だもの。今はつき合ってる人がいるの。彼はサンタバーバラに住んでいるから、まさに理想的なのよ。定期的に会えるくらいの近さだけど、四六時中うるさくつきまとわれずにすむでしょ。それが気に入ってるの。長いこと一人で暮らしてきたから、男の人と一緒に生活するのに慣れるのは、もう無理そうな気がするわ。あなたはどう？」

グレイシーは喜んで男性と一緒に生活するのに慣れるつもりだったが、自分に火花を感じさせるただ一人の男性は、あいにくそこまで考えてくれてはいなかった。そのうえ彼は、私が絶対に一緒になってはいけない男性なのだ。

それだけではない。二人が求めているものはまったく違う。彼は私が魅力的なことに気がついて、夢のようなキスをしてくれた。でも私は、彼が一つの場所に腰を落ち着ける夕イプではないことを知っている。

グレイシーはかぶりを振った。そして、パムがじっとこちらを見ていることに気がついた。「ごめんなさい。なにかきいた？」

パムは声をあげて笑った。「いいのよ。なにかほかのことを考えているのは、見ればわかるもの。私は本を読むわ。もうあなたのじゃまはしないから」

パムは壁紙の見本帳をかかえてキッチンから出ていった。グレイシーはそのうしろ姿を見送りながら、ふと考えた。ずっとパムをいやな女だと思っていたけれど、ひょっとしたら間違っていたのだろうか？

10

午後遅く、ライリーはグレイシーの家の前に立っていた。急にドライブをしたくなって、午後の最後のミーティングを二件キャンセルしたのだ。だが、海岸へも、南のロサンゼルスへも向かわず、町なかを少し走って、グレイシーが借りている家の前に車をとめた。

グレイシーが家にいることはすぐにわかった。スバルのフォレスターが私道にとめてあり、家の中から音楽が聞こえてくる。ライリーは車の横にたたずんで玄関のドアを見つめ、自分が世間並みの生活を捨て去ってどれくらいになるだろうかと考えた。

ライリーがいてもかまわない場所は何百もあり、いるべき場所はいくつかあったが、グレイシーの家はそのどちらにも入っていなかった。彼女はトラブル以外のなにものでもない。かつては彼女につきまとわれて、地獄さながらの思いを味わわされた。今はそれとは違う。いや、今のほうがもっと悪い。彼女を好きになってしまったのだから。

グレイシーと一緒にいると楽しいし、彼女のユーモアや向こう見ずなふるまいも気に入っている。そして、今この瞬間、それだけではないあらゆる意味で、彼女と一緒にいたいと思っている。

ライリーは自分に言い聞かせた。ここへ来たのはグレイシーとおしゃべりがしたいからだ。彼女は僕のタイプではないし、ベッドをともにする相手は慎重に選ばなければならないのもわかっている。これまでずっと、三つのFの条件を満たす女性に限ってきたのだ。あいにく、グレイシーはそういう女性ではない。

分別というものがあるなら、車に戻ってさっさと走り去ることだろう。ところが、ライリーは玄関まで行ってチャイムを押した。

「ちょっと待って」グレイシーが家の中から大声で返事をした。

なにかがちゃんと落ちる音と、いらだたしげなうめき声に続いて、走ってくる足音が聞こえ、ドアが勢いよく開いた。

ライリーの前に現れたのは、頬に小麦粉をつけ、手に布巾《ふきん》を持ったグレイシーだった。髪はうしろでポニーテールに結ってある。着ているTシャツは体にぴったりと張りつき、悩ましい曲線を際立たせていた。ゆったりしたカーキ色のパンツは腰骨に引っかかり、足は裸足《はだし》で、顔はノーメイクだ。体の奥から突きあげるような欲望を感じて、ライリーは口がきけなくなった。

グレイシーがにっこりした。「よかった、母でも姉でも妹でもなくて。今は、家族にはもううんざりという気分なの。あの人たちといると、頭がおかしくなりそうなんだもの」

彼女は一歩下がった。「どうぞ。今オーブンにケーキが入ってて、均一に焼きあげるために十分おきに型をまわさなくちゃならないの。ええ、そう、パムのところへ行けばいいのはわかっているけど、この前行ったら、彼女、気持ち悪いくらい愛想がよくて。なんだか幻覚を見ているような気分になっちゃったの」

グレイシーはドアを閉めると、先に立ってキッチンへ向かった。

「それで、今日はいったいなんの用なの？」

グレイシーのヒップが左右に揺れるのを見ていると、ライリーは頭がくらくらしそうだった。彼女をつかまえて引き寄せ、今すぐこの廊下で体を奪ってしまいたくなった。ブロンドの髪を束ねているゴムをはずし、服を引きはがして、押し倒したい。彼女があえぎながら自分の名前を呼び、もっととせがむまで攻めたてたい。

「仕事をする気分じゃなくてね」ライリーは高ぶる気持ちを抑えこんで言った。「ちょっと寄ってみようと思ったんだ」

二人はキッチンに入った。グレイシーはオーブンの前にかがみこんで扉を開け、火傷《やけど》をしないように布巾をたたんで手に持つと、生地の入った型を四分の一ほどまわした。

「話し相手ができてうれしいわ。おかしなことに、今は、私の知り合いの中ではあなたが一番正常な人みたいな気がするの。まったく、世の中ってわからないわね」グレイシーは体を起こして冷蔵庫のところへ行った。「なにか飲む？　ソーダと牛乳とミネラルウォーターがあるけど」そう言ってちらりとライリーを見る。「うーん……マッチョな男の人はミネラルウォーターなんて飲まないわね」

「栓を歯で開けて飲むんでなければね」

「格好が問題なのね」グレイシーはソーダの缶を掲げてみせた。「これでいい？」

「ああ。ありがとう」

ライリーは小さなキッチンを見まわした。ここで暮らすのはほんの一カ月ほどなのに、いかにもグレイシーらしいと思えるキッチンになっていた。ケーキの焼き型やケーキクーラーがそこらじゅうに置いてあり、ケーキのスケッチやカレンダーや『ピープル』の記事が壁に貼《は》ってある。小さなテーブルには、ライリーにはなんに使うのかわからない複雑そうな道具類が置いてあった。

このキッチンには、いかにも住み慣れた、居心地のよさそうな雰囲気が漂っていた。亡霊はいそうにない。

ライリーはカウンターのそばのスツールに座り、グレイシーが差し出したソーダを受け取った。

「それで、どんな重要なミーティングをすっぽかしたの？」タイマーを十分にセットしながら、グレイシーが尋ねた。

「一つは連邦準備銀行に提出することになっている指針に関するものだ。もう一つは、うちの銀行の貸出金利の概括さ。銀行業務だよ」

グレイシーはカウンターに寄りかかってライリーと向かい合った。「銀行の仕事をするのは楽しい？　油田の掘削現場で働くのとはまるっきり違うでしょ」

「労働時間が短いし、みんないいにおいがする」

「それはすてきなことね。でも、仕事はおもしろい？　それとも退屈？」

ライリーは顔をしかめてソーダの缶を開けると、一口飲んだ。「銀行の仕事は、単に財産を相続するためにしなくてはならないものとしか考えたことがなかった」遺言状の条件を満たしたら、あるいは満たせなかったら、すぐに銀行をやめるつもりでいたのだ。

「それを一生の仕事として考えてはみないの？」

「そうだな。好きだと思える部分もある」ライリーはネクタイをゆるめ、シャツの一番上のボタンをはずした。「ただ、きちんとした服装をしなくちゃならないのは苦痛だな」

「言いたいことはわかるわ。私もケーキを焼く日が好きなの。人と会って打ち合わせをするときみたいに、きちんとした服を着なくてすむから」グレイシーはちらりとTシャツに目を落とし、ついていた小麦粉を払い落とした。「キッチンで仕事をするときはいつも、すぐ洗濯できるものを着ることにしているのよ。私はどうも、ケーキを作るとき、材料の小麦粉や卵をしょっちゅうこぼしたり引っくり返したりするたちらしくて」

グレイシーの香りがライリーの鼻をくすぐった。ケーキを焼く甘いにおいとは別の、柔らかくて女らしい香りだ。わきあがってくる欲望に、彼は思わず立ちあがりかけたが、懸命に自分を抑えて無視しようとした。

十四年もの歳月が過ぎた今になって、グレイシーはライリーの人生の思いがけない喜びとなっていた。今、二人は友達だった。その関係をセックスでぶち壊しにしたくなかった。

「このところずっと秘書に、町の病院の新しい小児病棟の建設資金を寄付しろとせっつかれているんだ。彼女は伯父の名前で寄付するようにと言うんだが、どうもその気になれなくてね」

グレイシーは顔にかかった髪を耳にかけて、ちらりとタイマーに目をやった。「寄付そのものが？　それとも伯父さんの名前で寄付することが？」

「病棟であれなんであれ、伯父の名前がつけられるのがいやなんだ」

「それじゃ、だれかほかの人の名前で寄付すればいいじゃないの。あるいは、匿名にするとか。どうして病棟には必ずだれかの名前をつけなくちゃいけないのかしら？」

「それもそうだな。それでダイアンにせっつかれなくてすむようになるのなら、そうしよう。彼女はあきらめるってことを知らない人間なんだ」ライリーはソーダの缶をつかんで、にやりとした。「それだって、慈善事業に寄付する立派な理由だよ」

「病院の理事会は、あなたが寄付する気になった理由なんて気にしないんじゃないかしら。大喜びで小切手を現金化すると思うわ」グレイシーは小首をかしげた。「ところで、正確にはそのお金はどこから出るの？　あなたはまだ相続財産を受け取ってないんでしょう？」

「僕に借金の申し込みをしようかと考えているのかい？」

「私の記憶が正しければ、遺産の額は九千七百万ドルだったわよね。あなたがそんな大金を持っているとしたら、借金をするよりはもらうことを考えるわ」

「確かにそうだな。寄付の金は銀行から出るんだ。利益の一定の割合を慈善事業にまわすことになっているんだよ」伯父は何百万ドルもの金を慈善事業に寄付しながら、血を分けた実の妹を見殺しにしたのだ。なんという皮肉だろう。ライリーはそう思わずにはいられなかった。

「そして、どこに寄付するか、あなたが決めるの？　すごいわね」

「決めるのはダイアンさ。僕は小切手にサインするだけだ」ライリーはにやりとした。

「正直なところ、彼女は向こうの会社へ連れて帰りたいくらいの人物でね。有能なのなんのって」

「向こうの会社っていうのは、あなたが共同経営者になっている石油事業のことね」

ライリーはうなずいた。「その会社は、今では油田の掘削装置を五十基あまり所有している」

タイマーが鳴り、グレイシーは体を起こしてオーブンのところへ行くと、またケーキ型をまわした。「身一つでこの町から出ていって、そんなに成功したなんて、驚きだわ。ほんとにすばらしいことね。お母さんが生きていらしたら、心から誇らしく思われたでしょうに。あなたが成功したことは、亡くなられる前に知っていらしたの？」

「少しはな。余裕があるときには金を送った」しかし、それでは十分ではなかったのだ。せめて、とライリーは苦い思いを噛《か》み締めた。せめて、パムと無理やり結婚させられたことで、あのときもまだ母に腹を立ててさえいなければ。せめて、母が本当のことを知らせてさえいれば。せめて、自分が帰ってきてさえいれば。

「それじゃ、あなたはもうすでにお金持ちなのね」グレイシーはからかうように言いながら、オーブンの扉を閉めてライリーの方に向き直った。「それって、女性にとって、あなたはとても魅力的だってことになるわね」

ライリーはかぶりを振った。「君は金目当てで男を好きになる女性じゃない。金があるからといってノーとは言わないだろうが、なくても気にしないだろう」

グレイシーは目をまるくして彼を見た。「どうしてわかるの？」

「違う？」

「当たりよ。でも、あなたとそんな話をしたことは一度もないのに。私のことはほとんど知らないはずでしょ」

「十分知っているさ。それに、僕が結婚した相手は、僕が相続するはずの金が目当てだった。あの経験から、女性にそういう魂胆があるかないかわかるようになったんだよ」

「なるほどね」グレイシーは言った。「だから、今はお金持ちだってことを秘密にしているわけ？」

「それを知られるほど親しくならないようにしているだけさ。僕のつき合っている女たちにとって、僕は油田の掘削現場で働いているだけの男だ」

「女たち？」グレイシーは眉を上げた。「おおぜいいるの？」

「ハーレムと呼べるくらいね。だが、いつでも新しい志願者は歓迎だよ」

「気をそそられる話だけど、私はおおぜいの中に入るのは苦手なの」

ライリーはうなずいた。グレイシーは伝統的なスタイルを好む女性なのだ。「それじゃ、結婚して三人の子供がいる暮らしをしていないのは、なぜなんだい？」

「子供は二人でいいわ。それと、犬ね。どうしてかしら。これと思える相手と出会わなかったのよ」

「犬と、それとも男と？」

グレイシーは笑い声をあげた。「男の人よ。つき合った人はたくさんいるし、婚約寸前までいったこともあるのよ。どの人もほんとにいい人だった。かっこよくて、いい仕事についていて、頼りがいがあって……」

「でも？」

「ばかげた話よ」グレイシーは汚れたボウルを重ねてシンクへ運んだ。「なんていうか……私、火花が欲しいの。わかる？　狂おしく引きつけ合うものが。触られると、胃がぎゅっと締めつけられるような、そんな感じが欲しいのよ。電話が鳴って、彼かもしれないと思うと、思わず息をつめてしまうような感じが。それでこそ運命の相手でしょ」

「情熱だな」

グレイシーはタオルで手をふいた。「そのとおりよ。今までそういうものを感じた人がいなかったの。それと、家庭環境を考えると、もしかしたら私は問題をかかえていて、人を心底から信じることができないのかもしれない」

「お母さんによそへやられたことだな」ライリーは立ちあがってカウンターをまわった。「僕は、子供のころ親父《おやじ》に捨てられた」

「それじゃ、私の言っている意味がわかってもらえるわね」

ライリーはグレイシーの前に立った。「二人とも『オプラ・ウィンフリー・ショー』に出演できそうだな」彼はグレイシーのブルーの瞳をのぞきこみ、どうすれば人間の瞳がこれほど美しい色になるのかと思った。

「あるいは『ドクター・フィル』にね。私、あの番組のファンなの」

二人の体は触れんばかりに間近にあり、ライリーはもうグレイシーのことしか考えられなかった。ふっくらした唇が誘惑するように招き、彼女の体が自分の方に傾いたように思えた。キッチンの空気が帯電して、ぱちぱちとはじける。グレイシーの目が大きく見開かれ、彼女も同じように感じているのがわかった。

「ふう」グレイシーは息を吐いた。「これはまずいことだったはずよね」

「ああ、今でもね」

「だけど、あなたが来たのはそのためでしょ」

そうだろうか？　自分では意識していなかったけれど、彼女の言うとおりかもしれない。

ライリーはそんな気がした。「ノーと言ってくれ。そうしたら出ていくから」

「それでいいの？」

ライリーはうなずいた。

グレイシーはじっとライリーを見つめてから、彼の唇を親指でなぞった。

「善良な女と元不良少年の組み合わせっていうのは、どう？」彼女は静かに尋ねた。「あなたは、気をつけないとついふらっとなってしまいそうに魅力的な人だわ。こんなの初めてよ」

「気をつけたいかい？」

私が？　グレイシーは自分でもよくわからなかった。そう、頭がうまく働かなくなるのも問題の一つだ。鼻がくっつきそうなほど近くに立っているライリーに、これほど欲しいと思った女性は初めてだという目で見つめられると、脚から力が抜けてしまいそうになる。

体がうずいた。全身の肌がライリーに触れてもらいたいと叫び声をあげている。彼と抱き合い、一つに結ばれたかった。自制心をかなぐり捨てて、彼を自分のものにしたかった。二人で欲望のおもむくまま流されて、そのあと彼と一緒に、今しがた経験した驚くべき出来事の余韻を味わいながら、お互いの体に触れたりキスをしたりしたかった。

もちろん、相手はライリーで、女性を愛情の対象と考える男性ではない。彼はいずれどこかへ行ってしまう人間だ。私にはその覚悟ができているだろうか？　三つのFを受け入れる覚悟ができているだろうか？

ライリーがグレイシーの頬をそっと撫《な》でた。彼の手の感触はさほど刺激的なものではなかったのに、グレイシーの体は敏感に反応し、火花としか言いようのない、ぞくっとする興奮が体を貫いた。

その瞬間、グレイシーにはわかった。先のことや自分とライリーの過去なんてどうでもいいと。近所の人たちがなんと言うかも。十四年前に欲しいと思ったライリーは、いわば厚紙を切り抜いた人形《ひとがた》にすぎなかった。あのころは、どんな人かわかるほどには彼を知らなかった。けれど、今目の前にいる男性は、目をみはるほどすばらしい人だとわかっているのだから。

「あれこれ考えたとしても、結局、君は傷つくことになる」ライリーが言った。「なあ、グレイシー、君が無理に自分を納得させなくてはいけないのなら、君とベッドをともにするのは――」

グレイシーは爪先立ちになり、ライリーの口に唇を押しつけて彼の言葉をさえぎった。頬を撫でていた彼の手がグレイシーの肩まで下りた。だが、それだけで、ライリーはじっと動かなかった。

つまり、彼は私に、これを望んでいることを自分から示させようとしているのだ。いいわ、受けて立とうじゃないの。

唇にキスをしたまま、グレイシーはライリーのシャツをつかんでズボンから引っぱり出した。そして、舌の先で彼の唇をなぞりながら、両手をシャツの下にすべりこませ、その手をおなかから胸へと這《は》わせた。

ライリーを納得させるために、もっと大胆なことをするつもりでいたけれど、その必要はなかった。彼の唇が開いてキスが深まり、グレイシーはこのまま口づけに溺《おぼ》れていたいと思った。そのとき、ライリーが彼女の体に腕をまわして強く引き寄せた。

グレイシーの手は二人の体の間にはさまって動かせなくなったが、かまわなかった。ライリーの舌が彼女の舌にからまる。花火大会のように火花が激しくはじけた。ライリーの体は温かくてたくましく、グレイシーは腰をよじった拍子に、彼がすでに興奮しているのを感じた。

その瞬間、胃がぎゅっと縮み、同時に腿がこわばった。脚の付け根が熱くなるのがわかる。体の奥から欲望がわきあがった。

グレイシーははさまれていた両手を引っぱり出すと、ライリーの背中にまわした。てのひらに彼の肌がじかに感じられた。手が動くにつれて筋肉が盛りあがる。彼女はその手をライリーの腰にすべりおろし、さらに下へ這わせていって、引き締まったヒップをやさしくつかんだ。

ああ、なんてすてきなの。グレイシーはライリーの欲望の高まりを感じて、うっとりした。腰を動かし、さらに体を押しつける。欲望がますます熱く燃えあがった。

ライリーが少し体を離して頭を下げ、グレイシーの首筋に唇を這わせた。耳の下の感じやすい部分に軽く歯を立てて、舌でもてあそぶ。グレイシーの体に震えが走った。そのとき、彼がTシャツの裾《すそ》をつかんで軽く引っぱった。グレイシーがライリーの体にまわしていた腕をはずすと、彼がすばやくTシャツを頭から脱がせた。

ライリーはTシャツをわきにほうり投げて、グレイシーの目をのぞきこんだ。グレイシーは彼の瞳の中に激しい渇望が渦巻いているのを見て、いやがうえにも気持ちが高ぶるのを感じた。

「君が欲しい」ライリーはそうささやくと、グレイシーの腰をはさむように両手を置き、その手をゆっくりと上にずらしていった。

グレイシーの胸が期待で震えた。胸の二つのふくらみがうずき、蕾《つぼみ》が硬くなる。私に触れて！　彼女は声にならない声で叫んだが、実際に口から出たのは違う言葉だった。

「私もあなたが欲しい」

「そうなのか？」ライリーがそう尋ねながら、胸の先を親指の腹で軽く撫でた。火花はもう花火どころではなく、稲妻のように激しくはじけていた。

グレイシーは頭をそらし、無言でせがんだ。やめないで、このままずっと――。

ライリーが頭を下げて、硬い蕾を口に含んだ。ブラジャーの布地ごしに、彼の熱く湿った唇と、歯が軽く立てられる感触が伝わってきた。グレイシーはバランスを保つためにライリーにしがみついた。彼を放したくない思いもあった。

ライリーはもうブレーキがきかなくなった。なにがあろうとやめることなどできない。天にも昇るような心地だ。

ライリーはグレイシーのブラジャーのホックに手をかけた。ストラップが腕をすべり落ちたとき、グレイシーは一瞬だけ彼を放してブラジャーをはずした。あらわになった胸にまたライリーの唇が押しつけられると、喜びの声をもらさずにいるのが精いっぱいだった。

グレイシーはうめき、目を閉じた。息遣いが浅い。

ライリーは胸の先を口に含んだ。そして、もう一方のふくらみを手で愛撫《あいぶ》した。それはこの世のものとは思えないほどのすばらしい快感だった。欲望と情熱と激情が渾然《こんぜん》となって高まり、やがてグレイシーはあえぎ声をもらしはじめた。

ライリーの髪を手ですき、それからその手を肩にすべらせる。ふいに、彼にも服を脱いでほしいという思いがわきあがった。自分も彼の肌に触りたかった。

「ライリー」グレイシーはそう言いながら、自分のカーキ色のパンツのボタンに手を伸ばした。「服を脱いで」

二度言う必要がなくて、グレイシーはほっとした。ライリーは体を起こし、すぐにシャツに手をかけた。袖口《そで》のボタンをはずし、ネクタイごと頭から脱ぐ。そして、蹴飛《けと》ばすように靴と靴下を脱いでから、ズボンとボクサーショーツをまとめていっきに引きおろした。

グレイシーも手早くパンツとパンティを脱ぎ捨て、ライリーにまた抱き寄せられてキスをされるまでの三秒間、たっぷり彼の体を眺めて楽しんだ。それから再びキスに我を忘れた。二人は抱き合ったまま、互いに体を愛撫し、まさぐり合った。

ライリーはじりじりとグレイシーをあとずさりさせた。グレイシーにはキスを中断してうしろを確かめる余裕などなかった。やがて彼に胸のふくらみをつかまれて、もうそんなことはどうでもよくなった。彼の脚の付け根に触れようとして、二人の体の間に手を差し入れたとき、ヒップがテーブルにぶつかった。

ライリーがグレイシーのうしろに手を伸ばし、テーブルの上のものを払いのけた。焼き型やケーキクーラーが床に落ちた。金属が床のタイルにぶつかる音がキッチンに鳴り響いたが、グレイシーは気にもしなかった。ライリーは彼女の体を持ちあげてなめらかな木のテーブルに腰かけさせ、脚の間に体を入れた。

グレイシーはライリーがすぐに一つになろうとするものと思い、脚を開いた。ところが、ライリーは片手を彼女の頭のうしろにまわし、もう一方の手を熱くうずいている場所に伸ばした。そして、指先で敏感な箇所をさぐり当てると、ゆっくりと円を描くように動かした。

「僕の目を見るんだ」グレイシーが目を閉じようとしたとき、ライリーが言った。「君が気に入っているかどうか知りたい」

グレイシーはにっこりして言った。「とっても気に入っているわ」

「そう？　だったら、これはどうかな？」

ライリーは最も感じやすい部分に親指と人さし指を当て、すばやく上下に動かした。グレイシーはあっと息をのんだ。

快感に我を忘れて、しゃべることができなくなった。体がこわばり、熱い喜びが全身に広がる。息をすることも考えることもできなくなり、ただじっとして、やめないでと心の中でライリーに懇願することしかできなかった。

ライリーはやめなかった。潮が満ちるようにグレイシーが絶頂に達する直前まで、愛撫を続けた。彼女はゆっくり目を閉じると、ライリーの肩にしがみつき、今にものぼりつめようと――。

ライリーがふいに手をとめた。グレイシーは抗議の声をあげようと口を開いた。あと一息で――。

ライリーはグレイシーの唇にキスをした。唇が重なると同時に、彼が深く押し入ってきた。グレイシーはうめき声をもらし、ライリーは体を動かした。ライリーの腰を脚でかかえこんだ。舌をからめたまま、ライリーは体を動かした。グレイシーは彼の動きをしっかりと感じた。すでに限界近くまで高まっていた体は、やがて至福の喜びへと押しあげられた。彼女はライリーにしがみつき、体をこわばらせて、狂おしいクライマックスに達した。全身の筋肉が痙攣《けいれん》し、ゆるみ、また痙攣した。グレイシーはあえぎ声をもらした。

ライリーはぶるっと身震いすると、最後にもう一度、強く体を動かした。

ほんの一瞬にせよ、グレイシーは意識を失っていたらしい。気がつくと、ぐったりとライリーにもたれかかり、肩で息をしていた。ライリーはもう二度と放さないとでもいうように、しっかりと抱き締めてくれている。耳の中で、心臓が激しく打つ音が響いた。

グレイシーは頭をもたげてにっこりした。「悪くなかったわ」

ライリーは低い笑い声をもらし、両手で彼女の顔をはさんで軽くキスをした。「僕もそう言おうと思っていたところだ」

「だったら、今までのはこんなによくなかったわけ？」

「ああ」

「よかった?」

ライリーはもう一度キスをした。「これ以上ないくらいにね」

「それを聞いてほっとしたわ」

グレイシーは心地よい疲労感と、体がべとつく感じを覚えた。どうして必要なときにティッシュの箱が近くにないのだろう? いつもなら、こういうことはベッドルームでするようにしている。そこなら必要なものがそろっているからだ。ティッシュとか避妊具とか……。

ああ……なんてこと……。

グレイシーはライリーを押しのけてテーブルからすべりおり、床に立って彼と向かい合った。

「どうしたんだ?」ライリーが尋ねた。「脚がつった?」

「私たち、避妊具を使わなかったわ」

つい今しがたまでの楽しい気分が、まるで嘘《うそ》のように消え失《う》せた。「ピルをのんでいないのか?」

「ええ」

いくつものことが同時に起こった。突然ケーキの焦げるにおいが鼻を突き、グレイシーはオーブンから煙が上がっているのに気づいた。自分たちのしてしまったことから距離をおこうとするかのように、ライリーが数歩あとずさった。そして、だれかが玄関のドアを激しくたたきはじめた。

グレイシーは悲鳴をあげて下着をつかんだ。「母だったらどうしよう」そう言いながらパンティをはく。「そんな顔で見ないで。私だってわざとしたんじゃないんだから」

「わかってる」

「アメリカの女性がみんなピルをのんでいるわけじゃないのよ」

「それもわかってる」

「だったら、私に腹を立てなくたっていいじゃないの」

「そうじゃない。自分自身に腹を立てているんだ」

グレイシーにとってはどちらでも同じことだった。

ドアをたたく音はまだやまず、かすかなわめき声も聞こえた。「グレイシー？　グレイシー？　いるんでしょう？」

「お隣の女性だわ」グレイシーは言った。

彼女はブラジャーのホックをとめてパンツに脚を突っこんだ。ライリーはすでにズボンをはいていた。

「オーブンを開けてくれる？」彼女は言った。「煙探知機が作動すると面倒だから」

ライリーは言われたとおりにした。グレイシーはTシャツをつかんでキッチンから飛び出した。走りながらTシャツを着て、髪を撫でつけてから玄関のドアを開ける。

「こんにちは」彼女はにっこりほほえみ、どういう名前だったか思い出せないこの隣人が、なにか変だと気づきませんようにと祈った。

「ああ、グレイシー。いてくれてよかった。マフィンが大変なの。プールに落ちて、私では助けあげることができないのよ。どうしてもステップのところに来ようとしなくて。うろうろ泳ぎまわっているんだけど、もうずいぶんになるの。どうかお願い。あの子を助けてちょうだい！」六十代後半で、苦労を重ねて疲れきったようなしわだらけの女性が、両手をよじり合わせて懇願した。

もうあたりは暗くなっていて、海からのひんやりした風が吹いている。冷たいプールに飛びこむなんてごめんだけれど、グレイシーはしかたなくうなずいた。

「ちょっと靴を取ってきます」彼女は言った。「すぐに行きますから」

振り向くと、廊下にライリーがいた。彼はシャツをズボンにたくしこんでいるところだった。

「お隣の犬がプールに落ちたんですって」グレイシーは言った。

「聞いた。僕が行くよ」

グレイシーは目をぱちくりさせた。「え？」

「僕が助ける。外は寒いから。タオルを持ってきてもらえると助かるな」

グレイシーがなにか言う前に、ライリーは横をすり抜けた。まだ名前を思い出せない隣人が、彼の腕をつかんだ。

「まあ、ありがとう。どうしていいかわからないの。マフィンはだんだん弱ってきているみたいで。それに、水が恐ろしく冷たくて、あの子はとっても小さいから」隣人はくすんと鼻を鳴らした。

二人のあとに続こうとして、グレイシーはタオルを持ってきてほしいと頼まれたことを思い出した。バスルームへ駆けこんでタオルを三枚つかむと、大急ぎで玄関へ引き返して隣家へ向かった。

グレイシーが着いたときには、ライリーはすでにシャツと靴を脱いでプールの中に入っていた。マフィンはヨークシャーテリアで、ずぶ濡《ぬ》れになって必死で泳いでいた。どうやら、助けに来た人間を警戒しているようだ。ライリーが近づくと、犬はうなり声をあげて深い方へ逃げた。

「マフィン、だめよ！」隣人が叫んだ。「この人はいい人で、あなたを助けようとしてくれているのよ。彼の方へ行きなさい、ハニー。さあ。言ってるでしょう、大丈夫だって」

グレイシーはプールの端にしゃがんだ。ライリーがじろりと彼女を見た。

「私のせいにしないで」グレイシーは言った。「自分から買って出たんじゃないの」

「この次のときはとめてくれ」ライリーは女性の前では口にしないほうがよさそうな言葉

をなにやらつぶやくと、マフィンの方へ向かった。

小さくても、そのヨークシャーテリアは泳ぎが達者で、ミサイルのようなスピードで泳いだ。ライリーがつかまえられそうな距離まで近づくたびに、猛スピードで逃げる。プールのまわりには照明があり、グレイシーには冷たい水の中でライリーが震えているのがわかった。プールに手をつけてみて、急いで引っこめる。このままでは、ライリーも犬も骨まで冷えきってしまう。

ライリーがようやく深い側のステップのそばへ犬を追いこんだ。彼は立ち泳ぎをしながらマフィンをつかまえようとした。マフィンが左に逃げかけたが、ライリーは容赦なくつかまえて引き寄せた。次の瞬間、彼と犬は同時に声をあげたが、彼は犬を放さなかった。

ライリーは舌打ちをしながら、プールの端まで泳いでマフィンを安全なプールサイドに上げたあと、自分もステップに足をかけてプールから上がった。グレイシーは急いでそっちへまわり、彼にタオルを渡した。そのとき、彼の胸に引っかき傷ができているのに気づいた。

「ごめんなさい」彼女は言った。「犬も悪気でやったんじゃないと思うわ」

「どっちでも痛いのは同じだ」

隣人がふわふわの白いタオルで犬をくるみ、やさしく声をかけた。「いい子ね。ほんとにかわいい子。大きな悪いプールには近づいちゃだめよ」それから顔を上げた。「なんとお礼を言ったらいいのか」

「いいんですよ」ライリーはそう言って、庭の門の方へ歩きだした。「おやすみなさい」

「まあ、待ってちょうだい。なにかお礼をしなくては」

ライリーは手を振って歩きつづけた。グレイシーは急いで彼のあとを追った。

「消毒しなくちゃ」彼女は言った。「その引っかき傷は――」

グレイシーはそこまで言ったところで息をのんだ。ライリーが彼女の家の私道に入ったとたん、まばゆいフラッシュが光ったのだ。一拍おいて、急いで逃げていく足音が響き、ドアがばたんと閉まったかと思うと、エンジンがかかって車が猛スピードで走り去る音が聞こえた。

11

「まさか」グレイシーは言った。その声は悲鳴に近かった。

ライリーは返事をするかわりに、彼女の手をつかんで家の中に入った。そして、きちんとドアを閉めて鍵《かぎ》をかけると、血がにじんでいる胸の傷を見おろして悪態をついた。

「いまいましい犬だ」

グレイシーはくるりとライリーの方に向き直った。「ええ、あの犬にはほんとに頭にくるけど、さっきのカメラを持った男を見たでしょう？　いったいどういうこと？　だれがこんなことをしているの？　どうして？　気持ちが悪いったらないわ。だれかが私の家のまわりをうろついていたのよ。どうやら、あなたか私を尾行して――」そこまで言ったところで、彼の胸の傷に目をやって顔をしかめた。「バスルームへ行かなくちゃ。さあ」

ライリーはグレイシーのあとについてバスルームへ行った。さまざまな色合いの趣味の悪いグリーンのペンキが塗られたバスルームだった。

グレイシーがキャビネットをかきまわして、チューブ入りの軟膏《なんこう》らしいものを取り出した。「それほどひどい傷じゃないと思うけど、なにか薬をつけておかなくちゃ。まず水で洗ってからつけたほうがいいかしら？」

「プールの水で洗ったからいいだろう。凍えそうに冷たかったが、塩素のにおいがしていた」

グレイシーは、濡《ぬ》れて滴が垂れているライリーのズボンに目を落とした。「それじゃ、そのズボンもだめになっちゃったわね」

ライリーにとっては、今はズボンなどどうでもよかった。胸の引っかき傷もたいして気にかけていなかった。今の最大の関心事は、写真を撮っていった男のことだった。グレイシーの仕事からすると、彼女を破滅させたいほど腹を立てている敵がおおぜいいるとは思えない。だとすると、残る可能性は一つしかない。何者かが僕を陥れようとしているのだ。しかし、なんのために？　僕が銀行の経営を引き継いだことを快く思っていない者がいるのだろうか？　その可能性もなくはないが、かなり無理がある。とすると、残るはロスロボスの町長、フランクリン・ヤードリーだ。なんとしても町長選で負けたくないのだろう。

「深呼吸をして」グレイシーが軟膏のチューブの蓋《ふた》を開けながら言った。

「悲鳴はあげないと約束する」ライリーはそっけなく言った。

「安心したわ」

グレイシーが薬を塗ってくれている間、ライリーは可能性についてあれこれ考えをめぐらせた。あの卑怯《ひきょう》なカメラマンがちょうどいいタイミングであそこにいるためには、それまで家の近くに身をひそめてじっと機会をうかがっていたとしか考えられない。ということは、僕を尾行していたのだろうか。それとも、だれかがこっそり知らせたのか。ライリーは軟膏を塗っているグレイシーを見た。この町のだれよりも、彼女は僕の動向についてよく知っている。そういえば、彼女は玄関に出てくるまでにちょっと手間取った。あの間に電話をかけたのだろうか？

そう考えてはみたものの、そんなことはありえないと思いたかった。グレイシーが僕を陥れたりするはずはない。

グレイシーを本気で疑う気になれないことで、ライリーには二つの事実がわかった。まず、最初に考えていた以上に自分が彼女にのめりこんでいるということ。第二に、だからこそ本当に彼女がカメラマンに知らせたのかもしれないということだ。

グレイシーは家の私道の真ん中に突っ立って、深呼吸をするように自分に言い聞かせた。昨夜は、真夜中過ぎまで胃がむかつき、そのあとは、あれこれ考えるうちに頭の中がぐるぐるまわりはじめて、結局一睡もできなかった。そんなわけで、彼女は今、ぐったりして、不機嫌で、おまけに怒り狂っていた。

町の新聞の一面にライリーの写真がでかでかと載っていたのだ。彼はカメラから顔を隠そうとするようにタオルを頭からかぶっていた。実際は濡れた髪をふいていただけだというのに。さらにまずいことに、彼の胸には引っかき傷があった。写真では、その傷は、ついたばかりでまだ血がにじんでいるようには見えなかった。まるで、奔放なセックスの名残のように見えた。

見出しもそう思わせるようなものだった。〝町長候補の秘められた生活〟

グレイシーは地団駄を踏んで金切り声をあげたかった。けれど、どちらも我慢した。まだ朝早い時間だし、裸足《はだし》だったからだ。

さて、どうしよう？　どこへ怒りをぶつければいいのだろう？　新聞の編集長に手紙を書くか？　メインストリートに抗議の横断幕を掲げるか？　ヤードリー町長のところへ行って、頭のてっぺんを思いきりひっぱたくか？

グレイシーはもう一度写真に目をやって、うめき声をもらした。グレイシーも写っていた。うしろの方にではあるけれど、それでもその顔ははっきりとわかる。驚いた表情で、髪も服もかなり乱れている。

グレイシーは両手で新聞をくしゃくしゃにすると、重い足取りで家へ引き返した。あんまりだ。焼かなければならないケーキがあるうえに、ランチタイムには母の家へ行って、あるかないかわからない結婚式の相談をしなければならないのに……。

「今私に必要なのは休息だわ」グレイシーはそうつぶやいて家の中に入り、たたきつけるようにドアを閉めた。

グレイシーは実家のポーチでぐずぐずとためらっていた。ここには来たくなかった。数日前にあんなことがあったばかりだから、もう二度とこの家には足を踏み入れたくないと思っていた。

正直なところ、どうしてまた打ち合わせに来ることを承知したのか、自分でもよくわからなかった。アレクシスから電話がかかり、どうしても来るようにと言われて、なぜかイエスと返事をしてしまったのだ。

「まったくばかもいいところだわ」グレイシーはそうつぶやくと、思いきってドアに近づいてノックした。

ドアはすぐに開き、アレクシスがにっこりして言った。「よかった。来てくれたのね。入って」

グレイシーは姉のあとについて中に入った。アレクシスはリビングルームへ入っていった。ヴィヴィアンが窓のそばに座っていた。

「ママはどこ？」グレイシーは尋ねた。

「いないわ」アレクシスが言い、グレイシーの方を向いて胸の前で腕を組んだ。「ママはこのことは知らないのよ」

グレイシーはその言い方に引っかかるものを感じた。「説明してくれる？」

ヴィヴィアンが立ちあがって、花柄のワンピースの前のしわを伸ばした。「この前ここに来たとき、姉さんはママの気持ちをひどく傷つけたでしょ。ママはどうして喧嘩《けんか》したのか話してくれないけど、まだ怒ってるわ。ひどいじゃないの、グレイシー。自分勝手なことばっかりして」

「そのとおりね」グレイシーは言った。二人が自分をつるしあげるために呼び出したなんて信じられなかった。「身勝手はあなたの専売特許だものね」

ヴィヴィアンがあんぐりと口を開けた。「そんなことないわ。アレクシス、グレイシーがあんなことを言うなんて、信じられる？　あやまらせて」

グレイシーはかぶりを振った。「帰るわ」

「だめよ」アレクシスがグレイシーの腕をつかんだ。「グレイシー、待って。話があるんだから。お願い。私たちはあなたのことを心配しているのよ」

それはすてきね。グレイシーは心の中でつぶやいた。この二週間で姉と妹がどういう人間かよくわかったので、うっかりその言葉を信用する気にはなれなかった。

グレイシーはアレクシスの手を振りほどき、ソファのところへ行って端に腰を下ろした。話の内容については、いやな予感がした。ヴィヴィアンが彼女の向かいに腰を下ろし、アレクシスがソファの反対側の端に座った。

「私たちが心配しているのは、あなたとライリーのことよ」アレクシスが言った。

「やっぱりね」グレイシーはつぶやいた。すぐに立ちあがり、金切り声をあげて部屋から走り出たかった。「姉さんが話したいことというのは、それ以外にないってわかってたわ」そう言って姉をにらみつける。「ママに言われるんなら黙って聞くわよ。私の母親だもの。だけど、姉さんに言われる筋合いはないわ。言わせてもらいますけど、そもそも、今回私が彼とかかわり合いになったのは、姉さんが原因なのよ。姉さんに頼まれたから、私は彼の家の敷地に忍びこんで写真を撮ったんじゃないの」

「私がほんのちょっぴりかかわったことはわかってるわ」アレクシスが取りすました口調で言った。

「ほんのちょっぴり?」グレイシーは、理屈が通用しない別の世界に迷いこんだような気がした。そこで、ヴィヴィアンの方を向いた。「あなたもライリーのことで私に説教するつもりなの?　それとも、なにかほかに話があるの?」

「いいえ。ライリーのことよ」

「けっこうだわ。それじゃ、一つはっきりさせておきましょう。あなたたちがなんと思おうが、なんと言おうが、ちっともかまわないわ。私は自分のしたいようにするつもりよ。でも、はっきり言っておくと、私たちはつき合ってなんかいません。彼と私の間にはまったくなにもないわ。私たちは——」

体の関係を持った。そうよ、そうだわ。怒りのあまり、グレイシーはその明白な事実をすっかり忘れていた。

「だったら、これを説明してちょうだい」アレクシスがコーヒーテーブルの下から新聞を引っぱり出して、テーブルにたたきつけた。「あなたたち二人はなにをしていたの？」

「お隣で飼ってる犬がプールに落ちたのよ。飼い主が助けを求めて駆けこんできたから、その犬を助けるために、ライリーは氷みたいに冷たい水の中に入ったんじゃないの。困ったことに、犬は彼が助けに来てくれたことが理解できなくて、彼を引っかいたの。確かめたければ、お隣の電話番号を教えてあげるわ。彼女がそのとおりだって証言してくれるはずよ」

アレクシスは納得したふうではなかった。「そもそも、彼はなぜあなたの家にいたわけ？」

なかなかいい質問だった。ライリーがなぜ家に立ち寄ったのか、自分にもわからないことにグレイシーは気づいた。

「そんなのどうでもいいでしょう？　だれが私の友達かなんてことを、あなたたちに話す必要はないわ」

「姉さんたちは友達なの？」ヴィヴィアンが尋ねた。「それとも、友達だって姉さんが勝手に思いこんでいるだけ？」そこで、コーヒーテーブルに身を乗り出して声を落とす。「グレイシー、ねえ、私たちはほんとに心配しているのよ。姉さんは今、とっても危うい状態なんだから」

「私が危うい状態？」

ヴィヴィアンがうなずいた。「姉さんがつらいのはわかるわ。ほんとなら、今は私の結婚式の相談をしなくちゃいけないんだけど、姉さんの気持ちを思うと、そんなこと言っていられない。どこへ行ってもみんなとうまくやっていけないなんて、つくづくかわいそうだと思うわ」

グレイシーは目を細くして妹を見た。「いったいなにを言ってるの？」

「高校時代のことよ。知ってるわ、姉さんは人気がなくて仲間はずれだったんでしょ。友達が一人もいなかった。だれにも好かれていなくて。だから町に帰ってきて、十代のころ夢中だったライリーへの思いがまたよみがえったのよね」

グレイシーは立ちあがった。「ああ、もうたくさん。利用されるのにも侮辱されるのにもうんざりよ」

ヴィヴィアンも立ちあがった。「私は助けてあげようとしているのよ」

「そうは思えないけど、これがあなたの言う助けるってことなら、助けてもらいたくなんかないし、その必要もないわ。私のことなんてなにも知らないくせに。あなたになにがわかるっていうの？　ご参考までに言っておきますけど、高校時代はみんなとうまくやっていたわ。成績もよかったし、友達もおおぜいいたし、チアリーダーもやったし、学園祭の女王にも選ばれた。それに、卒業ダンスパーティのあと、ボーイフレンドは私が欲しいとさえ言ったわ。私としてはごく順当な高校時代を送ったと思うけど、確かに私はこの町で育ったわけじゃない。だから、あなたたちがどういうことを期待しているのか、さっぱりわからないわ」

アレクシスがため息をついた。「ヴィヴィアン、あなたじゃ役に立たないわ。もういいから、そこに座って黙ってて」

「私じゃ役に立たないってどういう意味？　一生懸命グレイシーにわからせようとしているのに」

「私になにをわからせたいの？」グレイシーは尋ねた。「いったいなにが言いたいわけ？」

ヴィヴィアンが涙ぐんだ。「これもみんな姉さんとライリーのためじゃないの。私のことはどうなるの？　私の結婚式のことは？」

「あら、また結婚式をすることになったの？　まあ。びっくり仰天だわ」

ヴィヴィアンがグレイシーをにらんだ。「姉さんって、感情にまかせて突っ走るだけかと思っていたけど、意地悪でもあるのね」

グレイシーは姉と妹を見た。「いいわ。あなたたちの勝ちよ。好きに考えてちょうだい。

私のことを、十代のころ好きだった男の子がいまだに忘れられない意地悪女だと思うのなら、そう思ってくれてかまわないわ」

グレイシーは二人に背を向けた。

アレクシスがはじかれたように立ちあがった。「グレイシー、待って。ちゃんと話し合わなくちゃ。家族なんだから」

家族ですって？　グレイシーは叔父と叔母のことを考えた。二人の家に引き取られたとき、私はほとんど二人のことを知らなかったけれど、叔父も叔母も私を愛し、慈しんでくれた。いつも私の味方になって、やさしくしてくれた。二人が交通事故で亡くなったときには、あまりの悲しみに、もう立ち直れないのではないかと思ったほどだ。

「ほうっておけばいいんだわ」ヴィヴィアンが涙をぬぐいながら言った。「私が結婚式で花嫁の付添人を頼まなかったから、むくれているのよ。やっぱり頼まなくてよかった。グレイシー、聞こえた？　頼まなくてほんとによかったわ」

グレイシーはドアのところで振り向いた。「私だって頼まれなくてよかったわよ」静かにそう言うと、部屋を出た。

グレイシーは車に乗りこんで、バッグから携帯電話を取り出した。メッセージが入っていることを知らせる小さな封筒のマークが点滅していたが、今この瞬間、彼女が話したい相手は一人しかいなかった。電話をバッグに戻すと、これからどこへ行こうかと考えた。自分の家には帰りたくなかった。あれこれ思い出してしまうからだ。

エンジンをかけると、Uターンして町の反対側へ向かった。崖《がけ》の上に立つ朝食付き宿《B&B》の駐車場に車を入れたとき、パムの車がとめてあるのに気づいた。

ケーキを焼く作業に没頭すればすべてを忘れられることを考えたら、パムと顔を合わせるくらいたいした問題ではないように思えた。それで、車をとめて家の中へ入った。

二十分後、オーブンを予熱して、大型のボウルにたっぷりの生地を混ぜ合わせたころには、グレイシーはかなり元気を取り戻していた。生地を型に流しこむ作業に入ったとき、パムがキッチンに入ってきた。

すらりとしたブロンドのパムは、いつものように目をみはるほどすてきだった。彼女はにっこりしてカウンターに寄りかかり、かかえていた布地の見本を置いた。

「焼き型に流しこんだら、そのボウルに残った生地をなめてもいい？」パムがいたずらっぽい笑みを浮かべて尋ねた。

「生卵が入っているから、やめたほうが無難だと思うわ」

「うーん、それもそうね。でも、あなたのケーキはとってもいいにおいだわ。なんとかしてこのにおいを瓶につめることができたら、一財産が作れるでしょうね。それに比べて、私は布地のサンプルに膝まで埋もれているんだわ」パムは黒っぽい地に花柄が散った二種類のプリント生地を持ちあげてみせた。「どう思う?」

「どっちもとてもすてきね」

　パムは笑い声をあげた。「あらあら。インテリアの才能はないみたいね」

「ええ」

「私はこれを楽しんでいるわ。B&Bはとってもおもしろい仕事になりそう」そこでパムはため息をついた。「ここにほんとにUFOが着陸したのなら、もっとうれしいんだけど。高校のころは、みんなそう信じていたわよね」

　グレイシーは生地を流しこむ作業を終えて、型をオーブンに入れた。「はるばる地球まで飛んできたUFOが、田舎町のロスロボスなんかに着陸するとは思えないわ。エイリアンだって、もっとお店やレストランがたくさんあって楽しめる場所を選ぶと思わない?」

「それもそうね。もっとも、エイリアンに誘拐されればいいのにと思う人は何人かいるけど」

「あら、私もよ」グレイシーはオーブンから体を起こしながら言った。「一緒に数えあげてもいいわね」

「私が最初に言っていい?」パムは白い歯をのぞかせて言った。

　グレイシーはボウルをシンクへ運んだ。「まだ開業の日は決まらないの?」

「七月四日の独立記念日直前の週末にしようと思っているの。あの日にはおおぜい観光客がつめかけるから、泊まる場所も必要でしょ。それを発表したら、さっそく予約が入りはじめてね。もちろん、それまでに改装を終えなくちゃならないから、プレッシャーにはなるけど、なんとかできると思うの。宿泊施設っていうのは、とても割のいい商売だもの」

グレイシーはボウルを水で洗いながらうなずいた。ひどく妙な気分だった。パム・ホワイトフィールドと、どこから見てもごくふつうの会話をしているなんて。私はずっとパムを嫌っていた。でも、実の姉と妹が私に、悪霊に取りつかれたと言ってもいいほど意地の悪い仕打ちをしているのとは対照的に、パムは完全にいい人間のように思える。いったいどうなっているの？

「新聞に載った写真のことで集中砲火を浴びているんじゃない？」パムが尋ねた。「実は、今朝新聞で見たんだけど」

「当然でしょうね」グレイシーはうなずいた。「一面に載っていたんだもの。見逃しっこないわ」

「気の毒に。ほんとにうんざりでしょうね。でも、あの写真のライリーはすてきだったわ。昔から魅力的な体をしていたもの」

「彼、私のお隣さんに手を貸したのよ。お隣の犬がプールに落ちて」

「それで、胸に引っかき傷ができていたのね」

「そうなのよ。マフィンというのがまったく恩知らずな犬でね」グレイシーはボウルを洗いおえると、手をふいてパムの方に向き直った。「ちょうどそこを何者かに写真に撮られて、ライリーは突然スキャンダルの渦中にほうりこまれたというわけ。ほんとに気の毒だわ」

パムのにこやかな表情は変わらなかったが、グレイシーは一瞬、彼女のまなざしがわずかに鋭くなったような気がした。でも、単なる思いすごしかもしれない。

「それじゃ、あなたたちは別に……」パムは優雅に肩をすくめた。

だれかが自分をはめようとしているのかどうか確信が持てず、グレイシーはため息をついた。「誓ってもいいけど、プールにヨークシャーテリアが落ちて、お隣の女性が駆けこんできただけよ」そう、それ以外にセックスもしたけれど、それを話すつもりはない。

「それならいいけど」パムが言った。「ライリーは見た目はすばらしいけど、〝女性を喜ばせる〟という点に関しては、まるっきりわかっていない人だったわ」

グレイシーは思わずライリーの弁護をしたくなったが、舌を噛《か》んでぐっとこらえた。

「見かけ倒しってわけね」かわりにそう言った。

パムが小首をかしげた。「長い年月が過ぎてしまったけど、あなたたち二人が結ばれたらすてきでしょうね」

それを聞いてグレイシーはむせた。「冗談でしょう。あなたがそれを望むなんて考えられないってことはさておいても、そんなことが許される世界があるなんて想像できないわ」

パムは目をそらした。「運命には逆らえない場合だってあるわ」

その日の午後遅く、グレイシーはマラソンを、少なくともハーフマラソンを完走したような気分で、自分の家へ帰ってきた。体の芯《しん》までへとへとに疲れて、少なからず不機嫌だった。

自分の世界がどうなっているのかさっぱり理解できなかった。それはグレイシーには珍しいことだった。ここ何年も、彼女はどこから見てもごくふつうの暮らしを送ってきた。ところが、ロスロボスに帰ってきたとたん、すべてが変わってしまった。いや、正確に言うと、ロスロボスに帰ってきてライリーとかかわったとたん、すべてが変わったのだ。

ライリーに関する部分はかまわないが、それ以外の部分とはなかなか折り合いをつけることができなかった。家族と喧嘩なんてしたくなかった。心のなごむ温かい再会をずっと思い描いていたのに、現実は、それとは正反対と言ってもいいほどかけ離れたものだった。あれこれ説教されたり、憶測されたり、決めつけられたり、拒絶されたりしたことも不愉快だったが、それ以上にこたえたのは、家族がいないと、自分は本当に独りぼっちだという事実に気づいたことだった。

叔父と叔母が亡くなって以来、私はずっと独りぼっちだったじゃないの。グレイシーはそう自分に言い聞かせようとした。ただ、違うのは、これまでは自分にはまだ家族がいると思っていたのに、今はそうでないとわかった点だ。それはやはりつらいことだった。

頭痛をこらえて私道に車を乗り入れたグレイシーは、見覚えのある車がとまっているのに気づいた。ぴかぴかのメルセデスを見て、胸の鼓動が少し速くなった。だが、ライリーが車から降りてこちらに向かってうなずいたとたん、それどころではなくなった。心臓がアップテンポのタップダンスを踊りだした。

うーん、やっぱり彼はすてきだわ。耳につけているピアスが日差しを受けてきらりと光った。セクシーで危険な雰囲気を漂わせている銀行の頭取なんて、この国に何人いるかしら？　彼はたくましくて、断固としていて、頼りがいがある。グレイシーは彼のそういうところが好きだった。彼を見ると、体の内側がぞくぞくする感じが好きだった。いや、外側がぞくぞくする感じも好きだった――。

グレイシーは車をとめてエンジンを切った。キーをハンドバッグに入れてドアを開けるまでのわずかな間に、自分が町に帰ってきてまだほんの二週間しかたっていないということと、ライリーとつき合うなんて考えられないということを、改めて思い出した。

だめ、だめ、だめ。ライリーはだめ。いい？　彼だけはだめ。私にとって彼は過去の人であって、恐るべき妄想の相手なんだから。彼は、私とはまったく別の方向へ向かう人なのよ。

「ライリー」グレイシーは彼に声をかけながら車から降りて、ばたんとドアを閉めた。

「やあ」

「長いこと待っていたの?」

ライリーが肩をすくめた。「十五分ほどだ。携帯電話にかけようかと思っていたところだよ」

「パムのところにいたのよ。ケーキを焼いていたの。それで、どうしたの?」

「話があるんだ」

グレイシーは思わずにっこりした。「ライリー、それは女性のせりふよ。男の人は絶対にそんな言い方はしないと思っていたわ」

「いや、時と場合によるよ。ゆうべのことで話し合う必要がある。僕たちは避妊具を使わなかった。君がピルをのんでいないとしたら、万一の場合について話し合わなくては」

12

自分の言葉に対するグレイシーの反応を、ライリーは注意深く観察した。彼女の目がわずかに大きく見開かれ、口元がゆがみ、肩ががっくりと落ちた。明らかに、彼女が期待していた話題ではなかったようだ。しかし、だからといって、グレイシーが僕を一度ならず陥れようとしたということにはならないのではないだろうか？

ライリーにはどちらとも判断がつかなかった。というより、今日一日あれこれ考えたものの、結論を出すことができなかったのだ。グレイシーをよく知っていると思いたかったが、はたして本当にそうなのか確信が持てなかった。彼女は愉快で、頭がよくて、衝動的で、危険なほど軽率なところがある女性だ。ただ、僕にはかつて女に利用された苦い経験がある。彼女はそういう女とは違うのだろうか？　それとも、単に演技がうまいだけなのだろうか？

「入ってちょうだい」グレイシーがそう言って家の中へ入った。

ライリーはグレイシーのあとについてキッチンへ行った。彼女はハンドバッグを置くと、ライリーの方に向き直り、胸の前で腕を組んだ。

「たった一回だけじゃないの」グレイシーの口調は怒っているというより、むきになって反論しているような感じだった。「万一のことが起こる確率は、ものすごく低いと思うわ」

ライリーにはいまだに、どうしてあんなことになったのかわからなかった。パムとベッドをともにしていたティーンエイジャーのころだって、用心しすぎと言ってもいいくらいに用心していた。ところが、昨夜は……。

「確かに確率は低いと思う」彼は言った。「だが、確かめておきたいんだ」

グレイシーはうなずいて、壁にかかっている大きなカレンダーの前へ行った。ケーキの形のシールがあちこちの日付に貼《は》ってあり、その横に、黒いフェルトペンで名前と場所が書きこまれている。彼女は二度日にちを数えてから、ため息をついた。

「生理まであと十二日だわ」

女性の生殖器官の機能についてのライリーの知識は、平均的な男性と同じ程度のものだった。ベッドでのテクニックには自信があっても、赤ん坊のできるメカニズムは大いなる謎《なぞ》だった。ただ、高校の性教育の時間にいやいや教わった知識が、おぼろげに頭の中に残っていた。その記憶が正しければ、生理と生理の間は最も危険な時期に当たる。やれやれ、なんてことだ。

「もし妊娠していたとすると、その予定日をどれくらい過ぎたらわかるんだ?」ライリーは尋ねた。

グレイシーはちょっとたじろいだ。「さあ。二、三日かしら。妊娠検査薬を使ったことはないけれど、かなり早くわかるっていう話だから、そんなに待つ必要はないと思うわ」彼女は振り返ってライリーと向き合った。大きく見開かれた目が不安そうに曇っている。「こんな話をするのはちょっと早すぎると思わない？　もう少しようすを見ましょうよ」

「いいとも」ライリーはうなずいた。必要な情報はもう手に入れた。グレイシーに生理が始まるか、あるいは妊娠していることが確定的になるまで、じっと待つしかない。パムのときのような騒ぎを繰り返すのはごめんだが、自分のしたことの責任をとらずに逃げ出すつもりもない。二十二年前、僕の父親は突然姿を消した。その日のことは今もはっきりと覚えている。自分の子供にはあんな思いを味わわせたくない。

「確かにその可能性はあるけど……」グレイシーはごくりと唾《つば》をのみこんだ。「正直なところ、今、私は手いっぱいの状態なの。ウエディングケーキの注文の山、家族、あなた、私たちのどっちかを追いかけているだれか、新聞の写真。もうこれ以上はかかえきれないわ」

グレイシーはバッグをつかんで制酸剤を出した。そして、二錠を口にほうりこみ、ため息をついた。

「私ってそんなにどじな人間？」彼女は低い声で尋ねた。

「そんなことはないさ」

「どうかしらね。この町に帰ってくるのなんてどうってことないって思ってたけど、とんでもなかったわ。ゆうべのあの男はだれだったのかしら？　彼が追いかけているのは、私？　それともあなた？　たぶんあなたでしょうね。選挙がらみで。おまけにあなたは二日後に公開討論会を控えているし。でも、気味が悪いったらないわ。それに、新聞の件も気に入らない。あの写真。不愉快だけど、あれは私のせいじゃないわ。それにしても……」

グレイシーはスツールを引き寄せて座った。カウンターに肘をつき、両手で頭をかかえこむ。

「あら、私ったらお客さんに飲み物も出してないわ」彼女はあわてたように言った。「戸棚にケーキが入っていて、飲み物は冷蔵庫にあるわ。自分で出してね」

どう見ても僕を陥れようとしているようには見えないと、ライリーはひそかに思った。今どちらかに金を賭《か》けなければならないとしたら、僕はグレイシーは無関係だというほうに賭けるだろう。だが、下半身がそう言っているだけかもしれない。なぜなら、今も彼女が欲しいと思うからだ。彼女が肩を落としてうんざりした顔をしていようと関係ない。

「まともな食べ物はないのかい？」ライリーは尋ねた。

グレイシーが頭をかかえたまま首をまわして彼の方を見た。「え？」

「君が勧めるのはいつもケーキじゃないか。サンドイッチとかミートローフとかはないのか？」

グレイシーは頭を上げた。「家の中にはパンを置かないことにしているの。そんなことをするのは狂気の沙汰《さた》でしょ」

「でも、ケーキはあるじゃないか」

「ケーキを作るのが仕事だもの。だけど、料理はしない。だから、ここにはミートローフなんかにするのはむずかしいわ。ケーキを焼いているのに、それを家の中に置かないようないわ。ああ、缶入りのスープならあるはずよ。あと、ツナサラダ。それが私の主食なの」

「ケーキとツナ以外のものは食べないのか？」

「食べるわよ。サラダ。果物。戸棚には大豆のグラノーラも入っているわ」

ライリーは顔をしかめて、グレイシーの隣のスツールに座った。「遠慮しておく」

「とってもおいしいわよ」

「嘘《うそ》つきだな」

「ちょっとだけね」グレイシーは体ごとライリーの方を向いた。「まだ私に腹を立てている？」

「最初から腹なんか立てていないよ」

グレイシーはため息をついた。「いいえ、怒っていたわ。私が帰ってきたときには。たぶんあなたは……」彼女は肩をすくめた。「あなたがなにを考えていたのかわからないけど、いいことじゃなかったはずよ。でも、私が……。これは私のせいじゃないわ」

「わかってる」ライリーはうなずいた。グレイシーを信じたかったからだ。「ロサンゼルスの私立探偵を雇ったんだ。明日の朝にはこっちへ来ることになっているから、写真を撮っているやつを突きとめてくれるだろう。そうすれば、裏で糸を引いているのがだれかもわかるはずだ」そう言いながら、グレイシーの顔に狼狽《ろうばい》や不安の色が浮かぶかどうか観察した。

グレイシーはライリーの目を見返し、彼が話しおえると言った。「真相を突きとめるのが待ち遠しいわ。どういうことなのかわかれば、二人とも少しは気分がよくなるはずだもの」

ということは……？　グレイシーは僕を陥れようとしている犯人ではないということだろうか？　ライリーは彼女が無関係であってくれるように祈ったが、いらいらして気持ちが落ち着かなかった。これまで一度も女性にのめりこんだことはない。女性とかかわるのは一夜限りで十分で、それ以上は必要ないと考えていた。距離を保っていれば、裏切られる心配もないからだ。それなのに、僕はなぜまだここにいるのだろう？

「今日、姉と妹にお説教されたわ」グレイシーが言った。「まったくひどいったらないんだから。アレクシスときたら、まだ私があなたを忘れられずにいると思っているのよ。私があなたとかかわったのは自分のせいだってことは、まるっきり頭にないみたい。ヴィヴィアンはヴィヴィアンで、私は世間とうまくやっていけない人間だと信じこんでいるの。悲惨な高校生活を送って、友達もボーイフレンドもいなかったってね。どこからそんな話を聞いたのかしら。私はふつうの高校生だったし、チアリーダーもやったのに」

「ああ。確かに君にはそういう浅はかで快活なところがある」

グレイシーは不満そうに目を細めた。「私は浅はかじゃないし、ことさら快活ってわけでもないわ」

「ちょっと型破りなところがあるじゃないか」

「それは認めるわ。私の人生観はちょっぴりゆがんでいるのよ。でも、自分のそういうところが好きなの」グレイシーはそう言ってまた肩を落とした。「パムって人はわけがわからないわ」

「パム？　僕の別れた妻のこと？」

「ええ、そのパムよ。彼女の朝食付き宿《B&B》のキッチンを借りて使っているから、よく顔を合わせるんだけど、彼女、今のところはものすごく……感じがいいの」

ライリーはさまざまな形容を予想していたが、感じがいいというのは頭をかすめもしなかった。「君が話しているのは、あのパムのことか？」

「もちろんよ。背が高くて、すらりとしていて、ブロンドで、すてきな服を着ている人。正直なところ、どれもこれも癪《しゃく》にさわるけど。でも、とにかく彼女、ほんとに感じがいいの。あなたのこともよく言っていたわ」

「突如として博愛主義者になったわけか」

「なんだか気味が悪くて。彼女を好きになりたいくらいだけど、やっぱりどうしても好きにはなれないわ。どうして私に対してあんなに感じのいい態度をとるのか、さっぱりわからないんだもの。ジルの話だと、今でもほんとにいやな女らしいんだけど、私にはそうじゃないのよ。なにか企《たくら》んでいるんだと思う?」

「彼女の態度をそのまま信用する気にはなれないということかい?」

「信用すべきかしら? 偏見を持つのはいけないことだとわかっているのよ。でも、どうしても素直に受け取れないの。彼女を好きになりたいとは思うけど、そうしようとするたびに、頭の中で危ないって声が聞こえるのよ。それはつまり、彼女が私をだまそうとしているか、私がほんとに悪い人間か、どっちかだってことよね」

「君は悪い人間じゃないよ」

「そんなことが言えるほど、私という人間をよく知らないくせに」

「知っているとも」

ライリーは立ちあがってグレイシーの手を取ると、引き寄せて抱き締めた。

「パムを好きにならなくてもかまわないさ」彼女の額に唇を押しつけながら、ライリーは言った。「彼女に言いつけたりしないから」

「ありがとう」グレイシーがさらに体をすり寄せてきた。

彼女はしっくりとこの腕の中におさまる。そして、温かくて柔らかい。

「あなたはこんなことはしないと決めているはずでしょう」グレイシーが言った。「三つのFはどうなったの？」

ライリーはグレイシーのブルーの瞳をのぞきこんだ。その瞳は、心の奥底まで見通せそうなほど澄んでいた。なんの秘密も暗い部分もない。ということは、僕が完璧《かんぺき》に間抜けで彼女がすばらしい役者なのか、あるいは、まずいことに僕が彼女にすっかりのぼせてしまったのか、そのどちらかだ。

「前にも言っただろう。君はあっさり忘れられるような女性じゃないと」ライリーは言った。

グレイシーはじっと彼の目を見つめた。「もう一つのFも破ったわ。あなたもわかってるでしょ？　ゆうべ、私たちはファックしたんじゃなくて、愛し合ったのよ」

それは考えたくないことだったが、ライリーはうなずいた。「ああ、グレイシー、僕たちは愛し合った」

それは心の深いところから出てきた言葉だった。これまで自分がその言葉を口にしたことがあるかどうか思い出せなかったけれど、あるとしても、本気で言ったことがないのは確かだ。今グレイシーに言うまでは。

僕はいったいなにをしているのだろう?

ライリーはグレイシーを放して、あとずさった。「もう行かないと」

「そう。寄ってくれてありがとう」

ライリーは手を振ると、踵《きびす》を返してキッチンから出た。

僕にとって今一番重要なことはなにかを考えろ。ライリーは自分にそう言い聞かせた。今一番重要なことは別にあって、それを忘れるわけにはいかないのだ。深くかかわり合わない、好きにならない、いつまでもそこでぐずぐずしていない。どんなことがあっても、その鉄則を曲げるつもりはない。この町に対しても、グレイシーに対しても。


公開討論会の日、ライリーは午前中を銀行の頭取執務室で過ごした。ちょうど貸付部から週間報告がまわってきて、ダイアンがそれを彼のところへ持ってきた。

「業績は上向きです」ファイルをざっとめくるライリーに、彼女が言った。「住宅ローンの借り換えがふえています」

「見ればわかる」無視すると決めたことを、秘書がわざわざ指摘しているのに気づいて、ライリーは言った。

「ローンを組んだお客さんたちはみんな、三十年かけて返済するつもりでいます。その人たちはいったいどうなるのでしょう？」

ライリーは返事をしなかった。どうなるかは二人ともよくわかっていた。銀行を廃業したら、ローンは解約されるだろう。顧客は三カ月以内に、新たに融資してくれる銀行を見つけなければならない。もし見つからなければ、家を失うはめになる。

「伯父様をろくでなしだと考えておいでなのは知っています、ライリー。ですが、その償いを、見当はずれの人たちにさせようとなさっているのではないでしょうか？」

今ダイアンが言ったことを血で書いたとしても、その静かな口調にまさる衝撃を与えることはできなかっただろう。ライリーはまじまじと秘書を見つめて、自分にとってどちらがより大きな驚きだったのだろうかと考えた。僕をファーストネームで呼んだことか、それとも、ろくでなしという彼女らしくない言葉を使ったことか。

「君は今とても危険なことをしているんだぞ」ライリーは言った。

ダイアンがにっこりした。「私をくびになさるおつもりですか？」

「いや」

「それなら危険でもなんでもないでしょう」ダイアンの顔からほほえみが消えた。「その気になれば、頭取はこの町のためになることがおできになるはずです。頭取は銀行を引き継がれたではありませんか。そして、その仕事が気に入っていらっしゃるではありませんか。

か。銀行はお祖父《じい》様の時代よりはるかに大きくなっています。事は町全体にかかわる問題なのです」

「そんなこと、僕にとってはどうでもいい」

ダイアンはライリーをにらんだ。「では、私の見込み違いだったようですね」

彼女はもうそれ以上は一言も言わずに、執務室から出ていった。一人になったライリーは、座ったまま体の向きを変えて、伯父の肖像画をにらみつけた。

「すまないな、御大」彼は言った。「僕はあんたの町を救うつもりなどさらさらない。このラウンドは勝ったと思ったんだろう。金を手に入れるために、僕があんたの言うとおりにするだろうとな。だが、そう考えるのは甘い。勝つのはこっちだ。ただ一つ残念なのは、あんたがもうこの世にいなくて、僕があんたをやりこめるのを見せられないことだ」


グレイシーは三時少し前にコミュニティセンターに着いた。その古い建物にはさまざまな思い出があった。多くの学校行事がそこで行われた。ガールスカウトのミーティングが開かれたのもこの建物だった。二階には学校の教室くらいの広さの部屋がいくつかあり、一階は広々とした講堂のようになっている。討論会が広い一階で開かれることは知っていたが、彼女はそちらには向かわなかった。人目につかないようにうしろの出入口から入ろうと考えたのだ。ジルがどっしりしたドアのそばで待っているのが見えた。グレイシーに気づいて、手招きする。

「席を二つとっておいたわ」ジルは小声で言った。「急いで。もうじき始まるわよ」

グレイシーはジルについて中へ入った。天井の明かりが少し落としてあり、ステージの上の候補者二人が明るく浮かびあがっている。聴衆はまだざわざわしていた。

ジルが先に立って、右端のうしろから三列目の席へグレイシーを連れていった。グレイシーはジルを先に座らせて、自分が端に座れるようにした。端の席なら、もし必要とあればすばやく抜け出すことができるからだ。

「ずいぶん集まったわね」ジルが会場を見まわしてささやいた。「あなたがいることにはだれも気づかないんじゃないかしら」

「そうみたいね」グレイシーは言った。「こんなにおおぜい集まるなんて思ってなかったわ」

「私もよ。この討論会はラジオで中継されるんですって」

グレイシーは席に深く座って、だれとも目を合わせないようにした。「それなら、家でラジオを聴いていたほうがよかったかもしれないわね」

それが分別のある行動だったのだろうが、実のところ、グレイシーはライリーに会いたかった。彼の近くにいると落ち着くような気がした。自分たちが愛し合ったことにとまどいを感じるべきなのに、なぜか感じなかった。自分が彼の腕の中にいるのは、とても正しいことのような気がした。そして昨夜、彼に抱き締められたときには……思わず、もう二度と放さないでほしいと願ってしまった。

　頭の中で点滅している赤い危険信号を、グレイシーは懸命に無視しようとした。そう、どうすべきかはわかっている。ライリーとかかわることは、どう考えても間違いだ。たとえ、かつて自分がストーカー行為をしていた男性を好きになるという屈辱には目をつぶるとしても、問題は、二人の生き方がまったく違うことだ。ライリーの考える長期間の関係というのは、せいぜい二晩程度のものでしかない。つい最近まで、彼は石油掘削現場で暮らし、世界じゅうを旅していた。一方、私は自分が暮らしている土地を離れたことはほとんどない。二人には共通するものがなに一つないうえに……。

　グレイシーは顔をしかめた。ライリーが一人の女性と二十四時間以上かかわることができないらしいという事実を別にすると、なにが問題なのだろう？　彼はすてきな男性で、私は彼が好きで、一緒にいると楽しい。私はおおげさに考えすぎているのだろうか？　本当は――。

「それで、そっちはどんな具合なの？」ジルが声を落としたまま尋ねた。「ケーキ・ビジネスのほうはどう？」

「順調よ。忙しいわ、ちょうどシーズンだから。パムのことではまいってるわ」

ジルはにやりとした。「彼女が見ると、ケーキが崩れちゃうの？」

グレイシーはくすくす笑った。「そういうわけじゃないけど。もっと気味が悪いの。彼女……ものすごく感じがいいのよ」

ジルは驚いたように眉を上げた。「ありえない」

「わかってる。私もそう思うわ。だけど、ほんとなのよ。愛想がよくて、親切で、やさしいの。ライリーのこともよく言ってたし。額面どおりに受け取るべきなのか、それともこのまま用心しつづけるべきなのか、決めかねているのよ」

「私の言うことはわかってるでしょ」

「ええ。距離を保って、いつも警戒を怠るな、でしょ」

「そのとおりよ。それで、そのこと以外はすべて順調？」

グレイシーはうなずいた。家族について話したいことは山ほどあるけれど、ここではまずい。そして、ライリーとの間に起こったことも、ジルには話せない。いずれは洗いざらい話すつもりにせよ、こんなおおぜいの人の中ではだめだ。

もしかしたら、二人の間に起こったことを後悔すべきなのかもしれない。しかし、後悔の念はわかなかった。確かに、妊娠の可能性があるのはちょっと厄介だ。グレイシーはみぞおちを押さえて、妊娠なんてありえないと心の中でつぶやいた。統計的に見れば、可能性は低い。ただ、もし私が妊娠したとしたら、運命はつくづく皮肉だ。十四年前、パムは妊娠したと嘘をついた。そうすればライリーが自分と結婚するだろうと考えたからだ。

もし今、私が妊娠したとしても、ライリーはその責任をとって結婚したりはしないだろう。グレイシーはそんな気がした。別に根拠があるわけではない。自分がシングルマザーになるなんて考えたこともないけれど、身ごもった子供に背を向けるつもりはなかった。ライリーがともに責任を負ってくれなくても、それはかまわない。ただ、彼が自分の子供を見捨てると思うと悲しかった。

それでも、妊娠したからというだけの理由で結婚するのは、悲劇以外のなにものでもないと思えた。グレイシーが望んでいるのは、〝義務感〟から生じる関係ではなかった。彼女が求めているのは、心臓がとまるような、骨まで溶けてしまうような、死が二人を分かつまで永遠に続くような、そんな愛だった。

「なにを考えているの？」ジルが尋ねた。「そんな妙な顔をして」

「マックが運命の人だっていうのは、どうやってわかったの？」

ジルはため息をついた。「なんとなくよ。最初はただの友達だったわ」そこでにやりとする。「わかったわよ、彼のほうはただの友達だと思っていて、私は彼に夢中だった。すばらしくセクシーなんだもの。とにかく、彼と一緒にいると、いつもとても楽しかった。彼をよく知れば知るほど、もっと知りたくなったの。次々と知りたいことが出てきて、気がつくと恋に落ちていたというわけ。どうしてそんなことをきくの？」ジルは目を細くした。「あなた――」

「こんにちは、みなさん」司会者が言った。「現職の町長フランクリン・ヤードリーと対立候補のライリー・ホワイトフィールドの、初めてにしてただ一度の公開討論会にようこそ」

「話の続きはまたあとでね。私が忘れるなんて思わないでちょうだい」ジルはグレイシーの耳元でささやいてから、前方のステージに注意を向けた。

ちょうどいいところでじゃまが入って、グレイシーはとりあえずほっとした。彼女は二人の候補者の紹介に耳を傾けた。フランクリン・ヤードリーは相変わらずしゃれた服装をしているけれど、対抗馬に比べるとずいぶん年かさであることは隠しようがなかった。ライリーは若さと体格と謎めいているという点で、優位に立っていた。よそ者ではあっても、町長の左に座っている黒髪の対立候補にはひどく興味をそそられる雰囲気があった。彼に魅力を感じる女性の聴衆は自分だけではないだろうと、グレイシーは思った。

司会者が討論のやり方を説明した。まず候補者二人が冒頭演説を行い、そのあと、新聞記者とカリフォルニア大学サンタバーバラ校の教授たちからなるパネラーの質問に答える。開会に先立って二人の候補者はくじを引いて、冒頭と結びの演説はライリーが先に行うことに決まっていた。

紹介されてライリーが立ちあがった。彼の演説を一言も聞きもらすまいとして、グレイシーは思わず身を乗り出した。ライリーはとてもすてきだった。ダークスーツが引き締まったたくましい体によく似合っている。髪は短めにカットして、顔にかからないように撫《な》でつけてあり、ダイヤのピアスが頭上のまばゆいライトを受けてきらきら光っていた。

ロスロボスのよき町民たちが、ピアスをつけた人物を町長に選ぶだろうか？　グレイシーは一瞬不安になった。

「ヤードリー町長は、十六年の長きにわたって、この町のために尽くしてこられました」ライリーがにこやかに口を開いた。「それは私の人生の半分に及ぶ年月です。ロスロボスのよき時代とあしき時代、観光客でにぎわう年と閑古鳥の鳴く年を、つぶさに見てこられました。町長という仕事を知り尽くしておられると言っても過言ではありません。これほど長期間その職にあったのですから、どんな事態が起ころうと、動じることなく対応されるでしょう。彼はプロであり、才能豊かな人物です」

ライリーは会場をぐるりと見まわした。一瞬、グレイシーは目が合ったと思ったが、最後列に近い席に座っているのだから、彼から見えるはずがないことはわかっていた。

「この十四年間、私は世界のあちこちを旅してきました」ライリーは続けた。「しかし結局、我が家と呼べる場所は一つしかありませんでした。私の心の感傷的な部分は、その間ロスロボスがほとんど変わらずにいたことをありがたく思っていますが、一方で、ビジネスマンとしての部分では、これで本当にいいのだろうかと疑問を感じています。よりよい生活ができるように、我々の子供たちにいい教育を受けさせたいと考えるなら、その教育費をまかなうための財源が必要です。観光客の落とす金に頼らず、自立できる町にしたいと思うなら、今我々が持っている価値観と信念を手放すことなく前進できるような、綿密で革新的な計画を立てる必要があります」

「いいことを言うじゃないの」ジルがささやいた。「まったくそのとおりだと思うわ」

「私もよ」

ライリーが町長選に立候補したのは、伯父の遺言状に書かれていた条件を満たすためだったかもしれないが、今ではもうすっかり町長候補になりきっているようだ。

ライリーの冒頭演説が終わると、大きな拍手が起こった。代わって現職のフランクリン・ヤードリーが演説を始め、これまでの自分の業績を数えあげた。ライリーと並ぶと、町長はパーティに長居をしすぎた客のように落ち着きがなく、場違いに見えた。

その流れはパネラーが質問する間も続いた。どの問題に関しても、ライリーが新鮮な考えを持っているのに対して、フランクリンはこれまで言ってきたことを繰り返すだけだった。会場の後方に座っているグレイシーにも、町長の額に汗が浮かんでいるのが見えた。

「この討論会はライリーに軍配が上がりそうね」ジルがささやいた。「この調子なら選挙にも勝てるんじゃないかしら」

まるでライリーの成功にいくらかでも自分がかかわっているかのように、グレイシーは誇らしい気分になった。彼が結びの演説を終えたときには、会場の聴衆全員が立ちあがって拍手喝采《かっさい》を送った。その歓声がおさまってフランクリンがしゃべれるようになるまでに、四、五分かかった。

「みなさんは私の対立候補にすっかり魅了されているようですね」町長がゆっくりと言った。「理由はわかります。彼はういういしく、輝いているからです。そして、壮大な構想を山ほど持っているからです。しかし、町を円滑に運営していくためには、構想だけでは不十分で、手腕と経験が必要です。そして、人柄も必要です。みなさんは私という人間をよくご存じでしょう。みなさんは私の隣人であり、友人でもあります。私の家内と一緒にさまざまな委員会の委員を務め、私の子供たちと一緒に学校へ通い、私と一緒にゴルフをしています」彼は聴衆を見まわして笑みを浮かべた。「みなさんは私の秘密をご存じです。いいものも悪いものも含めて、私のすべてを」

聴衆の間から笑い声が起こった。「ポーカーは下手だね、フランクリン」だれかがどなった。

町長がうなずいた。「それが私です。ポーカーフェイスができないのです。どうしても嘘をつくことができません。私にとって大切なのは、家族であり、この町です。私は生まれたときからずっとこの町で暮らしてきました。ヤードリー一族は、四世代にわたってロスロボスの町のために尽くしてきたのです」彼はそこで言葉を切り、大きく息を吸いこんだ。「おそらく、そろそろ変化が起こってもいい頃合《ころあい》なのでしょう。おそらく、私はもう自分にできることをやり尽くしたのでしょう。しかし、ライリー・ホワイトフィールドは、本当にあなたがたの望む人物でしょうか？　彼は若く、経験もありません。やるべき仕事がこの町にありながら、これまで世界じゅうをほっつき歩いていました。みなさんの多くは、彼が一旗揚げるために町を出ていったとき、彼の母親が癌《がん》で死の床についていたことをご存じのはずです。彼は母親を見舞いに帰ってくることさえしませんでした。私の子供たちには見習ってもらいたくない手本です」

グレイシーは体をこわばらせた。「そうじゃないわ」彼女がジルの耳元でささやいたとき、聴衆がざわめきはじめた。「彼は知らなかったのよ」

「ヤードリーがそんなことを気にすると思うの？」ジルが言った。

グレイシーはステージに目を凝らし、ライリーがなにか反応するかと待った。彼は穏やかな表情で座ったままだった。

しかし、町長の演説はまだ終わりではなかった。フランクリンは演壇で身を乗り出した。

「当時、ライリーはまだ十八歳になったばかりで、ほんの子供でした。町の少女を妊娠させ、彼女と結婚し、そして離婚した——彼にとってはつらい時期でした。しかし、人間は成長します。少年は大人になります。そして変わります。そう、変わる者もいます。はたしてライリーはどうでしょうか」

グレイシーは胃がよじれるのがわかった。ひどくまずいことになりそうな予感がした。

町長はちらりとライリーを見てから、聴衆の方を向いた。「みなさんが自分の町のリーダーとして望むのはどんな人物でしょうか？　よく知っていて信頼している人物ですか？　決して嘘をつかず、舵取《かじ》りを間違えたことのない人物ですか？　それとも、我々みんなにとって見ず知らずの人物、ライリー・ホワイトフィールドですか？　彼は死の床についている母親を見捨てただけでなく、町に舞い戻ってきて、我らがグレイシー・ランドンを誘惑しました。グレイシーは長年、心から彼を愛してきたというのに、彼はその愛に、裏切りと嘲笑《ちょうしょう》をもって応《こた》えました。今、彼女は妊娠していますが、ライリーはその責任をとって彼女と結婚することを拒んでいるのです」

13

グレイシーは部屋がぐらりと傾いたような気がした。一瞬、生まれて初めて気を失うのではないかと思った。耳鳴りがして、体がひどく重くなった一方でふわふわしているようにも感じられて、目の焦点が定まらなくなった。やがて視界がはっきりしてくると、ライリーがはじかれたように立ちあがって、怒りとショックの形相でこちらをにらみつけているのが見えた。

「グレイシー？」ジルがグレイシーの方に顔を向けた。「あなた――」

グレイシーはジルの言葉を最後まで聞くことができなかった。会場の人々が自分の方を見て、指を差し、なにか言っているのがわかった。けれど、そんなことはどうでもよかった。今彼女にとって重要なのは、ライリーが考えているはずのことだけだった。

「行かなくちゃ」グレイシーはそう言って立ちあがり、ドアをめざして走った。だれかが名前を呼んでいるのが聞こえたが、立ちどまらず、振り返りもしなかった。

「本当なのか？」大きな声がした。「ライリーはあんたをはらませたのか？」

グレイシーは胃が焼けつくような気がしたが、それはいつもの胃酸過多による痛みではなかった。かけがえのないものが手に入りかけていたのに、たった今もぎ取られてしまった——それがわかったことからくる痛みだった。

ライリーは銀行へ戻りながら、あれこれ考えた。もう五時を過ぎているので、このまま家に帰ってもかまわない時間だったが、なぜか一人になるのは気が進まなかった。

公開討論会は悲惨な結果に終わった。ヤードリーが最初からいやに上機嫌だったから、なにか企《たくら》んでいるのだろうと予想はしていた。しかし、それがあんなことだとは思ってもいなかった。ヤードリーの一撃は強烈で、しかも急所を突いていた。ロスロボスのよき町民たちは多くの欠点を大目に見てくれるだろうが、町の伝説的な人物をもてあそんだとなれば、僕を許してはくれないだろう。

ヤードリーはどうやって知ったのだろう？　あれやこれやを考え合わせて、推測であの結論を出したのだろうか？　それとも、僕たちの間に起こったことをだれかが知り、ヤードリーに伝えたのだろうか？　僕はだれにも一言も言っていない。とすると、あの情報はグレイシーから直接得たとしか考えられない。

ライリーは銀行の裏の自分専用の駐車スペースに車をとめて降りた。閉店前に用事をすませようと銀行へ入っていく客が、まだちらほらいた。ベビーカーを押した女性が歩道を歩いている。空気は暖かく、空は晴れあがっている。すべてはいつもどおりで、なんの変わりもない。それなのに、彼はたたきのめされて道端に置き去りにされたような気分だった。

あんな仕打ちをするなんて、グレイシーもひどいじゃないか。なぜだ？　じきに自分の相続財産ではなくなる資産のかなりの部分を賭《か》けてもいいが、彼女はヤードリーが嫌いなはずだ。それなのに、どうして彼の選挙運動を助けるようなことをするのだろう？　僕に対する昔の恨みだろうか？　これは手の込んだ復讐《ふくしゅう》計画なのだろうか？

ライリーは銀行の建物に入りながら、やはりヤードリーに情報を与えたのはグレイシーではないと思った。僕たちを尾行して写真を撮った男——あの男なら、僕たちの間になにがあったか感づいたに違いない。いずれにせよ、私立探偵から報告が入るまでは、軽々しく判断を下すのは危険だ。

ただライリーとしては、情報源がグレイシーでないことを祈りたかった。十四年前なら、彼女を自分の人生から追い払うために、魂を、いや、車さえ売ったことだろう。けれど今は……今は、自分がなにを望んでいるのかよくわからなかった。

ライリーは廊下を曲がってエレベーターの方へ向かった。数人の行員が立ち話をしていた。ライリーが近づいてくるのに気づいて、一人が別の一人を肘でつついた。全員が彼の方を振り向いた。

「おかえりなさい、ミスター・ホワイトフィールド」若い女性行員が言った。けれど、彼と目を合わせようとはしなかった。

ライリーはうなずいてエレベーターに乗りこんだ。行員たちはエレベーターの扉が閉まる前にまたしゃべりはじめたが、ライリーの耳に入ったのは〝どう思う？　頭取は本当に――〟というところまでだった。

噂《うわさ》が伝わるのは早い。ライリーはそう考えながら三階で降りた。ラジオで公開討論会が生中継されたせいだ。今夜はジークが金切り声をあげることだろう。なにか起死回生の一打となるような計画を考えなければならないのに、今のライリーにはなに一つ思いつかなかった。ヤードリーを思いきりぶちのめせばすっきりするかもしれないが、それで選挙戦が有利になるわけがない。あのろくでなしを名誉毀損《きそん》で訴えてもいいが、たいして効果はないだろう。

ライリーは執務室に入ってうしろ手にドアを閉めた。そして伯父の肖像画をにらんだ。「あんたに勝たせるもんか」彼は肖像画に向かって言った。「今も、これから先もだ。なんとかして道を見つけてやる」

今はただ、これまでも成功の可能性が低いときにしてきたことをするだけだ。頭を低くして、ほかのだれよりも必死になって突き進むのだ。だれにも、なににもじゃまはさせない。町にも、過去にも、あのいまいましい町長にも、そしてグレイシーにも。

ドアをノックする音がした。

「あとにしろ」ライリーは大きな声で言った。

「ミスター・ホワイトフィールド、お客様がいらしています」

「会いたくない」

「重要な方です」

今日は公開討論会があるので、人と会う予定はいっさい入れていなかったから、面会の約束をしている人物ではないはずだ。ヤードリーが得意顔を見せるために立ち寄ったのだろうか？

そういうやり方はあの町長らしくない。だれだか知りたいという好奇心と、気分転換になればという気持ちも少なからずあって、ライリーはドアのところまで行って自分で開けた。

「だれなんだ？」そう尋ねながら、心のどこかで、グレイシーが釈明をするために来たのではないかと期待しているのに気づいた。

ダイアンが返事をするかわりに、一歩わきに寄った。一風変わった性格のグラマーなブロンド美人を予想しながら、ライリーは秘書の背後に目を向けた。ところがそこに立っていたのは、しみのついたシャツとくたびれたスーツを着た五十代半ばの男性だった。髪には白いものが交じり、顔にはしわが刻まれている。男性は、ライリーの記憶にあるよりはるかに小柄だった。

二十年以上が過ぎても、ライリーは母と自分を捨てた男のことをよく覚えていた。その年配の男性はにやりとして言った。「やあ、ぼうず。景気はどうだい?」

グレイシーはロサンゼルスとの中間あたりまで走ってから、ヴェンチュラでフリーウエーを下りてUターンすると、ロスロボスへと引き返した。私はもう大人なのよ。彼女は自分に言い聞かせた。それから、すべての問題から逃げるのは無理だということを、もう一度思い起こした。たとえそれがどんなに名案に思えるときでも。

そして、なんとか自分を納得させた。ある程度は。それでも、今もしだれかが、木星の衛星の一つに入植する手伝いをするための片道切符をくれると言ったら、おそらく即座に話にのったことだろう。

胸の中には、自分でも判別できないほどさまざまな感情が渦巻いていた。その大半は失望だった。失望と悲しみと、自分を裏切った人間に対する怒りだった。私はライリーとのことをだれにも話していない。それなのに、町長はどこから情報を手に入れたのだろう?

また携帯電話が鳴った。グレイシーは電話を手に取って画面をちらりと見た。それからシートにほうり投げた。これまでに、ジルから三回、姉と妹から二回ずつ、そして母から六回かかっていた。今はそのだれとも話す気分ではなく、話したいただ一人の相手――ライリーからはかかってこなかった。

彼はどう思っているのだろう？　秘密をもらしたのが私ではないことを、わかってくれているだろうか？　それとも、今この瞬間にも、呪《のろ》いのピンを突き立てようと、私に似せた小さな人形を作っているのだろうか？　いいえ、それよりもっと悪いのは、彼が私を憎んでいるかもしれないことだ。彼が腹を立てていることには耐えられるけれど、無実を証明するチャンスも与えられずに背を向けられることには、とても耐えられない。

もっとも、どうすれば自分の無実を証明できるのか、具体的な案があるわけではなかった。

それにしてもわからないのは、そもそもどうしてこんなはめになったのかということだ。だれが私たちをはめたのだろう？　そして、どうやって？　隣人が私の家をこっそりスパイしていて、ライリーが訪ねてきたのを見て、二人がセックスをしたと確信するまで待ってから、かわいがっている犬を冷たいプールに投げこみ、私の家のドアをたたいて助けを求めたというのは、どう考えてもありえない。

とすると、だれかほかの人間のしわざということになる。また振り出しに逆戻りだ。だれが、なぜ、どうやって……。

一時間ほどでロスロボスの出口の標識が目に入り、グレイシーはフリーウエーを下りた。そこでちょっと迷ってから、左折するかわりに右折して、町の高級住宅地の方へ向かった。

めざす家に到着すると、不必要に噂をあおらないようにするために、その家を通り過ぎて角のあたりに車をとめた。それから歩いてライリーの家まで引き返し、玄関の前に立って心の準備をした。ライリーが出てくるまでは絶対にあきらめて帰るつもりなどないことをわかってもらうまで、根気強くドアをたたかなければならないだろうと思ったからだ。

「なにがなんでも彼に話を聞かせるわ」グレイシーはノックしようと手を上げながらつぶやいた。

そのとき、ドアが勢いよく開いた。

まったく予期しないことだったので、グレイシーは思わず前につんのめって、危うく敷居につまずくところだった。ライリーが、おやというように眉を上げた。

「酔っぱらっているのか？」彼が尋ねた。

「え？　いいえ。入れてもらえないだろうと思ったのよ。だから、あなたが入れてくれるまでドアをたたきつづけるつもりだったの」

「拍子抜けした？」

「いいえ」

ライリーはすてきだった。それどころか、うっとりするほどすてきだった。白い無地のTシャツとジーンズを身につけて、ナイキのスニーカーをはいている。朝剃《そ》った髭《ひげ》が少し伸びて、顎が黒っぽく見えた。

グレイシーは、ライリーの胸に飛びこんで抱き締めてもらいたかった。私が仕組んだのではないと伝えたかった。信用してくれて大丈夫だと、彼のことが好きだから裏切ったりしないと言いたかった。その証拠を、それが無理なら、その証拠を手に入れる方法を、彼に示したかった。心配はいらないと請け合いたかった。

グレイシーは口を開けたが、思い直してまた閉じると、両手でライリーのTシャツの前をつかんで思いきり揺さぶった。

「私じゃないわ」彼女は岩のように動かないライリーに向かって言った。「あの午後のことはだれにも言ってない。ましてや、妊娠しているかもしれないなんてことは絶対に言ってないわ。ヤードリーがどこからあんなことを考えついたのかわからない。でも、私が言ったんじゃないから」

ライリーが両手を上げて、まだシャツをつかんでいるグレイシーの手を上から押さえた。

そして、彼女の目をのぞきこんだ。

「わかってる」彼はぽつりと言った。

グレイシーは目をしばたたいた。「ほんとに？　私を信じるってこと？」

ライリーはうなずいた。

「どうして？」

彼は唇の片端を上げた。「僕の言葉が信じられないのか？」

「ええ。心の底からはね。私があなただったら、信じるかどうかわからないもの。どうして信じてくれるの？」

ライリーは肩をすくめた。そんなしぐさではなんの説明にもなっていなかったが、彼はそれ以上説明するつもりはなさそうだった。

ライリーはシャツをつかんでいるグレイシーの手をはずすと、一歩下がった。「ビーチを歩いてこようと思っていたんだ。一緒に来る？」

「もちろん」


ビーチに着いたのはもう日没に近い時刻だった。ライリーは公共駐車場にメルセデスをとめ、グレイシーと手をつないで砂浜まで歩いた。彼女は靴を脱いで裸足《はだし》になっていた。そうすると、背が彼の肩のあたりまでしかない。ブロンドの髪が乱れて肩にかかり、シャツの裾《すそ》は外に出したままだ。きちんとした格好とはとても言えないけれど、とてもセクシーだとライリーは思った。

だから、僕は彼女を信じると言ったのだろうか？　彼女とベッドをともにしたいから？　わけのわからないこの状況では、その可能性もないとは言えない。

ライリーとしては、グレイシーが陰謀にかかわっていないことを祈るしかなかった。ひたすら祈るしかなかった。彼女を信じたのはばかだったと判明したら、これまで追い求めていた九千七百万ドルの金と復讐がふいになるのだ。

理性の声に耳を傾けるのはあとにしよう。ライリーは自分に言い聞かせた。公開討論会での失点を埋め合わせる手立てを考えるのは、あとにしよう。グレイシーを追い返して彼女のことを忘れるのは、今ではなく、あとにしよう。

「がきのころは、しょっちゅうここに来ていたよ」ライリーは言った。「運転免許をとってからというもの、ここは僕のお気に入りの場所になった。渚《なぎさ》を歩いては、人生の意味を理解しようとしたんだ」

「ティーンエイジャーが人生の意味を理解するなんて、どう考えても無理だと思うけど」

ライリーはグレイシーを見てにやりとした。「ああ、無理だった」

「でも、少なくともあなたはその努力をしたわけね。私はどうしようもなく下手な詩を書くことで、人生の意味を理解しようとしたわ。本当に下手な詩だった。下手な詩を書くために紙をむだにしたかどで、犠牲にされた木たちが復讐しようと追いかけてくるんじゃないかと思うくらいに」

「木が結束してそんなことをするとは思えないな」

「よかった」

グレイシーはちらりとライリーを見た。彼女の顔にかすかなほほえみが浮かび、目尻にしわができた。ライリーはグレイシーを引き寄せてキスをしたいと思ったが、そのほほえみはすぐに消え、口からため息がもれた。

「彼、どうやって知ったのかしら?」

「町長か?」

グレイシーがうなずいた。

「僕らを尾行させたんだろう。というより、たぶん僕を」

「あなたが雇った私立探偵がそう言ったの?」

「探偵が調査を始めてまだ一日だ。一日では、まだなにもつかめていないんじゃないかな」

「それもそうね」グレイシーはほつれた髪を耳にかけた。「町長だかだれだかが雇った男は、ジークを尾行した私たちより、はるかに尾行が上手だったみたい。私たちも彼を雇うべきだったわね」

ライリーは思わず笑い声をもらした。「君のそういう考え方が好きだよ」

「その男は写真を撮るために尾行したんでしょうけど、私たちがしていたことを察して、町長に話したのかしら?」

「あるいは、ヤードリーが当てずっぽうで言ったことがたまたま当たったか、だな」

グレイシーはライリーの手をぎゅっと握ってから、彼の前にまわりこんだ。「私が話したんじゃないわ、ライリー。神に誓って」

「グレイシー、何度も言わなくてもいいよ。君を信じているから」

「それならいいけど。だって、疑われてもしかたのない状況じゃないの。私たちが愛し合ったことを知っているのは私一人だし、避妊しなかったことと、ほんのわずかにせよ、私が妊娠した可能性があるってことを知っているのも、私一人なんだもの」

「君一人だけじゃない」ライリーは言った。「僕も知っている」

「あら、そうね。だとすると、町長に話したのはあなたってことになるわね」グレイシーはライリーの手をいっそう強く握った。「誓ってほんとよ。信じてちょうだい。私にとって、これはとっても重要なことなの。私は嘘《うそ》なんか言ってない。私という人間は、ケーキ作りに関しては神経質すぎるくらいに完璧《かんぺき》を追求するし、家族に対しては我慢が足りないし、小切手帳の帳尻はまともに合ったためしなんてない。そう、五ドル以内のくい違いならよしとするの。でも、嘘はつかないし、あなたを陥れたりもしない。私は真実を恐れる人間じゃないわ。覚えてる、私があなたの車にスカンクを押しこんだこと？　自分のしたことを隠したりせず、堂々とおおっぴらにするのが私のやり方なの」

太陽はもう水平線の向こうに沈んでいた。あたりがわずかに暗くなり、まるで内側から光っているように、グレイシーの肌がほの白く浮かびあがった。今この瞬間、彼女の美しい顔を見つめていると、どんなことでも信じられる気がした。彼女が欲しいからではなく、彼女がそこにいるからだ。もちろん、欲しいことは欲しいけれど。

だれかが自分のためにそこにいてくれるのは、ライリーが思い出せる限り、大人になってからはこれが初めてだった。彼と彼の人生、彼の意見、彼の気持ちに関心を持ってくれるだれかが。男友達はそこまでかかわってこなかったし、女性は近寄らせないことにしていたせいだ。

ライリーがグレイシーを信じたのは、そうしないではいられなかったからだった。

彼はもう一方の手もグレイシーの手に重ね、指をからみ合わせて引き寄せた。肩から腿まで、二人の体がぴったりと合わさった。

「どうやってここまで来たんだろう?」ライリーは問いかけた。

「ハイウエーとビーチ・ドライブを通ってよ」

ライリーはにやりとして、それから含み笑いをもらし、やがて声をあげて笑った。グレイシーも肩を揺すって笑った。

「私には抜群のユーモアのセンスがあるのよ」彼女は言った。

「ああ、まったくだ」

ライリーはグレイシーの鼻にキスをした。すぐそばに悩ましい唇があったが、彼女とベッドをともにしたいと思うのと同じくらいに、今この瞬間をもうしばらく楽しみたかった。

ライリーはグレイシーの手を放すと、横に引き寄せてまた歩きだした。

「ほかにもまだ私が答えてあげられそうな、方向に関する質問がある?」

「今のところはない」

「GPS装置を買ってもいいわね」

「ああ、そうだな」

グレイシーは胸いっぱいに深く息を吸いこんだ。「私、海のにおいが大好きなの。叔父と叔母が住んでいたトーランスの家は、ビーチまで八キロくらいしかなかったから、三人でしょっちゅう行ってたのよ。いつも海に近い場所で暮らしてきたから、ほかの場所には住めないんじゃないかって気がするわ。山の中や砂漠に住んでいる人たちは、どうやって耐えているのかしら？」

「そこが自分の居場所だからさ。十六のときにこの町へ引っ越してくるまで、僕は海を見たことがなかった」

グレイシーはちらりとライリーを見た。「育ったのはどこ？」

「アリゾナのテンピーだよ。そしてここへ来た」ライリーは母と二人で暮らしていたトレーラーハウスを思い出した。「親父《おやじ》が出ていったあと、どうしてそんなに長くあそこに住んでいたのか、母にきいたことは一度もなかった。たぶん、親父が帰ってくるのを待っていたんだろうな」母はいつも見果てぬ夢を追いかけていた。

「六年っていうのは長いわ」

「長すぎる。そして、僕らはこの町へ引っ越してきた。母は、ここには自分の兄がいるから暮らしは楽になるだろうと言った。そのときまで、僕は自分に伯父がいることも知らなかったんだよ」

「伯父さんと会って、どうなったの？」グレイシーは尋ねた。

「会わなかった。母はモーテルに僕を残して、一人で会いに行ったんだ。戻ってきたとき、僕には母が泣いていたことがわかった。もっとも、母はそれを認めようとはしなかったがね。二人で幸せに暮らせるように、小さくてすてきな家を見つけると言っただけで、ほかにはなにも言わなかった」

ライリーは岩がいくつか固まっているところへ行って、腰を下ろした。グレイシーも並んで座った。ライリーはまた彼女の手を取った。

「僕はあれやこれやを考え合わせて、自分なりに推測した」それは思い出したくない過去だったが、思い出すとついあれこれ考えてしまうのが常だった。「伯父は母にこう言ったんだ。僕の親父と駆け落ちしたとき、母は家族を捨てたんだと。伯父にとっては、母はもう存在しない人間だった。そして僕も」

グレイシーはライリーに体をすり寄せた。「かわいそうに、あなたの伯父さんは役立たずの大ばか者だったのね」

過去の亡霊と胸の痛みに苦しみながらも、ライリーはにやりとした。「僕はずっと伯父を情け知らずのろくでなしと呼んできたが、役立たずの大ばか者のほうがいいな」

「だって、そうだもの。どうやったら自分の家族を無視することができるわけ?」

ライリーは岩に背中をもたせかけて、あいているほうの腕をグレイシーの体にまわした。

「簡単さ。僕は伯父には一度も会ったことがなかった。僕が町でいろいろ問題を起こしたとき、伯父はそれを非難する手紙を送ってよこしたよ」

「あなたはそんなに悪くなかったわよ」

ライリーはちらりとグレイシーを見おろした。「手に負えないがきだった」

グレイシーはにっこりした。「知ってるわ。そこがあなたの魅力だったんだもの。あなたの悪ぶったふるまいに、十代の私の小さな心はときめいたわ。そのうえ、あなたは危険でセクシーだった」そう言って、からかうような笑みを浮かべた。「知ってた? 私、あなたに夢中だったのよ」

ライリーは含み笑いをもらした。「へえ、そうだったのか? 君は本当に独創的で油断のならない女の子だった」

「わかってるわ」グレイシーはため息をついた。「それが私よ。独創的な女の子。伯父さんは結婚式に出席したの?」

「いや。たぶん母は招待状を送ったんだろうが、僕は伯父が来ようと来まいとかまわなかった。パムは豪勢な結婚祝いを期待していたらしいが、伯父はそれも送ってこなかった」

「パムがほんとにすてきだったのは知ってるわ」グレイシーは言った。「でも、どうしても彼女を気の毒に思う気にはなれないの」

「僕もだ。彼女とは結婚したくなかったんだ。知っていたかい？」

グレイシーは目をまるくしてライリーを見つめた。「冗談でしょう。彼女を心から愛しているんだとばかり思っていたわ」

「性欲さ」ライリーはきっぱりと言った。「大きな違いだ。十八のころ、僕は彼女を自分だけのガールフレンドにしておきたかった。彼女は拒まなかったからだ。彼女に妊娠したと言われたとき、僕は頭にきた。ピルをのんでいると言っていたから、それを信じていたんだよ」

グレイシーは砂の上で身じろぎした。「私はピルをのんでいるとは言わなかったわ」

ライリーは彼女の髪に軽くキスをした。「それとこれとは話が別だ。言っただろう、君を責めてはいないって」

「でも、私――」

ライリーはグレイシーの口を手で押さえた。「やめるんだ」

「でも――」

彼は手の力を少し強めた。「わからないのか？」

「オーケー」

グレイシーが心配する気持ちはわかったが、ライリーに言わせれば、悪いのは自分だった。欲望に目がくらんで、避妊について確かめるのを忘れたのは僕だ。ばかなことをしたのだから、責められて当然だろう。

「なんの話をしていたんだったかな？」ライリーは尋ねた。

「ひそかに私を愛していたから、パムとは結婚したくなかったたって話よ」

「ちょっと違うな」

「でも、近いわ」

「パムとは結婚したくなかった」

「あなたがそう言うのなら、信じるわ」グレイシーは言った。「あのとき注意してあげたはずよ、彼女には用心するようにって」

「ああ、確かに聞いたが、僕は耳を貸さなかった。だが、耳を貸したとしても結果は同じだっただろう。母が、なにがなんでも結婚するようにと言ってゆずらなかったんだ。僕には責任があるからってね」母との口論を思い出して、ライリーは顔をしかめた。「母は僕をまっとうな人間にして、正しいことをさせたいと考えていたんだ」

「でも、あなたはひたすら町から出たかった」

「ああ。母が間違っていたとは言ってない。ただ、十八の僕にはわからなかった。パムと結婚したものの、彼女が妊娠していないとわかって、すぐに町を出た。だが、その前に僕は母に言ったんだ。母さんのせいで僕の人生はだいなしになった、決して許さないとね」

ライリーは暗い海を見つめた。まだ月は出ておらず、波打ち際に白い泡が渦巻いているのがぼんやりと見えるだけだった。

「それが母と話した最後だった」ライリーはゆっくりと言った。

「え?」グレイシーは体を離してライリーを見つめた。「あなたが町を出ていったせいで、ということ?」

ライリーはうなずいた。「僕は腹を立てていた。そして、町を飛び出して北へ向かった。結局そのまま、南シナ海の油田の掘削現場まで行ったんだ。そのころには少し大人になって、客観的に考えることができるようになっていた。それで、母に手紙と小切手を送った。母から返事がきて、そのうち会いに帰ってきてほしいと書いてあった。僕はそうすると返事をしたが、一度もその時間を作らなかった」

そのときは、それがさほど重要なことだとは思わなかったし、まだ腹を立ててもいたのだ。

「やがて、母から届いた手紙に病気だと書かれていた。癌《がん》だった。僕は帰る手はずを整えた。ただ、母の手紙には急を要するとは書いてなかったから、仕事が一段落してから帰るつもりだった。ところが、出発する一週間前、郡立病院の看護師から電話があって、母の命は長くてあと四十八時間だと言われたんだ。それで、あわてて帰ったが、町に帰り着くまでに五十時間かかった。病院に駆けつけたときには、母はもう息を引き取っていた」

グレイシーはライリーの腕をつかんでいた手に力をこめた。「かわいそうに」

「同情してくれなくてもいいよ。もう昔のことだ。事実だけを見れば、ヤードリーが今日言ったとおりさ。母が死の床についていたとき、僕は一度も見舞いに帰ってこなかった」

「知らなかったんだもの」

「言い訳として通用するかい？」ライリーはまだ海を見つめたまま問いかけた。「そうは思わないね。母は独りぼっちだった。なにより悪いのはそのことさ。郡立病院でだれにも看取られずに死んだんだ。自分勝手な息子は、死に目に会えるように帰ってこようとはしなかった。そして兄は、同じ町に住んでいながら、見舞いにも行かなかった」

グレイシーは膝立ちになってライリーを見つめた。「どういうこと？」

「ドノヴァン・ホワイトフィールドは自分の言ったことを貫いた。死ぬまで妹を許さなかったんだ」ライリーはグレイシーを見た。「母が亡くなったあと、僕は母の手紙を見つけた。伯父が開封もせずに送り返した何通もの手紙だ。母は治療費を伯父に無心していた。僕が送った金では十分な治療を受けられなかったんだ。そして、当時の僕にはその治療費を払えるだけの余裕がないことを、母は知っていた。それで伯父に頼んだんだが、伯父はその手紙を読もうともしなかったのさ」

グレイシーは喉の奥から低い声をもらし、ライリーに抱きついた。

「かわいそうに」小声で言うと、彼にしがみついて体を震わせた。

グレイシーの同情をどう受けとめればいいのかわからず、ライリーは一瞬体をこわばらせてから、両腕を彼女にまわした。

「もういいんだよ」彼は言った。

「そんなことないわ」グレイシーは顔を上げてライリーを見た。彼女の頬を涙が伝っているのが見えたような気がしたが、定かではなかった。「ちっともよくなんかない。あなたはいまだに罪の意識を引きずっているじゃないの。だけど、あなたのせいじゃないわ。お母さんが病気になったのはあなたのせいなんかじゃないし、帰ってこなくちゃいけないことも知らなかったんだもの」

グレイシーはなんとかして僕のしたことを正当化してくれようとしている。それは不可能だということがわからないのだろうか？

「母からの手紙で知っていた」ライリーはそっけなく言った。

「でも、お母さんの手紙には急を要するとは書いてなかったんでしょ。あなたは霊能力者じゃないんだから、わかるはずないじゃないの。ええ、確かに、急いで帰らなかったことは責められてもしかたがないけど、それだけよ。そのほかは……。伯父さんはどうしてそんなひどい仕打ちができたわけ？　自分の妹を見捨てるなんて。今、私はアレクシスとヴィヴィアンがそれほど好きじゃないけど、それでも、どんなことがあろうと見捨てたりはしないわ。とくに、そんなときには」

相手が助けを必要としていたら、たとえそれが狂犬病にかかった犬でも、グレイシーは見捨てたりしないだろう。ライリーはそう思った。

「わかってほしいんだが、僕はもう苦しんではいない」ライリーは言った。「過去とは折り合いをつけたんだ」折り合いという言葉は適切ではないかもしれない。起こったことを受け入れて、どうやって落とし前をつけるか決めたのだ。

グレイシーは両手で彼の顔をはさんだ。「折り合いをつけてなんかいない。あなたはまだ自分に腹を立てているわ」

彼女に自分の心を見透かされたことが、ライリーは妙にうれしかった。「いずれ乗り越えるさ」

グレイシーにはそんな日がくるとは思えなかった。どうすれば、起こったことをそのまま受け入れて、乗り越えていけるというのだろう？　彼女にはライリーのつらさがよくわかった。彼の心の痛みがひしひしと感じられて、自分の胸も痛んだ。その深い傷が癒《い》えるまで、彼を包みこんで抱き締めていたかった。時間を逆戻りさせて、悲しい出来事が起こるのを防ぎたかった。

ライリーは、善良で、強くて、まっとうな人間だ。こんな目にあうなんてひどすぎる。

「かわいそうに」グレイシーは彼の顔を両手ではさんだままささやいた。「あなたのつらい過去をほじくり返して、自分の選挙運動に利用したヤードリー町長が憎いわ。いやらしい、身の毛のよだつようなまねよ」

「彼も役立たずの大ばか者かい？」

「ええ、役立たずの大ばか者の代表だわ」グレイシーは涙をぬぐった。「よくもあんなことができたものね。ほんとにひどいったらないわ。おかげで、町の人たちはあなたを悪く思うことでしょうね。そんなの間違ってる」

「僕なら大丈夫さ」ライリーは言った。

「あなたは選挙に勝たなくちゃならないのよ。なにか私に手伝えることはない？」

「なにか考えついたら知らせるよ」

「町じゅうの家を一軒ずつまわって、妊娠してないことを話してもいいけど」

ライリーは唇の片端を上げてにやりとした。「そんなことをしたらみんなの関心を引くだけだろう。君が妊娠していないことがはっきりするまで待ってからのほうがいいんじゃないかな」

「あら。ええ。それもそうね」グレイシーは彼の横にどさりと座りこんだ。おなかの中に赤ん坊がいるかもしれないことは考えたくなかった。「今はもう手いっぱいで、これ以上はかかえこめそうにないわ」

「つまり、結婚を控えた妹さんと、夫のことでおろおろしている姉さんと、焼かなくちゃならないケーキと、パムと、僕らがベッドをともにしたとみんなに暴露した町長と、自分が妊娠しているかもしれないこと、そういうもろもろで手いっぱいってわけかい？」

グレイシーはうめき声をあげた。「もう、そんなふうに並べると、なにも手につかなくなりそう。あなたのほうのリストは、もう少しまし？　それとも、もっとひどい？」

「どうかな。今日、親父が現れた」

もうどんなことがあっても驚いたりしないだろうと、グレイシーは思っていた。だが、そうではなかったのだ。

「あなたのお父さんが？　この町に？」

「銀行にだ」ライリーは彼女の髪に指を入れてすいた。「二十二年ぶりだったが、すぐに親父だとわかった。やっぱり親子だな」

グレイシーはどう考えればいいのかわからなかった。「お父さんはあなたに会いたくていらしたの？」

ライリーは笑い声をあげた。もちろん、おかしかったからではない。「いや。目当ては金だ。元気かもなにもなかった。今月は少しばかり金が足りないから、小切手を書いてくれと言っただけだった」

グレイシーはだれかに心臓を蹴《け》られたような気がした。ライリーは平然とした口調で話しているけれど、親に捨てられるのがどれほどつらいか、その痛みはよくわかる。私とは状況が少し違うとはいえ、喪失感は同じだろう。

「かわいそうに」彼女はささやいた。

「しかたないさ。追い返したが、またやってくるだろう。やれやれ、追い払うためには、金をやるしかないだろうな」

「かわいそうに」グレイシーはもう一度言って、ライリーの体に腕をまわした。「どうやって慰めてあげればいいのかわからないわ」

「君にそんなことをする義務はないよ」

「わかっているけど、それでも、なんとかしてあげたいの。あなたの気持ちを楽にしてあげたい」グレイシーは手を上げてライリーの顔に触れた。「私の家へ行きましょう」

ライリーの表情は変わらなかった。「それは一時しのぎにしかすぎない」

「今私にしてあげられるのはそれくらいしかないわ」

「文句を言っているわけじゃないさ」

14

ライリーの家まで引き返す車の中で、グレイシーはふと、あんなことを言ってしまってよかったのだろうかと思った。外は暗く、車の中は静かだった。唯一のコミュニケーションと言えるのは、ライリーが彼女の手を握り、親指で軽く手の甲を愛撫《あいぶ》しているその動きだけだった。

グレイシーの体は、緊張していながらもリラックスしているという妙な状態だった。ライリーとまた愛し合えるという期待で全身がぞくぞくする一方で、気持ちは不思議なほど落ち着いていた。まるで、これは一千年前から決まっていたことで、自分はただ運命に従っているだけだとでもいうように。

「僕の家にしないか?」大きな屋敷に近づいたとき、ライリーが口を開いた。「君の車はガレージに入れておけばいい」

「いい考えね」グレイシーは言った。

ライリーが私道に車を乗り入れてリモコンのボタンを押した。二台用の大きなガレージの扉が開く間に、グレイシーは車から降りて、角にとめておいた自分の車のところまで歩いていった。

五分後には、グレイシーはライリーの車の隣に自分の車をとめ、彼のあとについて広いキッチンへ入っていた。この前と同様、広々とした大きなキッチンを見ると、ケーキ職人らしく胸がときめいた。

「うらやましいキッチンね」グレイシーはため息混じりに言った。「仕事柄、こういうキッチンを見ると妬《ねた》ましくなるわ。十二段階の治療プログラムを受ける必要がありそう」

「それはあとまわしにしてもかまわないかな？」

「もちろん」

ライリーは冷蔵庫に近づいた。「おなかはすいてない？」

グレイシーは彼のうしろについていき、肩ごしにのぞきこんだ。「食べるものなんてあるの？」

「テイクアウトの残りでよければ」ライリーはシャンパンの冷えたボトルをつかんで一歩下がった。「なにか食べたいものがある？」

グレイシーの目はシャンパンのボトルに釘《くぎ》づけになり、冷蔵庫に入っている食べ物を選ぶどころではなかった。

「そのシャンパン、三つのFにかなった女性のために冷やしてあったの？　それとも

「……」

ライリーがあいているほうの手をグレイシーの髪に差し入れ、顔を軽く仰向かせて唇を重ねた。熱く、すばやく、期待に満ちたキスだった。

「昨日買ったんだ」

頭にかっと血がのぼり、グレイシーはなにも考えられなくなった。「つまり、私と……」

ライリーの黒い瞳がグレイシーのブルーの瞳をのぞきこんだ。「ああ、君と愛し合う前から買ってあったわけじゃない。これは〝幸運が訪れることを祈る〟シャンパンだ。君と飲もうと思って買ったんだよ、グレイシー」

喜びが爪先まで駆け抜けた。私のためにシャンパンを買ってくれた男性なんて、覚えている限りでは一人もいなかった。ましてや……。グレイシーはちらりとラベルを見た。ドンペリニョンを買ってくれた男性なんて。

彼女は冷蔵庫の扉をヒップで一押しして閉めた。「おなかはすいてないから、食べるのはいいわ」

ライリーが笑みを浮かべた。「よかった」彼は食器棚からシャンパングラスを二つ出して、廊下の方に顎をしゃくった。「行こうか？」

「ええ」

グレイシーはライリーのあとについて、カーブした広い階段へ向かった。この前ここに来たときには、見学ツアーは一階で終わってしまった。

階段の壁には何枚もの肖像画がかかっていた。先代までのホワイトフィールド一族の肖像画だろうと思ったが、尋ねはしなかった。せっかくのムードを壊したくなかったのだ。

階段は三階まで続いていたが、ライリーは二階に上がったところで左へ曲がった。そのまま四つか五つほど部屋を通り過ぎ、ある部屋のドアを開けて中に入った。

どんな部屋へ案内されるのか、グレイシーには予想もつかなかった。ライリーが自分の力を誇示するために、祖父の部屋でベッドをともにしたいと思うのか、それとも別の部屋を選ぶのか、彼女にはわからなかった。

部屋を見まわしたグレイシーは、ライリーが無難な部屋を選んだことを見て取った。大きなベッドとナイトテーブルが二つにドレッサーという、必要最小限の家具が置かれた客用の寝室のようだった。廊下の明かりが淡い色の絨毯《じゅうたん》に落ちている。壁の色はブルーかグリーンのようだが、はっきりとはわからなかった。

ライリーがドレッサーの上にシャンパンを置き、コルク栓を包むアルミ箔《はく》をはがした。まもなく、ぽんという音がして、二つのグラスにシャンパンがつがれた。

「こんな高級なシャンパンを飲むのは初めてよ」グレイシーはそう言って細長いフルートグラスを受け取り、シャンパンに口をつけた。

舌の上で泡がはじけた。軽く、馥郁《ふくいく》とした、ほとんど甘いと言ってもいい味わいで、やみつきになりそうだった。

「気に入ったかい？」グレイシーが口に含んだシャンパンを飲んだとき、ライリーが尋ねた。

「とっても。残念ながら、私のお財布では手が届きそうにないけど」

「特別なときだけ飲めばいいさ」ライリーは一口飲んで、グラスをドレッサーの上に置くと、グレイシーに近づいた。

グレイシーは、それはだめだと言いかけた。この先一生、一目でそれとわかるドンペリニョンのボトルを見るたびに、必ずライリーのことを思い出すに違いないからだ。しかし、その言葉をのみこみ、ナイトテーブルにフルートグラスを置いて、近づいてくるライリーを見つめた。彼はグレイシーを腕の中に抱き寄せた。

初めて愛し合ったときには、性急に事を運びすぎてしまった。長い間求めて得られなかったものがやっと手に入ると思ってあせるあまり、楽しむどころではなかった。けれど今回は、ゆっくり考えて味わう余裕がある。この先ずっと、すばらしい思い出として胸に抱いて生きていけるように、すべてをくまなく記憶に刻みこんでおきたい。

ライリーがやさしくじらすように唇を重ねてきたときにも、グレイシーは、彼の手が片方はヒップに、もう一方はうなじに置かれていることを意識していた。ヒップにあてがわれた手はそのままだったが、うなじのほうの手は髪の中へすべりこんだ。この前のときもそうだったと、彼女はぼんやりと考えた。そのときライリーが唇にそっと歯を立てたので、思わず身悶《みもだ》えしたくなった。ライリーは私の髪に触れるのが好きなようだ。彼はいつも――。

ライリーの舌が唇に軽く触れると、グレイシーはすぐに唇を開いた。彼の舌がするりと入りこんできた瞬間、胃がぎゅっと縮まり、胸のふくらみがうずいた。彼女は両手をライリーの肩に置き、そのぬくもりとたくましさを楽しんだ。

ライリーがグレイシーの口の中をさぐり、そそるように舌で円を描く。彼が舌を引っこめると、グレイシーは自分の舌で追いかけた。ライリーのすべてを知り尽くしたかった。彼の口はシャンパンの味がして、海と夜と欲望の香りがした。

ライリーが唇を下にずらして顎にキスをすると、グレイシーは頭を大きくうしろにのけぞらし、彼がキスをしやすいようにした。ライリーが顎から喉へと唇を這《は》わせていくにつれ、肌が小刻みに震える。胸のふくらみが熱くうずき、先端が硬く敏感になるのがわかった。

グレイシーは着ているものをかなぐり捨てて、今すぐライリーを迎え入れたいと思った。その一方で、この瞬間が永遠に終わらないように、時間をかけて事を進めてほしいとも思った。

ライリーにしがみついたまま、グレイシーの心は相反する思いに揺れていた。ライリーは耳たぶを唇ではさみ、首筋に舌を這わせ、ゆっくりと、けれど迷うことなく、豊かな胸のふくらみをめざして進んでいく。

グレイシーはライリーの肩から手を下ろし、シャツブラウスのボタンをはずして脱いだ。彼の唇がじりじりと胸のふくらみに近づく。彼女はブラジャーのホックをはずそうとあせった。最後の一つが引っかかってはずれず、気がせくあまり、思わず引きちぎろうかと思った。

やっとのことでホックがはずれ、グレイシーはブラジャーをとって床にほうり投げた。ところが、ライリーは彼女の胸には触れずに、体を起こした。

「きれいだ」彼はグレイシーの目をじっと見つめて言った。「君を見ていると、欲しくてたまらなくなる」

「よかった」

この期に及んで、グレイシーはライリーとおしゃべりをする気分ではなかった。二人とも裸になれば、口でしゃべるよりも体で話すほうがはるかにいいはずだ。

残念ながら、ライリーにはグレイシーの心が読めないようだった。彼女に触れるかわりに、シャンパングラスを取って泡立つ液体を口に含んだ。そしてグラスをナイトテーブルに置くと、彼女の胸に顔を近づけ、その頂に唇をつけた。

熱い唇と冷たいシャンパン、さらにはじける泡が一緒になった感触は、グレイシーがこれまで経験したことのないものだった。くずおれないよう体を支えるために、彼女は両手でライリーの肩をつかんだ。彼の舌が円を描くように動くと、敏感になっている肌の上で細かな泡がはじけ、その快感にグレイシーは息をのんだ。

ライリーがごくりとシャンパンを飲みこんで体を起こし、またグラスに手を伸ばした。

「もう一方にも同じようにしなくてはな」にやりとして言う。「不公平になってはいけない」

「そうね」グレイシーはうなずいたが、ふくらむ期待で脚から力が抜けそうだった。

ライリーがシャンパンを口に含み、再び熱く刺激的な泡の愛撫を始めた。グレイシーは彼の頭を抱きかかえて、これが永遠に続いてくれますようにと祈った。

ライリーは口の中のシャンパンを飲みこむと、胸の蕾《つぼみ》を舌でなぞり、唇ではさんだ。グレイシーは全身の骨が溶けて、ゼリーになってしまいそうな気がした。

ライリーは体を起こしてグレイシーを引き寄せ、唇を重ねた。どれほど体を寄せ合っても、手で触れても、グレイシーはまだもの足りない気がした。激しい感情がわきあがり、期待がますますふくらむ。彼女はお互いの欲求を完全に満たしたかった。

ライリーはグレイシーのジーンズのボタンに手を伸ばし、グレイシーは彼のシャツのボタンに手をかけた。お互いに相手のボタンをはずすと、ライリーは体を揺すってシャツを脱ぎ、グレイシーは足踏みをするようにして、ずり落ちたジーンズを脱いだ。ライリーがズボンと下着を取り去っている間に、グレイシーはパンティをするりと下ろした。着ていたものをすべて脱ぎ捨てると、二人はベッドに倒れこんだ。

仰向けになったグレイシーの耳から爪先にいたるまで、ライリーはくまなく唇を押し当て、舌を這わせ、軽く歯を立てた。ときおり彼がシャンパンを口に含むと、グレイシーは、熱く冷たく、なめらかでいて刺激的な、このうえなくエロチックなキスを味わった。

爪先まで行ったあと、ライリーはグレイシーの足首に歯を立ててから、膝まで舌を這わせた。彼がそこにも歯を立てると、グレイシーは忍び笑いをもらし、彼が吸うと、身をくねらせた。やがて、彼の唇がさらに上へとすべってきた。

ライリーの大きな手が腿をもみながら動き、親指がじりじりと、脚の付け根の熱くほてっている場所へと近づいた。ライリーはじっとそこを見つめ、指先で触れた。黒い瞳が欲望で輝き、唇の端が上がって笑みが浮かんだ。

グレイシーはライリーの体に視線を這わせた。広くたくましい肩、厚い胸、平らなおなかへ伸びる褐色の胸毛。彼の体はすでにこわばっていて、準備が整っていた。彼女はライリーを迎え入れたいと願った……今すぐに。

そのとき、ライリーがグレイシーの敏感な場所に顔を近づけた。彼の熱い息がかかるのを感じたグレイシーは、脚を開き、期待に胸を躍らせて目を閉じた。はたして……ライリーの唇がやさしく触れ、舌がゆっくりとなぞっていくのがわかった。彼はさらに人さし指をすべりこませて、静かに動かした。

舌と指がもたらす甘美な快感に、グレイシーはあえぎ声をもらした。彼の与えてくれるものがすばらしいことは予想していたけれど、自分がこれほどすぐ喜びに満たされてしまうとは思わなかった。ほとんど息もできないほどだった。彼女は体をこわばらせ、踵《かかと》をマットレスにめりこませた。こんなにも簡単に歓喜のきわみに達してしまうのはみっともない気がしたものの、あとどれくらい耐えられるか自信がなかった。

あまりにもすばらしすぎる。グレイシーを愛撫するライリーは、どこをどうすればいいか正確に知っているようだった。指は容赦なく、じらすように動きながら、このあとにさらに深く甘美な喜びが待っていることを約束していた。

ライリーの舌はグレイシーの最も敏感な部分の周囲を円を描くように動いたあと、中心に狙《ねら》いを定めて押した。そして、そっと息を吹きかけた。グレイシーはぶるっと身震いした。彼の口がおおい、やさしく吸うと、もう歓喜の頂がそこまできているのがわかった。

ライリーの指と舌の動きが少し速くなった。グレイシーは急速に坂を駆けのぼって絶頂に達した。両手でシーツをつかみ、顎を天井に向けて、喜びの声をあげる。

快感の波が次から次へと押し寄せてきた。ライリーはまだ舌で愛撫しながら、指を動かしている。果てしなく続く快感に、グレイシーは我を忘れて押し流された。

やがて、ゆっくりと波が引いていった。ライリーが唇を離して腿にキスをしてから、膝立ちになった。グレイシーは目を開け、にっこりと彼にほほえみかけた。

「もう一つFを見つけたわ」彼女はけだるい口調で言った。「すばらしい《ファビュラス》のF」

「そのFは気に入ったな」

「私もよ」

グレイシーはマットレスを軽くたたき、ライリーがそばに体を横たえるのを待ってから立ちあがり、ドレッサーの上に置いてあるシャンパンのボトルを取りに行った。

ライリーはその眺めをたっぷり楽しんだ。グレイシーのうしろ姿は、形のいい丸いヒップが左右に揺れて、うっとりするほどすばらしかった。そして前は、まさに女神だった。彼はそっとため息をもらした。

長いブロンドの髪が胸のふくらみにかかって、もっと見たいと思わせる。きゅっと締まったウエストが腰から下のふくらみを強調している。張りつめた腿も、長い脚も、その付け根の、彼女の力の源である秘められた場所も気に入った。

ベッドに戻ったグレイシーが、シャンパンのボトルを振りながら言った。「グラスなしでもいいかしら？」

「どうぞ」

グレイシーはライリーのかたわらに膝をつき、シャンパンを口に含んだ。一糸まとわぬ美しい女性がすぐそばにひざまずき、次のラウンドを始める前にシャンパンをボトルからじかに飲んでいる姿は、間違いなく、これまで目にしたエロチックな眺めのトップテンに入るだろう。

ボトルをナイトテーブルに置くと、グレイシーはかがみこんで、ライリーのおなかに唇を押しつけた。彼女の唇の温かさに続いて、冷たいシャンパンの小さな泡がはじけて肌に当たるのを感じ、ライリーは思わずうめき声をもらした。間をおかずにグレイシーの舌が彼の肌を愛撫した。

「私、これが気に入ったわ」彼女がささやいた。

「僕もだ」

グレイシーはボトルをつかみ、またシャンパンを少し口に含んだ。彼女がさっきより下の方に体をずらしたので、ライリーは次にくるものを予期して身構えた。

けれど、グレイシーが開いた脚の間にひざまずき、ライリーの欲望の証《あかし》に両手を添えて唇を近づけてくると、いくら身構えていても、全身がこわばるのを抑えることはできなかった。

グレイシーの唇と舌が愛撫し、冷たいシャンパンの泡がぱちぱちとはじけて、長いブロンドの髪がおなかと腿に当たった。ライリーは息をするのも忘れ、その圧倒的な快感に身をまかせた。彼女は円を描くように大きく舌を動かしてから、からかうようにつついた。

ライリーは思わずあっと声をあげ、おなかに力を入れて自分を抑えたが、もう今にものぼりつめてしまいそうな気がした。

「グレイシー、それはいけないよ」

グレイシーは顔を上げてシャンパンを飲みこむと、小首をかしげた。「あら、そんなことないでしょう」

「ああ、確かに。でも、頼むから今はやめてくれ」

グレイシーは大きなため息をついた。「わかったわ。それじゃ、どうしてほしい？」

「君と一つになりたい」

グレイシーの目がわずかに見開かれ、口元にほほえみが浮かんだ。「そうね。あなたがどうしてもって言うのなら」

「ああ、そうしてくれ」ライリーはナイトテーブルに手を伸ばし、一番上の引き出しを開けた。「君がリードしたい？　それとも、僕にリードしてほしい？」

グレイシーは笑い声をあげた。「あなたにリードしてもらいたいわ」

「わかった」

ライリーは避妊具をつかんで手早くつけた。グレイシーがそばに体を横たえると、彼は腕の中に抱き寄せた。

二人は唇を重ねた。彼女の口は、かすかにシャンパンの香りが混じった彼女自身の香りがした。ライリーはグレイシーの上におおいかぶさり、彼女の体をくまなく愛撫した。

グレイシーは敏感で、ライリーの手が硬くなった胸の先に軽く触れただけで体をくねらせた。もうすっかり熱くなっているようで、彼が脚の間に手をすべりこませると、うめき声をあげた。そして、すぐに脚を開いたので、もう少しゆっくり時間をかけて楽しもうと思っていたにもかかわらず、ライリーは彼女の脚の間に膝をついた。

ライリーが身を沈めると、グレイシーは両腕をまわして彼を強く抱き締めた。ライリーは奥深くまで突き進み、我を忘れた。体を動かすにつれて、彼女が強く締めつけてきた。ライリーはグレイシーの唇にキスをし、二人で同時にのぼりつめるべく、リズミカルに腰を動かしはじめた。すると、グレイシーがライリーの腰に脚をからめてしっかりとかかえこみ、ヒップをつかんでさらに深く迎え入れた。

二人の動きがしだいに速く激しくなり、ライリーは自分の体の下でグレイシーが粉々になるのではないかと思った。グレイシーが唇を離してあえぐように息を吸いこみ、彼の名前を叫ぶ。彼女の全身が激しく痙攣《けいれん》した瞬間、ライリーも体を震わせて絶頂に達し、自分を解放した。

しばらくして、汗ばんでぐったりした体を上掛けの下に横たえると、ライリーはグレイシーの髪に指をすべりこませて、額にキスをした。

「もう遅い」彼は言った。「ここで眠る?」

グレイシーが身じろぎして、彼の肩にのせていた頭を持ちあげ、眠そうに目をしばたたいた。「あなたは、女性と朝まで一緒に過ごすようなタイプには見えないけど」

「今夜は特別だよ」

グレイシーはまた頭を戻して目を閉じた。「すてき。でも、近所の人たちが起き出す前に帰れるように、朝早く起こしてね」

「早起きは苦手なんだと思ってた」

「苦手だけど、あなたの立場をこれ以上悪くしたくないの」

ライリーはグレイシーの裸の背中を撫《な》でた。「大丈夫だよ。僕のために早起きする必要はない」

「わかったわ」もう起きていられないとでもいうように、グレイシーは間延びした口調で言った。

「眠るといい」

「うーん……」

グレイシーの息遣いがゆるやかになった。

ライリーは手を伸ばして明かりを消し、上掛けを引きあげて二人の体にかけた。そして、暗い天井を見つめた。

グレイシーの言ったとおりだった。ライリーは女性と朝まで一緒に過ごすようなタイプではなかった。彼女が妊娠している可能性も含めて、今起こっていることを考え合わせると、大急ぎで逃げ出したほうがいいのは明らかだ。ところが妙なことに、逃げたいという気は起こらなかった。

このままずっとここに――グレイシーのそばにいたかった。

ライリーはグレイシーの背中を撫でつづけた。やがてその手を上にずらし、彼女の髪の先をもてあそんだ。これまで女性と朝まで一緒に過ごしたことが一度でもあっただろうか？　眉を寄せて記憶をたどろうとして、結局、パムとの短い結婚生活が終わってからは一度もなかったことに思い当たった。

それなのに、どうして今？　なぜグレイシーと？　考えても答えは出なかった。いや、たぶん答えを知りたくなかったのだろう。

グレイシーはいつものように、ぐっすり眠ったという深い満足感とともにゆっくりと目覚めた。伸びをして寝返りを打ったとき、なじみのないベッドに寝ていることに気づいた。「まずいわ」グレイシーはそうつぶやきながら、ベッドの上で体を起こし、顔にかかっている髪をかきあげた。隣の枕《まくら》の上に手紙がのっているのを見つけて手を伸ばしたとき、いっきに記憶がよみがえった。「違う。まずいどころか、よかったんだわ」彼女はにっこりして言い直した。「すばらしかった」

そう、ライリーは女性を喜ばせるすべを心得ている。グレイシーはまたベッドに仰向けになって手紙を読んだ。

〈朝早くミーティングがあるので出かける。君を起こしたくなかったものだから。階下にコーヒーが置いてある。勝手に飲んでくれ。昨夜はすばらしかった。ありがとう〉

読んだあと、手紙が書かれた白い紙を親指でなぞった。そうすれば、書いた本人に触れられるとでもいうように。

けれど、ごくふつうのその白い紙からは、肌のぬくもりもセクシーな香りも伝わってこなかった。ただ、昨夜二人で味わった喜びの思い出だけが、むなしくよみがえってきた。

グレイシーは横向きになって、ライリーが眠っていた場所を眺めた。「さて、どうする？」しわだらけのシーツを撫でながら自分に問いかける。二人はこれからどこへ行くのだろう？　そして、行った先でなにをするのだろう？　私の心と魂をとりこにしたこの男性は、何者なのだろう？

胃がぎゅっと締めつけられた。その痛みは、胃酸のせいでもなければ、妊娠しているかもしれないという不安のせいでもなかった。そうではなく、ライリーへの思いがつのるのを自覚したせいだった。

「だめよ」グレイシーはつぶやいた。「彼を好きになってはだめ」

ライリーは過去の人だ。長年私が苦しめられた屈辱の元凶だ。その彼と今かかわり合ったりしたら……。

グレイシーは目をつぶった。町の人たちがみんなであなたを笑いものにしていたという母の声が聞こえた。私は冗談の種だったのだ。グレイシーは顔をしかめた。またそんなことになるのはごめんだ。しかも——。

「ちょっと待って」グレイシーは体を起こし、向かいの壁をにらみつけた。「私の人生よ。ママのじゃない。ほかのだれのでもない、私の人生じゃないの。どうするかは自分で決めるわ」

そう、それでこそ自己実現を果たせる。だったら、どうするの？　母や顔の見えない他人の気に入るような生き方をするつもりがないとしたら、どうすればいいのかしら？

「とことんやるだけよ」グレイシーはきっぱりと言った。ライリーとの間がどうなるのか、自分が彼をどう思っているのか、彼が自分をどう思っているのか、今は見当もつかないけれど、とことんまでやってみよう。

その先になにかがあるとしたら、それを知りたかった。単に過去の思い出をなぞるだけかもしれなくても、それを確かめる必要がある。いずれにせよ、そうすれば答えが見つかるだろう。たとえ、最終的に失意を味わうことになろうと、これから先ずっとどうだったのだろうと考えながら過ごすよりは、はるかにいい。

四十五分後、グレイシーは自宅でシャワーを浴びて身支度を整え、ジルの法律事務所に立ち寄るつもりで家を出た。最後に数えたところでは、ジルからは八件のメッセージが入っていた。無事でいることを伝えて安心させたかった。そして、全部とはいかないまでも、起こっていることを話したかった。町長が私の私生活を町の人々に暴露したのだから、親友のジルに隠し事をするのはばかげている。

赤信号で車をとめたとき、グレイシーはそこが実家のすぐ近くだと気づいた。ちょっと寄って、お定まりの小言を聞いたほうがいいかもしれない。そのうえで、母を愛しているし、忠告はありがたいけれど、自分のことは自分で決めると母に宣言しよう。今は、ライリーとの間がどうなるにせよ、とことんまでやってみたい。もしかしたら間違いかもしれない。でも、責任をとるのは私自身だ。たとえ家族が支持してくれなくても、わかってもらえるよう最善を尽くそう。

「相当な力仕事になりそうね」グレイシーは見慣れた二階建ての家の前で車をとめながら、独り言を言った。現実に家族に拒絶されたら、どんなにかつらいだろう。いえ、家族にどんなひどい扱いを受けようとかまわない。何度もトライして、わかってもらえるまで話をしよう。

玄関まで歩いていくとき、私道にヴィヴィアンの車がとめてあるのが目に入った。やれやれ、とグレイシーは思った。二人を相手にしなければならないようだ。

グレイシーはノックしようとして、ドアが少し開いているのに気づいた。「こんにちは。私よ」彼女はそう声をかけながらドアを押し開けた。

家の中は静かだった。

「ママ？　ヴィヴィアン？」

奥の方から音が聞こえたので、グレイシーはそちらへ向かった。長い廊下を進んでいくと、話し声が聞こえた。

「こんなことをするなんて信じられないわ」母の声だった。かなり腹を立てているようだ。

「いったいどうしたっていうの？」

「別に。どうしてママがそんなに怒るのかわからないわ」ヴィヴィアンのふてくされた声がした。

「怒るのは、この結婚式には何千ドルものお金がかかっているからよ」

グレイシーは廊下の途中で足をとめた。もう一度声をかけるべきだろうか、それともこのまま帰ったほうがいいだろうか。

「ウエディングドレスの費用については私も手伝っているじゃないの」ヴィヴィアンが言った。

「ドレスは三千ドル以上もするのよ。今までのところ、あなたが出した額は合わせて二百ドルぽっちじゃないの。ねえ、あなたには幸せになってもらいたいし、子供のころから夢見ていた結婚式にしてあげたいけど、こうしょっちゅう中止だってわめかれたんじゃね」

「わかってる。でも、ゆうべ、トムったらそれはひどいことを言ったのよ。あんな人とはとても一緒にやっていけないわ」

「わかったわ。結婚式を中止にしたいって言うのなら、中止にしましょう。ただし、これで本当に最後よ。もうこれっきりですからね。これまでに五千ドル近いお金がかかっているのよ。それも手付金だけで。私にはそんな大金はないから、この家を抵当に入れたのよ。残りのお金はまだ払ってないからいいとして、払ってしまった手付の五千ドルはどこから返してもらえばいいの？　あなたの結婚式にかかるのなら惜しくはないと思ってきたけど、あなたの気持ちがころころ変わるせいで、そんな大金をむざむざどぶに捨てるのはごめんだわ」

　グレイシーは一歩あとずさった。もうこれ以上聞きたくなかった。

　結婚式の費用を払うために、母はなぜ家を抵当に入れたりしたのだろう？　どうかしているとしか思えない。ヴィヴィアンは自分がどうしたいのかもよくわかっていないというのに。高価なウエディングドレスからカントリークラブでの着席式の正餐《せいさん》までをひっくるめると、結婚式にかかる費用はゆうに二万五千ドルを超えるだろう。子供一人を大学に通わせることのできる金額だ。

「ママ、やめて！」ヴィヴィアンが泣きだした。「ごめんなさい。心配かけているのはわかってるわ。ママにお金をむだにさせたいなんて思ってないし、結婚式にものすごい費用がかかっているのもわかってる。これからはもっと一生懸命働くわ。約束する。そして、トムと話をしてなんとか仲直りするから、結婚式は中止にしないで。お願い」

母がため息をついた。「わかったわ。でも、もうふざけるのはなしよ。これだけの労力とお金をかけているんですからね」

グレイシーはまわれ右をすると、足音を忍ばせて家から出た。母とヴィヴィアンの話し合いをじゃましたくないという思いもあったが、それ以上に、二人のしていることに納得がいかなかった。

結婚式を中止してむざむざ手付金を捨てるようなことはしたくない。そう考える母の気持ちはわかるけれど、結婚式を中止にしないために結婚するというのは、どう考えても本末転倒だ。ヴィヴィアンとトムは十五分おきに喧嘩《けんか》をしているようなのに。そんなことでは、この先ずっと一緒に暮らしていけるとは思えない。

「私には関係のないことよ」グレイシーはそうつぶやいて車に乗りこみ、ジルの法律事務所へ向かった。だが、今聞いたやりとりを忘れようとしながらも、自分は部外者だという気がして悲しくなった。かつて母と姉妹に抱いていた親密な気持ちは、もうすっかり消えていた。今や、彼女は完全に独りぼっちだった。

ライリーは自分が銀行での一日を楽しんでいることに気がついた。グレイシーと一夜を過ごしたおかげで、行員たちの視線やささやきを苦もなく無視することができた。勝手に言わせておけばいい。僕は本当のことを知っているし、最後には僕がこの戦いに勝つのだ。

もっとも、選挙運動の責任者はそうは考えなかった。

「大変なトラブルに見舞われてしまいましたね」ジークはライリーのオフィスの中をいらいらと歩きまわりながら言った。「今日の午後には新しい数字が出るはずですが、いいものにはならないでしょう」そこでライリーのデスクの前で足をとめ、彼をじっと見つめた。「せっかく、グレイシーとのロマンスでみんなが好意を持ってくれたのに、彼女にひどい仕打ちをしたせいで、その好意は一転して嫌悪に変わるでしょうね」

「ひどい仕打ちはしていない」

「世間はそうは思わないはずです」

ヤードリーのせいだ。ライリーは椅子の背に体をあずけた。「僕の私生活は……」

「まったく」ジークはライリーをにらみつけた。「なんてことだ。ライリー、もやもやのはけ口が必要だったのなら、だれか別の女性を――」

ジークが最後まで言いおわらないうちに、ライリーははじかれたように立ちあがった。そして、デスクに身を乗り出してジークのネクタイをつかみ、ぐいとひねって首を締めあげた。

「彼女のことをそんなふうに言うのはやめろ」ライリーは低い声で言った。

ジークがうなずいて、体を引いた。ライリーが手を放すと、ジークはごくりと唾《つば》をのみこみ、ゆがんだネクタイを直した。

「わかりました。とにかく、新しい数字が出てからにしましょう」ジークは用心深い表情を浮かべて、ちらりとライリーを見た。「これからも彼女とつき合うつもりですか？」

「ああ」

「グレイシーはすばらしい女性です。僕にとっては義理の妹ですが、以前からずっと好感を持っていました。しかし、ヤードリーの言ったことで票は減りますよ。減る票は少しかもしれないし、大量かもしれません」

「なんとかするさ」

「ええ、そうですね。新しい戦略を考えます。明日一日考えさせてください」ジークはデスクから一歩下がった。

そのとき、ダイアンがノックをしながらドアを開けた。

「おじゃまして申し訳ありませんが、またお父様がおいでになったら、すぐに知らせるようにとおっしゃっていたので。おいでになりました」

ライリーは少しも驚かずにうなずいた。「こっちを先に片づける」

ジークが目をまるくした。「お父さんですか。それはいい。たぶん、選挙運動にお父さんを利用できますよ」

「だめだ」

「そうすれば、もっと親しみやすい人間に見せることができると言っているだけです」

「だめだ」

ジークは口を開いたが、あきらめたようにまた閉じた。「わかりました。明日の夕方また来ます。それまでに、世論調査の数字を分析して新しい戦略を考えておきます」

「けっこうだ」

ジークはフォルダーをかき集めて部屋から出ていった。まもなく父親が入ってきた。

「おはよう、ぼうず」父親は陽気に言った。「調子はどうだ?」

「上々ですよ」

ライリーは父親をじっくりと観察した。昨日と同じスーツだ。シャツは違う。昨日着ていたものよりさらにくたびれている。父がこれまでどこにいたのか、なんのために金が欲しいのか、ライリーは知らなかったし、知りたくもなかった。

「いくらですか」父親がまたなにか言う前に、ライリーは言った。「いくら欲しいんですか」

父親はにやりとした。「フランチャイズの店をいくつか始めようと考えているんだ。もうかるらしい。サンドイッチのチェーン店には、ざくざく金が入ってくるところもあるそうだ」

父親はしゃべりつづけていたが、ライリーはもう聞いていなかった。自分の父親である男を子細に眺めて、似ているところをさがした。目だろう。黒い髪もそうだ。ユーモアのセンスも似ているのだろうか？　上等なスコッチウイスキーが好きなところも？　平然と女性を捨てるところは共通しているらしい。十歳のとき、ライリーは父を崇拝していた。その父の失踪《しっそう》で心底傷つき、立ち直るのに何年もかかった。母は結局立ち直れなかった。ああ、それでも母はけなげに生きつづけ、笑みを絶やさず、ころころとよく笑った。だが、笑顔の下にはいつも悲しみがあった。自分のすべてをかけたあげく、それを根こそぎ失ったのだ。

「いくらですか？」ライリーは父親の言葉をさえぎってもう一度尋ねた。

父親がしゃべるのをやめて、目をしばたたいた。「二十万ドルかな？」

ライリーはデスクの一番上の引き出しを開けて、今朝持ってきた自分名義の小切手帳を出した。そして、なにも言わずにその額を書きこんだ。

「感謝するぞ、ぼうず。おまえの気前よさのおかげで、おおいに助かる」

ライリーは父親に小切手を渡した。「この次は、わざわざ来るには及びません。手紙で用は足りるでしょう」

二人はお互いに目を見合わせた。父親がうなずいた。「おまえがそのほうがいいと言うんなら」

「ええ」

「俺《おれ》がどうやっておまえを見つけたか知りたくないか？」

「知りたくありません」

「わかった」父親は小切手を見た。「そうだ。おまえの母さんは元気か？　幸せにしているか？」

ライリーは父親を殴り倒したいと思った。体の中で怒りがふくれあがり、今にもすさまじい威力で爆発しそうになった。

「元気です。おかげさまでね」そう言ってドアに視線を向けた。「これからミーティングがあるんです」

「そうか。金をありがとう」

人生の最初の十年間だけ父親だった男は、それだけ言うと出ていった。ライリーはかなりの確信を持って、もう二度とあの男に会うことはないだろうと思った。もっとも、この先も、かなうはずもない夢をかなえるための金を要求する手紙は次々と届くだろう。

また部屋に一人になると、ライリーはインターコムのボタンを押してダイアンを呼んだ。

「はい？」

「病院の小児病棟に金を寄付したい」彼は言った。「僕の母の名前で」

一瞬、間があった。ものに動じない秘書が驚きにあんぐりと口を開けている姿を、ライリーは思い浮かべた。

「すぐ病院に電話します」

「よし」

ライリーはインターコムを切ると、ゆっくりと椅子の上で向きを変えた。伯父の肖像画をにらみつけて、自分は今でもまだ伯父を憎んでいると思った。この先も、復讐《ふくしゆう》したいという思いは少しも変わらないだろう。けれど、他人の問題を解決できるだけの金を持っている人間がどんな気持ちでいるかということが、ライリーには今初めてわかった。

グレイシーは焼き型を逆さまにして底を軽く二度たたき、すばやくひとひねりしていっきに持ちあげた。ケーキがすっときれいにはずれた。

「感動的だわ」パムがため息をついて言った。「私はマフィンを型から出すのさえうまくできないのに。結局ナイフを使うことになって、まわりがぼろぼろになってしまうのよ」

「練習よ」グレイシーは楕円《だえん》形のケーキの一番下になるスポンジケーキを眺めながら、満足そうに言った。「練習とほんのちょっとの祈り」

「これは何段のケーキになるの?」パムが尋ねた。

「五段よ。大きなケーキになるわ」グレイシーは次の焼き型を持って、軽くたたいた。

「どうやって上に重ねたケーキが下にめりこまないようにするのかしら？」

「ダウエルをケーキに埋めこんで、支えにするのよ」焼き型は簡単にはずれた。グレイシーはため息をついた。「デザインしたものが形になるときが、一番うれしいわ」

パムはスポンジケーキの上に身を乗り出して、深々と息を吸いこんだ。「ミックスした粉になにを入れるのか知らないけど、あなたのケーキはどれもほんとにおいしそうなにおいがするわね」

「ありがとう」パムに味のことが言えるわけがない。一口も食べていないのだから。彼女は生まれてこのかた、一度もケーキを食べたことがないのかもしれない。不自然に痩《や》せていて、それがまたグレイシーには腹立たしかった。

「花が何百も作ってあるのね」丁寧に積み重ねてあるトレイに並んだフォンダンの薔薇《ばら》を指さして、パムは言った。「でも、あれは、昨日焼いて冷ましてあるケーキに使う分でしょう？」

「ええ、そうよ。これからあれに取りかかるわ。飾りつけにね」グレイシーはちらりと壁の時計を見た。あと六時間で、花嫁の父親がケーキを取りに来ることになっている。大変だ！「スポンジケーキを完全に冷まさないと、熱でアイシングが溶けちゃうのよ。そこが気をつけなくちゃならないところなの。結婚式は週末と決まっているから、時間をずらして作るってわけにはいかないでしょ。でも、デコレーションは前もって作っておくことができるわ。いずれにしても、今日仕上げるケーキは、凝った飾りをつけたりクリームを絞り出したりする必要がないから、楽なの。あらかじめ作っておいたデコレーションをただのせるだけで。今焼いたケーキは明日飾りつけをする予定よ」

グレイシーはスポンジケーキをのせたケーキクーラーを向こうのカウンターへ運んでから、昨日アイシングをかけた三段のケーキにかぶせてある保護用の箱を持ちあげた。

「完璧《かんぺき》だわ」パムが感心したような声で言った。「ほんとにすてき」

「ありがとう。私――」

携帯電話が鳴った。そのとたん、グレイシーの体は緊張にこわばった。電話が鳴ると、恋人だろうか、ほかのだれかだろうかと思ってしまう、あの嘆かわしい状態になっているのだ。ちらりと画面を見ると、知らない番号だった。

「もしもし?」

「グレイシー・ランドンですか?」

「ええ」

「こんにちは。ニーダ・ジャクスンと申します。フリーの記者です。いくつかのブライダル雑誌で仕事をしていまして、このたび、あなたの特集記事を依頼されたんです。それで、そちらへ取材にうかがって、ケーキを製作中のあなたと、できあがったケーキの写真を撮らせていただきたいと思いまして。あなたにインタビューして、これまでのお客さんの何人かに話を聞いてまわれたらと考えているんですが。編集部は、六ページから八ページくらいの記事にしたいと言っています」

「私……その……」グレイシーは深呼吸をした。ブライダル雑誌の六ページから八ページの特集記事ですって？「興奮しちゃって」興奮なんてものではない。めまいがしそうだ。わくわくする。うれしくて人前で踊りたいくらいだ。

「私もです」ニーダが言った。「締め切りまであまり時間がないんです。来週初めというのはどうでしょうか？」

「けっこうです。前もってケーキを二つ作っておきます。ロサンゼルスからいらっしゃるんですか？」

「ええ」

「よかった。今週末に二つ結婚式があるので、花嫁さんに連絡して、写真を撮らせてもらえるかどうかきいてみます」

「ぜひお願いします」

ニーダはグレイシーに電話番号を告げて、来週のインタビューの時間を確認した。電話を切ると、グレイシーは歓声をあげてキッチンをくるくると踊りまわった。

パムが笑い声をあげた。「いい知らせだったみたいね」

「いいなんてものじゃないわ。これって、野球で言えば満塁ホームランよ」

15

その日の午後遅く帰宅したときにも、グレイシーはまだ宙に浮いているような気分だった。作らなければならないデコレーションが残っていたが、パムのいない静かな場所で作ったほうがうまくできるような気がして、帰ってきたのだ。

ダイニングルームに道具と材料を準備してから、次に作る予定の三つのケーキのスケッチを取り出した。五分ほどで、壊れたときの予備を含めた、必要なデコレーションのリストができあがった。くじけそうなほどの数だったが、作れる自信はあった。一流の仲間入りをしたのだから、作らなければならない。

「六ページの記事」グレイシーは声に出して言い、その心地よい響きにひたった。すばらしい人生とはまさにこのことだ。

『ピープル』の見開き記事のおかげで名前が世に出たけれど、大手のブライダル雑誌の特集記事となると、実際の顧客に名前が広く知られることになる。無料でこれだけ宣伝してもらえるとなれば、もう事業の拡大は決まったようなものだ。

グレイシーはまず葉から取りかかった。ガムペーストを麺棒《めん》で均一な厚さに伸ばしたあと、型抜きで葉を一枚ずつ抜いていく。専用の道具を使って葉脈を描き、葉の先端をとがらせてから、コーンスターチを振った花形の型の上にそっと置く。そうすれば、乾いたときに自然なカーブがついているというわけだ。

グレイシーの計算によれば、三つのケーキを合わせると、必要な葉は三百六十枚だった。それができたら、次はいよいよ花に取りかかる。徹夜仕事が好きでよかった。

葉作りのリズムがつかめて調子が出てきたとき、表で車の音がした。グレイシーが立ちあがって正面の部屋の窓に近づいたとき、だれかが玄関のチャイムを鳴らした。

いいえ、だれかではない。ドアを開けながらグレイシーは思った。ライリーだ。

「やあ」彼が言った。「前を通りかかったら君の車が見えたものでね」

グレイシーはめまいと胸の高鳴りと、体の奥がとろけるような感覚を覚えた。「寄ってくれてうれしいわ」彼女は一歩下がって、ライリーを家の中に招き入れた。「いったいなんの用があって、こんな家賃の安い地区へやってきたの？」

「あれやこれやだよ」

ライリーはうしろ手にドアを閉め、グレイシーを引き寄せてキスをした。体の奥がとろけるような感じが全身に広がる。グレイシーは目を閉じてキスにひたった。今日は本当にいい日になりそうだ。

「いつでも好きなときに寄ってちょうだい」ライリーが唇を離すと、彼女は言った。

彼はにやりとした。「そうするよ。だが、寄った理由はそれだけじゃないんだ。夕食に誘いたかったんだよ」

グレイシーは体がぐらりと傾いたような気がした。「本当？」

「ああ。さっきマックから電話があって、今夜四人でどこかへ食事に行かないかと誘われたんだ。きっと楽しい夜になるだろうと思ってね」

最初にグレイシーの頭に浮かんだのは、結局ジルのところには寄らなかったから、夕食のときに話ができるということだった。次に浮かんだのは……。

「楽しい？　楽しいですって？」グレイシーは目をまるくしてライリーを見た。「あなた、パムの家にいるエイリアンが乗り移っているの？　楽しい？　そんなわけないでしょ。私たち四人がレストランで食事をする？　私たちがダブルデートをする？　人前で？　〝グレイシー物語〟を忘れたの？　みんながなんて言うかわかる？　スキャンダルもいいところだわ。あなたは町長に立候補しているし、私はこの町でふつうの暮らしをしようとしているのよ。それなのに四人で夕食に出かけたりしたら、ふつうの暮らしなんて、夢のまた夢になるわ」

ライリーはグレイシーを見返した。「それはノーということ？」

「もちろん違うわ。ちょっと言ってみただけよ。何時に支度をしておけばいいの？」

ライリーは疑わしげに目を細くした。「わざと言ったんだろう？　僕にパニックを起こさせようとしているんだな」

「とんでもない」グレイシーはにやりとした。「そうね、それも少しはあるわ。でも、きっと町の人たちはあれこれ言うわよ。ついてきて。私、仕事をしなくちゃならないの。それでなくても予定が押していて、あせっているんだから」彼女は先に立ってダイニングルームへ入り、テーブルのまわりの椅子を示した。「かけてちょうだい。私は葉っぱを作らなくちゃならないの」

ライリーはグレイシーの向かいに座った。「ケーキ作りというのは、やることがたくさんあるんだな」

「そうなのよ。ねえ、なにが起こったか当ててみて。いいえ、当たるはずがないから、言ってあげる。今日、電話がかかったの」グレイシーはニーダ・ジャクスンという記者からインタビューの申し込みがあったことを話した。「信じられないわ。これで私の仕事がどういうことになるか、わかる？」

「注文が爆発的にふえる」

「そのとおりよ」

「君のスケジュール表を見たが、それでなくても、もうぎりぎりじゃないか。これで、事業拡大の踏ん切りがつくということかな？」

「わからない。これ以上仕事がふえたら、だれか手伝いの人を雇わなくちゃならなくなるでしょうね。だから、たぶんイエスかしら。ただ、他人まかせにすることだけはしたくないの。ケーキは全部自分で作りたいのよ」

「そのためには、一日の大半の時間を仕事にかけるしかない。事業を展開するうえで、大きな決断が必要な時期にきているようだ」

「そうなの？」グレイシーは尋ねた。

「気が進まないような口ぶりだな」

グレイシーはため息をついた。ライリーの言うとおりだとわかっていた。この五年間、口コミだけに頼って事業を築きあげてきた。それでも注文はふえる一方で、それに伴う雑用もふえていた。自分一人では、もうこれ以上、作るケーキの数をふやすことはむずかしい。とくに晩春から夏にかけての結婚式シーズンは無理だ。とすると、注文を断るか、人を雇うかのどちらかしかない。

「拡大する時期にきているみたいね」グレイシーはゆっくりと言った。

「そのほうがいい。店はどこに作るんだ？　この町かい？」

グレイシーは喉を締められたような苦しげな声をもらした。「お金の面でそのほうが安くあがるとしても、いやだわ。私にとって、ロスロボスは楽しいところとは思えないもの。ロサンゼルスに戻るつもりよ」

「僕も賛成だ」ライリーが言った。「少なくとも、ロスロボスを出ることについてはね」

「でも、あなたはここにとどまるんでしょう。選挙に勝ったら、あなたは町長になるのよ。任期は四年じゃなかった？」

「遺言状には、当選しなければならないと書いてあるだけで、任期を務めなければならないとは書いてない」

グレイシーは驚いて、思わず葉脈を描く道具を取り落とした。「なにもかもほうり出して町を出ていくつもりなの？　銀行はどうするの？　売るつもり？」

売ってもかまわないじゃないの。グレイシーは心の中でつぶやいた。母のローンは次の銀行の経営者が引き継ぐはずだ。地元の有力銀行だから、大手の国際企業が買い取るに違いない。

「廃業する」ライリーが言った。

「意味がわからないわ」

ライリーは無造作に肩をすくめた。「銀行が僕のものになったら、どうにでも好きにできる。だから、廃業するんだ。伯父が気にかけていたたった一つのものが、あのいまいましい銀行だった。それを跡形もなく消し去りたいんだ。もともと存在しなかったかのように」

復讐《ふくしゅう》だ。もちろん。そもそものライリーの目的がなんだったかということを、グレイシーはすっかり忘れていた。彼が町に戻ってきたのは、伯父に復讐するためなのだ。

「でも、銀行が廃業になったら、お金を預けている人たちはどうなるの？」

「預金は全額払い戻される。預金口座はからにして、貸付金は返済を請求し、債務は清算する。そして、なにもなくなる」

貸付金は返済を請求する？「銀行でお金を借りている人たちはどうなるの？」

「ほかのところから融資を受けるのさ」

「もし受けられなかったら？」

「僕には関係ない」

でも、私には関係があるかもしれない。もっとも、母は間違いなくほかの銀行で貸付を受けられるだろう。家のローンはすでに完済していて、ヴィヴィアンの結婚式に必要な資金を借りただけなのだから。グレイシーは母の借金がそれだけであるように祈った。

ライリーは笑みを浮かべた。「パムの朝食付き宿《B&B》の開業資金は、うちの銀行からの貸付金だ。これは君にとっていいニュースのはずだよ」

「そうね。でも、私が心配しているのはほかのみんなのことよ。ライリー、あなたが伯父さんに復讐したいと思っているのは知ってるし、その気持ちはよくわかるけど、町はどうなるの？　あなたは町をめちゃくちゃにしようとしているのよ」

「それも、僕には関係ない」

グレイシーはライリーとのすばらしいセックスに夢中になって、彼の中に怒れる男がひそんでいるのを忘れていた。あまりに長い間苦しみを引きずってきたせいで、彼の心はすっかりゆがんでしまったようだ。

「たった一人に復讐するために、なんの関係もないおおぜいの人たちを傷つけても平気な人もいるけど、あなたがそんな人だとは思えない」グレイシーは言った。「きっと、とてつもない罪悪感を感じるはめになるわよ」

「罪悪感なんて感じるものか。それに、どうして君がそんなことを気にするんだ？　早くこの町から逃げ出したくてたまらないんじゃないのか？」

「それはそうだけど、銀行の廃業で影響を受けるおおぜいの人たちのことが気になるわ」

「みんな、なんとかするさ」

グレイシーはライリーのことも気がかりだった。ライリーは、銀行を廃業にしても、なんの罪悪感も感じないで町を出ていけると考えているようだけれど、そうは思えなかった。この復讐は、一生後悔することになってまでする価値のあるものなのだろうか？

「まだ夕食に一緒に行く気はあるかい？」ライリーが尋ねた。

「もちろんよ。どうして？」

「君はあれこれ考えているじゃないか。僕のすることをよしとしていない」

「私は、あなたのすることに賛成したり反対したりする立場にはないわ。ただ、あなたがよく考えて、するだけの価値のあることをしてくれるように祈るだけよ」

「心配はいらない。このぶんだと、僕が選挙に勝って銀行を相続する見込みはなさそうだから。そうなれば、この町は安泰だ」

「そんなに簡単にあきらめちゃだめよ。まだ勝ち目は十分にあると思うわ」

「そうだな」ライリーは立ちあがった。「七時十五分までに支度ができるかい？〈ビルズ・メキシカン・グリル〉で、七時半にジルとマックと落ち合うことになっているんだ」

「いいわ」グレイシーはちらりと壁の時計を見た。まだ四時を過ぎたところだ。葉を作りあげてから、まばゆいくらいにドレスアップする時間はたっぷりある。今夜は注目の的になるはずだから、あとであれこれ噂《うわさ》されるときに、ひときわすてきだったと言われるようにしておきたい。

「送ってくれなくていいよ」ライリーはそう言って玄関の方へ向かった。「それじゃ、またあとで」

「ええ」

ライリーが玄関のドアを閉める音が聞こえると、グレイシーはため息をついた。

復讐のために銀行を廃業しようとしているライリーの気持ちは理解できるものの、その一方で、そんなことをするのは間違いだとわかっていた。でも、それをどうやって彼に悟らせればいいのだろう？

もう一つ、グレイシーには気がかりなことがあった。ああ、それと、母が貸付金の返済を要求されるかもしれないことも、気がかりなことの一つだ。もちろん、いざとなれば私が力になるから、少なくとも、それに関しては心配しなくてもいいだろうけれど。

だから、私が心配しなければならないのは、妊娠しているかもしれないこと、パムがなぜこれほど親切なのかということ、私とライリーを尾行して写真を撮っている人物のこと、選挙、中止になるかもしれない妹の結婚式、母や姉妹との関係、そして、歴史的建造物保存協会のためのケーキをどんなものにするかということだけになる。ああ、それと、今夜ライリーとデートに出かけることだ。しかも、町の人たちがおおぜい集まるレストランへ。

ホリーがデスクからすべりおり、ずりあがったスカートを直した。そして、かがみこんでフランクリン・ヤードリーにキスをすると、執務室から出ていった。

フランクリンは椅子にふんぞり返った。ホリーとの関係が終わるのは、かえすがえすも残念だった。彼女がミニスカートの下にパンティをつけずにオフィスを歩きまわっていると考えるだけで、彼の体はいつもこわばった。

この町長室の主《あるじ》になった最初の年から、フランクリンはいつも意のままになる秘書を雇ってきた。どの秘書も、若くて聡明《そうめい》でセクシーだという点は共通していた。彼は自分が知っていることをすべて彼女たちに教えたので、みんな、悪い感情などまったく持たずに次の職場へと転職していった。

さまざまな若い女性をオフィスで自由にできるこの楽しみがなくなったら、きっと寂しくなることだろう。しかし、約束は約束だ。これをみんな捨てると誓ったのだ。残りの人生は一人の女性としかセックスできないと思うと、少しばかり気が滅入《めい》るが、それだけの犠牲を払う価値はある。

このオフィスとそれに伴う役得も、なくなれば寂しくなるだろう。選挙に勝ったら、帳簿をきれいにして、この十五年間、町から金をくすねるのに使ってきた個人口座を解約し、証拠書類は確実に処分しておかなければ。

もちろんサンドラとは離婚し、国外に出て、贅沢《ぜいたく》ざんまいの暮らしをするのだ。そのとき、私用の電話が鳴った。フランクリンは受話器に手を伸ばしながら、計画がうまくいった暁にはどんなに気分がいいことかと思った。

「ヤードリーだ」彼はそっけなく言った。

「あら、あなた。調子はどう?」

フランクリンは閉まっているドアの方をちらりと見た。ホリーがそのドアの向こうに座っているはずだ。このデスクの上で彼女と奔放なセックスをしてから、まだ十分もたっていなかった。

「上々だ。君は?」

「こっちもよ。公開討論会は見事だったわね」

「ありがとう。正直なところ、世論調査でライリーの支持率が上がってきていたから、心配していたんだ。またカメラマンの友人を雇わなければならないかもしれないと思っていたが、その必要はなさそうだな。もうなにもしなくても、ライリーの負けは決まったようなものだ」

「そうね。彼がグレイシー・ランドンと関係を持つほど間抜けだったなんて、信じられない」彼女の声がこわばった。「あの雌犬ったら。でも、私たちにとっては願ったりかなったりだわ。あと二週間もすれば、あなたは再選されて、ライリー・ホワイトフィールドはすべてを失うのよ」

「伯父さんの九千七百万ドルも含めてな」フランクリンは満足そうにため息をついた。

「知ってのとおり、あれが全部我々の手に入るわけじゃない」

「それはかまわないわ」彼女があっさりと言った。「残念賞として四千万ドル受け取れるんですもの。ドノヴァン・ホワイトフィールドってほんとにいい人だったわね。遺産の半分近くを、孤児への貸付金の名目でグランド・ケイマン協会に残してくれるなんて」

フランクリンはうなずいた。「彼はいつも、自分より運に恵まれていない人間に手を差し伸べてくれたものだった。とくに自分の友人たちにな。グランド・ケイマン島がいいだろうと言ったのは彼だ。まことしやかに見せるために、残りの遺産は本当に慈善事業にまわされることになっている」彼は含み笑いをもらした。「遺産を相続できなくなるよう、自分の伯父にはめられたことを知ったら、ライリーはなんと言うだろうな？」

「彼が知ることは永久にないわ」彼女が言った。「それどころか、彼は選挙に負けて、尻尾《しっぽ》を巻いて町を出ていくのよ」

「そのあと、君と私も荷物をまとめて出ていく」

「待ちきれないわ」彼女があえぐように言った。「早くあなたと一緒に暮らしたい」

「私もだ」

「愛してるわ、フランクリン」

「愛しているよ、ベイビー」

〈ビルズ・メキシカン・グリル〉は、料理はすばらしいけれど、高級な雰囲気の店とは言いがたかった。どちらかといえば、くだけていると言ってもいいカジュアルなレストランなので、グレイシーは服を選ぶのに悩んだ。

みんなが振り返るほどすてきな格好をしたかった。なんといっても、今夜店にいる間ずっと、私とライリーが注目の的になるのは間違いないだろう。二人が一緒にいるのを見た人たちは、友達や知り合いにその話をするはずだから、そのときに、私がどれほど魅力的だったかということも話題になるようにしたい。

それでこそ公平というものだ。かつてライリーにのぼせて町の人たちの話題の種になったとき、私はまだ十四歳で、母の隣人のミセス・バクスターも言っていたように、醜いあひるの子だった。腕と脚がやけに長く、胸はぺちゃんこ、髪は手に負えないくらいくしゃくしゃで、顔は歯列矯正器具とにきびで悲惨な状態だった。ああ、ひどい。

年月が過ぎて私は大人になり、すべてが見違えるように変わった。美人コンテストの女王ほどではないにせよ、醜いあひるの子の時期はとっくに卒業した。魅力的な体の曲線とつややかな髪、吹き出物のない完璧《かんぺき》な肌を見せびらかしたい。

グレイシーは髪に巻いたホットカーラーに目を向けないようにしながら、鏡の中の自分を見て、体の前に当てているブルーのノースリーブのワンピースを検討した。すてきなデザインで、胸元が大きく開いている。ただ、少しばかり目立ちすぎるように思えた。〝ねえ、見て、デートなのよ〟と言わんばかりのワンピースだ。

ただ、今夜はどうしても、ワンピースか、そうでないにしてもスカートをはきたかった。スラックスは、なんというか……ふさわしくない気がしたのだ。それに、脚のむだ毛を剃《そ》っただけでなく、日焼けしているふうに見せようと手足に小麦色のファンデーションも塗った。せっかくそれがとてもいい色に仕上がったから、みんなに見せたかった。

「カーキ色のスカートかしら？」グレイシーは声に出して言ってみた。「カーキ色のスカートにペールブルーのアンサンブル？」

そのアンサンブルは、ビーズとアップリケがついた、ちょっとおもしろいデザインだった。去年の夏、お金持ちの女性たちが夏のワードローブを処分する時期に、パロス・ヴァーデズにあるリサイクル衣料の委託販売店で、ただ同然の値段で買ったのだ。

グレイシーはクローゼットを引っかきまわしてスカートをさがした。そのとき、だれかが玄関のドアをノックする音が聞こえた。腕時計をちらりと見たが、まだライリーが迎えに来る時間ではなかった。六時を過ぎたばかりだ。

スカートを引っぱり出してベッドにほうり投げると、グレイシーは玄関へ向かった。ドアを開けたとたん、うめき声がもれそうになったが、どうにかこらえた。表に立っていたのはヴィヴィアンだった。

妹の頬には涙が幾筋も伝っていた。打ちひしがれたようすで背中をまるめている。グレイシーは思わず同情したくなったが、この妹は莫大《ばくだい》なお金をかけた結婚式を望みながら、結婚する覚悟を固めようとしていないことを思い出した。

「どうしたの?」グレイシーは尋ねた。

ヴィヴィアンが中に入ってしゃくりあげた。「終わったの。トムと」

「また?」グレイシーはそう言ってから、我ながら思いやりのない言い方だったと気づいて顔をしかめた。

「そうじゃないの」ヴィヴィアンが涙を流しながら言った。「これまではいつも、喧嘩《けんか》を仕掛けるのは私だった。そのたびに彼に結婚式は中止だって言い放って、家に帰ったの。

わ、私はただ、彼にこっちを向いてもらいたかっただけなのよ。このところ、彼はめっきり口数が少なくなって、深刻な顔をしていたわ。でも、ゆうべ私はまた、結婚式は中止だって言い残して帰ってきたの。そうしたら、今朝彼がやってきて、終わりだって言うじゃない。ほんとに終わりだって。わ、私はまだ、彼ともだれとも結婚する準備ができてないんだって」

ヴィヴィアンは両手で顔をおおって泣きつづけた。グレイシーは妹に近づいて肩を軽くたたいた。抱き締めたほうがいいのはわかっていたけれど、もうそれほど親密な間柄ではなくなった二人がそんなことをするのはおおげさすぎる気がしたのだ。

ヴィヴィアンはジーンズのポケットからティッシュを取り出した。「彼、私はまだ子供だって言ってた。愛しているけど、私が大人になるまで、もう会うつもりはないって」

「かわいそうに」グレイシーは静かに言った。

ヴィヴィアンはかぶりを振った。「どうしていいかわからない。彼、私と話し合おうともしないんだもの。本気みたい。彼が言うには、私が結婚式は中止だってわめくたびに、彼はほんとに傷ついたのに、私は気にもかけていないみたいだったって。結婚式のことでも、私は自分のことしか考えていないし、結婚式の費用を払うために、ママに銀行からお金を借りさせるなんておかしいって。私は甘やかされた駄々っ子で、それは恥ずかしいことだって言ってた」

ヴィヴィアンの目に新たな涙があふれ出した。グレイシーはどんな言葉をかければいいのかわからず、妹のそばをうろうろするばかりだった。

「ママにはもう話したの？」グレイシーは思いきって尋ねた。

「ううん」ヴィヴィアンは、はなをすすりあげて涙をぬぐった。「ママはきっとかんかんになるわ。お友達に結婚式のことを話して、どんなにすばらしい披露宴になるか吹聴《ふいちょう》しているんだもの。それなのに、今になって中止だなんてことになったら、みっともなくて死んでしまうわ」

それより、取り返せないお金のことで、母はもっと腹を立てるだろう。グレイシーはそんな気がした。「きっと、ママのお友達はわかってくれるわよ」

ヴィヴィアンはまじまじとグレイシーを見た。「冗談でしょ？　みんな、いい気味だってほくそ笑むに決まってるわ。そういう人たちだもの。あの人たちの娘の結婚式は、中止になんかならなかったんだから。私、ママに殺されるわ」

「確かに、今はつらくてたまらないでしょうね」グレイシーは妹の背中を撫《な》でながら言った。「つらくて、二度と立ち直れないような気がするだろうけど、時間がたてば少しずつ楽になるわよ。この機会に、自分が心から望んでいるものはなにか、じっくり考えてみるといいわ。トムはほんとに、あなたが人生をともにしたいと思う人なの？」

「もちろんよ。だから結婚したいと思ったんじゃないの。結婚式を中止にするって何度も言ったのは、彼に私の方を向いてもらうようにするためだったのよ」

「それなら、正直に、私の方を向いてって言えばよかったのに」

ヴィヴィアンは目をくるりとまわした。「ねえ、やめてよ。そんなことをする女性がどこにいるっていうの。姉さんはボーイフレンドってものを持ったことがあるの？」

「ええ、山ほどね。そして、もうずいぶん前に、思わせぶりな態度をとるのは賢明なやり方じゃないってことを学んだの。ヴィヴィアン、あなた、トムに言われたことについてちゃんと考えてみた？　彼はあなたに正直になってもらいたいと思っているのよ」

「そんなことを望む男の人なんていないわ」ヴィヴィアンは背筋を伸ばして胸を張った。

「いいわ、自分でなんとかする。真っ裸で彼のアパートメントへ行ってやるわ。そうしたら、部屋に入れないわけにいかないでしょ。彼をベッドに連れこみさえしたら、もうこっちのものよ。そうだわ。ええ。いい考えよ。きっとうまくいくわ」妹は涙の跡の残る顔でにっこりした。「準備しなくちゃ。聞いてくれてありがとう。トムがまた結婚する気になってくれたら、知らせるわ」

ヴィヴィアンは手を振ると、あたふたと出ていった。グレイシーは妹を見送ってドアを閉めたあと、側柱に背中をもたせかけた。別の惑星から来たエイリアンと遭遇したような気分だった。ヴィヴィアンは本気で、婚約者に考え直させることができると思っているのだろうか?

トムとは二度ほど会っただけだが、理性的で分別をわきまえた青年のように見えた。彼が妹について指摘したことは、どれももっともだと思えた。トムが自分の考えを曲げずに、ヴィヴィアンがもう少し成長するよう促してくれるといい。このあとどうなるかは、だれにもわからないけれど。もちろん、彼が意志薄弱で、廊下に立っている裸の女性に負けてしまったなら、それは自業自得だ。

「私には関係ないことよ」グレイシーはベッドルームへ引き返しながらつぶやいた。そこでふと廊下の時計に目をやり、思わず悲鳴をあげた。六時半近くになっている。人目を引くほどすてきになるには、三十分ではとても足りない。


ライリーは〈ビルズ・メキシカン・グリル〉の入口で立ちどまり、グレイシーの手をぎゅっと握った。「そんなに息をはずませていたら過呼吸になってしまうぞ。無理にここで食事をする必要はないんだ。このまま引き返して、車からマックに電話すればいいんだから。予定を変更して、僕の家でテイクアウトの料理を食べることにしようって」

グレイシーはかぶりを振った。いつもはストレートのブロンドが、今夜はカールして肩にかかっている。ライリーはその髪に手を触れたくてたまらなかった。そのうえ、大きな瞳とふっくらした唇を強調するような化粧をしていて、まさにゴージャスという言葉がぴったりだ。

身につけているものもまたすてきだった。ミニ丈のスカートが日焼けした長い脚を引きたてていて、セーターが柔らかくエロチックで官能的な胸を包みこんでいる。その姿は男性の欲望をかきたてるピンナップガールそのもので、グレイシーのサイン入りポスターがあるなら、予約申し込みをしたいくらいだった。

「大丈夫よ」グレイシーが低いけれど決然とした口調で言った。

彼女にうっとり見とれていたライリーは、すぐにはその意味がわからず、ちょっとあわてた。「夕食が？」

「ええ。ちゃんとやり遂げてみせるわ。私は鋼鉄の神経を持っているんだから。向かうところ敵なしよ」グレイシーはちらりとライリーを見た。「ねえ、私、すてきに見える？」

ライリーはにやりとしてから、彼女の頬に軽くキスをした。「きれいだよ。これまでも十分きれいだと思っていたが、今は崇拝しているよ」

「あらまあ。崇拝しているっていうのはいいわね」グレイシーは彼の耳に唇を寄せて言った。「どんなことが起こっても、絶対にそばから離れないって約束してくれる？」

「名誉にかけて約束するよ。準備はいいかい？」

グレイシーはうなずき、意を決したように店のドアを押し開けた。

店に一歩入ったとたん、バーのにぎやかな話し声とマリアッチの音楽が二人を包みこんだ。奥のレストランはもう少し静かで、マックがテーブルを予約したのはそちらだった。

ライリーは案内係の女性に名前を告げた。

「お連れの方はもういらしてますよ」ティーンエイジャーの案内係がにっこりして言った。「こちらです」

案内係がテーブルの間をぬうようにして進んでいく。グレイシーはライリーの手を骨が折れそうなほど力をこめて握った。

「みんながこっちを見てるわ」彼女はささやいた。「視線を感じるもの。ああ、やっぱりつくづくまずかったわ。あなたと私が一緒だからよ。どうしてこんなところに来たりしたのかしら？」

ライリーはグレイシーの手から自分の手を引き抜き、彼女の腰に腕をまわした。「大丈夫だよ。こっちを見ている人がいるとしたら、それは君が女神のようにきれいだからさ。今店にいる男たちはみんな、君を自分のものにしたいと思っているはずだ」

それを聞いて、グレイシーは笑い声をあげた。「まあ、やめてよ。いったいどこの惑星の話？」

「嘘《うそ》じゃない。こんなに魅力的な女性になるとわかっていたら、僕だって十四年前に君に目を向けていただろう」

グレイシーはふんと鼻を鳴らした。「あのとき、私は十四歳だったのよ。たとえ女神になれたとしても、それでもあなたは無視したでしょうね」

「あのころは、四歳の年の差が今より大きく感じられたからね」ライリーは認めた。「それに、未成年との不純異性交遊は刑務所行きだからな」

「今はもう未成年じゃないわ」

ライリーはグレイシーを引き寄せた。「誘惑しようとしているのかい？」低い声でささやく。

「そのとおりよ」

ライリーはもう夕食などやめて帰ろうと言いかけたが、そのとき、マックとジルが隅のテーブルについているのが見えた。二人が立ちあがってこちらに手を振った。

「こんばんは」ジルがまた椅子に腰を下ろしながら言った。「この隅のテーブルがあいているのが見えたから、だれかにとられないうちにと思って座ったのよ。ここならあまり目立たないでしょ」

グレイシーは顔をしかめた。「みんなが私たちのことを話題にするはずだから？　今のはそういう意味でしょう？　やっぱりね。気分が悪くなりそうだわ」

マックが疑わしそうな表情を浮かべた。「本当に？　それとも、おおげさに言っているだけなのか？」

グレイシーは片手をみぞおちに当てた。「さあ、どうかしら」

「おおげさに言っているだけさ」ライリーはそう言って、グレイシーのために椅子を引いた。「トルティーヤ・チップスとサルサを食べれば、すぐに気分がよくなるよ」

グレイシーの顔がぱっと明るくなった。「チップスは好きよ。危険じゃないから」

「パンと違って？」ライリーは尋ねた。

「ええ」グレイシーはにっこりした。「覚えていたのね」

グレイシーは椅子に腰を下ろし、ライリーとマックは目を見合わせた。まったく、女というのは扱いにくい生き物だと言いたげに。それから、自分たちも座った。

「選挙運動のほうはどうだ？」マックがライリーに尋ねた。

「まずまずだ。公開討論会のあと支持率は下がっているが、当然だろうな。選挙運動の責任者のジークが、またなにか効果的な戦略を考えついてくれるだろう」

「私は昔からあの町長が嫌いだったわ」ジルがふんと鼻を鳴らした。「とにかく調子がいいんだから」そこで、ぶるっと身震いする。「あんな男、ぶちのめしてちょうだい。選挙でね」マックがひょいと眉を上げたので、彼女はすぐにつけ加えた。「文字どおりにってことじゃないわよ。もっとも、私はどっちでもかまわないけど」

「君は法を守ることを誓った人間だとばかり思っていたよ」マックがジルの肩に腕をまわしながら言った。

「いいえ、ハニー。それはあなたでしょう」

二人はほほえみ合った。ライリーはそんな二人の顔をしげしげと眺めた。最初、この古い友人が保安官の職について再婚したと聞いたときには、本気で同情した。だれがそんな暮らしをしたいと思うだろう？　しかし、当の二人を目の前にした今、夫婦が固い絆《きずな》で結ばれているのがわかった。愛の存在を信じているのかどうか自分でも定かではなかったが、もしそれが存在するとすれば、マックとジルは間違いなく愛し合っていた。

「なにか違うわ」グレイシーが親友のジルの方に身を乗り出して言った。「なんなの？」

ジルが肩をすくめた。「さあ」

「いいえ、なにかあるはずよ。いつもと……違う」グレイシーは首をかしげた。「髪じゃない。化粧でもない。歯を見せて。白くしてもらったの？」

ジルが笑い声をあげた。「いいえ」

ライリーは目を細めた。グレイシーの言うとおりだ。なにか違っている。ジルが輝いているように見えるのだ。

だしぬけにグレイシーが、近くのテーブルの客たちが振り向くほどの甲高い声をあげた。「そうなの？」彼女はジルの手をつかんで尋ねた。「そうなのね。わかるわ」

ジルがぱっと頬を赤らめて、うなずいた。「今朝わかったばかりなの。こんなに早いなんて考えてもいなかったわ。まだ始めたばかりだったんだもの。でも、そうなの。赤ちゃんができたのよ」

「すてき！」

グレイシーは椅子から勢いよく立ちあがってテーブルをまわった。ジルも立ちあがり、二人は抱き合った。ライリーはマックの方に身を乗り出して、右手を差し出した。

「おめでとう」

「ありがとう。二人とも心から喜んでいるんだ」マックが照れくさそうな顔で言った。「ちょっとばかり早かったけどね。二、三カ月はかかると思っていたから。だが、どうやら一回目でうまくいったようだ」

グレイシーとジルがまた椅子に戻った。

「びっくりした？」グレイシーが尋ねた。

「ああ、ええ」ジルが答えた。「まだ育児書も買ってないのよ」

ライリーは女性二人を眺めた。グレイシーも妊娠しているのだろうか？　それがわかるまでには、まだ何日かかかるということだった。もし彼女が妊娠していたら、僕はどう考えるだろう？　少なくとも、〝一回目でうまくいった〟とは考えないだろうという気がした。

「おやおや、これはまあ、どうしたこと？」

ライリーが声のした方に顔を向けると、テーブルのそばにかなり年配の女性が二人立っていた。すぐに立ちあがろうとしたが、髪をソーセージのようにカールさせた女性が、意外なほど力の強い手で彼の肩を押さえた。

「わざわざ立ってくれる必要はないわ。マナーをありがたがる人間じゃないから」

マックが落ち着かないようすで身じろぎした。「ライリー、ウィルマと会うのは初めてだろう。保安官事務所を切りまわしている女性だよ」

「こんにちは」二人のうちで小柄な方の女性がライリーをじっと見た。「こちらはお友達のユーニス・バクスターよ」

「私の実家のお隣さんよ」グレイシーがライリーにささやいた。「こんばんは、ミセス・バクスター」

「こんばんは、グレイシー。あらまあ、すてきね、若いあなたたちが一緒にいるなんて」ミセス・バクスターがライリーの肩をぎゅっとつかんだ。「あなたがやっと迷いから醒《さ》めてくれてよかったわ、ライリー。グレイシーは昔からずっと、男の人の愛し方を知っていたのよ。彼女があなたの気を引くためにしたあれこれを考えると、今、あなたが彼女と一緒にいるなんて、心底うれしいわ」

ライリーはなんと言えばいいのかわからなかった。「あの、ええ」

ミセス・バクスターがくっくっと笑った。「お行儀のいいこと。あなたのお母さんは本当にいい人だったわ。お母さんがもうこの世にいなくてこれを見られないのが、とても残念ね。お母さんはきっと誇らしく思うことでしょうに」

「そろそろ行きましょう」ウィルマが言った。「夕食を楽しんでね」

二人の老婦人はテーブルから離れていった。グレイシーがこめかみをもんだ。

「言ったでしょう」彼女は言った。「こんなことをするのはつくづくまずいって。みんなが私たちを見て、あれこれ取り沙汰《ざた》するのはわかりきっているわ」

ジルがグレイシーの腕を軽くたたいた。「あなたは伝説の人物なのよ。だから、それを受け入れるしかないじゃないの」

「なにかほかのものになることはできないの？　たとえば柱とかに。偉大な柱になってみせるけど」

マックがにやりとした。「たぶん、君と一緒にいるところを町の人たちに見せれば、ライリーは当選するだろう」

「あら、それはどうかしらね」グレイシーは言った。「もし影響があるとしたら、彼に不利になる可能性のほうが大きいんじゃないかしら」

「僕なら大丈夫だ」ライリーは言った。「はるばるこの町まで来たのは、選挙に負けるためじゃない。心配いらないよ」

「でも、そんなわけにはいかないわ。私にとって、心配するのはスポーツみたいなものだもの」

「それじゃ、明日心配してくれ。今夜ここに来たのは楽しむためなんだから。できるかい？」

グレイシーはうなずいた。

ウエイトレスがやってきて飲み物の注文をとった。ライリーとマックはビールを頼み、グレイシーとジルはアイスティーを注文した。

そのとたん、ライリーははっとした。グレイシーはアルコールを避けている。実際、二人で愛し合ってシャンパンでたわむれた夜も、彼女はほとんど飲んでいなかった。翌朝、グレイシーのグラスの中身がほとんど減っていないのに気づいたのだ。いつもは平気でアルコールを飲んでいたのだから、この変化は妊娠しているかもしれないことと関係があるに違いない。

頭では妊娠の可能性があることはわかっていても、ライリーは今このときまで、実感としては感じていなかった。

もし彼女が妊娠していたら？　僕はどうするだろう？　彼女と結婚するだろうか？　パムと結婚せざるをえないはめになったときに感じた、パニックといらだちがわきあがってくるのを待ったが、どちらもまったくわいてこなかった。腹立ちすら感じなかった。これはいったいどういうことなんだ？

16

ニーダ・ジャクスンは二十代半ばの快活で魅力的な女性だった。二本の三つ編みにした見事な髪が背中の半ばあたりまで届いている。グレイシーは思わず見とれ、自分が同じように三つ編みにしてもこれほどすてきに見えるだろうかと考えた。

「はじめまして」ニーダが家に入りながら言った。「ご連絡いただいた方々にお話をうかがってきましたが、花嫁さんたちはみんな、あなたのケーキにとても満足していらっしゃるようですね。そのうちの一人は、お式のあとで私を招待してくださって、お母様がケーキを一切れ取り置いてくださっていたんですよ」ニーダはうれしそうにダークブラウンの瞳をみはった。「とてもおいしいケーキでした。なんとも言えない味わいで。実を言うと、私はあまりケーキが好きじゃないんですよ。生地にはなにが入っているんですか？」

グレイシーは笑い声をあげた。「ごめんなさい。それは企業秘密なので。一年以上にわたってあれこれレシピを試してみて、やっと自分の生地を完成させたんです。基本的にはホワイトケーキの生地を使って、チョコレートケーキやイエローケーキではその配合を少し変えるんです」

「今はなにに取りかかっていらっしゃるんですか？」ニーダが尋ねた。

「正気を保つこと、かしら。なにしろ、今は一年で一番忙しい時期ですから。これからの十一週間は、週末ごとに、最低でも三つのケーキを作らなくちゃならないんです。シンプルなデザインのものは二、三十時間でできますけど、デザインによっては、その倍くらいかかるものもあって」

「でも、全部一人で作っていらっしゃるんでしょう？　一日は二十四時間しかないから、時間が足りないじゃありませんか」

グレイシーはうなずいた。「そうなんです。だから、デコレーションをまとめて作ることで、時間をかなり節約しています。デコレーションは前もって作っておくことができますから」

「そして、なにもかもすべてご自分でなさるんですね。それがすばらしいわ。正直言って、とんでもない手抜きをしているウエディングケーキ職人もいるんですもの。そのケーキの値段を考えると、まったく頭にきます」

グレイシーは先に立ってダイニングルームに入った。積み重ねたトレイに、何百という葉と花が並べて置いてある。

ニーダがそちらへ歩いていった。「これはなんですか？　クラフトショップで買ってきたプラスチック製の花みたいですけど」

「いいえ。私が作ったものです。全部食べられるんですよ」

「まさか」ニーダは近づいて目をまるくした。「アイシングですね。葉っぱもだわ。葉っぱもお作りになったんですか？　買うんじゃなくて？」

「一つ一つ手で作るんです」

グレイシーはニーダを奥のキッチンへ案内した。キッチンのカウンターには、二段のシャワーパーティ用のケーキが置いてあった。

「どうやってアイシングをこんなになめらかに塗るんですか？」ニーダが感心したように言った。「ほんとにきれい」

「このケーキはバタークリームのアイシングを使っています。それを、薄く伸ばしたフォンダンでおおってあるんです。そうすると、表面がとてもなめらかになるんです。側面には、二種類のサイズの小さなドットをデコレーションします」グレイシーは実際にドットをつけてみせた。「そして、二段のうち下の段には、ぐるりと薔薇《ばら》の花を飾ります」そう言って、あらかじめ作ってあった薔薇をそっとケーキの上に置く。「デコレーションはそれほどむずかしい作業じゃありませんけど、とにかく時間がかかるんです」

ニーダは笑い声をあげた。「その前に、まずケーキのデザインを考えて、これだけのデコレーションを作ることができれば、の話でしょう」

「まあ、そうですけど」

「私には無理ですね」ニーダは持っていた手帳をキッチンの椅子の上に置くと、バッグからデジタルカメラを取り出した。「では、まず全体の写真を何枚か撮らせてください。それから、このケーキのデコレーションをしていらっしゃるところを撮らせていただいていいですか？」

「いいですとも」

グレイシーがシャワーパーティ用のケーキのデコレーションをしている間、ニーダがその周囲をまわって何枚も写真を撮った。もう一つのカウンターにも作りかけのウエディングケーキが置いてあり、グレイシーは次にそちらに移った。ニーダが写真を撮りながらあれこれ質問した。

「どうしてウエディングケーキを専門になさるようになったんですか？」

「ウエディングケーキを作るのが好きなんです。新しいデザインを考えるのは大変だけど、それがまた楽しいんです。自分が新郎新婦にとっての特別な日に参加していると思うと、うれしくて」

「なにか冷や汗をかいたようなことは？」

グレイシーはため息をついた。「一番上の台が壊れてしまったことがありました。ケーキを取りに来たのは花嫁のお兄さんでした。ケーキは六つの箱に分けて入れてあって、あとで私が行って組み立てることになっていたんです。ところが、あわてふためいた声で電話がかかってきて、一番上の台を落としてしまって、アンティークガラスのオーナメントも壊れたって言うじゃありませんか」

ニーダは目をまるくした。「それで、どうなさったんですか?」

グレイシーは薔薇の花をさらに三つ、ケーキの上に飾った。「ちょうど、次の日の結婚式のために製作中の別のケーキがあって、大きさがほとんど同じだったんです。それで、次の日のケーキの最上段は焼き直すことにして、新しい生地をオーブンに入れ、急遽《きゅうきょ》その作りかけの最上段のアイシングをやり直しました。オーナメントも壊れてしまったということだったので、急いで花屋さんに電話をかけました。私が披露宴の会場に到着したときには、花嫁さんのテーマカラーのミニチュアローズが五ダース届いていました」

そのときのことを思い出して、グレイシーは身震いした。

「そのケーキは三段を柱で支えるデザインのものだったので、素通しで全部が見えてしまい、ごまかしようがありません。おまけに、披露宴が始まるまでにもう一時間もなかったんです。それで、デコレーションの大半をほとんど引きむしるようにはずし、ミニチュアローズの茎を切り落として、花を三つの段に敷きつめました。そして、一番上の段にデコレーションの花を五、六個飾って、残りの花びらをテーブルに散らしたんです。幸い、そんなどたばた騒ぎがあったことは、身内以外にはだれにも知られずにすみました」

「ものすごいプレッシャーだったでしょうね」ニーダが言った。

「それはもう、心臓がばくばくしていました」

ニーダがさらに何枚か写真を撮って、二、三質問をしたあと、インタビューはこれで終わりだと告げた。

「ほんとにすばらしいですね。あなたのお仕事ぶりには感心しましたし、それを記事の中にも書くつもりです」ニーダはそう言いながらバッグに荷物をつめこんだ。「実は私、婚約しているんです。クリスマスに結婚式を挙げるつもりなんですが、スケジュールには、まだ私のケーキを焼いていただく余裕がありますか？」

グレイシーはにっこりした。「ありますとも。名刺をお渡しします。来月にでもお電話をいただければ、そのときご希望のケーキのデザインについて話し合いましょう。クリスマスの時期のウエディングケーキは、とってもきれいなものになりますよ。宝石のような輝きを放つはずです」

「よかった。ありがとうございます。本当に楽しい取材でした」

「どういたしまして」

グレイシーは先に立って玄関へ向かい、ニーダを車のところまで見送った。ニーダのムスタングのそばまで行ったとき、グレイシーは、私道にとめてある自分の車の横に箱が二つ落ちているのに気づいた。

「なにかしら?」そう言いながら近づいた。

それが市販されているケーキミックスの箱だとわかり、グレイシーはその場に凍りついた。


「なんですか?」ニーダが尋ねた。

グレイシーは動くことも息をすることもできなかった。ただ呆然《ぼうぜん》と、自分のスバルから落ちたらしい二つの箱を見つめることしかできなかった。スバルから落ちたのは間違いない。車の後部に、同じケーキミックスの箱が、おそらく何百個もつめこまれていたからだ。

「冗談でしょう?」ニーダがあきれた口調で言った。「ケーキミックスを使っているんですか? それがあなたの秘密のレシピなの?」

「違います! これは私のじゃありません。さっきうちにいらしたときには、こんなものはなかったでしょう。十二歳のときから、私はケーキミックスなんて使ってないわ。これはだれかがわざとやったのよ」

ニーダはかぶりを振った。「ええ、そうでしょうとも。私が来るのをだれかが知っていて、来る時間を見はからって、わざとこれをここに置いておいたんでしょうね。私のウエディングケーキを作ってもらう話は忘れてちょうだい」

グレイシーは箱を拾いあげた。中身が入っている。「私の言うことを信じてください」

「それは無理というものよ。結局のところ、あなたは特別でもなんでもない、とんだくわせ者だったんだわ」

ニーダはムスタングのドアを開けてバッグをほうりこんだ。振り向いたとき、その手にはデジタルカメラが握られていた。グレイシーがとめる暇もなく、ニーダはすばやく五、六枚の写真を撮った。

「ああ、それと、記事のことも忘れてちょうだい。信頼できる雑誌なんだから」ニーダは車に乗りこみながら言った。「こんなことをするなんて、信じられないわ。あなたはおおぜいの人たちの結婚式をだいなしにしたことになるのよ。それがわからないの？　ほんとに卑劣きわまりないわ。さっきまでとってもいい人だと思っていたけど、きっとそれも、ケーキと同じで嘘《うそ》っぱちなんでしょうね。たぶん、あのデコレーションも自分で作ったものじゃないんでしょう。だから、あんなふうに積み重ねてあったんだわ。どこかで買ってきたのね」

ニーダは音高くドアを閉めて走り去った。グレイシーは呆然とそれを見送った。こんなことが起こるはずないわ。彼女は心の中でつぶやいた。まさか、ありえないわよ。

でも、起こったのよ。グレイシーは手にしたケーキミックスの箱をにらんで考えた。だれかが私を陥れたのだ。そして、思い当たる名前は一つだけだった。

パム。

ほかにだれもそんなことをする人間はいない。ただ、そうはいうものの、どう考えても、パムが自分にこんなことをする理由がなに一つ思い当たらなかった。私が町に戻ってきてからというもの、パムはとても親切で愛想がよかった。朝食付き宿《B&B》のキッチンまで貸してくれたじゃないの。

　グレイシーは涙をこらえて、ケーキミックスの箱をごみ箱に捨てた。そして家の中に入り、バッグをつかむと、オーブンを消したことを確認してから、車に乗りこんだ。

　ライリーは打ち合わせを終えて頭取執務室へ戻るところだった。エレベーターの前を通ったとき、ちょうど扉が開いてグレイシーが降りてきた。その顔を一目見て、彼は悟った。なんにせよ、最悪のことが起こったのだと。

「どうしたんだ？」ライリーはグレイシーの肩に腕をまわして執務室へ向かいながら尋ねた。「だれかが怪我《けが》でもしたのか？」

　グレイシーはかぶりを振って、あえぐように息を吸いこんだ。「ケーキよ。どうしてこんなことになったのかわからない。取材のことは何人かの人に話したけど、だれも正確な日時は知らなかったはずよ。パムだと思うけど、どうして？　あんなに親切にしてくれていたのに。ジルのはずはないし、姉と妹を疑いたいけど、二人には話してもいないわ。だから、絶対あの二人じゃない」

　ライリーはグレイシーを執務室の中へ促し、ドアを閉めた。二人きりになると、彼女を引き寄せて抱き締めた。

「最初から頼むよ」ライリーはやさしく言った。「なにが起こったのか話してくれ」

話すかわりに、グレイシーは泣きだした。最初の兆候は長い沈黙だった。やがて体が震えだし、とうとう低いすすり泣きが聞こえた。

「もう私は終わりよ」数分してグレイシーはようやく言った。「完全に破滅だわ」

「まさか」ライリーは彼女の頭のてっぺんにキスをした。「いったいなにがあったんだ？」

返事をするどころか、グレイシーはいっそう激しく泣きだした。ライリーは女の涙が嫌いだった。女の涙には常に、嘘とごまかしが感じられるからだ。ただ、グレイシーの場合は違うような気がした。彼女はライリーに、できることなら今のこのつらさをやわらげてほしいという以外、なにも求めていなかった。

グレイシーがはなをすすりあげた。「ティッシュが欲しいんだけど」

ライリーはポケットからハンカチを出して渡した。グレイシーはそれで顔をふくと、横を向いて、はなをかんだ。

「泣くとみっともない顔になるの。あっちを向いててちょうだい」

ライリーはまたグレイシーを引き寄せた。「わかった。僕がここにいるのは、君がそんな顔をしているからだ。なにが起こったのか話してくれ」

「今日、ブライダル雑誌の記者のインタビューを受けたの」

「ああ。それで、なにがあったんだ?」ライリーはグレイシーを隅のソファのところへ連れていき、並んで腰を下ろした。そしてグレイシーの方を向くと、両手で彼女の顔をはさんだ。「君は魅力的で才能にあふれているから、またファンができたんだろうな」

グレイシーの目に涙が盛りあがった。「そう思うでしょう? 彼女は自分のウエディングケーキを作ってほしいとまで言ったのよ。十二月に結婚する予定なんですって。ところが、もう……」

グレイシーの声が震え、肩ががっくりと落ちた。

「もう、どうしたんだい?」ライリーはやさしく尋ねて、親指で彼女の頬の涙をぬぐった。

「彼女が帰ろうとしたから、表まで送って出たの。彼女、生地の配合について知りたがっていたんだけど、ケーキの生地になにを入れているかはだれにも言わないことにしているのよ。時間をかけて苦労して考え出したレシピで、ほんとにすばらしいものなんだもの」

「知っているよ。僕も君のケーキを食べたから」

グレイシーがまたはなをすすりあげた。「そこらじゅうに箱があったの。だれかがわざと私の車にケーキミックスの箱を押しこんだのよ。箱は地面にまであふれてた。彼女はかんかんになったわ。そして、その写真を撮って、私を嘘つきってののしったの。私はもう終わりよ」そう言って両手で顔をおおうと、涙にむせんだ。

ライリーはグレイシーを引き寄せて、腕にかかえこむようにした。

ライリーの男としての部分は、なにもかもうまくいくから大丈夫だと言いたかった。だが、その確信はなかったし、グレイシーにいいかげんなことを言いたくなかった。彼女の仕事は評判と口コミが命なのだ。『ピープル』に取りあげられたおかげで注文がふえたことは聞いている。もし彼女がいんちきだという噂《うわさ》が広まったら、顧客は一夜にして消えてしまうだろう。

ライリーの胸にいらだちがこみあげた。この事態をどうすれば解決できるのか見当もつかない一方で、解決したいという思いが激しく燃えあがった。

「いったいだれがそんなことをしたんだろう？」ライリーは言った。「君を陥れたいと考えるのはだれだ？　ほかのケーキ職人が君の成功を妬《ねた》んでいるんだろうか？」

グレイシーは彼の肩に頭をもたせかけたまま、ハンカチで涙をぬぐった。「さあ。ケーキ職人っていうのは横のつながりがあまり緊密じゃないのよ。月例の会合みたいなものがあるわけじゃないし。何人かとウエディング博覧会で会ったことがあるけど、みんなとってもいい人みたいだった。私がなにをしているかとか、どこにいるかなんてことが、どうやってその人たちにわかるわけ？」

「インタビューのことを知っていたのはだれだ？」

「私、あなた、ジルよ。ジルはきっとマックに話したと思うけど、彼がこんなことをするはずはないし。それと、パム」

「パムって、僕の別れた妻の？」

「ええ。インタビューの申し込みの電話がかかったとき、彼女がちょうどその場にいてね。私のために心から喜んでくれたわ」

「ああ、そうだろうとも。パムというのは、どうころんでも、自分以外の人間のために喜んだりなどしない女だ。わかった、最有力容疑者は彼女だな」

グレイシーは頭を起こしてライリーを見た。「インタビューのことを知っている人たちの中で、疑わしいのはパム一人だというのには、私も賛成よ。でも、どうして彼女がこんなことを？　私がブライダル雑誌に取りあげられたって、彼女が気にする理由なんてないでしょう？　私にとっては一大事だけど、ほかの人にはなんてことないはずだもの。私は彼女のライバルのケーキ職人ってわけじゃないし。私が成功しようがどうしようが、彼女にはまったく関係ないじゃないの」

「もっともだ。だが、ほかに考えられる容疑者はいない」

「わかってるわ」グレイシーはため息をついた。「理由がわからないだけよ。なぜ？　それに、私はどうすればいいの？」

「パムと対決したいかい？」

「いいえ。このままこっそり家に帰って、こんな出来事なんて起こらなかったことにしたい。そうできる？」

ライリーはグレイシーの髪を撫《な》でた。「グレイシー、考えるのがつらいのはわかるが、最悪の場合、どうなるんだ？　ブライダル雑誌に君の記事は掲載されない。だが、君にはこれまでの実績があるから、記事が出ないからといって、そんなに影響はないんじゃないのか？」

グレイシーは体を起こして座り直し、ライリーの顔を見た。「ええ、それほど影響はないわ。でも、私が恐れているのは、それだけじゃすまなかったときのことよ。これまで有名人のためにケーキを作ってきているでしょ。だから、浅いものだけど、そういう人たちとおつき合いがあるの。そして、映画やテレビのスターがらみのスキャンダルほど、世間が喜ぶ話題はないときてる。ニーダがブライダル雑誌で私をこきおろすだけなら、たいしたことはないわ。でも、もし記事と写真をタブロイド新聞に売ったら、私はもう完全にアウトよ」

グレイシーの顔がつらそうにゆがんだ。彼女の悲しみと絶望を目の当たりにして、ライリーはだれかに殴りかかりたい衝動に駆られた。グレイシーの気持ちを楽にできるのならだれでもよかった。

「僕にしてあげられることがなにかないかな？」ライリーは尋ねた。

「ないわ。でも、そう言ってくれてありがとう」グレイシーは立ちあがった。「あなたといると、こんなのたいしたことじゃないって気持ちになれるけど、もう行かなくちゃ。この仕事が跡形もなくなってしまう前に、まだ作らなくちゃならないケーキがあるから」

ライリーも立ちあがった。「まだだめになるかどうかわからないじゃないか」

グレイシーはうなずいた。「もしかしたら幸運の女神がほほえんでくれるかもしれない。でも、そうはならないと思うわ」

ライリーはグレイシーのうしろ姿を見送りながら、両手をぎゅっと握り締めた。なにか僕にできることがあるはずだ。問題を解決する道があるはずだ。あるいは、この問題でなくても、別の問題を。なにかせずにはいられない気分だった。グレイシーをあれほどの大きな悲しみの中にほうっておくことなど、とてもできなかった。


グレイシーは仕事に没頭した。家が一番安全な場所に思えたし、いつタブロイド新聞で中傷されるかわからないので、できるうちに仕事をしておく必要があった。

彼女はだれにも会わなかった。ライリーにさえも。ジルとは電話で話したが、インタビューが悲惨な結果に終わったことは言わなかった。パムと彼女のB&Bにも近づかなかった。なぜパムがあんなことをしたのかわからない以上、彼女と顔を合わせるよりは、十分おきに焼き型をまわすほうがいいと判断したのだ。

三日後、だれかが玄関のドアをノックするという形で、世界が向こうから訪ねてきた。

グレイシーは狭い玄関ホールまで行って、窓から外をのぞいてみた。

「勘弁してよ」そこに母が立っているのを見て、彼女はつぶやいた。「また私を落ちこませるようなことを言いに来たのね」

あいにく、車が私道にとめてあるので、家にいるのはわかっているから、隠れるわけにはいかない。きたるべき説教に身構えて、グレイシーはドアを開けた。

「いらっしゃい、ママ」本心とは裏腹の陽気な口調で言った。「元気?」

「まあね」母が家の中に入ってきた。「とってもってわけじゃないけど」

グレイシーは大きく息を吸いこんだ。「申し訳ないと思っているわ。正直なところ、トラブルを起こすために町に帰ってきたわけじゃないんだけど、結局そうなってしまったみたい。私にはどうにもできない大きな力が働いているようね。実のところ、ママが心配してくれるのはありがたいけど、もうお説教はたくさん。ライリーとの関係についても、私の過去についても、なんについても、今は話したくないの」

「今日ここに来たのはそのためじゃないのよ」

「そう」すばらしい。また結婚式の相談だろう。裸でトムのアパートメントへ行くというヴィヴィアンの計画が、成功したのだろうか? グレイシーは先に立って小さなリビングルームに入り、母に手ぶりでソファを勧めた。「なにか飲む?」

「いいえ。いらないわ」母はソファに腰を下ろし、グレイシーが低い安楽椅子に座るまで待ってから、口を開いた。「ごめんなさい。言葉では言い尽くせないくらい申し訳なく思っているわ。これまでずっと、私はひどい母親で、どうしようもない人間だった。自分で自分に愛想が尽きるわ」母の目に涙が浮かんだ。

この二週間の間に、ランドン家の女性は四人が四人ともが泣いたと、グレイシーは考えた。これは新記録に違いない。

「ママ、なにを言ってるのか、さっぱりわからないんだけど」

「そうでしょうね」先日のグレイシーと違って準備を整えてきたらしく、母はハンドバッグから小さなパック入りのティッシュを出した。「なんとか目をそむけようとしてきたけれど、やっぱりできないわ。あのときとそっくり。自分がなにをしたかはわかっているし、また同じことをするのはもうごめんよ。ばか女たちは地獄に落ちればいいんだわ」

グレイシーは目をぱちくりさせた。母が悪態をつくのを聞いたのは生まれて初めてではないかという気がした。「ばか女たちが地獄に落ちるのには大賛成よ。ほんとに。でも、それってだれのこと？　そして、彼女たちはなにをしたの？」

「彼女たちじゃないわ。私よ」母は大きく息を吸いこんだ。「ああ、グレイシー、あなたはいつも、ほんとに朗らかで陽気な子供だったわ。ところが、パパが亡くなって、あなたの世界はがらがらと崩れてしまった。あなたはパパのお気に入りだったから」そこで、心もとなさそうな笑みを浮かべた。「親っていうのは、自分の子供のだれかをえこひいきしてはいけないとされているし、もしそうだとしても、それを口に出してはいけないとされているわ。でも、パパがあなたを一番かわいがっていたことは、家族みんなが知っていた。だから、パパが亡くなったとき、あなたはもうどうしていいかわからないようだったわね」

グレイシーはごくりと唾《つば》をのみこんだ。そして、父のことを思い出した。父がいつも自分のために時間を作ってくれたこと、一緒にいろんな遊びをしたこと。「ええ、パパが恋しくてたまらなかった」

「知ってるわ。心配したけど、あなたのことだからきっと立ち直るだろうと思っていたの。そんなとき、ライリーが隣に引っ越してきて、あなたは彼に夢中になった。私にはすぐにわかったわ。父親を亡くして、だれかかわりになる男の人を求めているんだって。だから、そのうちおさまるだろうと高をくくっていたの。ところが、そうはならなかった」

グレイシーのほのぼのとした気分は吹き飛んだ。「その話はもう終わったはずでしょう、ママ」

「わかっているわ。私が言いたいのはそのあとよ。またたく間に手に負えない事態になって、じきに、あなたが彼にのぼせあがっていることが町じゅうに知れ渡った。みんながあれこれ取り沙汰《ざた》したわ。新聞にまで出て、あなたはすっかり話題の女の子になってしまった。それをすてきなことだと思う人もおおぜいいたけど、中には意地の悪い見方をする女の人たちもいた。なにしろあなたは創意工夫に満ちていたから。彼女たちは手厳しく非難して、あなたと私をもの笑いの種にしたわ。私は、さらし者にされて侮辱された気がした。まるで、私が自分の娘を野放しにしているみたいに言われて。そのうえ、新聞には毎週新しい〝グレイシー物語〟が載るし」

グレイシーは頬がかっと熱くなるのがわかった。これまで、自分のしたことを母の立場から考えてみたことは一度もなかった。「ごめんなさい」彼女は消え入るような声で言った。

「あやまる必要なんてないわ。あなたはまだ子供だったたし、初めての恋だったんだから。私が毅然《きぜん》としていればよかったの。私が彼女たちに、この子は私の娘で、私は娘の味方だと言うべきだったのよ。ところが、私はあなたをとめようとした。でも、とめることはできなかった。やがて、パムが妊娠していることがわかって、大急ぎで結婚式を挙げることになったわ。そのとき私は、なにか事件が起こったら大変だから、あなたを町から出さなければならないと思ったの」

よそへやられたときの悲しみを思い出して、グレイシーはうなずいた。

「でも、そんなことをしてもなんの役にも立たなかった」母は話を続けた。「パムとライリーの結婚式では、話題はもっぱらあなたのことだった。式にあなたが現れるかどうかで賭《かけ》まで行われていたのよ。みんなが自分のお気に入りの〝グレイシー物語〟を口にして、あなたがどれほどライリーを愛したかについて話したわ。あなたをほめそやす人たちもいれば、そうでない意地悪な人たちもいた」

グレイシーは顔をしかめた。「そんなことがあったなんて、知らなかった」

「今さらこんなことを話すのは、当てつけじゃなくて、説明するためよ。悪いのは私だったんだから。私はもうこれ以上もの笑いの種にされるのには耐えられないと思ったの。だから、そのあと叔母さんがあなたを引き取ってもいいと言ってくれたとき、あなたを行かせてしまった。それもみんな、私が身勝手で弱かったからよ。本当にごめんなさい」母の目からまた涙がこぼれた。「あなたがいなくなると、寂しくてたまらなかったわ。毎日、今日こそは電話をかけて、帰っておいでと言おうと思った。でも、そのたびに、そうしたらまただれかがなにか言うだろうし、それがみんな私に返ってくるんだと考えて、思いとどまったの。やがて、だれもあなたのことを口にしなくなって、私は心底ほっとしたわ。だけど心の中では、自分の臆病《おくびょう》さに深い罪悪感を覚えていたの。友達づらをした人たちの言うことを気にして、そのせいで、私は大切な娘を失ってしまったのよ」

グレイシーはどう考えればいいのかわからなかった。頭の中が真っ白だった。「失ってなんかいないわ」

「いいえ、失ったわ。あなたと私は前みたいに心が通い合っていないもの。あなたは私のしたことに腹を立てている。当然よ。私はそれだけのことをしたんだから、言い訳のしようがないわ。意気地なしでばかな母親だった。ごめんなさいね、グレイシー。本当にごめんなさい」母は口に手を押し当てた。「私は母親として失格ね。三人の娘のうち、手元で育てなかったあなたが一番いい子になったんだから。ヴィヴィアンは甘ったれたわがままな子になってしまったし、アレクシスは悲劇のヒロイン気取りだし。私がそうしてしまったのよ。私の育て方が悪かったんだと思うわ」

グレイシーは立ちあがってソファに移り、母を抱き締めた。

「もういいのよ」彼女は言った。

「いいえ、よくなんかないわ。私があなたを失ったのは、みんな自分のせいなんだから。ほんとにごめんなさい」

「私こそごめんなさい。ママを困らせるつもりなんかなかったのよ」

「あやまるのは私で、あなたじゃないわ。あなたはまだ子供で、大きな悲しみをかかえていたんだから。母親の私が、それをわかってあげるべきだったのよ」

グレイシーは確かにそうだと思ったが、それでも、自分のしたことを振り返ると恥ずかしかった。「私がもう二度と男の人にのぼせないように、見張っててね」

母は喉にからまったような笑い声をあげた。「今のあなたなら、もう大丈夫だと思うわ」

グレイシーは体を引いて、疑わしそうな目で母を見た。「二週間前はそうは言ってなかったじゃないの」

「確かにね。でも、今はよくわかったの。ライリー・ホワイトフィールドがあなたを幸せにしてくれるのなら、このまま彼とつき合いなさい」

グレイシーは半ば本気で、地面がぱっくり割れて、とんがり帽をかぶった地の精のノームが現れるのではないかと考えた。

母はうなずいた。「ほんとに？」

「もう二度とあなたを失いたくないのよ、グレイシー。失ってしまったものは取り返せないけれど、またあなたと心が通い合うように努力したいの。これからは、根気強くあなたに信頼してもらえるようにするつもりよ」

グレイシーは自分の心が解きほぐされるのがわかった。「ああ、ママ。大丈夫よ」

「今すぐというわけにはいかないでしょうけど、いずれはそうなってもらいたいわ」

二人はまた抱き合った。

「どうして気が変わったの？」グレイシーは尋ねた。

「二、三日前の夜、アレクシスとヴィヴィアンと三人でくつろいでいたんだけど、そのとき、家族が一人足りないことに気がついてね。それがひどく悲しくて、涙がとまらなくなったの。また四人の家族になりたいわ。あなたにもそう思ってもらえたらいいんだけど」

グレイシーはこっくりとうなずいた。気持ちを切り替えるには少し時間がかかるかもしれないが、喜んで努力するつもりだった。

母はグレイシーをぎゅっと抱き締めてから放した。「さあ、これで私のほうの問題は全部ぶちまけたわ。それで、あなたのほうはどうなの？　ケーキ・ビジネスはどんな具合?」

「障害物がいくつかあってね」

「たとえば?」

そのことを話したいのかどうか確信がなくて、グレイシーはちょっと口ごもってから、深く息を吸いこんだ。

「二、三日前、ブライダル雑誌のインタビューを受けたの」

「すばらしいじゃないの」

「それが、そうでもなかったのよ」

グレイシーは母にその顛末《てんまつ》を話した。

話が終わると、母は唖然《あぜん》とした表情で言った。「いったいどこのだれが、そのケーキミックスの箱を置いたっていうの?」

「見当もつかないわ。だれもインタビューのことは知らなかったんだから。私とライリー、ジル、それとパムのほかにはね」

母は唇をゆがめた。「パムは最低の女よ。どうしてあんな女なんかとかかわり合ったりしたの?」

グレイシーは思わず声をあげて笑わずにはいられなかった。「一言のもとに切って捨てるとは、このことね」

母は軽く手を振って受け流した。「パムのことは昔から虫が好かなかったの。彼女を好きな人なんて一人もいないわ。自分のことしか考えていないんだから。だけど、彼女があなたを陥れたいと考える理由はなんなの？」

「問題はそこなのよ」

「あちこちできいてみるわ」母は言った。「もしかしたら、だれかがなにか聞いているかもしれないから。残念ね、ヴィヴィアンの披露宴をパムのB＆Bで開く予定にしていればよかった。何度もキャンセルすると言って彼女をはらはらさせてやれば、楽しめたでしょうに」

グレイシーは顔をしかめた。「結婚式のことだけど……」

「あなたの問題じゃないわ」母は言った。「そして、何本か電話をかけなくちゃならないことを別にすれば、私の問題でもない。ヴィヴィアンのあと始末をさせられるのはもううんざり。あの子もそろそろ大人になって、自分のしたことの結果を自分で引き受けなくちゃね」

「本気なの？」

「神に誓って」母はもう一度グレイシーを抱き締めた。「残り物のケーキがある？」

「もちろんよ。こっちへ来て」

ライリーは私立探偵の報告書をもう一度読んだ。なにもなし。謎《なぞ》の新聞記者の痕跡《こんせき》もなければ、町長がなにか企《たくら》んでいる気配もない。パムを何日か尾行するようにも頼んでおいたのだが、これまでのところ、彼女は模範的な町民だということだった。

まったくもどかしい限りだ。ライリーはロスロボスの通りを運転しながら考えた。せっかく私立探偵を雇ったのに、なにが起こっているのかということに関しては少しも明らかになっていない。もっと悪いことに、だれかがグレイシーを陥れる動機として思い当たるものがなに一つない。

こちらの問題が行きづまってしまったので、ライリーはもう一つの問題に取り組むことに決めた。そして、その日の終業時刻直前にジークの保険代理店の前に車をとめて、中へ入っていった。

「ジークはいるかい?」ライリーは受付の女性に尋ねた。

「はい。どなたがいらしたと伝えれば……。ああ、ミスター・ホワイトフィールドですね。すぐにお取り次ぎします」

ライリーは受付係ににっこりしてみせた。「その必要はない。自分で見つけるから」

彼は短い廊下を進み、ノックもせずにジークのオフィスのドアを開けた。

ジークが顔を上げた。「これはどうも。ここでなにをしていらっしゃるんですか?」そう言ってちらりとカレンダーに目をやった。「打ち合わせをする予定になっていましたっけ？」

「いや」ライリーはジークのデスクに近づいて、角に浅く腰かけた。「昔ロスロボスを出たあと、僕が北へ向かったことは知っているか？」

ジークが眉を寄せた。「いいえ。それがどうかしましたか？」

ライリーは無造作に肩をすくめた。「別に。アラスカで漁船に乗りこんだんだ。きつい仕事で、長時間労働だった。当時、僕は田舎の小さな町のがきで、世間のことはなに一つ知らなかった。だが、じきに多くのことを学んだよ。自分より体格も年も上の男たちと、数えきれないくらい喧嘩《けんか》をした。さんざんぶちのめされて、絶対に屈しないことを学んだ」

ジークが椅子の上で身じろぎした。「選挙運動にはあまり使いたくないエピソードですね」

「だが、おもしろいぞ。そして、油田の掘削現場はそれ以上にひどいところだ。狭苦しい宿舎で、おおぜいの気ままな男たちが顔を突き合わせて暮らすんだ。そんなところで喧嘩が始まると、ときには何時間も続く」

「町長をぶちのめしたいんですか？」

「いや。それより、君と一勝負しようと考えていたんだが」

ジークは目をまるくしたかと思うと、あわてて立ちあがった。「僕と？　僕がなにをしたっていうんです？」

「秘密を持っているじゃないか。言っておくが、僕はそれが気に入らない。その秘密のせいで君の奥さんがうろたえている。それはかまわないが、そのせいで奥さんがグレイシーに泣きついて、グレイシーが動揺している。それは、僕としてはほうっておくわけにはいかない。新聞に載った写真の件のごたごたは、そもそも君が原因で始まったんだぞ。僕には、グレイシーの身に起こったほかの問題を解決することはできないが、これなら解決できる。君は夜中にいったいどこへ行っているんだ？　そして、行った先でなにをしているんだ？」

17

グレイシーはスケジュール表の前に立って、騒ぎが起こるまでにあとどれくらい猶予があるか考えた。ニーダ・ジャクスンが自分の胸におさめておいてくれると思いたかったが、そううまくいくはずがないのはわかっていた。記事をブライダル雑誌に載せられないとなれば、ニーダはまとまったお金を手に入れる当てがはずれることになる。とすると、どこかほかでその穴埋めをしなければならない。タブロイド新聞はスキャンダルには金を惜しまないという評判だから、ニーダが記事を売り込みに行くのはそこではないかという気がする。

記事が掲載されるまでどれくらいかかるのだろう？　週刊紙の世界のことはなにも知らない。数日だろうか？　数週間だろうか？　いったいいつごろ記事が出るのだろう？

もっとも、それよりも大切なことがあった。焼いてデコレーションをしなければならないケーキが、まだ山ほどある。ケーキミックスの箱の事件以来、グレイシーはパムのところへは行っていなかった。パムがかかわっているのではないかという疑いをどうしてもぬぐえなかった。そして、その疑いを裏づける証拠をつかむまでは、彼女と顔を合わせたくなかったのだ。

家の前の私道に車がとまった。母と仲直りしてからというもの、家にだれかが訪ねてきても、グレイシーは以前ほど気をもまずにすむようになっていた。ひょっとすると、今回はとてもうれしいお客かもしれない。

グレイシーは急いで玄関に出た。そして、にっこりした。自分の車の横に見慣れたメルセデスがとまっていて、ハンサムな男性がこちらへ向かって歩いてくるところだった。

「銀行の仕事があるんじゃないの？」彼女は胸の高鳴りを無視しようとしながら尋ねた。ライリーを好きになることはかまわないけれど、心底好きになるのは大きな間違いかもしれない。

「従業員がいるさ」ライリーはそう言うと、かがみこんでグレイシーに軽くキスをした。「これも頭取の役得だよ」

「従業員、ね？　私も一人雇っておくべきだったかもしれない」グレイシーは一歩下がって彼を家の中に招き入れ、先に立ってキッチンへ向かった。「なにか用なの？」

ライリーはグレイシーに近づき、両手を彼女の肩に置いた。「ジークのことでいい知らせがある。浮気はしていない。まるで違うことだった」

彼の口から出た言葉は、グレイシーがまったく予想していなかったものだった。「え？

あなた、ジークと話したの？」

「君の一番大きな問題を解決することはできないが、これならなんとかできるというのがわかっていたからね」

なんてやさしいのだろう。グレイシーはうれしくなった。「それで、彼は夜出かけてなにをしているの？」

「身構えて」

ライリーはまだグレイシーの肩に触れている。グレイシーが今本当にしたいのは、もっと彼にすり寄って、満腹した猫のように喉をごろごろ鳴らすことだった。

「身構えたわ」

「コメディアンをやっているんだ」

グレイシーは目をまるくした。「え？」

「僕も同じ反応をしたよ。どうやら、ジークはずっとコメディアンになることを夢見ていたらしい。ところが、アレクシスと出会って恋に落ちた。それで夢を棚上げにしたんだ。ただ、このごろになって、その思いがまたつのってきた。一生後悔したままでいたくないと思って、今その夢をかなえようとしているんだ」

コメディアン？「ジークがそんなにおもしろい人だなんて思ったことはないけど。どうしてアレクシスに話さなかったのかしら？」

「知るもんか。ただ、二人はそろそろ子供を作ろうかと話していたらしい。ジークはおそらく、自分が仕事を辞めると彼女が不安を感じるんじゃないかと考えて、隠していたんだろう。サンタバーバラとロサンゼルスのクラブへ行って、舞台に立っているんだそうだ。二週間ほど前に『トゥナイト・ショー』のだれかの目にとまったとかで、今は電話がかかってくるのを待っているところらしい」

グレイシーは信じられなかった。義理の兄の秘密が予想もしなかったものだったのもさることながら、彼とアレクシスが子供を作ろうと考えていたのも。このところ、まわりには妊娠に関する話が多い。

「彼、アレクシスに話すって言ってた？」グレイシーは尋ねた。

「それが一番いいことだと彼に納得させたよ」

「どうやって納得させたのか、きいてもいいかしら？」

ライリーはしたり顔になった。「脅したんだ」

「力に訴えて？」

「ああ、そうだよ」

グレイシーはくすくす笑った。「すっきりした？」

「ああ、最高だった。もう何年も殴り合いの喧嘩《けんか》なんかしたことがなかったが、ジークとはためらわずにするつもりだった。彼は喧嘩は不得意なようだな。すぐに折れたよ」

「あなたたち二人には心から感謝するわ」グレイシーはライリーを抱き締めた。「問題が一つ片づいて、残りはあと五千万個ね」

「そういう気分なのかい？」ライリーは彼女の背中を撫《な》でた。

「四六時中ね」

「それじゃ、次の問題にタックルしよう。パムとケーキミックスの箱だ」

グレイシーはそのことについては考えたくもなかった。「どうしてパムがあんなことをしたりするのかしら？」

「見当もつかないが、容疑者として考えられるのは彼女しかいない。彼女がなにをしているのか、さぐる必要があるな」

グレイシーは顔をしかめ、胃薬をのみたいと思った。「まさか、彼女の家を見張るつもりじゃないでしょうね」

ライリーは一歩下がって体を離し、白い歯をのぞかせた。「八時に迎えに来るから、黒い服を着て待っていてくれ。ああ、それと、カメラを忘れないように」

ライリーが帰ると、グレイシーはケーキ作りに取りかかった。十分おきに焼き型をまわさなければならないせいで、作業ははるかに手間がかかった。一段目のスポンジケーキをオーブンから出したとき、携帯電話が鳴った。彼女は電話をつかんで通話ボタンを押した。

「グレイシーです」

「ひどいじゃないの」聞き覚えのない女性の声だったが、怒っているのはすぐにわかった。「どんなにひどい女だと思ってるか、言葉ではとうてい言い尽くせないわ。最低なんて言うくらいじゃ、とても足りないわよ」

「え？」グレイシーは目を白黒させた。「どなたですか？　番号違いだと思いますけど」

「あら、そう思いたいでしょうね。あんたなんか大嫌い。絶対に許さないわ。まったく、今すぐ手付金を返してちょうだい。嘘《うそ》つき。ケーキ作りのプロだなんて、よく言えたものだわ。三流もいいところじゃないの。父が弁護士をしてるから、あんたを訴える相談をするつもりよ。これがどういう罪になるのか知らないけど、なにかあるはずよ。まったく、へどが出そう」

グレイシーは胃が引っくり返ったような気がした。部屋がひどく寒く感じられる。

「いったいどなたですか？」彼女はできるだけ穏やかに尋ねた。

「シーラ・モーガンよ。来月ウエディングケーキを焼いてもらうことになってたでしょ。嘘をついたのね、グレイシー。みんな嘘だったのね。おかげで、だれかほかのケーキ職人をさがさなくちゃならないじゃないの。あんたなんか地獄に落ちればいい。もう、あんまり腹が立って、ののしる言葉が思いつかないくらいよ」

電話は突然切れた。グレイシーは終了ボタンを押して、手の中の携帯電話を見つめた。

それから電源を切った。

二十分後、グレイシーは近くの食料雑貨店のレジのそばに立っていた。週刊のタブロイド新聞は、まだ束のまま積みあげられていた。上になっている面の見出しをざっと見ていくと、三番目に問題のものがあった。

〝スター御用達のウエディングケーキ職人、化けの皮はがれる〟

見出しの横に、つぶれたケーキミックスの箱の写真があった。

グレイシーは新聞を一部引っぱり出すと、ページをめくってその記事をさがした。ページ半分ほどのそれほど大きな記事ではなかったが、ケーキミックスの箱がつまったグレイシーの車と、あわてふためいた表情の彼女の写真が載っていた。

本文はひどい当てこすりの連続だった。グレイシー・ランドンがケーキミックスを使っているとはどこにも書かれていなかったものの、この記事を読めば、だれもがそう思うだろう。

六時までに、予約のケーキの八割がキャンセルになった。インターネットのブライダル関連の掲示板を見てみたところ、怒りの書き込みがいくつもあった。ニーダに取材を委託したブライダル雑誌の編集長からも電話がかかり、罵声《ばせい》を浴びせられた。

グレイシーはベッドにもぐりこんで、携帯電話をにらみつけた。電源を入れるたびに、また新たに、注文をキャンセルする花嫁からのメッセージがいくつも入っていた。彼女たちはみんな怒り狂っていた。本当は、裏切られたのは彼女たちではなく自分のほうだということを、どうやって伝えればいいのかわからなかった。

こんなことが本当に起こるはずはない。グレイシーは心の中でつぶやいた。悪い夢に違いない。一生懸命働いて評判を築きあげてきたというのに、すべてが跡形もなく消えてしまった。それも、ほんの一瞬にして。一つ一つのケーキを完璧《かんぺき》に仕上げるために、私がどれだけ徹夜をしたかなんて、だれも気にもとめようとしない。だれも本当のことを聞こうともしなかった。

部屋が薄暗くなり、グレイシーは起きあがってなにかしなければと考えたが、その気力もなかった。彼女は枕《まくら》で顔をおおい、世界が消えてなくなるようにと念じた。

かなりの時間が過ぎてから、玄関のドアをどんどんたたく音が聞こえた。ライリーと二人でパムの家を見張りに行くことになっていたのを思い出したが、無視した。これがパムのしわざだったとしても、それでどうだというの？　私が受けた損害は、もうどうやっても埋め合わせがつかない。ウエディングケーキ職人としてのキャリアはだいなしにされてしまったのよ。

数分ほどで、ドアをたたく音はやんだ。グレイシーは枕をベッドの反対側に落とし、じっと天井を見つめた。部屋は薄暗くなっていた。遠くでドアが開く音がして、足音が聞こえた。

ふつうの状況であれば、グレイシーは最悪のこと——泥棒かエイリアンが侵入したのではないかと考えただろうが、今はもうどうでもよかった。

「グレイシー？」

ライリーの声だ。あきらめなかったらしい。

「ここよ」そう言うグレイシーの声は低く、悲しみでくぐもっていた。体じゅうが痛んだ。

廊下の明かりがついた。まもなく、ライリーが戸口に現れた。

「どうしたんだ？　体の具合が悪いのか？」

「そうならいいんだけど。だったら、よくなる見込みがあるもの。あるいは、死ぬか。どっちにしても、問題が解決する望みがあるわ」

ライリーはベッドの端に腰を下ろし、グレイシーの顔にかかった髪を払いのけた。「なにがあったのか話してごらん」

グレイシーは携帯電話をつかんでメッセージの再生ボタンを押すと、ライリーに渡した。

ライリーはしばらくメッセージを聞いていた。彼が電話の電源を切ったとき、グレイシーは涙がこみあげてくるのを感じた。

「なにも悪いことなんかしてないのに」彼女は言った。「なにか悪いことをしたのなら、こういう仕打ちを受けてもしかたがないと思うわ。でも、なにもしてないのに、だれも話を聞こうともしてくれない。私の仕事は評判が命よ。それが地に落ちてしまった。この週末の二件の予約は残っているけど、それは、今からじゃもうほかのケーキ職人をさがす時間的な余裕がないからよ。それ以外はみんなキャンセルされたわ。あとは歴史的建造物保存協会のシートケーキの注文だけ。あそこがキャンセルしてこないのは、ただで焼いてあげることになっているからだと思うわ」

ライリーの表情が怒りでこわばった。彼はかがみこんでグレイシーにキスをした。

「二人でなんとかしよう」

「騒ぎをおさめるっていうの？　でも、どうやって？」

「なにか方法を考えるさ。僕らは息の合ったチームじゃないか。さあ、パムの見張りに出かけよう。私立探偵に彼女のことを洗いざらい調べさせている。彼女には過去になにか秘密があるはずだから、二人でそれを見つけるんだ。まずは、彼女の弱みになりそうな写真を撮りに行こう」

グレイシーは首を横に振った。「あなた一人で行って」

「君も一緒でなければ行かないよ」ライリーはグレイシーの両腕をつかんでベッドの上に座らせると、顔をのぞきこんだ。「さあ、グレイシー。パムを破滅させに行こう。おもしろいぞ」

またベッドにまるくなりたいという衝動に、グレイシーは負けそうになった。でも、もしそうしたら、私はもう二度と起きあがれないかもしれない。それは困る。そう思って、なんとか衝動に打ち勝った。

「わかったわ。着替えるから、ちょっと待ってちょうだい」

グレイシーは立ちあがってクローゼットの前まで行った。けれど、とても服を選べるような状態ではなかった。ライリーが横に立って、濃い紫のTシャツと黒いジーンズを引っぱり出した。

「先取りファッションだな」彼はグレイシーの腕にTシャツとジーンズをかけて、バスルームの方へ押しやった。「三分で着替えるんだ」

「〝先取りファッション〟なんて表現をどこで覚えたの？」

ライリーはにやりとした。「おいおい、油田の掘削現場では、テレビのファッション関係の番組はとても人気があるんだ。お目当てはほとんど裸のようなモデルたちだが、ファッションショーもなかなかの人気でね」

グレイシーは思わずにっこりした。こんなときに笑えるとは妙な気がしたが、少し気持ちが楽になった。「すぐに着替えるわ」

十分後、二人はライリーの車に乗りこんで、急速に暗くなりつつある中を、町の反対側へと向かっていた。

グレイシーはフロントガラスごしにじっと前方を見つめて、なるべくため息をつかないように努力した。

「こんなことをしている暇はないんじゃないの？」彼女はライリーに言った。「投票日まで二週間もないのに」

「大丈夫だよ。一両日のうちに、戸別訪問を始めるつもりだ」

「支持率では負けているの？」

「なんとか持ちこたえている」

グレイシーはライリーの顔を見た。「本当のことを言ってちょうだい」

「僕は――」

「ライリー、私は赤ん坊じゃないわ。心配しなくても大丈夫よ。数字はどうなの？」

「まだ落ちこみつづけている」

そのうちのどれだけが私のせいだろうか？　私がロスロボスに帰ってこなければ、こんなことにはならなかったはずだ。

「ごめんなさい」グレイシーは言った。「なにもかも」

「ケーキの騒ぎは残念なことだと思うが、それ以外はなんてことはない」

「え？　頭がおかしくなったんじゃない？　選挙に負けるかもしれないのよ。それを考えた？　九千七百万ドルものお金がかかっているのに」

「負けはしないさ」

「だけど、もし負けたら？　それに、もし私が妊娠していたら、どうするの？」

その話題はライリーの注意を引いたようだった。「妊娠しているのか？」

グレイシーはシートに体を沈めた。「さあ。していないとは思うけど。あと三日ほどで、妊娠検査薬で確かめられるわ。でも、もし妊娠していたら、どうするの？」

「なんとかするさ」ライリーは静かに言った。

それはグレイシーが予想していた反応とは違った。自分が彼だったら、腹を立ててわめき散らすだろうという気がした。けれど、嵐《あらし》のような一日のあとでは、彼の静かな反応がありがたかった。

「妊娠していないように努力するわ」グレイシーは言った。

「そういう問題じゃないと思うけどね」

車はグレイシーにも見覚えのある通りに入り、やがて、ミニバンのうしろにとまった。

「パムの家は向こうだ」ライリーが角の家を指さして言った。「あとは歩いていこう」

「『スパイ大作戦』の主題曲をハミングしたほうがいいんじゃない？」グレイシーはメルセデスから降りながら言った。

「君がそのほうがいいと思うのなら」

「別に」

グレイシーは歩道を歩きだした。街灯があたりを照らしていたが、それでも、身を隠せる暗がりはあちこちにあった。

ライリーが家の横手の庭にするりと入り、彼女もそれに続いた。二人は裏庭にまわり、茂みのそばにしゃがんだ。

「彼女、窓のブラインドを閉めていないな」ライリーが小声で言った。

「たぶん、こっそり監視されるなんて思ってないはずよ。私だってそんなことは思わないもの。もっとも、私の人生に起こっていることを考えると、用心したほうがいいかもしれないわね」

「あそこだ」ライリーが指さして言った。

グレイシーは伸びあがって窓の中に目を凝らした。パムがキッチンに立って、大きなボウルからなにかをそそいでいる——。

「あの女ったら、私の焼き型を使ってる！」

大きな声が夜の静けさの中に響いた。ライリーがグレイシーの腕をつかんで腰を落とさせた。彼女は思わず両手で口を押さえた。

「ごめんなさい」つぶやくように言う。「声を出すつもりはなかったのよ」

「わかってる」ライリーがグレイシーの耳元で言った。

その低い声だけでも十分心が騒ぐのに、さらに彼の息の熱さを感じ、たくましい腕に抱きかかえられて、グレイシーは体から力が抜けてしまいそうになった。

今はそんなことに気をとられている場合じゃないでしょ。彼女は自分にそう言い聞かせながら、地面に膝をついて両手をポケットに突っこんだ。

「彼女、私の焼き型を使っているわ」

「そうらしいな」

「どうして、朝食付き宿《B&B》から私の焼き型を持ってきたりしたのかしら?」

「知るもんか」

グレイシーはあれこれ考えてみた。「彼女のケーキを焼くため? でも、なぜ?」窓から中が見えるように、また少し腰を浮かした。パムがオーブンの方にかがみこんで焼き型を入れていた。「天板は下の段に入れなくちゃ」グレイシーはつぶやいた。「あれじゃ高すぎて、まわりが焦げちゃう。私の仕事を盗むつもりだったんなら、もっといろいろ質問しておくべきだったわね」そこではっとしてライリーの方を向いた。「そうなの? パムは私の仕事を盗むつもりなのかしら?」

「どうしてそんなことをするんだ? 彼女、金はたっぷり持っているようじゃないか」

「そうよね。ものすごく高価な服の代金はだれかが払ってくれているみたいだし」グレイシーは言った。「それに、B&Bも持っているし。あれは安くはなかったはずよ。やれやれ、まるでわけがわからないわ。いったいなにをしているのかしら?」

それをさぐり出そうとして、二人は二時間近く茂みに身をひそめていた。そしてわかったのは、パムはケーキを焼くのが実に下手だということだけだった。焼きあがったスポンジのふくらみ方が均一でないうえに、周囲が焦げているのを見て、グレイシーはほんの少し胸がすっとした。さらに、ケーキを型から出そうとしたものの、ケーキクーラーに落ちたのが全体の六割にすぎなかったとき、グレイシーの喜びはピークに達した。

「完全な失敗作だったわね」車に引き返しながら、グレイシーは上機嫌で言った。「私が最初に焼いたケーキはあれよりはるかに出来がよかったわ。そのとき、私はまだ十歳だったと思うけど。あの調子なら心配する必要はないわね。彼女に私のお客を盗まれることなんて……」

グレイシーの声は小さくなってとぎれた。もう盗まれる客などいないことを思い出したのだ。

「いずれなにかわかるさ」ライリーが言い、グレイシーの肩に腕をまわして引き寄せた。「わかるまで根気よくパムを見張ろう」

「よかった。ここしばらくは、テレビでおもしろい番組がないみたいだから」

ライリーはグレイシーの顔を見て眉を上げた。「僕と一緒にパムを見張るより、テレビを見るほうがいいのか?」

グレイシーはにっこりした。「とんでもない！　そんなこと言った？　言うはずないでしょ。あなたは女性を楽しませるすべを心得た人だもの」

続く二晩の見張りも同じ結果だった。パムはケーキを焼きつづけた。下手もいいところだ。グレイシーはいくらか満足感を覚えた。パムは焼き型の手入れもおざなりで、型はだんだん黒ずんで引っかき傷ができていったが、それはグレイシーの知ったことではなかった。

ところが、四日目の夜は、キッチンにケーキクーラーが見当たらなかった。パムはほとんどキッチンに姿を見せず、ようやく現れると、市販のシート状のクッキー生地をオーブンに入れ、冷蔵庫から白ワインのボトルを出した。

「客が来るんだ」ライリーが満足そうに言った。「パムがこのごろだれとつき合っているのか見ようじゃないか。もしかしたら、僕らの答えが出るかもしれない」

「おもしろい人物ということなら、町長しか考えられないわ」グレイシーはささやいた。「でも、彼ってことはありえないわね。ほかのみんなと同じように、パムも彼を毛嫌いしているもの」

「それは確かかい？」

脚がしびれてきたこと以外、今の自分にはなに一つ確かだと言えるものなどないことに、グレイシーは気づいた。

「家の横手へまわろう」ライリーが言った。「あそこなら、だれが来たのか見える」

グレイシーは腰を落としたまま、彼のあとについていった。横手の庭で茂みの陰にしゃがんだとき、カメラを手さぐりした。パムの客の写真を撮ったほうがいいだろう。

一台の車が通りをこちらに向かってきた。グレイシーは立ちあがり、小さな木に寄りかかって体を支えた。カメラを顔の前に構え、小さなファインダーをのぞく。車が近づいてきた。

「さあ来い、御大」彼女はつぶやいた。

ライリーが含み笑いをもらした。「御大？」

「言葉のあやよ」

「そうか。車が私道に入ってきたぞ」

そのあとなにが起こったのか、グレイシーにはよくわからなかった。もしかしたら、草か葉が濡《ぬ》れていたのかもしれない。もしかしたら、私がどじだっただけかもしれない。あるいは運命だったのか。理由はなんにせよ、パムの客の写真を撮ろうと構えたとき、足がすべった。あっと思ったときには、足をすくわれて体が傾いていた。とっさになにかつかもうと手を伸ばした拍子に、指が勝手にシャッターを押した。暗がりでまばゆいフラッシュが光り、古ぼけたカメラから印画紙が押し出された。乗っていたのがだれにせよ、車はすぐさまバックして走り去ってしまった。

「行こう」

ライリーはグレイシーのあいているほうの手をつかむと、庭から出て車の方へ走りだした。パムの家にぱっと明かりがついた。玄関のドアが開いた。

「そこにいるのはだれ？」パムがどなった。「なにをしてるの？」

　グレイシーはライリーの車に飛びこみ、ダッシュボードの下に伏せた。

「急いで。急いで！」彼女はせかした。

「そうしているところだ」

　ライリーがエンジンをかけ、車をUターンさせた。二ブロックほど走ったところで、彼女はようやく車のライトをつけた。グレイシーはおそるおそる体を起こした。

「ごめんなさい」彼女はライリーの顔を見るのが怖かった。彼の怒った顔を見るのが。

「わざとしたんじゃないのよ」

　妙な音が聞こえて、グレイシーは体をこわばらせた。彼は……笑っているの？

　ライリーの方に顔を向けた彼女は、思わず目をまるくした。「なにがそんなにおかしいの？」

「君さ」ライリーがくっくっと笑いながら言った。「わざとやったんじゃないのはわかってる。足をすべらせたのは見えたんだが、遠すぎて手が届かなかった。まるでアニメーションを見ているようだった。最初はゆっくりと、それがだんだん速くなって」そして、ちらりと彼女の方を見た。「これだけは言えるよ、グレイシー。君は決して退屈な人間なんかじゃない」

「すてきね。私の墓石にそう刻んでちょうだい。結局、パムがなにを企《たくら》んでいるのかも、彼女がだれとつき合っているのかも、わからないままね。さっきの車がなんだったか見た?」

「いや。暗くて車種も型式もわからなかった」

グレイシーは写真の保護膜を引きはがし、そこに写っているパムの家の屋根の一部と、空と思われる暗がりを眺めた。

「ケーキの仕事を取り戻せないからって、写真家になるのも無理みたいね」

「ケーキ・ビジネスは取り戻せるとも」

「どうしてわかるの?」

「二人でこの謎《なぞ》を解いて、だれのしわざにせよ、そいつに償わせるつもりだからさ。たとえ力に訴えて脅す必要があってもだ」

グレイシーはそれを聞いてうれしくなった。「あなたって、ほんとにやさしいのね」

「君のためなら、喜んでだれかを殴ると言ったからかい?」

「ええ。すてきだわ」

ライリーはグレイシーの頬に手を触れた。「考え直したほうがいいんじゃないのかな」

「とんでもない」グレイシーは顔を横に向けて、彼のてのひらに唇を押しつけた。「うちに泊まりたい?」

ライリーが間髪を入れずに答えたのが、グレイシーにはとてもうれしかった。

「もちろん」

「あなたっていい人ね、ライリー・ホワイトフィールド」

「僕はろくでなしだよ。君にはそれがわからないんだ」

「そうは思わないわ」

もちろん、ライリーにはいろいろと欠点がある。けれど、欠点のない人間なんていない。重要なのは、二人には思い出したくもない忌まわしい過去があるにもかかわらず、ライリーがほとんど最初から私のそばにいてくれたことだ。どうやら彼はもう、私がストーカーだったことをすっかり忘れてくれたらしい。

ライリーは男らしくて、思いやりがあって、おもしろくて、頭が切れる。そして、ベッドで愛し合ったときには、今まで経験したことにない喜びを味わわせてくれた。彼といると安心できる。おまけに、彼といると火花を感じることもできる。

車で家まで引き返す間、グレイシーはじっとライリーを見つめていた。ライリーは私道に車を入れてグレイシーの車の横にとめると、助手席に身を乗り出して彼女にキスをした。グレイシーは彼の体に腕をまわしてしっかりと抱き締めながら考えた。多感な十四歳のときの夢の王子様を、今こうして手に入れることができるなんて、ちょっとありえないことなんじゃない？

18

ライリーが日差しの差しこむ部屋で目を覚ましたとき、ベッドにグレイシーの姿はなかった。彼はしわだらけのシーツに手をすべらせた。グレイシーは家のどこかにいるはずだから、そのうち現れるだろう。そうしたら、彼女をつかまえてまたベッドに引きずりこみ、もう一度楽しむことにしよう。

ライリーは目を閉じ、その光景を思い描いてにやりとした。グレイシーと一緒にベッドにいるのは楽しかった。彼女の表情も香りも、自分に味わわせてくれる喜びも、すべてが気に入っていた。グレイシーは僕と相性がいいようだ。そう言える人間は、彼が知っている中には数えるほどしかいなかった。

「なにをにやにやしているの？」

ライリーは目を開けて、グレイシーが近づいてくるのを眺めた。グレイシーは丈の長いTシャツを着ているが、歩くたびに胸が大きく揺れるところからすると、ほかにはほとんどなにも身につけていないようだ。

「君のせいだ」

「へえ?」グレイシーはライリーの横に座り、彼の額にかかった髪を手でかきあげた。「ゆうべのことを考えていたの?　あなたったら、動物みたいだったわ」

「君だって似たようなものだった」ライリーは左肩をちらりと見た。「僕を噛《か》んだだろう」

グレイシーはにっこりした。「噛んだのは覚えているわ」

「跡が残ってる」

「文句を言っているの?」

「もうこれっきりというんじゃなければいいさ」

グレイシーはくすくす笑うと、かがみこんで唇を軽く触れ合わせた。

「三つのFのルールを破ったから、じきに三つのFの警察がやってきて、あなたを逮捕するわよ。いい知らせがあるの。刑務所に入っている間にパパになる心配はないわ」彼女は白いプラスチックのスティックを差し出した。「妊娠はしてないから」

ライリーは妊娠検査薬が使える時期になったことを忘れていた。彼はその小さなスティックに手を伸ばしたが、グレイシーがうしろに引いて遠ざけた。

「これ、私のおしっこがかかっているのよ。そんなものに触りたくないでしょ」

「それもそうだな」ライリーは彼女の顔をじっと見つめた。「間違いないのかい?」

「ええ。これを見る限りはね」グレイシーはスティックを振った。「でも、すぐに証拠が現れるはずよ。明日かあさってには生理が始まると思うから。あれこれあったから、ストレスのせいで遅れているんだと思うの。きっと始まるわ」

「君はそれでいいのか?」

グレイシーは目をまるくした。「いいわよ。喜んでちょうだい。私たちが望んでいたのはこれよ。そうでしょ?」

「もちろんだ」予期しない妊娠は、ライリーの人生の五カ年計画には入っていなかった。「最初のときのあとはずっと避妊しているから、もう心配ないわ」グレイシーは立ちあがって、プラスチックのスティックを屑籠《くずかご》にほうりこんだ。「コーヒーがはいっているわよ。もしよかったら卵があるけど。スクランブルエッグにでもしてあげましょうか」

ライリーは体を起こし、彼女の手をつかんでぎゅっと握り締めた。「僕はケーキしか食べないんだ」

グレイシーは笑い声をあげた。「私の好みにぴったりね。まずシャワーを浴びる?」

「そうしよう」

ライリーは三十分ほどしてグレイシーの家を出ると、銀行に出勤する前に家に寄って服を着替えた。グレイシーには、パム対策を考えるためにあとで電話をかけると約束した。選挙運動のことでジークとも打ち合わせがあるし、ほかにも用事がある。

しかし、今ライリーの頭の中にあるのは、グレイシーのことと彼女が妊娠していなかったことだけだった。よかったじゃないかと心の中でつぶやく。それなら、なぜもっと喜ばないんだ？　実は彼女が妊娠していることを願っていたんだろうか？

とんでもない。だったら、なんなんだ？　もしグレイシーが妊娠していたら、彼女と結婚して、夫や父親にならなければならなかっただろう。どちらも僕の予定にはなかったことだ。僕は一箇所に落ち着いて、家庭を持つような人間じゃない……。

そう、どうしても落ち着かなければならないとしたら、相手がグレイシーならば家庭を持てるかもしれない。だが、僕はそういう深いかかわり合いは求めていない。そんなタイプじゃないし、そういうことは好きじゃない。

ただ、グレイシーのことは気にかかる。彼女の身に悪いことが起こらないようにしたいし、彼女が平穏に暮らしていけるようにしたい。彼女のそばにいたい。

もっともこの問題は、興味深くはあるけれど、重要なことではない。ライリーは自分にそう言い聞かせた。選挙が終わったら、勝っても負けても、町を出ていくつもりだ。それを変更する気などこれっぽっちもない。

「私たちは結束を固めなくちゃ」アレクシスが言った。「お願いだから来るって言って」

グレイシーは家族の結束を固める集まりに参加したいような気分ではなかったが、母には会いたかった。過去のわだかまりを解いて以来、母とは顔を合わせていなかった。

「わかったわ」彼女は言った。「何時？」

「ヴィヴィアンは今日は半日で仕事が終わるから、みんなでゆっくりランチを食べるつもりにしているの。だから十二時でどう？　持ち寄りにしましょう。ケーキはある？」

「もちろんよ。持っていくわ。ツナサラダもあるけど」

「それは遠慮するわ」

グレイシーはくすくす笑ってから、ため息をついた。「結局、ヴィヴィアンの結婚式はどうなったの？」

アレクシスが口ごもった。「正直なところ、私にはわからないし、知りたくない気もするの。あと一回、中止するしないの騒ぎがあったら、あの子を殺しちゃうんじゃないかって気がして」

グレイシーにはその気持ちがよくわかった。「トムはどうなの？　ヴィヴィアンは彼と話し合ったのかしら？」

「それも知らないのよ。いずれわかると思うわ。それじゃ、十二時にね」

「わかったわ」

グレイシーは電話を切ると、あれこれ考えながらキッチンへ行った。自分勝手ではあるけれど、今は、妹の結婚式がやはり行われることになってもかまわないと思った。そうすればつくるケーキができるからだ。今のところ、予定表に残っているのは、無料で歴史的建造物保存協会のために作ることになっているケーキだけだった。頼まれたシートケーキよりはるかにすてきなケーキを作るつもりだったけれど、基金集めの催しにはあまり立派なケーキはそぐわない。

　デザインのスケッチはグレイシーの手元にはなかった。上等の焼き型と一緒にパムの朝食付き宿《B&B》に置いたままになっているのだ。近いうちに取りに行かなければならないだろうが、今日でなくてもいい。それより、もう一度スケッチを描いたほうがいいかもしれない。少なくとも今はもう、ほかのケーキを作る合間に、どうやって予定を押しこもうかと頭を悩ませる必要はなくなったのだから。

　十二時少し前に、グレイシーは実家へ向かった。なぜか、なにもかもが上向きになっているような気がした。問題が一つずつ解決している。妊娠していなかったし、長年の母とのわだかまりも消えた。これでケーキの仕事が元どおりになってくれさえすれば、私の生活はほとんど完璧《かんぺき》に近いものになるはずだ。

　グレイシーはアレクシスの車のうしろに駐車した。姉も今着いたところで、グレイシーが助手席からピンクのケーキの箱を取って車から降りるまで、待っていてくれた。

「元気？」アレクシスがいつになく明るく幸せそうな表情で尋ねた。

「とってもね。姉さんは？」

「私もよ。ここ二、三日、ジークと夜じっくり話し合ったの」姉はそう言ってにっこりした。「それ以外のこともしたけどね。彼がコメディアンになりたがっていることは、ライリーから聞いた？」

グレイシーはうなずいた。「姉さんはどう思っているの？」

「正直なところ、最初はびっくりして、ものすごく頭にきたわ。でも、よく考えてみたら、夢を実現するチャンスがあるのなら、ジークだって挑戦すべきだって気がついたの。それに、自分の結婚した相手が有名人になるのって、すてきなことだという気がするし」

グレイシーはよくわかるというようにうなずいたものの、どれほど姉と妹に親近感を抱きたいと思っても、無理ではないかという気がしてきた。それはたぶん、叔父と叔母に育てられたからではなく、まったく別の種類の人間だからだろう。

「選挙が終わったら、彼は保険の仕事を辞めることにしたのよ」アレクシスは玄関のドアをノックして、返事を待たずに開けながら言った。「私が働いて生活を支えるつもりでいるの」

「冗談でしょう」アレクシスがそんなことをするなんて、グレイシーには想像もできなかった。

「妻として、夫を支えるために全力を尽くすわ。彼には、あとで大きな宝石でも買ってもらって、借りを返してもらおうと思っているの」

「それはいい考えね」グレイシーはぽかんと口を開けそうになるのをこらえて言った。アレクシスがジークを支えたいと思う気持ちまでは理解できたが、あとで借りを返してもらうという考えにはついていけなかった。でも、私は結婚したことがない。アレクシスとジークの場合はそれでいいのだろう。

「二人とも間に合ったわね」ヴィヴィアンがキッチンから出てきた。「グレイシー、ケーキはたっぷり持ってきてくれた？　私、甘いものが食べたい気分なの」

「チョコレートフィリングがいっぱいにつまった、直径三十センチの三段のケーキよ」

ヴィヴィアンがため息をついた。「完璧だわ」

グレイシーは、ケーキの箱を受け取って中をのぞいている妹を眺めた。この前会ったときより、少しやつれて痩《や》せたように思える。目の下に隈《くま》ができて、口元に悲しみが漂っている。

「どうかしたの？」グレイシーは言った。

「セクシー作戦はうまくいかなかったの？」アレクシスがにやりとして尋ねた。「だから言ったじゃないの」

グレイシーは顔をしかめた。「大丈夫、ヴィヴィアン？」

ヴィヴィアンが答えた。「ううん。だけど、そのうち立ち直るわ。だんだん楽になるものでしょ、心の痛みって」

「いずれトムは機嫌を直すから」アレクシスが言った。「二週間ほど知らんぷりをしていれば、あなたの言いなりになるはずよ」

ヴィヴィアンが肩をすくめた。「そうは思わないわ。彼、はっきりそう言ってたもの。さあ、ママが待っているわよ」

ヴィヴィアンが二人を従えてキッチンに入ると、母が大きな円テーブルに四人分の席を用意していた。

「これで娘が全員そろったわね」母が言った。「うれしいわ」そして、一人ずつ抱き締めた。グレイシーを抱き締めたとき、母はささやいた。「会えてとってもうれしいわ」

「私もよ」グレイシーは小さくささやき返したが、自分が心からそう言っていると思うとうれしかった。

四人はテーブルについた。ヴィヴィアンがサンドイッチとサラダをまわし、自分の分のケーキを一切れカットした。だが、食べるわけではなく、フォークでつつくだけだった。

「それで、トムとはどうなったの?」アレクシスがチキンサラダ・サンドイッチを一口ほおばって尋ねた。

「別に。二回ほど話し合ったけど、彼の気持ちは変わらなかった。私……」ヴィヴィアンはこみあげる涙をこらえて、グレイシーを見た。「姉さんの言ったとおりだった。正直に自分の気持ちを言うべきだったんだわ。これまで私、男の人に自分のほんとの気持ちを言ったことなんかなかったの。ミステリアスで予測がつかないようにすることが、こっちに関心を向けさせておく方法だと思っていたから。それに、ママだって、パパにほんとのことを言ってなかったでしょ。私たち三人に新しい靴を買ってくれても、パパにはしばらく言わないようにって約束させていたじゃない」

　母がヴィヴィアンを見た。「散財してパパを怒らせたくなかっただけで、それは正直だとかそうでないってこととは関係ないわ。あなたはずっとそう思っていたの？」

「そのころ私はまだ九歳だったから、あんまりよく覚えてないわ」ヴィヴィアンはアレクシスの方を向いた。「姉さんはジークになにもかも話してる？」

「もちろん話してないけど、それはまた別の問題よ。私たちは夫婦だもの」

　グレイシーはアレクシスの言ったことに反論するまいと自分を抑えた。「何度も結婚式をやめるって脅されているうちに、トムはあなたに心から愛されていないのかもしれないって思いはじめたんじゃないかしら」

　ヴィヴィアンは背筋を伸ばして座り直した。「うん。彼、そう言ってた。私の気持ちがよくわからなくなったって。今からこんなことじゃ、問題が起こるたびに私が逃げ出すんじゃないかと心配になったみたい。逃げ出したりするはずないのに。結婚したら、私だってちゃんと落ち着くつもりだったのよ」

「たぶん、彼は結婚式の前にその確信を持ちたかったんだと思うわ」グレイシーは静かに言った。

「そうみたい」

「いずれ仲直りできるわ」母が言った。「あなたたち二人に、心底一緒になりたいという気持ちがありさえすれば、きっと元のさやに戻る道が見つかるはずよ」

「そうだといいけど」ヴィヴィアンの目に涙があふれた。「彼に会いたい。それと、もうお金を払ってしまったあれこれが、ほんとに悔やまれるわ。金曜日にウエディングドレスを取りに行くことになっているの。ドレスはいったいどうすればいいのかしら？」

「とっておきなさい」アレクシスが気を引きたてるように言った。「言ったでしょ、彼はきっと考え直すって」

「そうは思えないわ。それに、たとえそうなっても、同じような結婚式にはならないと思うの」ヴィヴィアンはケーキを見つめた。「私がなにもかもにすごくお金をかけたことで、彼はほんとに怒ってたから。ママに電話して、手付金の分を払う相談をするつもりだって言ってた」

「もうかかってきたわ」母が言った。

「まさか。それで、ママはなんて言ったの？」

「大丈夫だと言っておいたわ。でも、そう言ってくれたことはありがたく思っているのよ」

グレイシーはふと、結婚式が中止になったのを残念に思っていることに気づいた。トムは本当にいい青年で、ヴィヴィアンを愛してくれているようだ。

「ドレスはとっておくといいわ」グレイシーは言った。「元のさやにおさまらなかったら、インターネットで売ってもいいし」

ヴィヴィアンはうなずいた。「そうね。姉さんの言うとおりだわ。私がしなくちゃならないのは……」そう言って胸を張った。「ママ、もう全部キャンセルしたの？　つまり、まだしてないものがあったら、私が自分でキャンセルの電話をかけたり、手続きをしたりするわ」

「もう全部連絡ずみよ。でも、そう言ってくれてありがとう」

ヴィヴィアンはかぶりを振った。「ううん。私もなにかしなくちゃ。ママ一人になにもかもやってもらって、お金も全部払ってもらうなんて、いけないことだもの。ウエディングドレス代を稼ぐためにママのお店で働くって言ったけど、それだってまじめにやってなかったし。これからは本気で働くわ。あとでちゃんと相談しましょ、いい？　代金を払いおえるまで、お店で週に最低十五時間は働くって約束する」

「ヴィヴィアン、そんなことをしてくれなくてもいいのよ」

ヴィヴィアンは弱々しくほほえんだ。「させてちょうだい。私が大人になるためには、そうするしか方法がないんだもの」

「それもそうね」母が言った。

アレクシスが目をくるりとまわしたが、グレイシーは胸をつかれる思いだった。もしかしたら、ヴィヴィアンには望みがあるかもしれない。もし妹が大人になれば、トムの心を取り戻せる見込みはおおいにある。

ヴィヴィアンがグレイシーの方を向いた。「たぶん姉さんになら、自分が愛したたった一人の男の人を忘れる方法を教えてもらえるんじゃないかしら。どうやってライリーのことを忘れたの？」

グレイシーはいったん口を開けたが、また閉じた。一カ月前なら、時間と距離だと言ったことだろう。でも今は、自分がライリーを忘れたという自信はなかったし、忘れたいと思っているかどうかも自信がなかった。彼は、男性に求める理想の条件をすべてそなえているうえに、たっぷりおまけまでついているのだから。

グレイシーは目をしばたたいた。「私は適任とは言えないわね」彼女はゆっくりと言った。「彼を忘れていないもの。それどころか、今も彼に恋しているのよ」そして母を見た。

「ごめんなさい、ママ。ママがこういうことを望んでいないのはわかっているけど」

「ふん。私が友達と呼んでいたあの禿鷹《はげたか》どものことは、もうちっとも気にしてないわ。彼を愛しているのなら、私が望むのは、あなたたち二人が幸せになることよ。愛しているの？」

「どうかしら。今はただ、彼とこういうことになったのに驚いているだけ」

「これもみんな私のおかげね」アレクシスがすました顔で言った。「元はといえば、私が二人を再会させたんだもの」

「それでいいの？」ヴィヴィアンが尋ねた。「また彼を愛したいの？　彼は姉さんを愛してくれているの？」

「わからない」グレイシーは驚くと同時にうきうきした気分になって言った。「私に好意を持ってくれているとは思うけど……わからないわ」

「彼に打ち明けるつもりなんでしょう？」母がきいた。

「ええ。もちろんよ。選挙が終わったらね」

「えっ？」

母と姉と妹が同時に声をあげた。

「それまで待ったほうがいいと思うの」グレイシーは言った。「彼、支持率で負けているのよ。今は彼が選挙に全力投球できるよう、よけいなことは言いたくないの」

もし今私が自分の思いを打ち明けたら、ライリーは、選挙に負けても銀行を廃業することができなくなって、貸付金が一括返済を求められることはなくなるだろう。

だめよ！　そんなことはしたくない。それは間違っている。

「今は頭の中がこんがらかっていて」グレイシーは正直に言った。「だから、いずれ打ち明けるつもりだけど、今すぐにというわけじゃないわ」

ヴィヴィアンがじっとグレイシーを見つめた。「姉さんのサイズは？　未使用のすてきなウエディングドレスを買う気はない？」

グレイシーは引きつったような笑いをもらした。「それについては、また改めて連絡するわ」


「どうぞ」ライリーはコンピューターの画面から顔を上げずに言った。ダイアンのノックは特徴があるので、すぐにそうとわかる。

「歴史的建造物保存協会のチケット販売委員会からまた電話がありました」ダイアンがオフィスに入ってきて言った。

「チケットを売りさばくための委員会があるのか？」

「実のところ委員は二人だけですが、何事もおおげさに言うのが好きな人たちなんです」

ライリーはコンピューターのファイルを保存してから、秘書の方に顔を向けた。「いいだろう。何枚買ってほしいと言っているんだ？」

ダイアンは唇を真一文字に結んだ。「できるだけ多くということのようですが、頭取がこの町の慈善活動に関心をお持ちでないのは、いちおう伝えておきましたので――」

「五十枚買おう」

ライリーは、ダイアンの口があんぐりと開くのを眺めて楽しんだ。

「なんとおっしゃいました？」

「五十枚だ」ダイアンの認識力を疑っているとでもいうように、ライリーはゆっくりと言った。「五十枚買って、行員に配ってくれ。僕も一枚欲しい。家族を連れていきたい行員がいれば、余ったチケットは自由に持っていってもらってくれ」

ダイアンは口を閉じて、目を細めた。「どういうわけで歴史的建造物保存協会に関心をお持ちなのですか？」

「関心はない」

「でも、チケットを買うとおっしゃっているではありませんか。一枚十ドルもするんですよ」

ライリーは椅子の背に体をあずけてにやりとした。ツイードのスーツに身を固めて取りすましたダイアンを仰天させることが、彼の大きな楽しみの一つになりつつあった。

「僕に良心の呵責《かしゃく》を感じさせて、したくないことをさせようとする君の努力が実を結んだんだろう」

「そうは思えませんが」

「では、もしかしたら、この町の歴史的建造物を保存したいのかもしれない」

「まさか」

ライリーは含み笑いをもらした。もし僕が町にとどまるのなら、ダイアンの給料を上げてやるだろう。「グレイシーがケーキを焼くことになっているんだ。出席者全員がそれを食べれば、彼女のケーキはすばらしいという評判が広まるだろう」

「わかりました」

きっとあれこれ取り沙汰《ざた》されることだろうが、どういう内容になるかについては、ライリーには予測がつかなかった。

「この話を広めるつもりかい?」彼は尋ねた。

ダイアンは首を横に振った。「お望みなら、チケット販売委員会に電話しておきましょうか?」

「二人のうちのどっちの委員にだ?」

秘書の唇の端が上がり、笑みのようなものが浮かんだ。彼女は、失礼しますと言って出ていった。

ライリーは閉まったドアをじっと見つめた。いつのまにかダイアンのことが好きになっていた。最初は有能だと思っていただけだが、今では彼女に一目おき、一緒に仕事をするのが楽しいと思うようになっていた。町を去ったあとは、彼女を懐かしく思い出すことだろう。もっとも、だからどうというわけではないが。

ライリーはコンピューターに注意を戻したが、ほどなく電源を切ると、スーツの上着をつかんだ。急にオフィスがひどく息苦しく感じられてきたのだ。

ダイアンに出かけることを告げて執務室を出た。裏の駐車場へ向かおうと、両開きのガラスのドアに近づいたとき、女性が一人、向こうから急ぎ足で近づいてくるのが見えた。片腕に小さな子供を抱いているその女性に、どこかで会ったことがあるような気がした。

ライリーはドアを手で支え、彼女に笑顔を向けた。「こんにちは」

「まあ、ミスター・ホワイトフィールド。こんにちは」彼女が会釈した。「ベッカ・ジャクスンです。自宅でデイケア施設を開業するための資金を貸し付けていただいた」

「ああ、そうでしたね。お元気ですか?」

「ええ、とても。忙しくて大変ですけど、仕事は順調で、楽しくやっています。貸付を承認してくださってありがとうございました。私にとって、あなたはまさに恩人です」

「どういたしまして」

ベッカ・ジャクスンは銀行の中に入り、ライリーは車の方へ歩きだした。ふと、この銀行が廃業になったら、彼女が別の銀行で融資を受けるのはむずかしいだろうと思った。もちろん、新しい銀行は彼女の損益計算書を調べたいと思うはずだ。しかし、事業を始めたばかりだから、利益などあるはずがない。

僕には関係ない。ライリーはそう心の中でつぶやいて車に乗りこんだ。

町を走りながら、彼の目はいつのまにか、銀行《ザ・バンク》から融資を受けているさまざまな店に向けられていた。大丈夫な店もあるだろうが、ほかの銀行からの融資が受けられないところもあるだろう。店だけでなく、住宅もある。そのどれくらいがこの銀行でローンを組んでいるのだろう？　一万だろうか？　二万だろうか？

僕には関係ない。ライリーは再び自分に言い聞かせた。僕にとってはなんの関係もない人たちだ。僕には計画があり、それはロスロボスにとどまることではない。僕の望みは、伯父が気にかけていたものをことごとく破壊することだ。たぶん、そうすれば夜ぐっすり眠れるようになるだろう。

やがて住宅街に入ると、車を歩道に寄せた。小さな平屋の住宅が立ち並んでいる通りだ。芝生はきれいに刈りこまれ、両側の木々が頭上に大きく枝を伸ばして、通りの中央で触れそうなほどだ。ここにはたくさんの家族が暮らしている。赤ん坊が生まれて、育っていく。毎週土曜日の朝には、父親たちが芝を刈っているのだろう。

それはかつてライリーが望んだものだった。二十年あまり前に父親が家を出ていったあと、ライリーはなんでもない日々の営みが行われる平凡な暮らしを夢見た。トレーラーハウスではなく、一戸建てに住みたいと願った。片親ではなく、両親がいてくれたらと願った。母に幸せになってほしいと願った。お金がなくて、息子に学校で必要なものを買い与えたり、ケーブルテレビに加入したりできないせいで、母はよく泣いていた。息子が眠ったと思ったあとで。息子の分だけ夕食を作って、自分は空腹を我慢していたこともあった。

ライリーはそれがなによりもつらかった。そして伯父のドノヴァンは、それを救うことができたのに、たった一人の妹を完全に見捨てた。あのろくでなしは、妹が死ぬのを黙って見ていたのだ。

ライリーはそのことを水に流すつもりはなかった。絶対に。

彼は車をとめてエンジンを切った。そして上着を着ると、一番近くの家の玄関まで歩いていき、ドアをノックした。四十代前半と思われる女性が出てきた。

「こんにちは」ライリーは明るい口調で言った。「ライリー・ホワイトフィールドです。このたび町長に立候補しています」

女性がライリーをにらんだ。「そのようね。写真を見たわ。投票の依頼でいらしたのなら、お断りするわ。前ならあなたに投票したでしょうけどね。あのずる賢いヤードリーのことは好きじゃないの。でも、あなたに比べたら、彼のほうがはるかにましだわ」

「え?」会ったこともないこの女性になぜこれほど反感を持たれるのか理解できなくて、ライリーは問い返した。「どうして考えをお変えになったんですか?」

「グレイシー・ランドンよ。私は彼女を直接知っているわけじゃないけど、話はいろいろと聞いていたの。彼女はあなたに夢中だったんでしょう。あなたを心から愛したのに、あなたは見向きもしなかった。昔も今もね」

まさか。こんなことがあるはずがない。

「誓って言いますが、グレイシーと僕は決して……」決して、なんだ？ 決してベッドをともにしていない、か？「彼女は妊娠などしていませんし、もし妊娠していれば、僕はすぐに彼女と結婚するつもりです」

「あら、そうでしょうとも。とってもロマンチックね。あなたのうかつな行為で彼女の人生がだいなしになるようなら、彼女と結婚するというわけね。ご立派だわ」女性は首を横に振った。「あなたにはわかっていないのね？ グレイシーは伝説の人物なのよ。彼女はなにものも恐れずに愛した。私たちが称賛するのはそのことよ。でも、彼女がどれほどの愛を捧《ささ》げたか、あなたは理解しようとしなかった。彼女を悩みの種としか考えなかったんだわ。だけど、それは大きな間違いよ。彼女の愛はなにものにも代えがたい贈り物だったのに。それがわからないような間抜けな人間に、町長が務まるはずがないわ」

19

「どうでしたか?」その晩、ジークが尋ねた。彼は選挙運動の打ち合わせをするためにライリーの家に来ていた。

「興味深かった」

ライリーはすでに二杯目のスコッチウイスキーを飲んでいた。あとでもう一杯飲んだほうがいいだろう。こういうときは、酔っぱらったほうが気持ちがぐんと楽になる。ウイスキー三杯くらいではとても酔っぱらうところまではいかないが、これは手始めだ。

「どういうふうに興味深かったのか説明してください」ジークが言った。「いい意味で興味深かったんですか?」

ライリーは目を閉じて、今日の午後、ロスロボスの家々を戸別訪問をしたときのことを思い起こした。

「留守でない家を三十軒ばかり訪問した。八十五パーセントの家で、世界に終わりがきても僕に投票するつもりはないと言われたよ」

ジークは舌打ちをした。「グレイシーの件が原因ですね？」

ライリーはうなずいた。過去の出来事が今ごろ飛び出してきて尻にがぶりと噛《か》みつくなんて、いったいだれが予想しただろう？

「例のいまいましい新聞記事のせいだ」彼は憮然《ぶぜん》として言った。「グレイシーや僕の名前なんか聞いたこともなかった人たちが、あの記事を読んで、他人事《ひとごと》とは思えないような気分になっているんだ。そして、みんなが彼女の側に立って、僕のことをろくでなしだと思っている」

やっとここまでこぎ着けたというのに、こんなことで負けるとは。

「彼女を殺したいくらいでしょうね」ジークが言った。

「別に」

ジークの言うように感じるのがふつうだろうと思ったが、ライリーはグレイシーを責める気にはなれなかった。彼女はなにも悪いことはしていない。そう、確かに今、この胸には大きな怒りが渦巻いている。九千七百万ドルの金と、それ以上に重要な伯父への復讐《ふくしゅう》が危うくなりかけているのだ。けれど、こういう悲惨なことになったのは、グレイシーのせいではない。

そこまで考えたとき、ふと気になる疑問が頭に浮かんだ。僕はなぜグレイシーを責める気になれないのだろう？　彼女がロスロボスに戻ってきさえしなければ、そもそも面倒など起こらなかったはずだ。

だが、彼女はロスロボスに帰ってきて……意外な展開になった。ライリーは向かいの壁際の書棚を見つめて考えこみながら、グラスのウイスキーを飲みほした。起こったことを白紙に戻したいとは思わなかった。とりわけ、グレイシーがかかわっている部分は。

「それで、彼らはなんと言っているんですか?」ジークが尋ねた。「彼女にもっとやさしくすべきだとでも?」

「彼女と結婚すべきだと言っている」

「だったら、そうすればいいじゃないですか」

ライリーは選挙運動の責任者の方に顔を向けて、にらみつけた。「彼女と結婚しろと?」

「選挙に勝つためです。いいですか、これはばかげた考えなんかじゃありません。なんとかして彼女の一件をまるくおさめる必要があります。だから、便宜的に結婚するんです。婚約するだけでもいい。嘘《うそ》も方便ですよ。グレイシーはいい人だから、きっとうんと言ってくれるでしょう」

グレイシーのことだから、おそらく承知してくれるだろうとライリーも思った。グレイシーはそういう女性だ。自分のせいで支持率が下がったのを申し訳なく感じて、それを解決するために、できることはなんでもしようとするだろう。

「だめだ」

ジークが目をまるくしてライリーを見た。「え？　だめですって？　考えてもみないんですか？　彼女に頼んでみるつもりもないんですか？」

「ああ」

「どうしてですか？　完璧《かんぺき》な解決策ですよ。なにが問題なんです？」

興味深い質問だったが、ライリーには答えられなかった。グレイシーが妊娠していたら彼女と結婚していただろうが、こんな形で結婚するつもりはなかった。見せかけだけの婚約ですらしたくなかった。それに、当選すれば、婚約だけではすまなくなるだろう。結婚せざるをえなくなるはずだ。

「そんなふうに彼女の人生をだいなしにするつもりはない」ライリーは言った。「それは忘れろ。別の解決策を考えよう」

「別の解決策なんてありませんよ」

「それでも、なにか見つけてもらう必要がある。君に大金を払っているのはそのためだ」

ジークは追いつめられた表情になった。「ライリー、投票日まであと一週間を切っているんですよ。グレイシーを利用せずに、一週間でこのダメージを払拭《ふっしょく》するなんて、僕にはできません。それくらいわかってください」

「別の方法を考えろ」

「しかし……」ジークは口を閉じてうなずいた。「なにか方策を考えてみます」

四十八時間が過ぎたが、グレイシーはまだ、事態が深刻になっていることを知らないままでいた。

彼女はライリーを愛していた。心底愛していた。どうかしていると言われようがどうしようが、彼のことを考えると胸が高鳴り、彼とキスをすると体がぞくぞくして、目の前に火花が飛んだ。

それ以上にいいのは、ライリーがすばらしい男性であることだった。グレイシーは、彼とずっと一緒に生き、彼との間に生まれた子供を育て、ともに年を重ねていく自分の姿を思い浮かべることができた。ただ一つ、思い浮かべることができないのが、どうやって自分の気持ちを彼に伝えるか、ということだった。

「選挙が終わったら」ロール状に巻いたフォンダンを、最後のスポンジ台の上に広げてかぶせながら、グレイシーはつぶやいた。「そうしたら、彼も結婚について考える余裕ができるはずだから」

それまでは、新しく見つけたこの温かい気持ちにじっくりひたりながら、歴史的建造物保存協会のケーキ作りに専念しよう。

ケーキのスケッチと上等の焼き型はまだパムの朝食付き宿《B&B》に置いたままだったが、おおまかなデザインは頭の中にあった。四角い三段のケーキの上に、小さなケーキをいくつも並べたものだ。ちょうど、家が立ち並んでいるように。白いフォンダンをかぶせて、側面にバスケットのような菱形《ひしがた》模様をつける。上にはシンプルな花を飾るつもりだった。

記憶を頼りにもう一度描《か》いたスケッチを見ながら、ケーキのデコレーションに取りかかった。睡眠不足のときのように、少し頭がぼんやりしている気がした。確かにこのところ寝不足ぎみではあるけれど、こんなにふらふらするほど寝ていないわけではなかった。

もしかしたら、ライリーに会えないせいかもしれないと考えて、グレイシーはにっこりした。電話では一日に何度も話していたが、ライリーは選挙運動で忙しくて、彼女の家に寄る暇もないほどだった。困ったことだ。もう一つ、解決しなければならない問題ができてしまった。

菱形模様をつけていく作業は順調に進んだ。グレイシーはこれまでに、こういうケーキを何十も作っていた。デコレーションの薔薇《ばら》の花は、もうすべて作って準備してある。模様をつける作業が終わったら、それを飾りつけるつもりだった。

それから三時間ほどでケーキは完成したが、その間もずっと体がだるくて、今にも倒れそうだった。頭がずきずきして、体がひどく重く感じられる。最後の薔薇を飾りつけるときは、必死に自分を励まして集中しなければならないほどだった。

やっとのことで、ケーキを五つのピンクの箱に入れて、運ぶ準備が完了した。翌朝会場へ持っていけるように、その箱を慎重に冷蔵庫に入れる。冷蔵庫の扉を閉めたとき、部屋がぐらりと傾いたような気がした。まずい。

グレイシーはオーブンのスイッチを切ったことを確認すると、這うようにベッドルームまで行って、ベッドに倒れこんだ。頭の中で、せめて靴を脱いで上掛けの下にもぐりこみなさい、という声がしたけれど、もう眠くて眠くてどうしようもなかった。体にもまったく力が入らず、そのままうっと意識が遠のいていった。

目が覚めたとき、グレイシーは今何時なのか見当もつかなかった。部屋がぐるぐるまわって、信じられないことに、燃えるように熱いのに悪寒がして、体がぶるぶる震えている。口の中がからからに乾き、体の節々が痛い。だれかが銃で撃ってくれれば、このひどい状態から解放されるのにと、本気で考えた。

グレイシーはなんとか枕《まくら》元の時計に目の焦点を合わせて、今はもう次の日なのかどうか判断しようとした。外は日が照っている。ベッドに倒れこんだときは、日が照っていただろうか？

デジタル時計の数字がぐるぐるまわって、どうしても読めない。グレイシーは力を振りしぼって立ちあがると、おぼつかない足取りで家の中を歩きまわり、携帯電話をさがした。そして、最後にかけた番号を呼び出した。

「もしもし？」

いた。


「ライリー?」しゃべるのもつらかった。まるで火でも食べたように喉が痛い。

「グレイシー? 君なのか? どうかしたのか?」

「私……」グレイシーは足を引きずるようにして椅子のところまで行き、どさりと腰を下ろした。「ちょっと調子が悪くて。風邪かなにかだと思うわ……」頭がぼんやりしてきた。なにを言おうとしていたんだっけ? ああ、そうだ。「ケーキよ。今日は土曜日?」

「そうだよ」

「そう。よかった。まだ間に合う」

〝まだ間に合う〟どこかで聞いたことのあるせりふだ。映画だったかしら、とグレイシーはぼんやり考えた。そう。好きな映画だ。目を閉じて思い出そうとした。

「『クリスマス・キャロル』だわ」彼女は得意になって言った。「〝まだ間に合う。精霊たちは一晩でなにもかもやってくれたんだ〟」

電話の向こうでちょっと沈黙があった。

「ひどく悪いのか?」ライリーが尋ねた。

「わからない。でも、歴史的建造物保存協会のパーティ会場にケーキを届けなくちゃならないの。私が自分で持っていくのは無理みたい。あなた、持っていってくれる? 持っていって組み立ててもらえる? 持っていって組み立てて、ちゃんと見栄えがするようにテーブルに置いてもらえる?」

「ああ。もうしゃべらなくていい。食べるものはあるかい？　ちゃんと食べているのか？」

「いつものツナサラダがあるけど、昨日山ほど食べたから、もう食べたくないわ」

「水分はとっている？」

「お酒を飲めってことじゃないわよね」

「もちろんだ。必要なものを持っていく。一時間ほど待ってくれ」

「うちにいるわ」グレイシーは目を閉じた。「もうベッドに戻ったほうがいいみたい」ほてった顔に手を当てる。「あまり具合がよくないの。吐いてしまうかもしれない」

「僕にまかせてくれ。ゆっくりやすむんだ」

「わかった。大丈夫よ」

電話が手からすべり落ちた。拾いあげなければと思ったが、床がひどく遠く感じられた。いつからこんなに遠くなったのだろう？

グレイシーはなんとか立ちあがった。ちょっとふらついたものの、どうにかベッドルームまで戻り、力を振りしぼって着ているものを脱いだ。シャツとブラジャーは簡単だったが、ジーンズはぴったりしていて脱げなかったので、ソックスと一緒にはいたままにしておいた。靴はもうどこかで脱ぎ捨てていた。

かがむとそのまま倒れこんでしまいそうだったが、なんとか引き出しからネグリジェを引っぱり出した。それを頭からかぶって着ると、ベッドに倒れこんで眠りに落ちた。

だれかが玄関のドアを派手にたたいている音で、グレイシーは目が覚めた。その音の大きさとせわしないたたき方からすると、客がだれにせよ、しばらく前からたたいていたようだ。

「私なら大丈夫よ」その声は弱々しく、かすれていた。

グレイシーは腕を支えにして体を起こし、どうにか立ちあがった。いったん立ちあがれば、廊下の壁に何度かぶつかりながらも、なんとか歩くことができた。

「ピンボールみたい」玄関のドアのノブに手を伸ばし、くすくす笑いながら言った。「割り増しポイントをもらいたいわ」

そう言ったとき、ライリーが中へ入ってきた。「ポイントって、なんのだ?」彼はグレイシーの全身に視線を走らせてから、額に手を触れた。「熱があるじゃないか」

「あら」グレイシーはライリーがかかえている紙袋を指さした。「なにが入ってるの? 私のためになにか持ってきてくれたの?」

グレイシーは袋をのぞきこもうとして一歩踏み出した。けれど、足がなにかに引っかかったのか、あるいは思うように動けなかったのか、体がつんのめって倒れそうになった。

そのとき、たくましい腕がグレイシーの体をすくいあげた。そのまま彼女は廊下からベッドルームへ運ばれた。

「解熱剤だ」ライリーがグレイシーをベッドに下ろしながら言った。「ダイアンに電話して教えてもらったのを買ってきた。それと、スープだ。だけど、君を一人で残しておくのは心配だな」

グレイシーはベッドに横になってため息をついた。「それじゃ、いてちょうだい。私はいてくれてもかまわないわよ」彼女はちょっと目をつぶってから、また開けた。「ケーキだわ。ケーキを届けてもらわなくちゃ。今日は土曜日よね？」

「ああ。そうだよ」ライリーが彼女の横に座り、汗ばんだ額に張りついた髪をかきあげた。「君の姉妹《きょうだい》に電話して来てもらおう。彼女の番号を教えてくれ」

「どっちの？」

「彼女は電話を二つ持っているのか？」

「え？　いいえ。姉か妹かってことよ。アレクシスがいいわね。アレクシスにかけてちょうだい。でも、彼女の手をわずらわせたくないわ。私なら大丈夫よ」

グレイシーは電話番号を告げた。ライリーが自分の携帯電話でかけて、話しはじめる。グレイシーは電話のやりとりを聞こうとした。電話をかける必要はない、一人でなんとかしのぐから、と彼に訴えたかった。そういえば、スープを持ってきてくれたと言っていたっけ？　スープがあるのだろうか？

「二時間ほどでお姉さんが来てくれる」ライリーが言った。「それまでここで待っているよ」

グレイシーはそれを聞いてほっとした。ただ……。「ケーキだわ。お願い、今すぐ届けてちょうだい。きっと心配しているから。箱にしまって冷蔵庫に入れてあるの」

「箱は一つだけかい？」

グレイシーは首を横に振ったが、そのとたん頭がずきずきしはじめたので、振らなければよかったと思った。「五つよ。会場で、立ち並ぶ家みたいに組み立てるつもりだったの。わかるでしょ。地図みたいに。でも、見栄えがするように並べてくればいいわ。箱は五つよ。言ったっけ？」

「ああ。どうしてネグリジェの下にジーンズをはいているんだ？」

「きつくて脱げなかったの」

「僕が手伝ってあげよう」

ライリーはかがみこみ、すばやくジーンズを脱がせてネグリジェの裾《すそ》を引きおろした。

「上掛けの下に入るんだ」彼が言った。「僕が寝かしつけてあげるから」

グレイシーにはその言葉がうれしかった。ライリーがそばにいてくれるのがうれしかった。頭の隅で、なにか言うことがあったはずだという声がしたけれど、それがなんだったのか思い出せなかった。彼になにか言うことがあったんじゃなかった？　それとも、なにか彼に秘密にしていることがあったのかしら？

「選挙運動のほうはどう？」グレイシーは尋ねた。

「まずまずだ」ライリーは彼女と目を合わせないようにして答えた。

それを見たグレイシーは、彼が本当のことを言っていないのではないかという気がした。ひょっとして――。

そうだ！　私は彼を愛しているのよ！　それだわ、秘密というのは。グレイシーは今すぐそれをライリーに言いたいと思った。愛していると言って、彼がどんな反応をするか見たかった。もしライリーも私を愛してくれていれば、それはすてきなことだ。もしかしたら――。

「グレイシー？」

ライリーが名前を呼んでいるのが聞こえたが、その声がひどく遠くに感じられた。まぶたが重くて目を開けていられない。体が重い。そして、熱い。それに、ひどく……。

寝返りを打ったグレイシーは、体が濡《ぬ》れているのに気づいた。ネグリジェがぐっしょりしていて、肌が冷たい。ベッドルームが海になっているのではないかと思いながら、彼女はぱっと目を開けてあたりを見まわした。

アレクシスが部屋の隅の椅子に座っていた。姉は目を上げるとにっこりした。「また正気に戻った？」

グレイシーは目をぱちくりさせた。「いつから眠りこけていたの？」

「私が来たときからずっとよ。ライリーが解熱剤を二錠のませたって言っていたから、それが効いたのね。それか、あなたが熱を打ち負かしたか。火傷《やけど》しそうなくらいの熱だったもの。今の気分はどう？」

「プールに落ちたみたいな気がするわ」

アレクシスは立ちあがってベッドのそばに来た。「熱が下がったのね。よかった」そう言って妹の額に手を当てる。「ええ。もう熱くないわ。おなかがすいてる？」

グレイシーはちょっと考えた。「ぺこぺこ。眠りに落ちたのは覚えてないわ。記憶があやふやで、はっきりしないの。そうだ。歴史的建造物保存協会のケーキは？」

「ライリーが届けてくれたわ。あなたが彼に電話したのよ。覚えてる？」

「なんとなくね」夢のようなぼんやりした記憶しかなかった。「どんな細菌に取りつかれたのか知らないけど、かなり強力だったのね。でも、たちは悪くなかったみたい。もう大丈夫だと思うわ」

「無理しなくてもいいわよ。スープとトーストを作ってきてあげるわ」アレクシスが濡れたシーツに触った。「ソファまで歩いていける？　しばらくソファに横になっていてくれれば、あとでシーツを交換してあげるけど」

「そんなことまでしてくれなくていいわよ。週末じゃないの。ジークはどうしてるの？

彼と一緒にいたほうがいいんじゃない？」

「そのことなら心配ないわ。彼は今日一日ライリーの選挙運動にかかりきりだから。六時にここへ迎えに来てくれることになっているの。今夜、彼がヴェンチュラのクラブにコメディアンとして出演するから、一緒に行ってそれを見ようと思って」

「おもしろそうね」

グレイシーはベッドの上に体を起こし、平衡感覚が戻ったかどうか確かめた。壁も床も、あるべきところにあって動かなかった。少しだるくて体に力が入らないような気がするけれど、それ以外は大丈夫そうだ。

アレクシスが立ちあがるグレイシーに手を貸して、リビングルームのソファまで連れていってくれた。キッチンへスープを作りに行く姉のうしろ姿を眺めながら、グレイシーは気づいた。姉が自分のためにわざわざ来てくれるとは考えてもいなかったことに。母と姉と妹に対する私の考えは、間違っていたようだ。これからは先入観で決めつけたりせず、あるがままを受け入れるようにしたほうがいい。

「ジークは、今日はライリーのためになにをしているの？」キッチンで忙しそうな音をたてているアレクシスに、グレイシーは尋ねた。「まだ戸別訪問をしているの？」

「そうじゃないけど」

「どうして？　投票日まであと三日でしょう」

どう答えればいいか考えているのか、アレクシスからなかなか返事が返ってこない。その沈黙が長くなるにつれ、グレイシーはなにか自分の知らないことがあるのではないかと不安になってきた。

「アレクシス」彼女は言った。「どうかしたの?」

「なんでもないわ」

「嘘ばっかり」

「すべて順調よ。ほんとだってば」

あらまあ。そんな甲高い引きつった声で言っておいて、私が信じるとでも思っているの? 「姉さんは嘘をつくのが下手ね。ほんとのことを話して」

アレクシスが戸口に現れた。「ジークは私に事情を話していないことになっているのよ。ライリーはきっと、私が知っているってことを知っていたら、私に今日ここに来てくれとは頼まなかったはずよ」

グレイシーは胃が締めつけられるのを感じたが、それは胃酸のせいでも空腹のせいでもなかった。「姉さんの知っていることってなんなの?」

アレクシスはもじもじと身じろぎした。「ライリーの支持率が下がる一方だってことだけよ。町の人たちがみんな、あなたたち二人がつき合っていると思ったときには、支持率ははねあがったわ。ところが公開討論会のあと、どんどん下がりつづけているの。町の人たちはあなたの味方なのよ。あなたにとっては本当に喜ばしいことだけど、そのせいでライリーはすっかり嫌われ者になってしまったというわけ。わかるでしょう？」

グレイシーにもだいたいのところは想像がついた。新聞に載ったあのばかげた〝グレイシー物語〟のせいで、町の住民の半分は、私を直接知っているような気になっている。そのせいで、十四年もたった今、私を愛さず、私にハッピーエンドを与えなかったからといって、ライリーはすっかり悪者にされているのだ。

もちろん、グレイシーは心からライリーを愛していて、彼と一緒になりたいと思っていた。でも、それは私の問題で、町の人たちには関係ない。

「彼は選挙に負けそうなの？」グレイシーは静かに尋ねた。

アレクシスがうなずいた。

九千七百万ドルの遺産が、私のせいでふいになってしまう。

「なんとかしなくちゃ」彼女は言った。

「どうやって？」

「わからないわ。彼がケーキを届けて帰ってきたら、話し合ってみる。そして、なにか方法を考えるわ」

「奇跡でも起こらない限り、だめだと思うけど」アレクシスが言った。

スーツケースの隅に奇跡が一つ入っていればいいのにと、グレイシーは思った。元気になったのだから、なにかいい方法を考えなければならない。

丘の上の大きな屋敷では、おおぜいの警備員が配置されていた。ロスロボスにある古い屋敷の歴史的な価値について、ライリーはこれまではたいして注意を払ってこなかった。しかし今、玄関ホールの広い階段を上がっていると、歴史の中へと踏みこんでいくような気がした。

ヴィクトリア朝様式のその屋敷は、元の凝った造りが復元されていた。玄関わきの長いポーチには、ロッキングチェアとテーブルがいくつも置かれ、柱には花が飾られている。

「なにか用ですか?」玄関のそばに立っている制服姿の警備員が言った。

「今日の基金集めパーティのケーキを持ってきました」ライリーは両手でかかえている大きな箱を持ちあげてみせながら言った。「車の中に、まだあと四つあるんです」

「いいですとも。どうぞ。二回目からは、車を裏にまわして裏口を使うといいですよ。そっちのほうが近いから」

「ありがとう」ライリーは私道に立っている三人の警備員と、塀のそばにとめてある二台のワゴン車の方に顎をしゃくった。「どうしてこんなに厳重に警備しているんですか?」

「借り物がたくさんあるんですよ」警備員が言った。「どうやらすごい価値があるものらしくて、保険会社が警備を要求しているんだそうです」そこでにやりとした。「だから、妙なまねはしないほうがいい」

「まさか。僕はケーキを持ってきただけです」

ライリーは警備員に教えられたとおり、会場になっている二階の舞踏室へ向かった。広々とした部屋に入ってみると、ビュッフェ式の料理を並べる長テーブルがいくつかとバーが二つしつらえてあり、レースのクロスのかかったテーブルには、すでにピンクのケーキの箱が並んでいた。

「いったいどういうことだ？」ライリーはそうつぶやきながら、テーブルに近づいた。

彼は持ってきた箱をテーブルに置いて、ほかの箱の中身を眺めた。ケーキだ。それも、グレイシーが作ったものと驚くほどそっくりのケーキだ。ほとんど同じと言ってもいい。側面に菱形模様がついていて、上にのっている花も同じだ。ただ、よくよく見ると、菱形模様はゆがんでいて、全体としての出来はかなりひどく、壊れている部分もあった。上にのっている花は、屋外に一晩さらされていたのではないかと思える代物だった。

ライリーの頭に次々と疑問がわき起こった。いったいだれが、なんのために、こんなことをしたのだろう？

ライリーは自分が持ってきた箱をテーブルの端に寄せると、敷地の裏を見おろす窓に近づいた。そのとき、見覚えのあるレクサスが私道を猛スピードで走り去るのが見えた。

パムだ！　ライリーは舌打ちをして携帯電話を取り出した。最初の呼び出し音でグレイシーが出た。

「気分はどうだい？」彼は尋ねた。

「だいぶよくなったわ。熱も下がったし。アレクシスが食事を作ってくれて、今シャワーを浴びたところよ。もう大丈夫だと思うわ」

「よかった。こっちは困ったことになっている。ケーキを届けに来たんだが、ここにはもうケーキが置いてあるんだ。今、犯行現場からパムが逃げていくところも見た」

グレイシーが息をのんだ。「彼女が私の焼き型で作っていたのは、それだったの？　基金集めパーティのケーキを焼いていたってわけ？　でも、どうして？　それで、見た目はどう？」

「ひどい代物だ。それにしてもわからない。なにが目当てなんだ？　パムが自分の注文をとるためにやったとは考えられない。彼女が作ったことはだれにもわからないんだから」

「そうね。でも、みんなは私が作ったと思うはずよ。味見してみて」

「え？」

「食べてみて。味もひどいかどうか知りたいの」

「ちょっと待ってくれ」

ライリーはピンクの箱に目をやってから、ナプキンの横に並べてあるフォークを一本取り、手近な箱の小さなケーキに突き刺した。そして、深呼吸をすると口に入れた。

「くそ」そう言うなり、口に入れたケーキを吐き出した。

「どうしたの？」

「砂糖じゃなくて塩が入っている。少なくとも僕にはそう思える」ライリーは紙ナプキンをつかみ、舌をぬぐった。それでもひどい味は消えなかった。

「ライリー、そのケーキを会場から持ち出してちょうだい。彼女、私のケーキがいんちきだっていうスキャンダルから絶対に立ち直れないように、だめ押ししようとしているんだわ。彼女のケーキを持ち出して、かわりに私のケーキを置いてちょうだい」

「そうするよ」

「すんだら電話してくれる？　ちょっと話したいことがあるの」

グレイシーにそう言われたら、いつもなら一躍奮起して仕事を片づけるところだが、今日は違った。「どうかしたのか？」

「なんでもないわ。選挙のことでちょっと話があるだけよ」

ちくしょう。「なにを聞いたんだ？」

「あなたが窮地に陥っていること」

「僕なら大丈夫だ」

「どうするの？」

ライリーはテーブルに目をやった。「なあ、僕はこれからケーキを交換しなくちゃならないんだ。終わったら電話して、そっちに寄るよ。それでいいかい?」

「いいわよ。ありがとう」

ライリーは電話を切ってポケットに入れた。それから、パムのケーキの小さい箱を二つ、車まで運んだ。

グレイシーのケーキを運びこむのに、彼は車と会場をさらに三往復した。それをできるだけ見栄えがするように並べて、パムの一番大きい三段のケーキを運び出そうとしたとき、階段の下り口で警備員と鉢合わせした。

「ちょっと待った」がっしりした警備員が言った。「そこに持っているのはなんだ?」

「ケーキですよ。間違って二つ届いたんです」

警備員が疑わしげな表情を浮かべた。「今さっき、何者かがケーキをすり替えようとしているという電話があったんだ。選挙に関係があるとかで、候補者の一人が騒ぎを起こそうとしているってことだった」そして、目をすがめるようにしてライリーを見た。「妙だな、あんた、町長に立候補している男にそっくりじゃないか」

ライリーは信じられない気がした。どうやら、パムは徹底的にやるつもりのようだ。

「これにはわけがあるんです」ライリーは警備員をよけてじりじりと階段に近づいた。「会場には新しいケーキが置いてあって、味もすばらしい。疑うのなら一口食べてみるといい。これはでき損ないのケーキなんです」そう言って、手にした箱を差し出す。「これを食べると悲惨な思いをすることになりますがね」

「そのままそこを動くな。本部に連絡しなくちゃならない」警備員が無線機をつかんでボタンを押した。

ライリーは玄関のドアまでの距離を目測して、逃げきれるだろうかと考えた。無線の相手が〝つかまえろ〟と言うのが聞こえたとき、もう選択の余地はないとわかった。

ライリーは階段を駆けおりた。だが、下からワインのケースをかかえた大柄な男性が上がっているのに気づいたときには、もう手遅れだった。ライリーは左によけ、男性は右によけた。お互いに衝突を避けようとして、それが裏目に出た。

結局、二人はぶつかった。その拍子にライリーの足がすべった。ライリーはとっさに手すりをつかもうとしたものの届かず、もう一度手すりに手を伸ばした。ケーキの箱が飛び、相手の男性もワインのケースを取り落とした。ライリーと男性は同時に階段から足を踏みはずして、もつれ合ったまま、途中で何度かはずみながら落ちていった。

そして二人は、ワイン漬けになったケーキと、床一面に散乱したガラスの破片の上に着地した。

ライリーは体のあちこちに痛みを感じながら、これはまずいことになるのではないかと思った。その思いは、遠くからサイレンの音が近づいてくるのを聞いたとき、確信に変わった。

20

翌朝早く、グレイシーは携帯電話の呼び出し音で目を覚ました。まず頭に浮かんだのは、昨日自分の体の中で暴れまわった細菌がなんだったにせよ、もうすっかり影をひそめたということだった。次に浮かんだのは、結局ライリーは電話もかけてこなかったし、家にも寄ってくれなかったということだった。電話は彼からだろうか？

「もしもし？」

「グレイシー、ママよ。今朝の新聞を見た？」

「え？　いいえ」グレイシーは寝返りを打った。スキャンダルがどんなものにせよ、少なくとも今回は自分が主役ではないという確信があった。この二日間、家から一歩も出ていないからだ。

「ライリーよ」母が言った。「逮捕されたんですって」

「ええ？　まさか！」

グレイシーはベッドからころがり出ると、玄関へ走った。ドアを乱暴に開け、朝刊がほうり投げてあるポーチの端に駆け寄る。見出しを一目見て、身のすくむ思いを味わった。

〝町長候補、飲酒と治安紊乱《びんらん》行為で逮捕〟

写真には、歴史的建造物である屋敷の玄関ホールで、ワインボトルの破片の中でケーキまみれになっているライリーが写っていた。

「吐きそう」グレイシーは家の中へ引き返してドアを閉めながら、つぶやいた。「みんな私のせいだわ」

「あなたは具合が悪くて寝ていたんじゃないの。アレクシスから聞いたわ」

「そのとおりよ。具合が悪かったから、かわりにライリーがケーキを届けてくれたのよ。ところが、会場にはすでに、パムのひどい味のケーキが届けられていたんですって。だから彼が取り替えてくれることになったんだけど、どうやら、なにか手違いがあったみたいね」

「それじゃ、あなたがなんとかしなくちゃいけないわね。なにか手伝えることがある？」

母のその言葉で、グレイシーは目頭が熱くなった。「わからないけど、なにか考えついたらすぐ知らせるわ」

「待ってるわ。グレイシー、私たちはいつでも力になるから。そのことを忘れないで」

「ありがとう、ママ。必ず知らせるわ」

グレイシーは電話を切ると、急いでライリーの番号を押した。彼が出るまでに、かなり呼び出し音が鳴った。

「大丈夫?」彼女は半狂乱で尋ねた。「今新聞を見たところよ。なにがあったの?」

「こっちは今家に帰ったところで、これからシャワーを浴びたいんだ」ライリーが言った。「うちへ来てくれ。そうしたら顛末《てんまつ》を話す」

グレイシーには尋ねたいことが何百もあったが、まず第一にききたいのは、なぜ彼は今家に帰ったところなのかということだった。

「一晩、留置場に入れられたの?」彼女は憤然として尋ねた。

「話せば長くなる」

「わかったわ。シャワーを浴びてちょうだい。今すぐそっちへ行くわ」

「玄関の鍵《かぎ》を開けておくよ」

グレイシーは記録的なスピードで着替えると、ライリーの家へ向かった。体に力が入らないような気がするけれど、朝食をたっぷり食べればよくなるだろう。この期に及んではもう、だれに車を見られてもかまいはしないと、彼の家の私道にとめ、家の中に入って二階へ上がった。

ライリーはベッドルームにいた。すでにシャワーを浴びて髭《ひげ》を剃《そ》り、グレイシーが入っていったときには、ちょうどジーンズをはいているところだった。

ライリーが服を着るときの一番すてきな部分を見逃したなんて残念。ほんの一瞬そう思ってから、グレイシーは彼に近づいて抱き締めた。

「みんな私のせいよ。ほんとに、ほんとにごめんなさい」

ライリーはグレイシーを抱き寄せた。「君のせいじゃない。パムと偶然のせいだ。君が自分を責める必要はない」そう言うと、彼女の顔を両手ではさんでキスをした。

そのとたん、グレイシーは体が溶けてしまいそうな気がした。だが、今はそんなことにかまけている場合ではないと自分を叱《しか》った。心配しなければならないことが山ほどあるのだ。

「なにがあったの？」ライリーが顔を離すと、グレイシーは尋ねた。「どうしてケーキまみれになったの？　だれに逮捕されたの？　どうして今朝まで家に帰らなかったの？」

ライリーは彼女から離れて、ベッドの上のシャツを取った。そしてシャツに腕を通し、ボタンをはめはじめた。

「警備員の一人が、僕がケーキをすり替えようとしていると誤解したんだ。だれかが警備会社に電話して、僕がなにかやらかすかもしれないと話したらしい」

「あなたが？　ばかばかしい」

「僕はパムが車で走り去るのを見た。ということは、彼女も僕の車を見たということだ。だから、僕に罪をなすりつけようとして電話をかけたんだろう。その作戦は見事に当たった。警備員は僕を取り押さえようとした。僕はあわてて逃げ出したが、あいにくなことに、ワインのケースを持った男が階段を上がってくるのが見えなかったんだ。それで、衝突して、二人ともころげ落ちた。そして、割れたワインのボトルとケーキの上に着地したというわけさ」

グレイシーは息をのんだ。「ガラスの破片ですって？　怪我《けが》をしたの？」

「何箇所か切り傷ができたが、たいしたことはなかった。やがて警官がやってきて、僕は連行された。もっとも、血だらけだったから、まず病院に寄る必要があったがね」

「血だらけ？　どこが？」

背中の絆創膏《ばんそうこう》が見えるように、ライリーがシャツをまくりあげて向こう向きになった。五箇所に絆創膏が貼《は》ってあったが、どれもさほど大きいものではなかった。

「ガラスは中まで入りこんでいたの？」グレイシーは見ているうちに心配になってきて尋ねた。

「いくつかね。何針か縫ったよ」

グレイシーは思わず顔をしかめた。「ほんとにごめんなさい」

ライリーはシャツを下ろし、彼女の肩に両手を置いた。「君のせいじゃないと言っただろう。それを忘れないでくれ。これはみんなパムのせいだ。絶対にこのお返しはしてやる」

グレイシーはどうやってお返しするのかききたかったが、それよりもっと差し迫った質問があった。

「どうしてマックはあなたをすぐに釈放してくれなかったの？」

ライリーはシャツをズボンの中に入れた。「ちょうど彼は非番で、頼んでも、くそいまいましい保安官助手どもは彼に電話しようとしなかったんだ。それどころか、僕がだれかに電話するのも認めようとしなかった。やっと電話してもいいと言われたから、ジークに連絡した。そして、彼がマックの家へ行ってくれたんだが、留守だった。ジルと二人で、サンタバーバラへ一泊旅行に行っていたらしい。ジークがサンタバーバラのホテルに片っ端から電話して、二人を見つけてくれたんだよ。マックはあわてて帰ってきて、すぐに僕を釈放してくれた」

「その間じゅう、私はのんきに眠っていたのね」グレイシーは情けない思いで言った。

「君は病気だったんだ。アレクシスが帰るとき、君はぐっすり寝入っていたそうじゃないか。気にするな」

「それで、どうやってパムに仕返しをするの？」グレイシーは尋ねた。

「彼女が女なのが残念だな。男なら、こっぴどく痛めつけてやるのに」

「面と向かって脅すっていうのはどうかしら。少しは胸がすっとするわよ」

「それも悪くないな」ライリーは言った。「なにかおもしろいねたが見つかったときのために、車にカメラを入れてきたかい？」

グレイシーはにやりとした。「もちろんよ」

二人はパムの家まで行き、家の真ん前に車をとめた。

「僕らが来ていることを人に知られてもかまうものか」ライリーが車を降りながら言った。

グレイシーも同感だった。彼のうしろについて玄関まで行ってみると、ドアが開いたままになっていた。

差し招くように開いているドアの隙間《すきま》を、二人はじっと見つめた。

「罠《わな》かしら？」グレイシーは小声で尋ねた。「私たちが入ったら、住居侵入罪で逮捕させるつもりだとか？」

「押し入ったわけじゃないという証拠を撮っておけばいいじゃないか」ライリーはカメラを顎で示して言った。

「まあ。いい考えね」

グレイシーは半開きのドアの写真を撮ったが、写すときと写真が出てくるときの、かしゃっ、じーっという大きな音に顔をしかめた。出てきた写真をライリーに渡すと、彼はそれをジーンズのうしろポケットに入れた。そしてドアを大きく押し開けた。二人は中に入った。

エレガントな調度の明るい家だった。「いい家ね」グレイシーはだれにともなくつぶやいた。

ライリーがじろりと彼女を見た。その目は、今はパムのインテリアの趣味を話題にしている場合ではないと言っていた。そして、ついてくるようにと身ぶりで示して、廊下を指さした。

グレイシーはなぜだろうと思ったが、じきに、かすかな音が聞こえるのに気づいた。聞き覚えのある、リズミカルなかすかな音。そう、秘め事の最中の……。

「彼女、ベッドにいるんだわ！」グレイシーはささやいた。「相手がだれか確かめなくちゃ。だれにせよ、きっとその男が彼女を手伝ってるのよ！」

ライリーが唇に人さし指を押し当て、先に立って進んだ。音がだんだん大きくなる。あえぐような息遣いと〝ああ、そうよ、お願い！〟というパムの叫び声、続いて低いうめき声が聞こえた。

「用意はいいか」ライリーがカメラを指さし、声を出さずに唇だけ動かして言った。

二人は半分開いているベッドルームのドアの前でちょっと足をとめた。それから、ライリーがドアを押し開けて中に飛びこんだ。

いくつものことが同時に起こった。グレイシーはすぐにライリーのあとに続いた。ベッドの中のカップルが侵入者に気づいた。パムが悲鳴をあげ、それに驚いてグレイシーは飛びあがり、自分も小さな悲鳴をあげた。けれど、カメラは構えたままだった。

小さなレンズごしに、パムの胸と男性の広い背中が見えた。そのとき男性が振り向き、グレイシーは、フランクリン・ヤードリーの裸体をまともに目にすることになった。

「おえっ！」彼女はシャッターを押しながら声をあげた。

「出ていけ！」町長がどなってベッドの毛布をつかんだ。

だが、そのときにはグレイシーはもう、フランクリンとパムの不名誉としか言いようのない写真を何枚も撮っていた。すてきなミセス・ヤードリーがこれを気に入るとは思えない。

カメラから吐き出される写真を、ライリーがしっかりとつかんだ。

「なかなかおもしろい写真だ」ライリーはにやりとして言った。「そろそろ、町の新聞にほかの新しいスターが登場してもいいころだ。僕はもう有名人でいるのに飽きてきたよ」

フランクリンが写真をひったくろうとしたが、ライリーは手が届かないように遠ざけた。

「この償いはしてもらうからな」フランクリンが言った。

「どうやって？」ライリーが尋ねた。「写真は一千語分の価値がある」そして、シーツを胸まで引きあげたパムの方を見た。「いつからおまえの趣味はこんなに悪くなったんだ？」

パムがライリーをにらみつけた。「よくも私の趣味が悪いなんて言えるわね、このくそったれ。あんたこそグレイシーと寝てるくせに」その顔はこわばり、声はうわずっていた。

「なにが悲しくて、そんな雌犬と寝るわけ？」

グレイシーは仰天した。「私は雌犬なんかじゃないわ」

「あんたは、胸くその悪くなるような最低の女よ」パムがわめいた。「私はあんたを憎んでるの。わかった？　あんたを憎んでるのよ。あんたのなにもかもが憎い。いっそ死んでしまえばいいのに。あんたは私の人生をだいなしにしたんだから。高校のころの、あのいまいましい新聞記事。町じゅうの人たちが、あんたは最高の女の子で、お金のためにライリーと結婚する私を性悪女だと決めつけた。あんたのせいで私の結婚式はだいなしになったのよ。生涯で最高の日になるはずだったのに。聞こえた？　生涯で最高の日よ。それなのに、話題はあんたのことばかりだった。だれもかれもがグレイシー・ランドンのことばかり話してた。〝ねえ、グレイシーは現れると思う？〟〝かわいそうに、彼女はこれからどうするのかしら？〟ってね」パムは目を細くしてグレイシーをにらんだ。「ほんとは、あのときあんたをひどい目にあわせてやりたかったのよ。だけど、どこにいるのかわからなかった。だから、ずっとチャンスを待ちながら計画を練ってたの。そして、やっとあんたをつかまえたのよ」

「パム！」フランクリンがベッドから離れた。「君は錯乱している。いったいなにをしたんだ？」

パムがフランクリンの方を向いてわめいた。「なんですって？　まあ、あんたって人は、最初からこのことにかかわってたくせに、自分は関係ないってふりをするつもりなのね」

フランクリンが目をまるくした。「誓って言うが、彼女がなにを言っているのか、私にはさっぱりわからない。パム、君はなにか法を破るようなことをしたのか?」パムが金切り声で言った。「しらばっくれてもだめよ、このすけべじじい。この件に首までどっぷりつかってるくせに」

フランクリンがグレイシーの方を向いた。「誓って、彼女がなにを言っているのか、私にはさっぱりわからない」

パムが舌打ちをした。「けっこうよ。しらばっくれるつもりなら、そうすればいいわ」そこで彼女はライリーの方を向いた。「ああ、いい気分。結局は私の負けかもしれないけど、あんたの大切なグレイシーも道連れにしてやるわ」次にグレイシーの方に目を向け、上機嫌で続ける。「あんたを破滅させてやった。大事な仕事をだいなしにしてやったから、もうあんたにはなにもない」それからまたライリーの方に向き直った。「あんたも破滅させてやった。ほんとにいい気分だわ。なぜかわかる? 私と別れるとき、あんたがグレイシーの言ったとおりだったって言ったからよ。あんなことを言うなんて、あんたを死ぬまで許さないわ」

グレイシーはライリーの方を向いた。「そんなことを言ったの?」

ライリーが肩をすくめた。「だって、そうだったじゃないか」

「まあ」

パムがまた金切り声で言った。「私はあの離婚で一セントももらえなかった。だから今、そのお金をせしめてやるつもりだったのよ。わかった？」

「パム」町長が言った。「静かにしろ。どうやら君は頭が混乱しているようだ。君がそれほどの怒りをかかえていたとは知らなかった」

「怒り？」パムが叫び声とも泣き声とも笑い声ともつかない声をあげはじめた。

完全に頭がどうかしてしまったのではないかとグレイシーは思った。

「あんたたち二人が憎いわ」パムは仰向けにベッドに倒れこんだ。「ちくしょう、あんなに必死にがんばったのに。あんたたちみんなが憎くてたまらない」

「パム！」フランクリンが仰天した声で言った。「君とはもうこれっきりだ」

「あら、これまで秘書たちにそうしてきたみたいにってわけね」パムは挑むように言った。「私があんたと寝たのは、ライリーが遺産をもらい損ねたら、あんたがその大半をもらうことになってたからよ。あんたと結婚したらすぐに、それを半分持って逃げるつもりだった」そこでライリーを見た。「彼のオフィスには二種類の帳簿があるのよ。デスクに秘密の引き出しがあってね。長年、町のお金をくすねてきたのよ」

「パム、やめろ！」フランクリンがさえぎった。

パムは立ちあがり、ベッドからシーツを引きはがして体に巻きつけた。「もうちょっとで、すべてが手に入るところだったのに」そう言ってグレイシーをにらみつける。「もう体の具合はよさそうね」

「ええ。どうしてそんなことを……」急に熱が出て倒れたことを思い出して、グレイシーは目をまるくした。「私になにをしたの？」

「あんたのツナサラダに、はるか前に賞味期限が切れたマヨネーズを混ぜたのよ。まったく、よくあんなものが食べられたわね。キャットフードみたいなにおいだったのに。あんたにじゃまされないようにしたかったから、やったのよ。全部、私が計画を立てたの」パムはそう言ってフランクリンを蹴《け》った。「なのに、あんたがなにもかもだいなしにした。死ぬまであんたを許さない」

フランクリンが初対面の人間を見るような目でパムを見た。「だが、私は君を愛していた」

「あら、そうでしょうとも。だから、どの秘書とも寝たのよね。あんたは年寄りで、その自慢のものは役立たずで、ベッドのテクニックはお粗末そのものだわ」パムはライリーの方に顔を向けた。「あんたもベッドでは下手だったわね」

そう言い捨てると、パムはバスルームに入ってドアを閉め、がちゃりと鍵をかけた。

ライリーがグレイシーを促して部屋から出た。グレイシーには、今聞いたなにもかもが信じられなかった。

「なにもかも、あの二人がやったことだったのね」強烈なライブのショーを見た直後のような気分で、グレイシーは言った。「写真を撮ったのも、ケーキミックスの箱を置いたのも、なにもかも」

「そのようだな」

「彼女が私に食中毒を起こさせようとして、それがまんまと成功したなんて。まったく、信じられないわ」

「おそらく保安官が、その件で彼女に話を聞きたいと思うだろうな」

パムの家から出るとき、グレイシーはちらりとライリーを見て言った。「あなたはベッドでお粗末なんかじゃないわよ」

ライリーがにやりとした。「ありがとう」

家に戻ると、ライリーはコーヒーをいれてから、キッチンのカウンターに写真を並べた。そこにはたっぷり証拠が写っていたが、残念ながら、彼が使えるようなものではなかった。

「マックに電話するんでしょう?」マグカップを受け取ったグレイシーが、コーヒーを飲みながら尋ねた。「早ければ、ヤードリーは今日のうちにも逮捕されるんじゃないかしら。そしてパムも。もっとも、パムのほうはどうでもいいけど。セックスについては目をつぶることになるわね。彼が秘書たちと寝たことは、吐き気がしそうだけど違法じゃないから。でも、彼は長年、町のお金を横領してきたのよ。それは重大な罪じゃない?」

「ああ」

ライリーは写真に背を向けて、広い裏庭に面した窓から外を見た。最初ロスロボスにやってきたとき、彼はこの屋敷が大嫌いだった。この広い空間が、心底憎んでいる伯父そのもののような気がしたのだ。ところが、ここ何カ月かの間に、この家と部屋と静けさがだんだん好きになってきた。ちょうど銀行《ザ・バンク》が好きになってきたように。数字を扱い、困っている人々を手助けする仕事は、楽しかった。金融市場で資金を運用し、顧客のために最善の取り引きをするむずかしい仕事は、楽しかった。それをやめたら寂しくなるだろう。

グレイシーがライリーの腕を揺さぶった。「私の話を聞いているの？」

「いや」

「そうだと思った」

ライリーはグレイシーの顔を、ブルーの瞳を、口元に浮かぶほほえみを見つめた。そして、自分といるとその顔がどんなにぱっと明るくなるかを思った。彼女のなにもかもがいとおしかった。彼女は……完璧《かんぺき》だ。少なくとも、僕にとっては完璧だ。

「今私が言っていたのは、町長が告発されたらすぐに、ラジオで町の人たちに事情を説明したほうがいいということよ。あなたが町長の職を引き継ぐって言えば、みんな喜んであなたに投票するはずよ」

「そううまくはいかないだろう」ライリーは言った。

「え？」

「ヤードリーは僕を非難した。僕が今、彼はそれ以上にひどいことをしていたと非難したとして、有権者が信じるのはどっちだろう？　十六年間町長を務めてきた人間か、それとも僕か？」

「でも、彼は告訴されるはずよ」

「地方検事が彼を正式に告訴するまでには、二、三日はかかる。今日は日曜日だ。とすると、週の半ばまではなにも起こらない。そして、投票日はあさっての火曜日だ。ヤードリーには、僕の伯父の遺言状のことをばらすだけの時間が十分にある。僕が立候補した理由を知ったら、町の人たちはヤードリーがしてきたことなんて気にすると思うかい？　そして、それは事実なんだよ、グレイシー。僕は金のために立候補したんだから」

「でも……でも……いいえ！　なにか方法を考えなくちゃ」グレイシーはコーヒーを置いてライリーの腕をつかんだ。「あなたは一生懸命やってきたじゃないの。こんな結果になっていいはずないわ。あなたは、今は町長になってこの町にとどまりたいと思っているんでしょう？　途中で気持ちが変わったって言えばいいじゃないの」

ライリーはグレイシーに笑顔を向けた。「確かにそうだが、だれが信じるって言うんだ？」

「私は信じる。私は――」グレイシーは口を開けたが、すぐに閉じた。顔がぱっと赤くなる。「私と結婚すればいいんだわ。町の人たちが望んでいるのはそれよ。ハッピーエンド。だから、私と結婚して。すぐにジルに書類を作ってもらいましょう。私はあなたのお金が欲しいわけじゃないから、それをきちんと書面にしてもらうわ。そして、今日のうちに結婚しましょう。ラスヴェガスへ飛んで結婚許可証をもらって、今夜帰ってくればいい。明日には大々的に発表するのよ。そうすれば、あなたは間違いなく勝つわ。それで、選挙が終わったら別れればいいんだから。きっとうまくいくわよ」

グレイシーは大まじめに言っている。僕を当選させるためなら、それこそどんなことでもするつもりでいるのだ。

「九千七百万ドルよ」グレイシーが言った。

「額は知っている」

「それで?」

ライリーの胸にはしばらく前からくすぶっている感情があった。漠然としたもので、今の今まで、それがなんなのか自分でもわからなかった。

彼はグレイシーの髪を耳にかけて、やさしくキスをした。

「愛しているよ、グレイシー・ランドン」ライリーは静かに言った。

グレイシーは目をまるくした。「な、なんですって?」

ライリーはにやりとした。「愛している。君は、僕がこれまでに会っただれよりもすばらしい女性だ。君は自分の心に正直で、それはすばらしいことだと思う。君と結婚して、赤ん坊を作って、一緒に年をとっていきたい」

グレイシーがなにか言おうと口を開いたが、ライリーは彼女の唇を指で押さえた。

「だが、選挙が終わるまでは、なにもするつもりはない」

「なんですって？」それは悲鳴に近かった。「頭がおかしくなったの？　どうして選挙が終わるまで待つわけ？」

「遺産の金が欲しくて君と結婚するんじゃないか、ほんのわずかでも、君にそういう疑いを抱かせたくないからだ」

グレイシーは両手で顔をおおった。「こんなばかなことって」そう言って手を下ろす。「ライリー、よく聞いて。それなら婚約だけ発表すればいいじゃないの」彼女はライリーの両肩をつかんだ。「私もあなたを愛しているわ。ずっとずっと前から。たぶん、十四年前から。心から愛してる。だから、あなたに途中で投げ出してもらいたくないの。九千七百万ドルよ。そして、この屋敷と銀行。あなたがこの町を好きになりはじめているのはわかっているわ。ここに腰をすえて落ち着きたいと思っているんでしょう。それができるのよ」

「金なら持っている」

「お金の問題じゃないのよ」グレイシーはライリーの肩をつかんだまま揺さぶった。「大切なのは、先祖から受け継いだものや、帰ってくる場所や、自分の根っこ――そういうものがここにあるっていうことよ」

「僕には油田の掘削から上がる金がある」

必死に自分を説得しようとするグレイシーのいちずさを、ライリーはいとおしいと思った。僕が求めているのはグレイシーだけだということが、彼女にはなぜわからないのだろうか？

「お金の問題じゃないのよ」グレイシーはもう一度言った。「私にはお気に入りのビジネスがあるわ。というか、あったわ。それは必ず立て直してみせる。パムに謝罪か訂正の声明を発表させるつもりよ。そして、もう一度顧客を取り戻してみせる。でもとにかく、重要なのはそのことじゃないの。自分で道を選ぶってことよ。やってもみないで逃げ出すなんて、いけないわ」

「やってみるみないの問題じゃない」ライリーは言った。「さっき言ったことは本気だ。君を愛している。君がその気持ちに疑いを抱くかもしれないようなことは、決してしたくない」

グレイシーは信じられなかった。脳みそが水びたしになったような気がした。「九千七百万ドルよ。この世に、それと引き換えにしてもいいほどの人間なんていないわ」

ライリーはグレイシーを引き寄せてキスをした。「いるよ。君だ。火曜日の夜、投票が終了したあと君のところへ行く。ひざまずいてプロポーズするから、イエスと言う準備をしておいてくれ」

どうやって家まで車を運転して帰ったのか、グレイシーは覚えていなかった。幸い、道路はがらがらで、無事に家に帰り着いた。打ちのめされて、感覚が麻痺《まひ》して、完全なショック状態に陥ったような気分だった。

ライリーは私を愛している。彼は十五回も愛していると言ったし、プロポーズすると約束してくれた。

グレイシーの心は温かさと幸せに満たされていた。二人は一緒になれるのだ。

けれど、その一方で、グレイシーは激しい怒りと憤りと闘っていた。お金のために私と結婚するのではないことを証明するために、なぜ努力もせずに逃げ出したりできるのだろう？　ライリーがお金のために私と結婚するのでないことはわかっている。よくわかっている。だから、それを証明するために遺産に背を向けるのは、完全にばかげた、男特有の独りよがりのふるまいだ。

グレイシーは家に入ると、ハンドバッグから携帯電話を出して番号を押した。パムが私に食中毒を起こさせたことを保安官事務所に通報するのは、あとまわしにしよう。まず、重要な用件から片づけなければ。

「もしもし、ママ、私よ。ママの助けが必要なの。ヴィヴィアンとアレクシスの助けもね。あんまり時間がないのよ。三十分で、二人をそっちに集めてもらえる？　私はこれから、ジルと何人かの人に電話をかけなくちゃならないの。ええ。そっちに着いたら説明するわ。ああ、それと、新聞社にだれか知り合いがいる？」

21

そのあと、ライリーは静かなゆったりした日曜日を一人で過ごした。グレイシーが電話で、気分がよくないから体を休めたいと言ってきたのだ。彼女の家へ会いに行きたい気もしたが、具合が悪いのならそっとしておこうと考えて遠慮した。

午後はサンタバーバラまで車を飛ばし、婚約指輪をさがした。グレイシーにぴったりの、すてきな指輪を見つけたかった。きれいで、ちょっとそこらにはないような特別なものを。四軒目に入った店でようやく、これならと思える指輪が見つかった。それは今、ドレッサーの上に置いてある。火曜日に選挙が終わってグレイシーにプロポーズできるようになるまで、そこに置いておくつもりだった。

考えれば考えるほど妙な気がした。自分がまた結婚するなどとは思ってもいなかった。これからは生涯独身で暮らすものと決めてかかっていた。もしも二カ月前に、だれかにグレイシー・ランドンを愛するようになると予言されたら、そのだれかに殴りかかっていたことだろう。ところが、いつのまにかグレイシーがライリーの世界に入りこんできて、すべてを――ほとんどすべてを変えてしまった。

月曜日、ライリーは朝早く目を覚まして、玄関へ新聞を取りに行った。町長が逮捕されたというニュースが一面に載っていた。彼はにやりとして、記事の最初の部分を読んだ。自分はおそらく選挙では負けるだろうが、ヤードリーが刑務所に入ることになると思うと、少しは気持ちがおさまった。刑務所の暮らしは、ヤードリーにとって楽なものではないはずだ。

もう一つ、パムがグレイシーを陥れようとして、彼女の車にケーキミックスの箱をつめこんだことを白状したという記事も載っていた。

ロスロボスの住民に対する僕の認識が正しければ、今後、パムはもう二度とこの町には住めなくなるだろう。そうなれば、みんなこの町を去ることになる。ライリーはコーヒーを飲みながらそう思った。きっと、僕はロスロボスを懐かしく思い出すことだろう。このごろになってやっと、この町が自分の故郷のような気がしてきた。けれど、銀行がなければ、ここにとどまる理由はなにもない。まさか、町の中央広場に油田の掘削装置を設置するわけにもいかないだろう。

連行されて保安官事務所に入るフランクリン・ヤードリーの写真を、ライリーはじっくりと眺めた。このニュースでヤードリーの票は少し減るだろうが、大勢に影響するほどではないだろう。もっとも、グレイシーの提案を受け入れて彼女と結婚していれば、僕の当選は確実になっていたはずだ。だが、それは僕の望むことではない。確かに大金がかかっているけれど、グレイシーは金などとは比べられないほど大切な女性なのだ。

これはライリーにとって初めての本気の恋だった。なんとしても成就させたかった。

二ページ目を開いたとき、ライリーは危うく口の中のコーヒーを吐き出しそうになった。地元と州と全国のニュースの要約があるべき場所に、見開き二ページの広告があり、その真ん中にグレイシーの大きな顔写真があった。上部に巨大な活字が躍っている。〝心に決めた男性を手に入れるためにあなたの助けを必要としています！〟

ライリーは舌打ちをした。グレイシーのやつ、今度はいったいなにをしでかしたんだ？

本文にすばやく目を通すと、それは町の人々に宛《あ》てたメッセージだった。

親愛なるロスロボスのみなさん

グレイシーです。十四年前と最近の新聞記事のおかげで、みなさんの多くは私を覚えていらっしゃることと思います。私がライリー・ホワイトフィールドに夢中だという、あの記事です。私の片思いの悲しい物語をお読みになったみなさんは、その恋が十四年前に、ライリーが別の女性と結婚するという形で終わったときの、私のつらさをわかってくださったはずです。

そこで、みなさんにお願いがあります。私は今もまだライリーを愛していて、彼と結彼婚したいと思っています。そして、なによりすてきなのはなにか、ご存じですか？　彼も私を愛してくれているのです。ところが、彼はばかげた考えに取りつかれていて、選挙が終わるまでは私にプロポーズできないと言っています。

ライリーはすばらしい男性です。彼はこの町にとってすばらしい町長になるでしょう。そして私は、彼と一緒にここで、このロスロボスで暮らしたいと、心から思っています。けれど、それが実現するためにはあなたがたの助けが必要です。あなたがたが火曜日に、ライリーに一票を投じてくださることが必要なのです。あなたがたはずっと、私が全身全霊で彼を愛したことを誇らしく思ってくださいました。それは今も変わっていません。ただ、今回は一つ違う点があります。みなさんにも私の作戦に加わっていただきたいのです。私は今、生涯最大の、のるかそるかの賭《かけ》に出ようとしています。そして、あなたがたの助けがなければ、それをなし遂げることはできません。もし私とライリーを応援してくださっているのなら、どうか、火曜日には彼に投票してください。

感謝をこめて、グレイシー

ライリーはそれを二回読んでから、コーヒーカップをカウンターに置き、電話をつかんだ。もちろん、グレイシーは出なかった。

五分後、彼は着替えて家を出た。グレイシーの家までの道すがら、そこらじゅうに〝グレイシーは呼びかける――ライリーに一票を〟と書かれたポスターやびらが貼《は》ってあるのが目に入った。

ライリーは記録的な速さでグレイシーの家に着いたが、留守だった。そこで彼女の実家にまわってから、銀行へ向かった。グレイシーはこれを仕掛けておいて、町を出ていったのだろうか？

しかし、車が銀行に近づいたとき、古い銀行の建物の側面に巨大な垂れ幕が下がっているのが見えた。〝グレイシーは呼びかける――ライリーに一票を〟という文字が、朝のさわやかな風の中ではためいていた。銀行の前では、行員全員とジーク、グレイシーの母親と姉妹、そして当のグレイシーが、勢ぞろいして待っていた。

グレイシーは車に近づき、ライリーがエンジンを切って車から降りるのを、歩道に立って待ち受けた。

「どう思う？」彼女は少なからず緊張した声で尋ねた。

まったく、グレイシーはすてきだった。「君は頭がどうかしたんじゃないかと思う」

「いい意味で、それとも悪い意味で？」

「違いがあるのか？」

「あら、もちろんよ。前は、つまり、あなたのストーカーだったときは、私は悪い意味でどうかしていたわ。でも、今は変わったと思いたいの」

ライリーはグレイシーの両手を握った。「頼むから変わらないでくれ。僕は君のすべてを愛しているんだ」そして、垂れ幕を顎で示した。「どうしてこんなことをしたんだ？」

「あなたに町長になってもらいたいからよ。お金のためじゃないわ。あなたなら間違いなくいい町長になれるし、私たちはここで幸せに暮らせると思うの。あなたが心から愛してくれているのはわかってるわ、ライリー。証明してくれる必要なんてないのよ。あなたは昔からずっと、自分で思っているよりいい人なんだから」

ライリーはグレイシーを引き寄せて抱き締めた。胸にさまざまな感情がわきあがってきた。これまで味わったことのない感情だった。「愛している。それをわかってもらいたいんだ」

「わかってるわ」

ライリーは彼女を見てにやりとした。「これからもずっと？」

「そうしなくちゃいけないの？」

「もちろんだ。君のために指輪を買ったんだから」ライリーはグレイシーにキスをした。うしろでわっと歓声があがった。「これじゃ、行員たちに示しがつかないな」

「いいえ、みんな、これまで以上に一生懸命働いてくれるはずよ。だって、あなたを身内みたいに思っているんだもの」

ライリーはもう一度グレイシーにキスをして、彼女の香りを胸いっぱいに吸いこんだ。

「僕と結婚してくれ、グレイシー。結婚して、君の面倒をみさせてくれ。君を愛して、日々、それを証明させてくれ」

グレイシーがライリーの目をじっと見つめて、にっこりした。「お返しに、私にもあなたを愛させてくれるならね」

「ああ、永遠に」

グレイシーはため息をついた。「これであなたは、公式に三つのFを破ったわけね。三つのFを守る会からほうり出されてしまうわよ」

ライリーはグレイシーの頬を両手ではさみ、心ゆくまでキスをした。「Fは一つだけだよ。夢中《フォーリング》のFだ。君にもう夢中だよ、グレイシー」

エピローグ

二人は〈ビルズ・メキシカン・グリル〉で、披露宴の予行演習を兼ねた晩餐会《ばんさん》を開いた。というのも、ここはロスロボスで、ほかにふさわしい場所がないからだ。

「あと二、三分で始まるぞ」ライリーはちらりと腕時計を見てから、オーナーのビルがレストランに運びこんでくれた大型テレビに目をやった。

グレイシーがライリーにもたれかかった。「ジークがジェイ・レノの『トゥナイト・ショー』に出演するなんて、信じられないわ。最高じゃない？」

「ああ、すごいな」ライリーはそう応じたが、彼の考える最高はそうではなかった。最高なのはグレイシーと一緒にいることだった。明日の朝には彼女と結婚して、短いけれどロマンチックなハネムーンを過ごすために、ハワイへ飛ぶことになっていた。五日後には、町長就任式のために帰ってこなければならない。

「あなたが町長閣下と呼ばれることになるとしたら、私は町長閣下夫人と呼ばれるのかしら、それとも町長夫人閣下と呼ばれるのかしら？」

ライリーは含み笑いをもらした。「さあ、どうなんだろうな」

「時間よ」ヴィヴィアンがテーブルの向こう端から言った。「観客の中にいるアレクシスが見えるかしら。きっとどきどきしているでしょうね」

「だけど、誇らしく思っているはずだよ」トムが言った。

ライリーは若いカップルに目をやった。二人はまだ婚約はしていないものの、あのあともデートを続けていて、グレイシーはおおいに望みがあると思っているようだった。

「テレビのボリュームを上げてくれ」だれかが大きな声で言った。

グレイシーがリモコンのボリュームボタンを押してから、ライリーの腕に自分の腕をからめ、ため息をついた。

「私が愛しているのは知ってるでしょう？」彼女がささやいた。

「ああ、知ってるよ」

グレイシーはライリーを見た。「すぐに子供を作ろうって話し合った件だけど……」

ライリーは心臓がとまりそうになった。鼓動が感じられなくなり、すべての動きがとまったような気がした。

「グレイシー？」

グレイシーはライリーに顔を寄せ、声を落として言った。「さっき、スティックにおしっこをかけたのよ。見たい？」

ライリーは声をあげて笑った。ちょうどジークが最初のジョークを言ったところだったので、テーブルにいたほかの人たちもみんな笑い声をあげた。ライリーはグレイシーを膝に抱きあげてキスをした。家族と友人たちにはあとで話そう。今は、僕がそのことを知っていて、彼女がそばにいて、僕を愛してくれているだけで十分だ。

「確かなのか？」ライリーは言葉にできないほどの喜びを味わいながら尋ねた。

「絶対よ」グレイシーはにっこりした。「これで、町の人たちはますますあなたが好きになるわ」

「だけど、僕にとって一番大切なのは君だ」

「それはわかっているけど、あと十カ月したら、強力なライバルが現れるわよ。町のおばあさんたちは、こぞって編み物を始めるでしょうね。すばらしいことになるわ」

「すばらしいどころか、最高だよ」ライリーは言った。「君のすることはいつも最高だ」

＊本書は、2013年1月にMIRA文庫より刊行された
『あなたに片思い』の新装版です。

mira™

あなたに片思《かたおも》い

2024年6月15日発行　第1刷

著　者　スーザン・マレリー
訳　者　高田恵子《たかだけいこ》
発行人　鈴木幸辰
発行所　株式会社ハーパーコリンズ・ジャパン
東京都千代田区大手町1-5-1
04-2951-2000（注文）
0570-008091（読者サービス係）
印刷・製本　中央精版印刷株式会社

ISBN978-4-596-63722-2

mirabooks